AZ ÚJ URALKODIK
EGY LITE eS DARKE REGéNY
M L Ruscsak

AZ ÚJ URALKODIK

EGY LITE ÉS DARKE REGÉNY

Által: *ML Ruscsak*

Borítóterv Készítette: *ML Ruscsak*

Szerkesztette: *Chyenne Lyons*

Ez a könyv szépirodalmi mű. A nevek, szereplők, helyek és események a szerző fantáziájának termékei, és nem értelmezhetők valósnak. Bármilyen hasonlóság a tényleges eseményekkel, helyszínekkel, szervezetekkel vagy élő vagy holt személyekkel teljesen véletlen.

SZERZŐI JOG

Trient Press

3375 S Rainbow Blvd

81710, SMB 13135

Las Vegas, NV 89180

Rendelési információ:

Mennyiségi értékesítés. Különleges kedvezmények állnak rendelkezésre a vállalatok, egyesületek és mások mennyiségi vásárlásai esetén. Részletekért vegye fel a kapcsolatot a kiadóval a fenti címen.

Az amerikai kereskedelmi könyvesboltok és nagykereskedők megrendelései. Kérjük, lépjen kapcsolatba a Trient Press céggel: Tel: (775) 996-3844; vagy látogasson elwww.trientpress.com.

Nyomtatva az Amerikai Egyesült Államokban

Kiadói katalógus-kiadványban adatok
Ruscsak, ML

Egy könyv címe: Az új uralkodás

ISBN

Puhakötés: 978-1-953975-93-5

CASTLE OF FIRE
CASTLE OF WIND
CASTLE EARTH
CASTLE OF DAWN
SUN TEAR
Manicora Reserve
Captiol City of Light Fey
CASTLE GOLDEN SUN
Healing River
Primitiva's Meadows
SPIRE
Draken Capitol City
Mystic Woods
CASTLE OF NIGHT
capitol City of the Eostre
City of Glass
(Last Human Village)
Captiol City of Dark Fey
(City of Night)
Dark Marsh Lands
Marsh Lands
N
S
W
E
Star Pillars
Beacon for Falling Fey
and Draining Houses

A lányomért, aki minden lépésemben a szerkesztőm volt. Anyám, aki minden szót elolvasott más előtt. Papért pedig, akiről ismerem, mosolyog rám. És a családomnak, aki szárnyakat adott a repüléshez.

Kedves OlvasT!

KWszWnj&k az &&j uralom& irBnti JrdeklődJsJt. RemJlem, hogy Jlvezni fogja a sorozat első kWnyvJt, nJhBny dologra szeretnJk rBmutatni. Ebben az első kWnyvben szBmos cselekmJny-lyuk van, helyesNrBsi hibBk Js helytelen&l hasznBlt szavak.

MegJrtem, hogy olvasTkJnt ez meglehetősen frusztrBlT lehet olvasni, de NgJrem, ezek a hibBk teljesen szBndJkosak. BosszantT igen, de van oka. Emellett minden Nrottnak van egy mJlyebb jelentJse, amely a kJsőbbi kWnyvekben kider&l.

KJrdJseket, JszrevJteleket vagy vJlemJnyeket mindig szNvesen fogadunk. &s vBrom, hogy elolvashassam őket.

Ha tovBbbi informBciTt szeretne kapni a sorozatrTl, ideJrtve a birodalom tJrkJpJt, lBtogasson el ide:

TrientPress.com

JT olvasBst,
M.L. Ruscsak

Prológus

A sötétvörös gyertyák pislákoltak a dolgozószobájában mélyen a csontok kastélya alatt. Mint annyi éjszaka, mielőtt tanulmányozna az élők világának menetét tanulmányozta. Tanulmányozta a csillagvárosok menetét, és kereste a beteljesedő próféciát. A látnok kövével az előtte levő asztalon pihentette Karnack tollát a tintatartóba. Több mint háromezer éve a halálban tette, amit az életben tett ... figyelte a történelem kibontakozását és részletes beszámolót vezetett királynőjéről.

Királynő, akit még ő sem látott a nagy háború óta. Nem, ez nem volt teljesen igaz. Látta, de csak néhány alkalommal, és csak azért kérte a segítségét. Akkor is dühe, hogy megzavarta ...

Sóhajtott. Nem tehetett semmit a királynőért. Legkevésbé még nem.

A szeme csak egy pillanatra csukódik be, mire ismét a látnok kövébe nézett, és ismét megvárta a gyermek születését, amelyet királynője oly sok évvel ezelőtt látott. Királynő, aki képes lesz legyőzni egy fenyegetést, amely még mindig a Nagy Csillagok árnyékában volt.

Ennek ellenére figyelte és várta a gyermek születését, amelyet királynője oly sok évvel ezelőtt látott. Olyan gyermek, aki alkotónak születne. Királynő, aki képes lesz legyőzni egy fenyegetést, amely még mindig a Nagy Csillagok árnyékában volt.

Az első Fey többi része, aki letelepítette ezt a földet, már feladta, hogy valaha megtalálja a gyermeket. Nicco az elmúlt három évszázad során kétszer vagy háromszor megváltoztatta a nevét. Ahogy Ean is. És Donny ... ó, a nagy harcos ... nem sokkal azután, hogy Myrddin leesett a csillagokról, teljesen elzárkózott a világtól.

Négyen közül senki sem tudta megtudni, mi történt valaha királynőjük egyetlen gyermekével. Egy csecsemő, akit csak Ari néven ismernek. Apja volt az oka annak, hogy királynőjük kivonult a birodalomból.

Mégis reményt adott arra, hogy egyszer megtalálja ezt a választott királynőt, és odaadja neki a halottak koronáját. Egy korona, amely hatalmat adna neki, hogy álljon és szembenézzen egy olyan fenyegetéssel, amelyet csak ő képes legyőzni.

Jelképes csapolás a dolgozószoba ajtaján, amelyet figyelmen kívül hagyott. Aztán egy lágy szellős női hang:Karnack? Még mindig figyelik a követ?

Alig pillantott át a válla fölött egy olyan nőre, aki ma ugyanolyan gyönyörű volt, mint ő volt az első, aki rápillantott.És még mindig ugyanolyan halálos. Kissé megfordulva figyelte, ahogy az ajtókeretre támaszkodik. A szeme összeszűkült, ahogy sziszegett, "Én vagyok a királynő írnoka, és én leszek az, aki jóval a többi előtt látni fogja a választott királynőt." Amikor a nő nem szólt többet, visszafordult a főkönyve felé, és egy újabb sort kezdett írni.

Kést húzott elő az övéből, és a falnak támaszkodott, miközben figyelte, ahogyan valami esztelen csöpögést ír, amelyet soha senki sem olvas. Lágy mosoly érintette meg vérvörös ajkait. - Ha megtalálod, mondd meg. Gondoskodom róla, hogy soha ne érjen kár.

Ekkor megfordult és keményen küzdött, hogy emlékeztesse magát arra, hogy az előtte álló fey barát. Keményebben küzdött, hogy emlékezzen rá, hogy soha nem fog igazán ártani neki. - Freya, drágám, ha valaha megvalósul, amit valójában tudok, akkor még neked is segítségre lesz szükséged a védelmében.

Sarokcsizma kattant a kőpadlón, ahogy közelebb húzódott. Amikor elérte az íróasztalt, lehajolt és azt súgta: - Hagytad, hogy aggódjak emiatt.

1. rész

280 ÉVVEL EZELŐTT

LARNA: FEYEN HERCEGNŐJE

"Eljön egy nap, amikor az ember nem születéssel, hanem vér által kerül hatalomra. Amikor ez a nap beköszönt, akkor ez csak a kezdet lesz ..."

- Feyen ősi tekercsei

1. fejezet: Larna

Éjszaka kúszott a kastély fölött. Az egyetlen hang a sziklák fölé zuhanó víz hangja volt. A lába alatt Memoks körbejárta a lábát, várva, hogy etessék.

Larna az ablakán át a felhős holdra pillant. Ma éjjel nem áramlik be a kastély. A gonosz vigyor megrándította rózsaszínes ajkait, amikor becsukta a naplót.

"Itt az idő."

Szobájából a fekete köd csavarjai folytak az ujjai közül. Őrök esnek le, mielőtt elhaladt mellettük. A halál előtt természetellenes helyzetben eltorzult testük végül elvitte őket.

A királyi gyerekek ajtaja ... testvérei megnyíltak. Legfiatalabb testvére bénultan nézett rá. Egy szív tovább vert, teste szétszakadt.

Nem kellett megölnie. Egy egyszerű gondolatvarázslat működött volna. De akkor megint ki mondja, hogy valaki nem jött volna rá? Ha megtennék ...

Nem, egy kis kölyök életének megmentése nem érte meg a fáradságot.

Larna bekukucskált a koronahercegnő hálószobájába. Halk lélegzete nehéz álomtól. Védőpajzsok, amelyek lágy kék fényt adnak az ágynak, utat engedve a sötétségnek.

Ökölbe szorult. A bolond eldobta volna Feyent, másnak adva a koronát. Hagyom, hogy néhány epes lény uralja azt, ami övék volt.

Düh dobbant a kitörő belsejében a pajzs segítségével, amelynek védenie kellett volna kedves nővérét.

A vér nem az igazi királyi fröccs, amely az ágyneműre és a pajzsra fröccsen. A takarók beragadtak.

Sötét nevetés, amelyet megpróbált elhallgattatni: - Harcos, amely kibetűzte, kedves nővér.

Larna a hátára nézett. Annyi elpazarolt húst raktak mögé. Őrök, amelyeknek soha nem volt esélyük. Néhányan hasznosnak bizonyulhattak a következő napokban.

Nem számít. Voltak mások is. Kit érdekelne, ha Feyenből vagy kedves barátja városából érkeznének. Tudna valaha valaki a különbségről?

Köpenyét az arca köré húzva, a királynő hálószobájának kamra ajtaja kinyílt. Mégis szünetet várt, míg az utolsó feyen harcos találkozik vele.

Éjszakai ingébe és nadrágjába öltözve állt harcra készen. Aranykard, amelyet Magmas nagy királynak mondtak, szorosan megmarkolva a kezében. "Mutasd magad." - morogta.

A nő a fényébe lépett, és egy pillanatig tovább titkolta a titkát.

- Mutasd meg az arcod, mint egy igazi harcos.

Felemelte a kezét, és lehajtotta a csuklyáját. A düh és a félelem pillantása átfutott a szülein. - Meglepett apa? Ne legyél.

Túl gyorsan pajzs esett közéjük, amikor felemelte fekete ónixkardját.

Alista szeme talán először tágra nyílt a félelemtől. Fojtogatott suttogva felsóhajtott: - Obsidianus kardja ... Hogy?

Mielőtt apja megmozdította volna a tüzet, meggyújtotta Larna szemét: „Nem minden Obszidián pusztult el"

Tornyosan állt anyja teste fölött. Fekete kristálykardja az életét adó nő szívébe zuhant. A szeme apró résekre szűkült, miközben áttetsző fekete szárnyait mozdulatlanul tartotta. Hallgatva a saját szívének egyetlen hangját, amely a csend ellen vert, a feje lassan a válla fölött pillantott, apja élettelen feje a padlón volt, de néhány méterre attól a helytől, ahol a teste leesett. Ő volt az utolsó Feyen harcos, aki elesett.

Utoljára az anyja előtt. Legalábbis ott talált egy méltó ellenfelet, akivel szembe kellett néznie. Nos, legalábbis addig, amíg ő is megingott és meghalt.

Kegyetlen mosoly alakult ki sötét bíbor színű ajkain, miközben némán állt ott, és nézte, ahogy anyja vére elkezd gyűlni élettelen teste körül. Nem az a vörös élettartam, amely Fey többségének volt, ó, nemablak és az éj sötétje. Minden olyan csendes. Olyan csendes. Hajnalban királynő lesz.szinte lehetetlen. - Kérem, segítenie kell anyámnak.

Erős markolata végül nem sikerült, mivel csak ezt kellett hallania. Larna csak részben csodálkozva nézte, ahogy egyetlen villám villan fel az ujjai hegyén, és meggyújtja a jelzőtüzet. Egy pillanattal később több mint egy tucat fegyveres őr állt körülöttük. Minden szemük készen áll a harcra, és a jel kigyulladásának okát kutatja. Még senki sem mozdult egy percig sem, várva a kapitány csatlakozását.

Ekkor ketten szívdobogtak és az őt tartó fegyveres őr; a zokogó hercegnő átvette a parancsnokságot. "Később értesítjük a kapitányt. A királyi családot megtámadják. A királynő az első prioritás." Lenézett rá, és így folytatta: "Larna hercegnő, kérlek, gyere velem. Az őrtorony biztonságban lesz. Szavad van."

Nem volt kétsége afelől. Végül is honnan tudhatja valaha, hogy ő ölte meg a családját? De még ha valahogy mégis meg is találná, a koronázása után egy lélek sem tehet soha ez ellen.

Tornyosan állt anyja teste fölött. Fekete kristálykardja az életét adó nő szívébe zuhant. Átlátszó fekete szárnyait mozdulatlanul fogva átpillantott a válla fölött, apja élettelen fejével a padlón, de néhány méterre attól a helytől, ahol a teste leesett. Ő volt az utolsó Feyen harcos, aki elesett.

Utoljára az anyja előtt. Legalábbis ott talált egy méltó ellenfelet, akivel szembe kellett néznie. Nos, legalábbis addig, amíg ő is megingott és meghalt.

Kegyetlen mosoly alakult ki sötét bíbor színű ajkain, miközben némán állt ott, és nézte, ahogy anyja vére elkezd gyűlni élettelen teste körül. Nem az a vörös élettartam, amellyel Fey többsége rendelkezett, ó, nem ", anyja életereje éjfélkor kék volt. Furcsa önmagában. A testéből kiszivárgó vért figyelve Larna kiköphette volna az anyja arcát, amiért késztette őt erre a drasztikus intézkedésre. De ha mégis megtenné, az tönkretenné a terveit, és nem tenné, függetlenül attól, hogy mi az ára. "Figyelned kellett volna rám, anyám. Most nézd meg, mi történt veled. Most már nem fogsz tudni senkit meghallgatni. Igazságosság, amely jól szolgál téged, mert soha nem hallod meg a szemed elé állított igazságot."

Fekete kristálypengéjét kiszabadítva anyja szívéből, azzal vágta aranyruhájának szövetét. Módszeresen ügyelt arra, hogy a szövet vágásai tükrözzék a saját bőrén lévő vágásokat. Meg kellett győződnie arról, hogy a vágások elég sekélyek voltak-e ahhoz, hogy ne akadályozzák a mozgását, de elég mélyek ahhoz, hogy úgy tűnjön, mintha megúszta volna a vágást. Menekülés az utolsó túlélő örökösként ... az anyja utolsó vérvonala. És megmenekült, mint egyetlen élő Royal Fey egész Feyenben.

Végül is, aki látott bármit, az már kötődött hozzá. Emlékeik voltak bármi, amit a nő úgy döntött, hogy lesznek. Most, ebben a pillanatban, úgy döntött, hogy mindannyian azt hiszik, hogy egy csuklyás férfi rontott be a semmiből érkező kastélyba, és lemészárolta mindazt, ami az útjában állt. Felhő, köd rejtette el egészen addig a pillanatig, amikor megölte első áldozatát.

Igen, ez szépen megtenné. Ami pedig a férfit illeti ... Na jó, ő is ezt tervezte. Myrddin vagy feleségül vette, vagy minden feyen-i polgár azt hinné, hogy ő állt a mészárlás mögött. Végül is egyetlen olyan ember sem volt életben, aki ne tudta volna, mennyire hatalmas, és mennyire veszélyes. Nem is kérdőjelezi meg minden motívumát. Hatalom, kapzsiság, kéj? Nem számít, hogy mit választottak spekulálni, az ő tagadása csak tovább erősítené meggyőződését a bűnösségében.

Hosszú, vékony arcán kegyetlen mosoly alakult ki. De más megoldást kínálna neki. A nő házasságban nyújtaná a kezét, végül is ő volt az, amire szüksége volt. Természetesebb képességekkel és sötétebb hatalommal rendelkező feyen férfi, mint az egész Feyen királyi család. Vagy azt kellene mondania, hogy a már meghalt királyi család.

De a holnap hamarosan elég lesz ezen dolgozni ... Másrészt ma este ... Ezt be kellett fejeznie. Addig szipogva, hogy a könnyei forróan folytak az arcán, mély lélegzetet vett, majd rémült sprintben elindult lefelé a véres kastélycsarnokban. Hasogatott ruhája vért gyűjtött az elesett őröktől, miközben futott. Senki sem élt a kastély ezen részén, vagy legalábbis senki, akinek bármi haszna lenne a tervében dolgozni. Tehát, ha segítségért kiált, semmi haszna nem lesz, legalábbis addig, amíg meg nem látja a főkapu felől jövő fényt ... Aztán ... és csak ezután harsány sikoltást hallatott: "SEGÍTSÉG! Segíts nekem!"

Egyetlen őrt látott a főkapunál, és szinte azonnal tudta, ki ő. Tagja nemcsak a királyi őrségnek, hanem annak is, amely elit harcosként is szolgált. Mivel abban a csapatban soha nem volt több, mint egy tucat, elég jól ismerte mindegyiket. Ez azonban problémát jelenthet számára.

Miután megkoronázták, lehet, hogy a halálának is gondoskodnia kell. Még nem jobb, a kivégzéséhez.

Nem túl nagy ugrás, hogy köze lehet a gyilkosságokhoz. Csak látnia kellene, mi játszódik le.

Abban a pillanatban, hogy feléje fordult, két dolgot tudott. Először is a környéket kereste gondok miatt, másodszor pedig a királyi család tagjának ismerte el. Ebben a leheletében részben futott, részben repült, hogy találkozzon vele a nagyterem félúton. Éppen amikor elérte, a nő karjaiba esett, és az arcán végigfojtott zokogás közben levegő után kapkodott: - Hercegnő ... Mi ... - kérdezte szinte értetlenül.

Elakadt a lélegzete, és így kényszerítette: "Kapucnis betolakodó ... Anyám, neked kell ..." Fehér és arany egyenruháját karmolva próbálta ellökni. Megpróbált menekülni erős szorításából, amelyet szinte lehetetlennek találna, még ha valóban megpróbálta is. - Kérem, segítenie kell anyámnak.

Erős markolata végül nem sikerült, mivel csak ezt kellett hallania. Larna csak részben csodálkozva nézte, ahogy egyetlen villám villan fel az ujjai hegyén, és meggyújtja a jelzőtüzet. Egy pillanattal később több mint egy tucat fegyveres őr állt körülöttük. Minden szemük készen áll a harcra, és a jel kigyulladásának okát kutatja. Még senki sem mozdult egy percig sem, várva a kapitány csatlakozását.

Ekkor ketten szívdobogtak és az őt tartó fegyveres őr; a zokogó hercegnő átvette a parancsnokságot. "Később értesítjük a kapitányt. A királyi családot megtámadják. A királynő az első prioritás." Lenézett rá, és így folytatta: "Larna hercegnő, kérlek, gyere velem. Az őrtorony biztonságban lesz. Szavad van."

Nem volt kétsége afelől. Végül is honnan tudhatja valaha, hogy ő ölte meg a családját? De még ha valahogy mégis meg is találná, a koronázása után egy lélek sem tehet soha ez ellen.

2. fejezet:
Galeron

Addig nyoma sem volt a bajnak, amíg el nem értek a kastély szívéig. A küzdelemnek semmi jele, csak azok a véres lábnyomok, amelyeket a hercegnő otthagyott. Aztán egy testet. Egy fiatal őr őrzi a nevét, még nem ismert mindenki számára, aki a palota területén dolgozott ... teste majdnem kettévágódott. Egy kiugrón, nem csak néhány méterre egy másik őr, Gavan, hátulról elvágta a torkát. Aki ezt csinálta, annak át kellett lépnie a háta mögött. Rohadtul ostoba dolog, hacsak nem képezték ki. Akkor sem volt sokan hozzáértőek ahhoz, hogy a kőbe szorultak. Ezek közül egyik sem volt a közelmúltban a kastély közelében.

Addig nyoma sem volt a bajnak, amíg el nem értek a kastély szívéig. A küzdelemnek semmi jele, csak azok a véres lábnyomok, amelyeket a hercegnő otthagyott. Aztán egy testet. Egy fiatal őr őrzi a nevét, még nem ismert mindenki számára, aki a palota területén dolgozott ... teste majdnem kettévágódott. Egy kiugrón, nem csak néhány méterre egy másik őr, Gavan, hátulról elvágta a torkát. Aki ezt csinálta, annak át kellett lépnie a háta mögött. Rohadtul ostoba dolog, hacsak nem képezték ki. Akkor sem volt sokan hozzáértőek ahhoz, hogy a kőbe szorultak.

Ezek közül egyik sem volt a közelmúltban a kastély közelében. Ez magában foglalta azt az embert is, akit erre a szörnyűségre állítottak fel.

Óvatosan, aranyszárnyaival teljes sebességgel csapkodva repült a folyosókon. Szeme látta elesett bajtársainak testét. Semmi értelme nem volt a haláluknak. Hacsak nem aludtak mindenki ... ami nagyon valószínűtlen és teljesen lehetetlen volt ... egyiküknek segítséget kellett volna hívnia. Jelezni kellett volna az erősítéseket, vagy észbeszédet kellett használnia segítségért. Mégsem tette egyik sem. És úgy tűnt, egyik sem harcolt az ismeretlen támadóval. Sem fegyvert nem húztak, sem varázsigét. Bármi is történt itt, nemcsak egyszerű támadó volt. Céljuk volt.

Galeron alig néhány méterre állt meg a királyi erődítménytől, és küzdött azért, hogy ne legyen beteg. Kailen, a legfiatalabb herceg részben a szobájában, részben az előszobában feküdt. Lila vére permetezett az ajtaja fölött. Az örökösnél két ajtó szakadt szét az ágyában. Az ágya és a szobája körül a védőpajzs még mindig ép. A másik három királyi gyermek olyan alaposan meggyilkolt, hogy nem volt oka őket az Under Királyságba küldeni ... Még takarmányként sem azok számára, akik még mindig ott lakhatnak.

Lassan és óvatosan a királynő hálószobája felé tartott. A király fej nélküli teste az ajtóban volt. A keze még mindig az arany kard markolata körül görbült. Maga a kard is tisztán kettétört. Lehetetlen bravúrban ... mégis valaki képes volt rá. Az ehhez szükséges erőmennyiség? Tehát kevesen tudták volna megtenni. És akik birtokolták ezt a képességet, már meghaltak.

A dupla ajtót annyira kinyitotta, hogy elhaladjon anélkül, hogy megzavarná a király testét, és a szeme megtalálta a királynőt. A teste élettelen volt a padlón, kék vére áramlott körülötte, amely nem látható sebektől szivárgott. Maga a vér a király feje felé húzódik. Az utolsó eskü a véresküt tették.

Egy pillanatra megingott, amikor rájött, hogy a királyi családot kiirtották. Egy lélegzetvételnyi idő alatt az elméje az egész Feyen egyetlen két emberére összpontosult, akik ezt riasztás nélkül el tudták volna érni ... és az istenek által ez nem Myrddin volt. Annak ellenére, hogy megpróbálták úgy kinézni, mint volt ... jobban tudta. A királynő ablaka nyitva volt, és nem lesz idő, ha megérkezik a hajnal ... Nincs idő, miután jelentést tettek volna, vagy amikor mások megtalálták a királyi család holttestét. Tehát az ablakból galambozott, és átrepült Arany Nap városa és barátja otthonába.

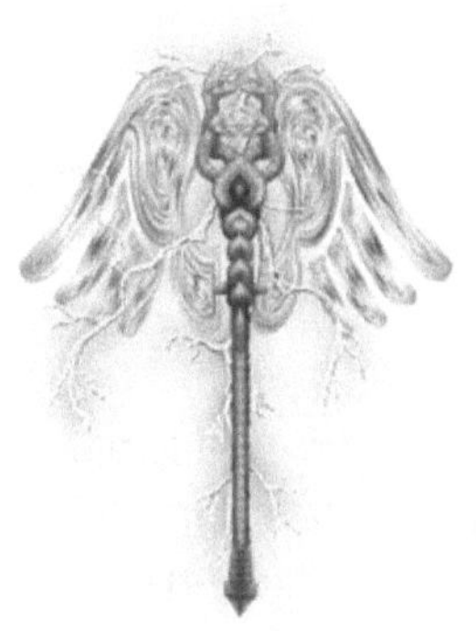

A hátsó sikátorban leszállva Galeron végigsietett a belváros számos fordulatán, míg barátja ajtajához nem ért. Az öklét felemelve az egyszerű faajtón dörömbölt: "Myrddin kinyitja az átkozott ajtót. Vagy lebontom."

Amikor végül kinyílt, nem Myrddin, hanem Adrianna hercegnő állt előtte. Hosszú, sötét haja összekuszálódott álmából. A szeme még nem nyílt ki, amikor álmosan kérdezte: - Galeron, mi ez Darke nevében?

"Beszélnünk kell." Elhaladt mellette, és meglátta, hogy Myrddin épp fekete köntöséhez köti az övet. - Elkezdődött.

Egy pillanatra Myrddin csak állt zsibbadtan. Végül azt suttogta: - A fenébe. Több időnk kellett volna a felkészülésre.

Bezárta az ajtót Adrianna eljegyzett barátjáról zavartan nézett a barátjára. Megtörülve a szemét, hogy teljesen felébredjen, megkérdezte: "Mi kezdődött?"

Myrddin odacsoszogott hosszú, sötét kanapéjához, és vett egy mély levegőt: - Addy, tudod, hogy megfogod a szívemet.

Csoszogva ült Myrddinnel, Adrianna megfogta a kezét, majd azt mondta: "Igen, és tudom, hogy házasok leszünk ... Szóval, mi ..." Mélyen Galeron szemébe nézett. A hangjában aggodalom hallatszott, de annál is inkább égő düh volt ezekben a szemekben. - Elista királynő?

"Meggyilkolták. És bárki is csinálta, rohadtul megbizonyosodott róla, hogy valami olyasmi látszik, amire Myrddin képes. Vagy legalábbis valaki, aki erős természetes képességekkel rendelkezik a sötét művészetekben."

Addy felállt a kanapéról és elfordult. Csak tavaly jött ide, hogy megtanuljon néhányat a Feyen királynőtől, hogyan kell uralkodni az igazi Fey-n. És volt. De rengeteg barátot és férfit is talált, aki megtartotta a szívét. Sőt, egy olyan szerződésen dolgozott, amely összeköti a házukat. Egy szerződés, amely szétesik, ha bárki, aki most uralkodik, nem látja benne a bölcsességet. - Most mi fog történni?

Myrddin hátradőlt és felhorkant: "Larna hercegnőből királynő lesz. Biztos vagyok benne, hogy az összes feyen fel fog szakadni rajta, de nem elég ahhoz, hogy bármit is tegyen ez ellen. Legalábbis nem némi motivációval."

Levegőt vett, mint egyetlen ember a teremben, akinek tekintélye van, aki igazat mond, félelem nélkül a büntetéstől. "Fey-ként még nem tesztelték erejét és képességeit. Még lesz néhány éve, mire elég érett lesz ahhoz, hogy kezelje azokat az ajándékokat, amelyekről jelenleg nem is beszélhet, hogy képes kezelni népe adományait anélkül, hogy megőrülne."

Heves nevetés, majd Myrddin morgott: - Lehet, hogy ő már?

Addy felhúzta a szemöldökét. - Myrddin?

- A sötét művészeteket tanulta. Most Addy és a barátja is közvetlenül őt bámulták.

"Mit?" Mindkettő szinte egyhangúan mondta.

"Larna megkérdezte, hogy megtaníthatom-e. Mivel az egész Feyenben csak két ember egyike volt, konzultáltam Elista királynővel. Nagyon részletes beszélgetés után, arról, hogy mi vagyok, hajlandó megtanítani a kis kölyköt, és meghallgatni, mi kölyök meg akarta tanulni, én beleegyeztem. A megállapodás részeként a királynő áldást adott uniónkra. "

Sokáig senki sem szólalt meg. Addy lassan visszacsoszogott kedveséhez: "Ma este elmehetnénk".

"Nem." Egy pillanatig csak ült. A szeme valamire koncentrál, ami messze túl van az otthonán. Végül felkelve megtette néhány lépést az ablakához, és így szólt: - Adrianna, szükségem van rá, hogy elmehess. Menjen Drakenbe, és vigye magával a húgomat. "

Kezdve ugrott vissza, és morgott: "Mint a pokolba vagyok. Nem hagyom, hogy megússza. Ezt sem engedem, hogy a kedvelőinek esjen."

Mély morgással felpattant. Hangja csörgött az ablakain, és barátját és szeretőjét is megugrotta. - Adrianna, erről nem lehet vita. Lassan visszatért hozzá és megfogta a kezét. Mély lélegzetet véve érvelnie kellett vele. Csak remélte, hogy a nő hallgat, csak egyszer. "Te leszel Darke következő királynője. És esküszöm, hogy jóval azelőtt feleségül fogok venni, mielőtt valaha megtörténne. De, szükségem van rád, hogy távozz. Larna a feje fölött van, és csak én vagyok az erős elég ahhoz, hogy rendbe hozza a dolgokat. Vagy legalábbis győződjön meg arról, hogy a lehetőségek korlátozottak. "

"Rendben. Megyek, és még Tenanye-t és Faerydae-t is magammal viszem. Végül is biztos vagyok benne, hogy Tenanye szívesen látná jegyesét. De engem elkárhoz, ha elmegyek innen anélkül, hogy mindkettőtök vér lenne. hozzám kötve. "

- Most várjon egy másodpercet ...

"Ne kezdd velem Galeron. Nem tudom, hogy a kis hercegnő milyen játékot játszik. És őszintén szólva, nem érdekel. De nem hagyom, hogy bármelyikőtöket használja gyalogokra. Azonkívül nem tud megkötni, az lenne, ha valaki erősebbhez kötődne. "

- Igaza van, tudod.

- Az, hogy leendő feleségének valamiben igaza van, még nem jelenti azt, hogy nekem tetszenem kell. - sziszeg Galeron, miközben járkált a nappaliban.

Összeszűkítve sötét színű szemeit, így szólt: "Nem, de nem vagy hülye. Szóval, mi lesz Galeron ... Legyél őrzőm kapitánya és a tanács első elnöke, vagy szolgáld őt, és soha ne élj elég sokáig apává válni? "

3. fejezet:
Myrddin

Amint a reggeli első sugarak elkezdték megvilágítani az arany macskaköves utcákat, Myrddin napja azzal kezdődött, hogy fegyveres várőrök csapkodtak az ajtaján. Ha tegnap este nem figyelmeztették volna, Adrianna itt lett volna, és természetesen vádolták volna a gyilkosságokkal. Persze ettől mentette meg ... most azért, hogy megtegye, amit tudott, és remélte, hogy ez elég. Lassan kinyitotta az ajtót, és mélyen az őr tengerzöld szemébe nézett. - Feltételezem, hogy van oka annak, hogy megpróbálja betörni az ajtómat?

A félelem végigfutott a férfi arcán. A tünde nem tündér, a szárnyak hiánya alapján. - Nos, vagy el akarja vesztegetni az egész napomat?

Az őr megrázta magát kábulatától, és kényszerítette: - Én ... téged keresnek a kastélyban kihallgatásra.

- Értem. Akkor tegyük ezt át. Már elkéstem egy újabb fontos eljegyzésről. Nem igazán, de Addyvel együtt lenni megtanított neki egy-két dolgot. Mint például Feyen és az egyetlen sötét dolog Darke-on kívül ... neki volt hatalma, hogy szűk és nehéz legyen. Sőt, hogy ... miután feleségül vette a leendő királynőt, elküldhette mindazokat, akik megsértették és megsértették az Alsó Királyságba ... talán életben ... talán nem. Akárhogy is, szórakoztató volt nézni, ahogy az ajtó kinyílik, és a halottak messze a nyílás alatt állnak, és várják, hogy köszöntsék akár a következő étkezésüket, akár a legújabb elvtársakat.

Kilépve, ha otthona Myrddin körülnézett a közel két tucat fegyveres őrön. Tündér. Manó. Fényhordozók. Aztán a szeme a vár felé vezető útra indult. Nem egy finom kocsi, hanem egy troli a trollok számára. Mielőtt még egy lépést tett volna, csak egy kis egyszerű kézművességet alkalmazott ... nagyon egyszerű, ha többféle kézműves mestere voltál ... Fekete füst, majd egy puha bögre hangos durranás előtt, és egy megfelelő kocsi állt előtte. "Ha a kastélyba megyek, akkor a presztízsemnek megfelelő stílusban fogok menni. De biztosan nem egy rosszul elkészített troll kocsiban."

"Hol van..."

Összeszűkítve sötét lelketlen szemét, Myrddin lassan a fiatal manó felé fordult, aki ismét megtalálta a hangját. - Hol van ki?

- Darke hercegnője. Azt mondták nekünk ...

- Hmp. A Hölgynek volt más találkozója. Azt hiszem, tegnap délben távozott. Ennek elégnek kell lennie ahhoz, hogy Addy ne kerüljön bajba. Aztán megint vele együtt nem lehetett túl biztos. Végül is úgy tűnt, hogy a baj Addyt követi, bárhová mer is utazni. Erre az ikre már többször kész volt rámutatni az elmúlt év során.

Legalább nem kellett Celeste miatt aggódnia mindebben. Szerencsére néhány nappal ezelőtt elment a Spire-be, hogy bemutasson néhány szegény nedvet az anyjának. Máskor mulatságosnak találhatja Blake jelenlegi helyzetét, ha kedves barátja halála utáni reggelre esett.

Felnézve a könyvéből, ahol valami hasznosat próbált találni, Lord Eros ismét megérintette a könyvét, és felsóhajtott. Annyi törvény és hagyomány, de egyik sem a gyermek koronázása a családja elvesztése után. De a temetési részek nagyon világosak voltak, és azonnal gondoskodni kellett róluk. - Hercegnő, akinek látnunk kell a temetését ...

El kellett játszania a zaklatott lányt, aki elvesztette szüleit. A probléma az volt, hogy unatkozott. Az sem érdekelte, mit csinálnak a holttestekkel. Égesse meg, temesse el. Küldje el a maradékot az Under Királyságnak. Mindkét szempontból alig volt különbség. Természetesen ezt nem tudta megmondani. Azonban egyszer szimatolhatott és visszaszoríthatta a hamis könnyeket. - Ó, kérem a tanács ... - Szipogva elfordította a fejét: - Én ... egyszerűen nem tudom.

Átnyújtva fekete selyemzsebét, megnyugtatóan megveregette a hátát. - Természetesen, kedvesem. Meg kellett volna fontolnom ... Talán a tanácsnak kellene beszélnie Lord Devrosszal.

- Nem ... - vágta rá Larna. Aztán rájött a hibájára, és így kezdte: "Nem, szeretném látni azokat, akik ezt megtehették volna a családommal."

A trónterem nagy arany ajtajai felrobbantak, és a mögöttük lévő falaknak csapódtak. Myrddin fekete köntösében lépkedett, amely Magasszülöttként jelölte meg természetes izmának és tényleges méretének a legnagyobb részét. Semmit sem tettek, hogy elfedjék a bosszúságából érezhető sötét hatalmat. - Feltételezem, hogy van oka annak, hogy a várőrség idehozott.

- Fogja a nyelvét, Lord Devros.

Hollószínű szemeit összeszűkítve Myrddin a feyeni tanács első elnökét bámulta: "Mivel én vagyok Darke nagykövete, és válaszokat követelek Lord Erosról. És megvannak ezek a válaszok, vagy megadhatja őket a királynőmnek."

- Uraim, kérem, ez a komor nap. Amikor ez nem tett semmit, hogy bármelyik férfi hátráljon, Larna szipogott. - Kérem, szeretnék privátban beszélni Lord Devrosszal.

- Nem kellene gondolnom ... - tiltakozott Lord Eros.

- Ez az én akaratom, Lord Eros. Most, kérem ... azt gondolnám, hogy m-szüleim szeretnék, ha pihentetnék őket.

- Ahogyan hercegnő lesz. Visszatérve Myrddinhez, azt suttogta: "Látom, hogy bűncselekményei miatt az Under Kingdomba küldtek."

Egyedül Myrddin körözött a százszorszépen. - Mi a játék, Larna?

Sápadt ajka baljós mosollyá görbült. - Ó, semmi játék, Myrddin. Csak egy javaslat.

- Ó? Lassan odaállt előtte. "Mondd, mit vársz? Talán a jövődet mondták?"

- Ó, gyere csak. Mindketten tudjuk, hogy ez nem sötét művészet, Myrddin.

Vállat vont. - Talán nem. Szóval, folytassuk. Mi volt olyan fontos számodra, hogy meggyilkold a családodat és megpróbálj engem hibáztatni?

- Rájöttél, ugye? Tudnod kellett volna, hogy kém lesz az őrökben. Visszaült a trónra. - Nem számít, hamarosan megtudom, ki.

Az egyik lábát a százszorszépre tette, és a lány felé hajolt. - Meg akarja mondani, miért vagyok itt, vagy tippelnem kéne?

- Ó, azt hiszem, elmondom neked. Feleségül fogsz venni.

Pokolian vagyok. A torkában égett, de sikerült azt mondania, hogy egy hattyúdal-koó: "Én vagyok? Most miért veszek feleségül olyan gyereket, akinek a természetes képességei alig vannak?"

Ha nem tornyosul fölötte, kicsavarodott volna a trónról, de mivel nem tudott, keresztbe tette a karját.

"Nem vagyok gyerek. Közel kétszáz éves vagyok. És rengeteg természetes képességem van."

Tőle elfordulva az ajtó felé indult. - Nem válaszoltál a kérdésemre, Larna. És a játékod kezd unatkozni.

"Vagy feleségül veszel, vagy te, és Adrianna hercegnő lesz felelősségre vonva a királyi család meggyilkolásáért. És aki valaha is figyelmeztetett, csatlakozik hozzád a halálodért."

Miután tudta, hogy ez hogyan fog lejátszódni, nem volt elkeseredett. - Három feltétellel fogok feleségül venni. Ahogy szeretem a királynővel való házasság hangját. Bár az egyetlen királynő, akihez feleségül fog menni, nem ebben a szobában volt. Vagy ebben a királyságban.

Larna azt motyogta, hogy már túlságosan foglalkoztatta a hatalom, amellyel férjhez mentek volna: "Az ambíció megfelel neked. Most mi a te feltételed?"

- Semmi sok. Először is, Draken királyi családjának részt kell vennie. Mivel a nővérem a következő évben feleségül veszi a koronaherceget.

Kapzsiság világította meg ibolyaszínét. "Kész."

"Másodszor kijelenti, hogy bármelyik gyermekem lesz az örököse, hacsak nincs mással gyermeke, aki tartja a szívét."

- Természetesen a gyereked lenne az örökösöm. Milyen ostoba dologra van szükség.

Uh ha. Majd meglátjuk. - És végül - a hagyományokhoz hasonlóan - a szívét adja nekem.

- Ismét Myrddin, amit ettől függetlenül a fogadalomban elmondtak volna. Most van még valami?

"Nem." Feltett egy lépést a százszorszépre, és föléje tornyosult: - Három nap múlva házasok leszünk.

- Három ... - A lány máris a szemébe nézett.

Mosolyogva, amikor a szeme összezárult, megengedte, hogy hipnotikus kék köddé váljanak. - Már nem akarja országát királynő nélkül.

Larna szeme ugyanolyan színű volt, mint az övé. - Nem ... azt hiszem, nem.

4. fejezet:
Adrianna

- Addy, biztosan itt akarsz lenni? Mármint a bátyámra ...

Addy elfordult barátjától, és hagyta, hogy a szobán túl is lásson ... azon túl, amit a legtöbben láttak. Jól kinézett a krémszínű virágokon és a magas hátsó székeken. Jól nézett ki a tejfehér falakon. Engedte, hogy visszatekintsen az elmúlt három napra ebben a szobában. Aztán azt súgta: "Myrddin tudja, mit csinál, és azt tervezem, hogy itt leszek, hogy megtudjam, pontosan mi ... Ezt és azt tervezem, hogy megfojtom őt abban a pillanatban, amikor csak tudok, hogy ennek kezdetben tanúja lehessek."

Tenanye elmosolyodott, miközben figyelte, ahogy Craykren herceget és testvérét elbeszélgetik valamiről, amitől mindkét férfi játékosan meglökte egymást. - Erre számítottam az esküvője napján, de ...

Addy aláírása megrázta a fejét: "El kellene választanunk őket, mielőtt ez verekedéssé alakulna. Ezenkívül ürügyet ad arra, hogy beszéljek vele, és esetleg találjak valami hasznosat."

- Csak légy óvatos Addy. Vannak itt, akik azt gondolják, hogy te ölted meg a királynőt.

"Igen, tudom. Érzem nyugtalanságukat, mint a tüskék a bőrömön. De segít, hogy anyám és nővérem itt vannak. Nem merik keresztbe tenni Anyát. Már most is rossz hangulatban van, és kétlem, hogy lesz sokkal hosszabb ideig képes uralkodni magán. "

A barátnője kezét megsimogatva Tenanye elmosolyodott. "Az édesanyádnak mindig kedve van. De egyetértek vele, ha úgy dönt, hogy elpusztítja ezt a bohózatot. Azonban itt senki sem merne keresztbe tenni, most, amikor Craykren olyan nevet adott nekem, amely jobban Drakennek hangzik. Kétlem, hogy bármi lenne balra Feyenből, ha megtennék. "

Megfogta Tenanye karját, és elmosolyodott. - Ó, nem mondtad meg nekem, egyszerűen tudnom kell, mit döntött Cray a menyasszonya érdekében.

"Alyisope. A nagymamája volt a neve. Tetszik, de azt hiszem, azok, akik egész életemben ismernek, továbbra is Tenanye-nak hívnak." Odalépett a jegyéhez, és felszisszent: "Craykren, esküszöm, ha így cselekszel az esküvőnkön, akkor nem leszek hajlandó hozzád menni."

A macska kegyelmével megpördült nagy mérete ellenére. Páncélozott mérlege úgy néz ki, mintha hüllő fajhoz tartozna, de a szarvai ... ezek inkább szarvasmarhák voltak. Aztán megint nem törődött azzal, hogy csillogó varázslatot tegyen fekete kagylóira, amelyet ujjaira vagy a méregszagot tartó hosszú farokra tett. - Házasságkötés előtt szokás harcolni.

- Igen, és az esküvőnk előtti este csatát fogsz csinálni. Nem az a nap. Tisztázom magam?

Csak Myrddinhez fordult. - Meg kellene ennem.

Myrddin keresztbe vetette csupasz, izmos karjait, időt adva barátjának, hogy a játékos tolakodás helyett mérlegelje a valódi harc lehetőségét. Aztán csavart mosolyt csalt. - Ha megeszel, ki tanítja tovább a helyes beszédre?

- Meg kellene ennem, mert bemutattak ... nővérnek.

Craykren karját meghúzva felszisszent: - Gyere ide, mielőtt gondot okoznál.

Addy elmosolyodott, miközben nézte, ahogy a barátja elsétál: - Van valami, amit tudnom kell.

"Adrianna kedvesem, már mindent tudsz, amire szükséged van. Szóval arra kérlek, hogy kérlek, engedd ezt a játékot.

"Mivel bízom benned, megteszem, ahogy kéred. Ne várd azonban, hogy nővéred továbbra is polgári maradjon Larna királynővel, miután feleségül veszi Craykrent."

"Ez a húgom, akiről beszélünk ... Kétlem, hogy polgári maradna bárkivel, akit feleségül választok." Mosolygott, majd megérintette a lány elméjét. Melletted.

Visszatérve a mosolyra, nevetett. - Feltételezem, igazad van. Soha senki sem polgári, kivéve, ha a harcban képesek a legjobban szolgálni. Sóhajtva kérdezte: - Üljek a családommal vagy a tiéddel?

"Addy, te vagy Darke hercegnője. Mindig a helyzetednek megfelelően kell ülnöd. A nővéremnek Cray-je van, hogy megakadályozza, hogy bármi kiütéses legyen. Legalábbis egyelőre."

Adrianna egyszer csak élesen bólintott. "Rendben. Megpróbálom megakadályozni, hogy Celeste díszes virággá változtassa a" menyasszonyodat ". De nem ígérek semmit. Ő és az anya egyaránt ritka formában vannak ma."

Adrianna kecsesen ült egy fehér magas hátsó székben nővére mellett, és megfogta a kezét. - Mit hallottál?

Arany fülű szálat húzott a füle mögé, és elmosolyodott. "Az anya maga mellett van. Ne számíts rá, hogy a legjobban viselkedik, ha Myrddin átéli ezt az esküvői bohózatot."

Kissé a háta mögé nézve figyelte, ahogy anyja mereven áll a hátsó fal közelében. "Az anya ritkán viselkedik a legjobban, amikor körülveszik azok, akik kárt akarnak a családjában. És soha nem a legjobb viselkedését viseli, amikor Papa nincs a közelben, hogy megnyugtassa."

- Igaz. De soha nem kellett megbirkóznia egy olyan kedves barát és gyermek elvesztésével, amelyet születésétől fogva ismert.

A nővére eszébe jutott, és úgy döntött, hogy a beszélgetés további részét privát módon folytatja. És tudja anya, hogy mi történt azon az éjszakán?

Te is jól tudod, mint én. De bizonyítás nélkül tehetetlen bármit is tenni ez ellen. Aztán megint ez soha nem állt meg előtte, amikor bajkeverőkkel foglalkozott.

Visszafordulva az ajtó felé Adrianna összehúzta a szemét, és nézte, ahogy a gyilkos lassan a folyosón halad lefelé. A ruhája inkább hasonlít valamire, amelyet az esküvő estéjén kell viselnie, és nem magához az esküvőhöz. Kétlem, hogy megússza ezt.

Celeste ráncolta az orrát a ruha irtózatától. Vagy az öltözködés hiánya. Rájön, hogy nevetségesnek látszik, ha olyan férfit vesz feleségül, aki kétszer olyan korú és kétszer magasabb, mint ő? Nem is beszélve arról a dologról, amelynek ruhának kellene lennie ... Esküszöm, hogy szabó manója több mint a felét elfelejtette.

Addy lesütötte a szemét. Kétlem, hogy bármi más érdekli, csak az az erő, amelyet szerinte megadhat neki.

Nos, érdekes lehet nézni, ahogy megtudja, hogy lehet, hogy megvette a kezét, de soha nem lesz sem szíve, sem ereje.

5. fejezet: Larna

Larna megtette a két lépést a százszorszép felé, és soha nem nézte azokat a vendégeket, akik megmutatták, hogy nézik őt Feyen királynőjévé ... De annyira kedves volt, hogy Lite és Darke királynője úgy döntött, hogy eljön, de a legtávolabb marad az ünnepségtől. Na jó ... mindaddig, amíg az öreg szar nem okozott gondot, akkor nem kellett volna Myrddint ártalmatlanítania. Akkor megint nem lenne szórakoztató uralni az összes olyan országot, amelyikben Fey vért tartott?

Holnap elkezdené tervezni, hogy miként tegye ezt ... ami a mai ...

Hangja hamis könnyekkel telt meg, amikor halkan azt mondta: "Lord Eros, mielőtt nekilátnánk, szeretnék mondani valamit."

Ennek megfelelően meghajolva elmosolyodott. - Természetesen kegyelmed.

Most a vendégéhez fordult. "Tudom, hogy ezt nem mindannyian elképzeltétek a Feyen-vonal folytatásában, de remélem, hogy anyám büszke lesz."

A trónterem arany ajtaja megnyikordult, és egy idősebb nő lassan a százszorszép felé vette az irányt. Még lassabban leengedte bíbor köpenyének csuklyáját. - Mivel nem hagytál más választást nekünk, gyermekem. Folytassa a dolgot. Nem azért jöttem, hogy végignézzem, hogy fecsegsz.

A szeme tágra nyílt a döbbenettől. "Nagymama?!?"

Az öreg királynő nagyot támaszkodott kristályos vesszőjén, amikor egyetlen lépést tett a szobába. - Mi drága? Azt várta, hogy rég meghaltam?

- Én ... - Mélyet lélegzett. Nagymamáját közel egy évszázada nem látták. Nem azóta, hogy megbetegedett valamivel, amit egyetlen Fey sem tudott meggyógyítani ... és mégis most állt előtte. Ezüst a hajában biztos, de nem néz ki kissé rosszul. Nyugodtra kényszerítve mélyet lélegzett. - Örülök, hogy itt lehet. Köszönöm.

- Nos, folytassa vele.

Soha nem találkozott nagymamájával, és most hálás volt, amiért soha nem szólt a keserű öreg denevérhez. "Ahogy mondtam még a dowager királynő megérkezése előtt, megszakítva azt a hagyományt, hogy a koronává válás előtt házasságot kötöttem, megkérem a feyen-i tanács első elnökét, hogy ezt a tételt tegye a kezembe." Hívott egy aláírt pergamen darabot, és átadta Lord Erosnak.

Átvette a pergament, és elkezdte tekerni. Olvasása közben dadogta: - Biztos vagy benne?

"Én vagyok."

- Nagyon jó, kegyelmed. A mai napon minden Devros lord által megörökített gyermeket Feyen örökösének neveznek ... Hacsak Larna királyné nem talál másik férfit, aki megtarthatja a szívét.

Adrianna hátradőlt és megpróbált nem mosolyogni. Alig több mint egy éve ismerte Myrddint, és mindenekelőtt egy dologra tanított ... mindig legyen pontos, amikor a Fey-vel foglalkozik. Sokkal inkább, amikor egy Dark Fey-vel foglalkozunk, aki minden szót saját hasznára használna.

6. fejezet:
Myrddin

Larna teljes magasságában állt, amikor Feyen ezüst koronáját viselte. Olyan egyszerű cirkulátum, de az az erő, amibe belemerülhet ... milyen csodálatos érzés.

- Királynőm, készen áll a házassági fogadalomra?

- Folytathatja, Lord Eros.

"Nagyon jól." Vett egy mély lélegzetet, és megpróbált mosolyogni. - Ön, Larna királynő, Elista lánya, szabadon odaadja ennek az embernek, Lord Myrddin Devrosnak minden részét. A kezét, a szívét és mindazt, amit együtt alkot?

- Én, Larna királynő, szabadon átadom a szívem Lord Devrosnak, hogy minden időre rendelkezzen.

Myrddin csendben állt ott, és nem figyelt igazán semmire egészen addig a pillanatig .... azonban most, hogy elmondta, amire számított ... Mosolygott, és megnyalta borvörös ajkait. - Tényleg odaadja nekem a szívét, Larna királynőt?

- Igen, neked adom a szívemet. Ekkor jött rá a hibájára, amikor a keze mélyen a mellkasába nyúlt, és kihúzta még mindig dobogó szívét.

Lenézett a kezét borító fekete vérre, majd egy ezüstdobozba hívta. "Megőrzöm hideg fekete szívedet. Mivel bizalommal adtad nekem. És cserébe addig élsz, amíg valaki, aki megtartja a szíved, képes visszaadni neked." Most a dowager királynőhöz fordult. "Alista királynő, mivel te uralkodtál Feyen felett, és mivel te vagy a legtehetségesebb, kérlek, tedd meg még egyszer. Úgy tűnik, az unokád csak egy héja annak, amit remélt."

Alista összehúzta régi ibolyaszínét. - Nagyon jól. Az unokám csak név szerint fog uralkodni, és a teremben tartózkodóknak tilos megbeszélniük, mi lett belőle halálomig.

"Azt hiszem, itt mindenkiért beszélhetek, amikor azt mondom, hogy senki sem szól egy szót sem."

- Megtervezte ezt?

Segített Adriannának fekete edzővé válni, de mosolyogni sem tudott. - Édesem, mindig olyan dolgokat kell kérdezned, amelyekre már tudod a választ?

- Talán szeretném hallani, amikor azt mondod, amit már tudok.

Mellé telepedve elmosolyodott. "Ha tudnod kell, megkértem édesanyádat, hogy a fogadalom teljesítése után dobja el a királynőt. De Alista királynő érkezésével ... improvizáltam. Végül is csak elveszítette az egész családját. Kegyetlen lenne hogy elveszítse a lányával való utolsó kapcsolatot. Legalábbis addig, amíg el nem dönt, mit kezdjen vele. "

- Milyen nagyon kedves. A vele szemben ülő ezüstdobozra pillantva: "És ez ..."

- Egy-két évszázad múlva visszaadom.
Myrddin az ezüstdobozra pillantott, majd újragondolta:
- Esetleg adja vissza. Vagy bármelyik gyermek, akinek van lehetősége, dönthet úgy. De semmi sem ronthatja el a dobozt. Vagy a benne lévő tartalmat.

Szeme szinte megbabonázva nézte a dobozt. "Varázslatos."

- Igen, és ha jó kis tanonc vagy, megtanítom, hogyan működik.

Visszaült, önelégülten keresztezte a karját. - Feltételezed, hogy még nem.

Szenvedélyes csókot adott neki, és elmosolyodott. - Varázslat, kedvesem, nem hatalom. És semmi, ami közel állna a jelenlegi képességeidhez.

62

2. rész

TIZENNYOLC ÉVVEL EZELŐTT.

„*Zavargások telepednek az embereim közé. Hogy miért, azt nem tudom biztosan megmondani. Suttogások szólnak, de még én sem hallom mindazt, amit mondanak. Csak remélem minden okon felül, hogy bármi is baj, nem mutatkozik meg előttem a lányom. Imádkozom, hogy legalább egy kis időm legyen vele, mielőtt Darke királynője lehetek.*

Mégis valahogy kétlem, hogy valaha is alkalmat kapok-e arra, hogy a lányom az ajándékokba nőjön."

-Adrianna királynő magánfolyóirata. Darke királynője

7. fejezet: Adrianna

Adrianna lenézett újszülöttre, és elmosolyodott. Nagyon óvatosan vette fel a füst fekete bölcsőjéről. - Nem tudom, mit kezdjek veled. Életed végéig nem nevezhetlek kis édesemnek. Szünetet tartott, és elnevette magát. - Nos, tehetném, de ez nem jó név egy királynőnek, aki egy nap uralni fogja egész Darkét. Enyhe kuncogás után az ajtó felé fordult.

- Legkedvesebb nővér, adtál már nevet unokahúgomnak?

A szobába áramló nőre nézve Adrianna nem tudta elhallgatni. Ikre. Nem azonos iker, inkább teljes ellentéte. Ahol az ikernek folyó arany haja volt, a maga színe az éjszaka színe volt. Bár mindkettő magas és vékony volt, és mintha repkedett volna, amikor sétáltak, Celeste mindent fényes és arany színben testesített meg. "Csak nem tudok olyanra gondolni, amely igazságot szolgáltatna neki". Összeszorította az ajkait, amíg csak egy vékony vonal lettek, mielőtt folytatta. - Nincs olyan név, amelyre gondolnék, amely megtestesítené a következő királynőt, és szünetet tartana ellenségeinek.

"Ó kedvesem. Lányaink még nincsenek három naposak, és máris beszélsz ellenségekkel. Esküszöm, hogy a férjednek el kellene vinnie téged a szülőföldjére. Azt hiszem, hogy a saját királyságod teljes sötétsége és homálya végül kis hajnal. "

Húgától elfordulva enyhén szidta: "Nagyon vicces. Tudod, ahogy én is, hogy nem látogathatom meg egyszerűen a Feyen Királyságot. Te viszont ... üdvözöllek."

Celeste lesütötte a szemét, és kinyújtotta tejszerű, sápadt karját. - Igen, jól ... Itt add ide az unokahúgomat, legyen egy kis időm vele, mielőtt elmegyek a saját Királyságomba.

Ahogy drága kislányát húga karjába tette, Adrianna szünetet tartott. Valami a sötétben suttogott. Mindazok, akiket uralkodott, erről beszéltek, de mire jó a suttogás a sötétben, amikor nem hallott mindent, amit mondtak? - Szeretném, ha magaddal vinnéd.

"Mit?" Celeste megpördült, hogy szembenézzen a húgával. Tudta, hogy a szemébe nézett valaki ... vagy valami mondott neki valamit. Hogy mi lehet az, soha nem tudta kitalálni, de kellő szorongást okozott, hogy nővére inkább hasonlított valamilyen harcra kész mesebeli harcosra, mint egy éppen szült anyára. - Mi az, nővér?

Fekete, kavargó köd elrejtette a lábát, és felkúszott a hátán; simogatja hosszú, hollószínű haját. "A suttogások nem egyértelműek. Nem számít, elég hamar megkapom, amit megoldanak. Vagy kedves férjem megteszi. Bármelyik esetben azt szeretném, ha kérem, vigye gyermekeinket a Kastély Napkönnyébe. Akkor jövök, amikor biztonságos."

A Nap-könny a Lite várak közül a legtávolabbi volt, de a Feyen Királysághoz legközelebb eső. Akkor miért akarta Adrianna, hogy a lányát vigyék oda? Nem olyan kérdést, amelyet feltehetne. Legalábbis akkor nem, amikor a nővére még mindig beszélgetett, hogy csak ő képes rá. De ultimátumként megfogalmazott kérés? Nem csak ő tehette, de nem először tette meg. - Csak akkor teszem, ha csak a lányodat nevezed meg. Vagy mindkét lányunkat elküldjük az édesanyánkkal, és elmagyarázhatod neki, miért megyek veled.

Adrianna összehúzott szemmel pillantott húgára, majd le a csecsemőjére. "A feyek olyan dolgok után nevezik gyermekeiket, amelyekhez fordulhatnak. Vagy legalábbis ezt mondja a legkedvesebb férjem." Lehunyta a szemét, és hagyta, hogy sötét ködcsíkok szivárogjanak előle és a lánya köré. Visszahúzta őket, és elmosolyodott. - Nishának fogják hívni, az éjszaka lányának.

Adrianna elborzadva állt a nagy városa utcáján, amikor meglátta. Épületek omladoztak körülötte. Mind a természetes, mind a mágikusan elővarázsolt, megtöltött ablakok füstfalak mögött csapdába ejtették polgárait.

Sokaknak, akik segítséget kérnek. Túl sok az a plébánia, ha nem csinál semmit.

Kezét a szíve fölé kapva zihálva próbálta megérteni, mit lát: ADRIANNA

"Mi történt itt Darke nevében? Szeretett városom nem csak lángokban áll, hanem több helyen robbanások jelei mutatkoznak. Nincs értelme, hacsak a mocsár polgárai nem jöttek északra, hogy elindítsák a háború. De miért most? "

Lassan Myrddin közeledett hozzá, Galeronnal és feleségével néhány lépéssel hátrébb állva.

Némán nyugtázva férjét Adrianna megrázta a fejét. Most a királynőnek kellett lennie. Most az embereinek szüksége volt a hűvös fejére, hogy mindezt átvészelje.

- De te és Galeron a város déli oldalát vesszük, Myrddin és én az északi irányt. Találkozunk a kastélyban. Aki még rosszabbá teszi a dolgokat, az tetszése szerint cselekszik. "

Myrddin a karjára tette a kezét. A szeme a tűz mellett látta. - Addy, biztos vagy benne?

A szeme apró résekre szűkült, amikor felszisszent: „Két lehetőségünk van. Az egyik, amit nem csinálunk, és nézzük, ahogy az otthonunk ég. Vagy mi gondoskodunk erről, és hazahozzuk a lányunkat. "

Összerándult, amikor levegőt vett: - Vagy a húgától kérünk segítséget.

Adrianna csak egy pillanatra megállt, és megrázta a fejét: - Nem. Bármi is ez ... Nem akarom, hogy itt legyen. Van még valami megfoghatatlan számomra, és amíg meg nem tudom, mi ez ... a Lite-ből senki sem lép be a királyságomba.

8. fejezet: Celeste

Jóval elmúlt éjfél, amikor a szó akkor elért. És még legalább egy órával azelőtt, hogy a döbbenet eléggé elhasználódott volna ahhoz, hogy a könnyek kitöltsék a szemét. Mégsem tudott a tróntermében maradni. Ehelyett ezt kellett elmagyaráznia unokahúgának. De hogyan találná meg valaha a szavakat, amiket mondhatna neki? Hogyan magyarázná valaha Nishának, hogy az anyja meghalt? Nem, nemcsak az édesanyja, hanem az apja és számtalan más is, akit még meg kellett nevezni.

Néhány órával ezelőtt elrendelte, hogy egy bölcsődét állítsanak össze unokahúgának. Alig néhány órája átölelte nővérét minden erejével abban bízva, hogy legkésőbb talán egy nap múlva meglátja. Ha csak tudja, hogy utoljára lett volna ...

...Ha...

Nem engedhette meg magának, hogy azon gondolkodjon, hogy „ha". Túl sok tennivaló volt reggel előtt. És még sok-sok más tennivaló a nappali szünet után.

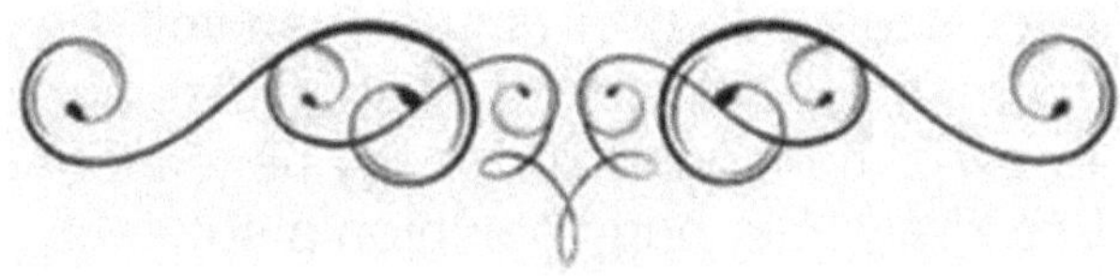

Tehát nehéz szívvel becsúszott unokahúga óvodájába, amelyet sietve összekevertek egy összeillesztett bútorokkal. A sima fa bölcső fölé hajolva Celeste megremegett, amikor megérintette unokahúga puha, tejszerű, sápadt arcát. Saját könnyeit ismét visszaszorítják. - Hogyan mondhatom el, hogy az anyád eltűnt?

- Drágám, hagyd abba.

Teljes magasságába húzva a férfihoz fordult, aki ellopta a szívét; férje. - Blake? Napfényes szőke haja még mindig szépen a helyén van, annak ellenére, hogy az éjszaka közepén felébresztették.

- Gyere, drágám, gyászolnia kell, és meg kell győződnöm arról, hogy kis családunk többi része biztonságban van-e.

Természetesen megtenné, ő az őrök kapitánya lévén; fel kell készülnie egy támadásra, és meg kell találnia a válaszokat. Aztán megengedte magának, hogy a férje legyen, és felajánlotta neki az összes ölelést és megnyugtatást, amit csak tudott. De csak addig, amíg nem volt biztos benne, hogy a saját királyságuk biztonságos. "Gondolod..."

Blake teljes lépést tett a szobába, és átkarolta feleségét. "Beszéltem az édesanyáddal. A nővéredet és a férjét elszenvedő tűz nem véletlen volt. Egyelőre nem hiszem, hogy bölcs dolog Nishát közelebb vinni Darke-hoz. Azt sem gondolod, hogy neked lenne bölcs, Lite királynője, hogy belépjen a sötétebb királyságba. "

Több volt, amit szinte hallott, de nem tudta megnyomni ... nem ma este ... nem akkor, amikor a szíve fájt a bánattól. Megkímélte öleléséből, és szipogott. - Addy tudta. Fenébe! Tudta, hogy nem látja, hogy a lánya növekszik.

Fogta, miközben hagyta, hogy a könnyei lehulljanak. Addig tartotta, amíg biztos volt benne, hogy a nő nem omlik össze, amikor beszélt. - Ah, szerelem, ebben nem lehet biztos.

Épp annyira húzódott el, hogy figyelembe vegye a tenger zöld szemeit. "Ismerem a nővéremet. Voltak nézeteltéréseink, de ismerem őt. Csak azt nem tudom eldönteni, hogy azt akarta volna, hogy itt neveljem a lányát, vagy a Fey segítségét kérem."

Az a gondolat, hogy bármit is kérjen a Fey-től, reszketést okozott a gerincén. - A feyek nagyon nehéz emberek, akiket tudsz.

"Én igen. És tudom, hogy unokahúgom része Fey-nek. És mielőtt elmondanád, tudom, hogy hatalma minden királyság minden királyságát elfedi, amint nagykorú lesz."

Egy pillanatig nem kapott levegőt. Nem mertem. Eddig csak Celeste és nővére állíthatta, hogy ők a leghatalmasabbak és legtehetségesebbek saját királyságukban. "Biztos vagy ebben?"

"Biztos vagyok benne. Azért jöttem ide, hogy elmondjam neki az anyjáról. Nem azért, hogy megértse, és ... Voltak ... voltak ... a húgom árnyéknak vagy suttogásnak nevezte őket. Ők ... Ez .. eltűnt, amikor beléptem. Nem tudom, de azt hiszem, ízlelte a vérét. Ha ez még lehetséges. Aztán megmutatta férjének azt a kis tűszúrást, amely Nisha apró kezén rejtőzött. Egyetlen csepp kék vér már megújult. Unokahúgának még egyetlen hangja sem volt, csak egy nagyon boldog csecsemőé.

3. rész

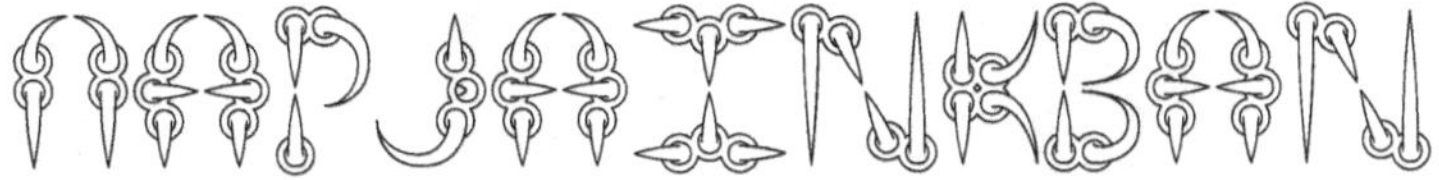

- Egy napon lesz egy Lite-ből és Darke-ból született királynő. Hatalmasabb lesz, mint előtte. Vigyázz arra a napra, amikor mindenki királynővé koronázódik, mert mindenki megváltozik. A rég elfeledett igazságok ismét kiderülnek. Az árnyékból pedig vége lesz mindannak, amit nagyra tartunk. "

-A Darke és az átkozottak legendája

Fejezet 9:

Nisha

Az arany szekrényajtókat kinyitva Nisha mély lélegzetet vett ma volt az utolsó napja Lite-ben. Az utolsó nap egyáltalán a családjával ... Nos, nem igazán, de utoljára hercegnőként jött ide. Nem, amikor legközelebb Lite-be jön, két birodalom királynője lesz.

Tizennyolc évig itt élt. Megtanulva mind saját, mind unokatestvére, Lilly erejét. Mindketten szorgalmazták egymást, hogy legyenek ... a legjobbak. Mindketten tudták, hogyan kell lejátszani egymást. Mindketten tudták, hogy királynők lesznek. És mindkettő nem hajlandó hallgatni arra, hogy ellenségnek szánta őket. Végül is hogyan fordulhatna valaha az ellen, aki a legrosszabb esetben is megértette? Újabb mély lélegzetet vett, és az akasztókon szépen lógó szekrényre nézett: "Mit visel az ember, amikor először látja otthonát?" Többet tett fel magában, de a háta mögül egy fáradt hang válaszolt.

"A színek elnémultak Darke-ban. A sötét színek a legjobbak. Emellett édesanyád panaszkodik a hideg és a természetes fény hiánya miatt."

- A hollói tollkabátom és a piros blúzom az. Nisha lehúzta a dzsekit az arany fogasról, majd vállat vont. "Imádtam ezt, amikor először készítettem, de Lilly és most egyetértek azzal, hogy kinézzen ..."

Celeste befejezte unokahúga mondatát: - Mint Darke királynője. A néhány lépést unokahúgához lépve sóhajtott. - Először megrémítetted, amikor először viselted. Természetesen, miután több hollót láttam a tolluk nélkül, és még mindig nagyon éltünk, mindannyiunknak nevetett.

Nisha vállat vont, amikor felcsúsztatta a kabátot. "Mindannyian úgy döntöttek, hogy szépen nézek ki, mint egy madár. És okot adott arra, hogy felvegyem a kötést."

Celeste pislogott. Emlékeztetnie kell unokahúgát, hogy a madarak nem beszélnek ... természetesen akkor megbeszélést folytatnak, ami mindenről szól, ami nem fontos. Tehát, visszaharapva a megjegyzést, belépett a szobába. - Tudod, most, hogy megnézem, azt hiszem, a vállaknak valamire szükségük van. Egyetlen ujjcsattanás és egy vörös hajú fiatal cselédlány rohant be egy sima fehér dobozban, fekete bársonyszalaggal. - Ez a nagymamádé volt. Azt hiszem, örülne neki, ha nálad lenne.

Nisha hagyta, hogy sötét köd nyúljon a doboz felé: "Megengedhetem?"

"Kedvesem, meg kell tanulnod, hogy ne kérj dolgokat. Te vagy a Darke királynője, azt mondod azoknak, akik szolgálnak neked, amit akarsz."

"Ó, nem hiszem, hogy nekik tetszene. Az árnyék jobban reagál, amikor kérdezek, nem pedig mondok neki semmit. És a suttogások csattanóbbak, amikor beszélgetést folytatok, nem csak információkat kérek. Nem is tudom leírni mit csinálnak a halottak, amikor parancsot adok. Azonban nagyon örülnek, amikor segítséget kérek. "

"A .... halottak!?! Mikor voltál ...." Néhány rövid lélegzetet véve sikerült megnyugtatnia magát: "Nem, ne mondd. A halottaknak megvan a saját helyük, ahol nem lehetnek barangol Lite utcáin. " Hátradőlt az ágyhoz, hogy üljön, mielőtt elájult. Remélhetőleg az unokahúga megkoronázása után ezek a kis beszélgetések abbamaradnak ...

... És a juhoknak holnap szárnya lehet.

"Ó, nem barangolnak ... vagy legalábbis itt nincsenek. Az Under Kingdom nagyon unalmas. Olyan dolgokat adok nekik, hogy egy kicsit felélénkítsék őket, és királynőjükké tettek. Egyhangú volt ... azt hiszem. Nem igazán vagyok biztos. Azok, akik megkoronáztak, nem voltak hajlandók megvitatni, amíg ott voltam, hogy csatlakozzam a beszélgetéshez. "

Néhány hosszú másodpercig Celeste elfelejtett lélegezni. Igazság szerint, ha a feje nem kezdett zümmögni, eszébe sem jutott valami olyan hétköznapi dolog. "A ... ők .... nem akarok erről hallani. Valójában alázatosan kérem, hogy soha ne említse ezt senkinek, aki nem család."

A szalagot előhúzva a dobozból Nisha vállat vont, és nem figyelt tovább a nagynénire. "Ez rossz?"

"Kedves gyermekem, közel egymillió éve senki sem uralkodik az Alföldön. A lakosok úgy döntöttek, hogy miután az életben egy uralkodó alatt éltek, nem akartak halálra." Vagy legalábbis ezt mondták minden királyság minden tankönyvében és tantermében. Valójában ez volt a nagyon kevés dolog egyike, amelyben mindenki egyetértett.

- Ó. Nos, azt hiszem, meggondolták magukat. Nisha ismét szünetet tartott. - De azt hittem, tudod, hogy Freya nem az élőké? Látva, hogy nincs szüksége alvásra, és nem is kell élelem a túléléshez.

"Freya egyben Fey és képzett harcos is. Nem akartam elutasítani a segítséget az Ön és az unokatestvére biztonságának megőrzésében." Ami akkor nagyon jó tanácsnak hangzott ... azonban ... visszatekintve ...? Fél tucatnyi dolog volt, amit először kipróbálhatott volna. Először meg kellett volna próbálnia. Miután Freyát őrsnek fogadta el, már késő volt bármit is kipróbálni, beleértve Nisha elvezetését Alista királynőhöz segítségért.

"Ó. Nos, akkor azt is tudnia kell, hogy az Under Kingdom polgárai közül sokan magasan képzett harcosok is, és nem engedik, hogy bármi történjen a családunkkal. Esküt tettek erre."

Egy pillanatra Celeste szája tátva maradt. Annyi kérdés, amit feltett ... a lehetséges válaszok megrémítették. - A doboz. Igen, kérjük, nyissa ki a dobozt.

- Ó, tsk. Milyen szórakozás unokahúgunk, ha nem lehetek őszinte veled? A fedelet kinyitva elmosolyodott a két nagy tollas karmon. "Milyen madárból származnak ezek? Teljesen tökéletesek."

- Nem emlékszem, a toll nagyságából azt mondanám, hogy meglehetősen nagy madár. Vagy legalábbis valami, ami madárhoz hasonlított. Végül is Darke-nak vannak olyan állatai, amelyekről még egyetlen ország sem hallott, nemhogy soha. Aztán megint az anyját varázsolhatta az állat csak a karmok miatt ... lehetőség volt rá. Végül is az anyja több mint képes volt erre.

A vállvédőket a kabátjára helyezve elmosolyodott. - Kíváncsi vagyok, látok-e ilyet?

Ó, *remélem, nem*. "Nem tudnám kedvesem. Most gyere ülj. Néhány dolgot át kell gondolnunk, mielőtt elmész."

Puha indák folytak körülötte, amelyek egy perc alatt különböző mintákra emelték a haját. A haja össze volt kötve, és egy fekete, csiszolt kőből készült korona ült a fején. Három pont mind éles élt csiszolt. - Ó, nézd. Azt hiszem, van egy koronám, amit Darke-nak kell viselnem. Aggódtam, hogy senki sem tudja, ki vagyok.

Celeste határozott hangon ismét azt mondta: "Nisha, kérlek, ülj le." Akkor is meg kellett beszélniük ezt a beszélgetést, ha Lillyt ide kellett vonszolnia.

Ajka mosolyra görbült, ami nem volt megnyugtató. - Igen, néni.

"Először egy kosarat készítenek elő, amelyet elvihet. Ne egyél ott semmit, amíg nincs olyan személyzete, amelyhez vér kötődik."

"Marta szakácsomként jön. Marigold lánya lesz a személyes szobalányom. És vannak Emmett, Edgar és Shadow, akik a személyes őrzőim." Ráadásul Freya és rengeteg élőholt. Nem mintha ezt mondaná, amikor már eléggé megijesztette a nénit egy napra.

"Nagyon jó. Kérem, kérje meg Árnyékot, hogy maradjon közel a koronázásig. Ő ... ez ... jól tudja tudni, mikor van veszélyben, és nem sokat törődik azzal, hogy ki állít be ebbe a helyzetbe." Amit mindannyian szinte későn tanultak meg, amikor az majdnem megölte Dávidot, mert megpróbálta megtanítani Nishának, hogyan kell védekezni, és elragadtatta magát.

Nisha összehúzta ibolyaszínű szemeit, és sokkal sötétebb hangon suttogta, mint egy korosztályú lánynak kellett volna. "Ez és mindenki tudja, hogy az árnyékokat nem lehet megölni, de bármi mást meg lehet ölni, beleértve Drakenseket, trollokat és másokat is."

Hogy felejthettem el? "Igen, ezt mindenki tudja. És Darke-ban vannak olyanok is, akiket szintén nehéz megölni. Emlékszel azokra a polgárokra, akiken uralkodni fogsz?"

"Természetesen." Számolni kezdett az ujjaival. "Vannak a Magasszülöttek, akik olyan Specterekből állnak, akik sötét indákat hozhatnak létre az árnyékokból. Akár alárendeltek, akár csak aljasak lehetnek. Tűztáncosok, akik úgy nézhetnek ki, mint bármely más Darke polgár , de parázsra fordíthatják a húsukat, vagy tüzet okozhatnak, bárhová lépnek vagy megérintenek. És akkor a Telepaták, azt mondják, hogy hasonlítanak egy feyen hegyes fülű és ferde szemű polgárhoz. De a Fey-vel ellentétben nem használhatnak csillogásvarázslatokat, hogy palástolják magukat . "

Egyetértően bólogatva Celeste megkérdezte: "És a többi lakos?"

"Minden másnak vannak kisebb képességei. Például, hogy képesek járni a falakon. Tedd el, hogy a tárgyak eltűnjenek, és kedvük szerint újra megjelenjenek. Biztos vagyok benne, hogy sok más van, amelyekről még meg kell tanulnom." Mégsem mondták, hogy Fey élne Darke határain belül. Egyik sem lépte be annyira az országot, mint a rengeteg tűzvész előtt. És ezt valami mást kellett megvizsgálnia, mivel Fey saját maguk törvényei voltak, és csak a Feyen királynőnek vagy egy királynőnek válaszolt, hogy ők szívesen szolgálnak.

"Nagyon igaz. Most, hogy elfogadja Darke jogarát, minden képessége felszabadul." És védje meg a fény, ha így tesznek.

- Olyan képességeim lesznek, amelyekről még nem tudok? Milyen izgalmas. Lilly is új képességeket kap majd a koronázásakor?

Celeste megszorította az orra közötti hidat, már érezte, hogy a fejfájás mindig elkezdődött ezekből a beszélgetésekből. Tudta, hogy mire unokahúga a Spire-be távozik, a feje felrobbanhat. "Igen drágám."

Nisha izgatottan csapta össze a kezét. "Néhány hetente találkoznunk kell, hogy együtt gyakorolhassunk. Egyszer itt Lite-ben, a következő pedig Darke-ban. Csodálatos lesz."

- Nisha, kérlek.

- Bocs, Celeste néni.

"Amint királynővé koronázzák meg, képes lesz alanyod minden képességéhez kihasználni azokat a képességeket, amelyek már megvannak. És mindezzel az erővel a felelősség is jár. Vannak, akik arra fognak nyomni, hogy ajándékaidhoz felhasználd és mások, akik félni fognak és megpróbálnak ártani neked. "

Egy hosszú pillanatig Nisha csendesen ült ott. Valahányszor arra gondolt, hogy anyja hogyan halt meg, a düh égett benne. Nagyon hidegen válaszolt: "Ne aggódj. Nem vagyok az anyám. Nem bízom abban, hogy az élők megvédenek. Ne is csak a képességeimre támaszkodjak."

"Igen, ettől félek. Épp ezért születése előtt az anyja férjet választott neked. Születésed napján kötötték meg. Anyád és nagymamád felügyelték a kötést. Biztos lehetsz benne pontos és pontos volt. "

Nisha felugrott az ágyról. "Mi van? Te most erről mesélsz nekem? Lillynek ki kell választania a férjét. Valahogy. Nos, legalább azt kellett választania, hogy Draken melyik fiát vette feleségül. És itt élt velünk közel tíz éve! "

"Tudom, hogy igazságtalannak tűnik. És többször megpróbáltam őt idehozni. Valahányszor a nagybátyja olyan okokból utasított el, amelyeket nem értek. Azonban a Spire-ben találkozik veled. Szánjon egy kis időt, és beszéljen vele Azt mondták, apád minden más férfi gyermek közül választotta, aki a születésétől számított egy éven belül született. "

Több volt ebben a beszélgetésben. Valami, amit most az árnyék mélyén suttogtak. Mormolt beszélgetések és figyelmeztetés az óvatos taposásra. Az árnyékok nem bízták a nagynéniben az igazságot. Azonban felhasználhatta ezt az egyetlen pillanatot, hogy mást kérdezzen. "Az apám?" Tehát még keveset mondtak neki róla. Most...?

Őszinte választ kapna? Vagy meg kellene kérdeznie a régi idők nagy fejét?

Az unokahúga arcán a kérdéseket látva Celeste így folytatta: "Feyenből származott. És azt mondták, hogy látnok azon kívül, hogy láthatatlanná tudnak fordulni." Hosszú szünetet tartva úgy döntött, hogy megoszt egy kicsit többet húga férjéről. "Csak kétszer találkoztam vele. Egyszer az anyáddal tartott esküvőn. Megfogta a kezemet, és azt mondta nekem, hogy a lányom olyan szép lesz, mint maga Lite, és boldog házasságban él Draken fiával." Több minden volt, amit elmondhatott neki, de várhat a koronázás után.

Nisha egy sóhajjal lemondott, hogy találkozzon ezzel a választott udvarlóval: "Rendben, találkozom vele, de ha nem olyan jóképű, mint David, nem leszek hajlandó feleségül venni. És ha tiltakozik, békává változtatom."

"Vér van hozzád kötve. Ha azt mondod neki, hogy nem vagy házas, akkor nem fog tiltakozni. Nagybátyja viszont nagyon jó lehet. És mivel ő a meghatalmazottjaként uralkodik, ezért az unió miatt létrejöhet hatalmas ellenség. "

- Rendben, nagybátyját étellé változtatom David számára. Szerintem Drakens imádja a friss nyulat.

Ó, áldja meg. - Kétlem, hogy nyulakat találnának Darke-ban.

Nisha a vállára vetve ült az ágya szélén, és hagyta, hogy a hangja hideg, sötét hangot vegyen, miközben azt mondta: "Nos, lesz egy, ha ez a meghatalmazott úgy gondolja, hogy parancsokat adhat nekem."

Fejezet 10:

Ethan

A víz leesett a mennyezetről.

Plop.

Plop. Plop.

A hang egy nyugtató drón volt, amellyel megtanulta használni, hogy ellazítsa a karja fájdalma és a háta égése ellenére. Elég volt néhány percet pihenni. Néhány értékes perc, hogy visszanyerje erejét, bármit is tervezett a nagybátyja másnapra.

- Ébredj, kutya. Mély hang visszhangzott a hideg, nedves pincében.

Ethan lassan hagyta, hogy a szeme igazodjon a mély férfihang sötétségéhez és hangjához. Lord Edrich. A nagybátyja. Ha válaszol, pofon esne. Ha nem, akkor valami sokkal rosszabb. Úgy döntött, hogy nem akarja, hagyta, hogy a láncok, amelyek a mennyezethez kötötték, zörögni kezdett, és remélte, hogy nem elég engedetlenség ahhoz, hogy megkötözze.

A gyertyafény ragyogása látott napvilágot, ahogy a nagybátyja és a kísértet, amelyet éppen akkor használtak, amikor az utolsó néhány lépcsőn lejöttek. Mindkettő a legkifinomultabb ruharuhát viselte. Nagybátyjának fekete ruhás nadrágja volt és hozzáillő kabát, zúzott vörös inggel és fekete nyakkendővel. Az arany színű mandzsettagombok és a nyakkendőn egy arany pont volt, hogy ne mozduljon el. A kísértet? Vérvörös ruha, amely elvérzett a kavargó szürke ködben, amely a lába volt. Egyik sem úgy nézett ki, mintha itt lennének, hogy megverjék, amíg el nem múlik. Aztán megint ... velük soha nem lehet biztos. Végül is a kínzás volt a kedvenc múltbeli idejük. Vagy legalábbis úgy tűnt.

Lord Edrich megállt foglya elől, és nem tudta mogorván: - Itt az ideje, hogy megérdemelje, hogy tartsa magát, te értéktelen kutya.

Nem látta, mi történt, de égő, szinte gyötrő fájdalom futott végig a hátán. Visítás visszafojtva megpróbálta nagybátyjára tekinteni. Megpróbálta hallgatni a szavakat, amiket mondott, miközben a kísértet sikoltozni próbált. Valami, amit az elmúlt évben megpróbált előállítani. És valamit, amit ma megtagadna tőle.

Hosszú csontos ujjával kinyújtva Edrich az állánál ragadta és felszisszent: "Ma találkozhatsz a kis hercegnővel. Ne aggódj. Biztos vagyok benne, hogy jóval az esküvő előtt könyörögni fogsz a kedvességemért." Kegyetlen mosoly alakult ki ajkain, miközben közelebb hajolt: - Úgy hallom, inkább hajlamos a kegyetlenségre, mint anyja valaha is álmodott.

Esküvő? Kedvesség? Ethan nem tudott beszélni. Jobban tudta, mint egyetlen szót elengedni a száraz, repedezett ajkak mellett. Nem volt méltó beszédre. Semmihez nem méltó. Vagy legalábbis ezt nevelték benne. Csak azért élt nagybátyja házában, mert szülei pénztelenül haltak meg, és nagy adóssággal tartoztak neki. Ő, mint egyetlen élő fia, kénytelen volt megfizetni ezt az adósságot. Nappal egy szolga és éjjel korbácsoló posta, vagy ami még rosszabb, érme a nagybátyjának, hogy kifizesse adósságait.

"Megy a Spire-be, és visszaszerzi a kis hercegnőt. Ezután azonnal térjen vissza a palotába. Ne késlekedjen a Spire-nél, különben reggelre teste leválik a testéről."

Bólintott. A teste már remegett a fájdalomtól.

Edrich azt mondta a kísértetnek: "Cseréld le. Le kell állnia, hogy elérje a Spire-t." Aztán Ethanhez: - És ha hallom, hogy van egy csepp vér a kocsimon, biztos vagyok benne, hogy utoljára ezt tette.

Tudta a fenyegetést. A nagybátyja soha nem fordítaná ki. Nagy botrány, ha mégis. Nem annyira, ha megölt egy magányos szolgát. Kevesebb, ha trollra etette.

A víz hideg volt, szaga volt, és szürkés nyálkává változott a most a tálban lakó patakoktól. Ha ebben mosakodna, legjobb esetben megsértené a hercegnőt, legrosszabb esetben sebei megfertőződnének. Ha nem tette meg, akkor a ruhája tapadt rá és letépte a gyengéd bőrt. Lehunyta a szemét, és egy fehér inget csúsztatott, anélkül hogy megpróbált volna mosni. Elölről finom selyemből nézett ki, de a hát és a karok karcos és viszkető anyagból készültek. Három év viselése után megtanulta, hogyan hagyja figyelmen kívül az érzést.

A kabát azonban kellemes meglepetést okozott. Kiváló minőségű volt. Még selyemmel is bélelve. Fekete ... de akkor minden sötét vagy fehér színű volt. De főleg fekete és piros.

Elhaladt egy magányos teremtükör mellett, és gyorsan elpillantott. Szénfekete haja kezdett kinőni. Csak egy ujjnyi szélességű. A szeme szokatlan színű volt Darke bármely más polgárától, olyan ritka, hogy még csak egy szava sem volt, amit tudott. Bőre kifehéredett bármilyen színétől. Egy nap azt remélte, hogy látja a porcelán krém bőrét, amelyre homályosan emlékszik.

Remélte, hogy egyszer csak a fáradt tekintet nélkül láthatja a szemét. De legfőképpen azt remélte, hogy egyszer elmenekülhet a nagybátyja házától. Talán elérheti Lite-t vagy Draken-t, és menedékjogot kérhet. Egy nap, amikor volt ereje elhagyni ezt a helyet. Amikor volt valami ötlete, hová fordulhat segítségért.

Tudta, hogy ez gyenge álom. A hercegnő visszatért Darke-ba, és két hét múlva meghalt.

Ajándék az esküvője napjára. Áldozat, hogy gazdagítsa erejét. Vagy legalábbis ezt mondta neki a nagybátyja. Nagybátyjának pedig nem volt oka hazudni egy értéktelen szolgának.

Ethan felnézett a Spire-re. Fele Lite-ben és fele Darke-ban. A Lite oldala fehér kőből készült, amely a napon csillogott. Ahol a Darke-ban lakó oldal fekete fényezett kőből állt, félig az árnyékban elrejtve. Ez volt a határ a két ország között. Az a hely, amikor két generáció egyetlen királynőt támogatott, mindkettőt uralta. Lányai aztán mindegyik átvette az egyik vagy másik irányítását. A Celeste állítólag magából a napból készült. Tehát olyan tiszta, hogy semmi gonosz nem érheti meg a bőrét. Míg Adrianna tiszta gonosz volt. Visszaélt a hatalmával, és ezért meghalt. Most a lánya, akiről úgy hírlik, hogy olyan hatalmas, hogy egy árnyék és egy démon nevelte őt egy toronyban, amelyet a Fey elvarázsolt, hogy ne okozzon kárt azon kívül, amit uralni fog.

És itt volt ő ... aki visszavitte őt Éjszaka palotájába. Az esküvőjére és a koronázására vezeti. Aztán haljon meg a saját kezén mindazok előtt, akik részt akarnak venni az ünnepségen.

Ethan a határon át a Lite-be nézett. A néhány lábat átmehette a Spire-on és Lite-be. Könyöröghetett, hogy láthassa Celeste királynőt ... Tudta ...

... Nem, nem tehette. Sok minden volt, de a gyáva nem tartozott közéjük. Talán a következő két hetet a hamarosan királynő szolgálatában töltheti. Ha megtenné, felbecsülhetetlenné teheti magát számára, akkor a nő nem ölné meg.

Mély levegőt véve, lelépett a hintó hátuljáról.

Ez lenne az egyetlen reménye. Az egyetlen esélye ... és meg kellett tennie anélkül, hogy a nagybátyja megtudta volna, hogy ezt engedély nélkül tette.

Lassan felfelé tartott a nagy lépcsőn, amely a fő ajtóhoz vezetett. A lépcsőfokú kövek elég simaak voltak ahhoz, hogy csúszók és nedvesek legyenek, de valahogy megakadályozták, hogy megcsúszjon. A dupla ajtó két emeletet ért el, és sötét fából készült. Csak előttük állva érezni lehetett, hogy a szemek figyelnek rád. Érezd, hogy lélegzel a nyakadon, és tudd, hogy ha megfordulsz, senki sem áll ott.

Nagyot nyelve felemelte az öklét, és bekopogott az ajtón. Olyan halkan tette, de ez nem akadályozta meg a kopogást abban, hogy visszhangzó ordítássá csapjon.

Éppen azon volt, hogy lerohanja a lépcsőket, és megkerülje a Spire-t és az oldalt, amely Lite-ben lakott, amikor az ajtó megnyílt.

Egy pillanatra a szeme a feyen harcosra szegeződött, aki szerencsére fegyvertelen volt. Miután a szíve ismét a mellkasába telepedett, meghajolt. - Azért vagyok itt, hogy kísérjem a hercegnőt. Rossz érzés volt beszélni, de muszáj volt. Természetesen később megbüntetik ... de ez most nem számított. Nem számíthat. Meg kellett mondania, miért van ott, vagy halott, anélkül, hogy valaha is beszélt volna.

A feyen harcos elmosolyodott, miközben füstszürke szárnyait az oldalára húzta: "Kövess engem. A hercegnő hamarosan leszáll."

Fejezet 11:

Nisha

Ha a kocsikat a Spire-be utaznák, órákba telhet. Ennek ellenére jóval a tervezett érkezési idő előtt ott lesznek. Ha azonban a halottak kapuját használná, csak néhány szívdobogásba kerülne. És ez azt jelentette, hogy…

- Freya! Nisha izgatott vicsorgást hallatott.

"Kegyelmed?" Ez az óvatos hang, amelyet ettől az acélos harcos hallatott, elég volt ahhoz, hogy tudják, legalább az egyik alattvalója tudta, mikor készül valami félelmetes és lélegzetelállító dologra.

- Kérem, mondja meg azoknak, akik csatlakoznak hozzám a Darke-be, hogy ne késlekedjenek. Van még egy találkozóm, amely elsőbbséget élvez. Mindenkivel találkozunk a Spire-ben a kijelölt időpontban.

Freya kissé megmártotta a fejét. Végül is azon kevés emberek egyike volt, akik megértették a találkozót a királynővel. - Kérem, mondja el sajnálatomat, amiért nem csatlakoztam hozzád.

Gonosz mosoly nyílt Nisha fiatal arcán. - Megpróbálom, hogy távollétében ne győzze túl sokat Magmas bácsit.

A Holtak Városának mélyén Nisha saját készítésű kis lakásban ült. Egy nagy kerek asztal több magas hátsó holló színű székkel. Mindegyik embernek egyet, aki a fey tanácsát alkotta. Az egyik a nagymamájának és Alistának. Kettő pedig üres maradt a tanácsadó kérésére.

Magmas megtanította neki a csillagvárosok királyi fejéhez tartozó összes ajándékot. Donavan volt az edzője minden olyan dologban, amelyet sötét képességeknek vagy harcképzésnek tekintettek. Flint és Karnack is számtalan órát töltött mind a csillagvárosok, mind a Darke törvényeinek áttekintésével. Nagymamája és Alista egyaránt megtanulta, hogyan lehet jó királynő és igazi vezető.

Pedig egyikük sem mondott neki semmit az apjáról. Most sem kérte.

Nyugodtan ült, és elmosolyodott, amikor Magmas belépett, és lányát kísérte. Flint és Donnavan mögöttük hátralépett a nagymamájával, aki utoljára lépett be. Mégis Appollo maradt az ajtóban, szárnyait tökéletesen mozdulatlanul tartva, miközben mérte a nő temperamentumát.

- Appollo bácsi, nem csatlakozik hozzánk az asztalnál?

A szeme apró résekre szűkült. - Csak néhány fényciklus óta ismerlek, de amikor így mosolyogsz… - Megrázta a fejét, és nagyon őszintét mosolygott. - Semmi sem késztetheti arra, hogy elmozduljak erről a helyről.

- Ó, tsk. Milyen szórakozás a tiszteletbeli unokahúgnak lenni, ha alkalmanként nem tudom megijeszteni a szart?

Magmas hagyta, hogy a nevetéshez közeli köhögés elcsússzon az ajkán. "Nagyon jól. Appollo őrzi az ajtót. Azt kérte azonban, hogy jöjjenek mindannyian, és itt vagyunk. Szóval miért van az az út, hogy a sorsa felkarolásához tartson, szüksége van egy pillanatra egy csomó öreg omlós fejjel.

Mosolya elhalványult. - Kérdéseim vannak, és nem hagyom el ezt a szobát, amíg nem kapnak választ.

Flint egyszer bólintott. - Értetted? Most milyen kérdésekre van szüksége válaszokra?

- Tudnom kell apámról. Eljegyeztem. És mindkettőnek ismeretes az ereje. "

Visszatérve a Spire-be, Nisha mélyet lélegzett, és megváltozott hosszú fekete szoknyájától és összetört vörös blúzától. Eltűnt holló atyjadzsekijéből, és egy saját készítésű ruhát engedett vékony testéhez. Fehér és fekete tükrözi a halottak erdőjét. Tökéletes volt a torony beállításához. Tökéletes a hangulat felemeléséhez.

Ki kellett derítenie nemcsak családja, hanem eljegyzettjeinek igazságát is. És volt, de most kérdések keringtek az agyában.

Mély lélegzetet véve félrelökte gondolatait, és úgy döntött, hogy magához veszi a Spire ritka szépségét. Vigye be mindazt, amit még soha nem látott. Most ez volt az egyetlen alkalma, hogy megnézze azt a helyet, ahol édesanyját nevelték. Az a hely, ahol a nagymama uralkodott nemcsak lite, hanem Darke felett is.

Ez volt az esélye, hogy felfedezze az összes ismert ország legnagyobb hatalmát és titkait.

Zümmögve sétált a Spire termeiben. Meglepőnek találni. A két felet párosító termeket nagy puzzle-ként állították össze. Fehér és krémszínű kővé kavargó fekete és szürke kő. Összeolvadva, harmóniában dolgozva, de képesek önállóan kiállni.

"Hercegnő?"

A nő, aki előtte állt, évekig ismerte. Magas és karcsú. Kék-zöld szemek, amelyek kis folyóknak tűntek egy kis kerek, ködös fekete márvány körül. Kakaóbarna haj, amely éppen a válla alatt ért véget. Finom, hegyes fülei, amelyek inkább manónak tűntek, mint egy Fey-nek, aki kibökte a haját, amelyet éppen viselt. Egy kristálykard most lazán lógott az oldalán. A kard nem tette harcossá, de az a sebesség és hozzáértés volt, amit csak a kezével tudott megtenni. - Freya.

Egy bólintást adott, amelyet Freya engedett magának a tisztelet kifejezése érdekében, és halkan így szólt: "Megérkezett a jegyed."

Az orrnyergét szorongatva és a rosszabbra készülve Nisha azt súgta: "Valóban csúnya? Mondd, hogy nem csúnya szőrös trollcsiga"

Freya halkan elmosolyodott. - Szerintem kellemesen meg fog lepődni.

Hogy nem számított, vagy talán igen. - Ó, jó. Akkor el kell küldened Lillyt. Nem mehetek férjhez kedves unokatestvérem és David nélkül is.

- Természetesen, felség. Megkérem őket, hogy holnap érkezzenek meg. És ha szabad?

Többször megvitatták ezt a megbeszélést, így valóban szokás volt, amikor a lány lesütötte a szemét, és azt mondta: "Freya, nem kell kérdezned. Te kedves barátom vagy. Kérem, szóljon szabadon."

- Meg kell próbálnia a herceget a valódi nevén szólítani. Ez szünetet adhat neki. Legalább egy pillanatra. Végül is cseveg egy Drakenért.

"Ó, igen. Lássuk a teljes nevét. Davkren herceg, Craykren király fia és Alyisope feyen királynő. Draken koronájának sorában harmadik. Vagy másodszor, ha a nővére utat ér."

- Igen, látom értelmét. David sokkal egyszerűbb.

Egy kis nevetés csúszott el az ajkán. - Tudom. Nagyon örülök, hogy Lilly kitalálta.

Megállt a lépcső közepén, és Nisha figyelte a magas fiatalembert, aki idegesen állt, és Lite felé néző ablakon keresztül nézett. Valami róla egy rókára emlékeztetett, akivel Lillyvel egy ideje történetesen keresztezték egymást. Abban az időben a róka a rét szélén pislogott, de figyelte őket, mintha támadásra készek lennének. A róka megsérült és segítségre szorult. Tudta, hogy pillanatokon belül észrevette a szegény lényt ... De Lilly volt képes meggyógyítani a mancsát. Ami a fiatalembert illeti? Nem gondolta, hogy ez egy megsérült mancs zavarja őt... nem. Ha a lány helyesen olvasta, megpróbálta nem megmutatni, hogy fáj, mégis sokkal rosszabbra számított.

Az ajtóban maradva levette kőkoronáját, és hagyta, hogy a sötét köd elvigye bárhová, ahol tárolni viszik a dolgokat. Most Nisha akart lenni egy fiatal gyógyító a képzésben. Nem Nisha, Darke koronahercegnője és az Alsó Királyság királynője. - Ööö ... elnézést? A hangja csak kissé megremegett ... inkább az idegektől, de a hangnak elégnek kell lennie ahhoz, hogy a fiatalember ne gondolja őt fenyegetésként.

A lány hangjára a sarkára fordult. Magas arccsont és vésett áll. Vékony, sápadt, repedezett ajkak ... de a szeme tartotta őt. A többiek azt mondták, hogy jól van, mégis várja az utasítást ... de a szeme sikoltott a rejtett fájdalomtól.

Egy apró lehelet, és megpróbált mosolyogni, mégsem mert beszélni.

"Vársz valakire?"

A szeme figyelte, ahogy lép egy lépést a szobába. Végül azt suttogta: "Elkísérem Nisha hercegnőt az Éjszaka kastélyába. Lord Edrich várja az érkezését."

"Látom." Még egy lépést tett feléje, és figyelte, ahogy a félelem nyilvánul meg a szemében. Még akkor is, ha csak tanítványa lenne itt a Spire-ben, ruhája magasra sikoltott. Bár sikoltott szolgája, és határozottan nem azok közül, akiket eljegyzett. Talán Freya tévedett abban, hogy ki jött a Spire-be.

Nem, Freya biztos volt volna benne, mielőtt megkeresi. Engedve, hogy érezze, ő is érezte az anyja által használt kötést. Ennek ellenére elmondhatta, hogy valami nincs benne. Nem baj ... csak éppen. Szinte mintha nem tudta volna, hogy hozzá tartozik. Vagy esetleg, ha mégis, nem értette, mi az, amit most érez. A gyógyító megismerésének és eljátszásának egyetlen módja soha nem kapná meg ezt a választ. - Úgy gondoltam, a legjobb esetben holnap délig nem követelnek minket a kastélyból.

Nagyon gyorsan egy térdre esett. - Hercegnő, én ....

Fekete indák keringtek körülötte, halkan simogatták a bőrét. Mire lemondtak, a nő minden sebét tudta, és minden jelét, amely már a gyógyulás jeleit mutatta. Ma passzív látogató lenne. Holnap jobb ötlete lesz arról, hogyan működnek a Darke-i törvények. És akkor már itt lenne Lilly, aki segít megbirkózni azzal, aki e sebeket okozta. - Talán mennünk kellene. Szeretnék Lordhoz ... Ed ... Edrichhez szólni.

A félelem egyelőre megszűnt, de a szomorúság most elhatalmasodott. - A kocsi úton van.

Megfordult, majd megállt az ajtóban. - Kérem, egy pillanatra. Meg kell mondanom a személyzetemnek, hogy elmegyünk. Nem hinné el, hogy mennyire fodrosak, ha nem mondják meg nekik előre. És ez adna neki egy pillanatot, mire eldönti, hogyan kezelje az eljegyzéseit.

Nem olyan volt, mint amilyennek gondolta. Ha meg lehet bízni abban, amit a nő az indákból szedett, legalább volt benne Feyen vér. Nem fele annyi, mint a lány, de elég ahhoz, hogy felismerje, hogy van neki néhány. Ez egy újabb nap rejtvény volt, mivel Darkeban nem volt nyilvántartás egyetlen élő Fey-ről sem. Valójában a halottak nem tudtak olyanokról, amelyek még Fey-nek is részei voltak a határokon belül ... legalábbis a tűz óta.

Mély lélegzetet vett, és elmebeli jegyzeteket készített még egy dologról, amin el kell gondolkodnia. Hogy tovább kell várnia…

... És tegye fel az egyre növekvő listát azokról a dolgokról, amelyekre választ kell találnia és megoldania.

A mai napig meg kellene találnia, miért jegyezték el jegyét szolgának, amikor egy magasan született házhoz tartozott. Nem csak, hogy az anyja hölgy volt, aki a saját anyjára várt, de több vállalkozással is rendelkezett a Darke-ban és a Lite-ben egyaránt. Nem beszélve arról, hogy apja volt a királyi tanács első elnöke. Egy férfi, aki egy időben az anyja őrségének kapitánya volt, mielőtt félrelépett volna egy másikért.

Mindezt megtanulta, amikor egyszer eljutott a Spire-be, és információkat kért a Seneschaltól az eljegyzettjeivel és családjával kapcsolatban.

Az egyetlen információ, amelyre nem nagyon törődött, Lord Edrich volt. Ő volt az egyetlen élő felnőtt a tűztől, amely oly sok tizennyolc évvel ezelőtt történt. Az egyetlen magasan született felnőtt, aki túlélt egy lángolást, amely elsötétítette Darke város és kastély lakosságának közel felét.

Furcsaság. De annál több, hogy csak elolvastam ... valami nem hangzott jól, és figyelmeztetően megszúrta a bőrét. Valami más nem volt megfelelő az olvasottakkal ... Az édesanyja képes volt többek között tüzet létrehozni és manipulálni. Tehát, ha valóban elpusztult volna a lángokban ...

... Akkor miért érezte Ethan azt a hatalmat, amelyet csak egy Feyen királynő birtokolhat? Olyan hatalomnak érezte magát, amelynek el kellett volna tűnnie a halálával.

Annyi zavaros dolog ... és még sok minden más, hogy ki kell találnia, mielőtt feleségül veheti Ethant és elfoglalhatja a királynői helyet. És még annyi kérdés, amelyre meg kellett válaszolni, miután megkoronázták.

Nisha lesietett a sötét kőlépcsőn, és rövid lépésekkel megállt a hintótól, amely elvitte a kastélyba. A kocsi kicsi volt, komor és rothadásszagú. Mielőtt elgondolkodott volna azon, mit kellene mondania, kibökte: - Nem lépek bele a korhadt darabos mocsokba.

Ethan dadogva válaszolt: "Ez a legjobb ..."

Nem érdekelte, hogy nyafogó gyereknek vagy elkényeztetett hercegnőnek hangzik ... nem ült mocsokban. "Ha ez a legjobb, ami palotámban van, akkor ebben a pillanatban változtatni fogok."

Ethan megpróbálta megfogalmazni a szavakat, az esetleges szavakat, hogy hasznosak legyenek, és ne hasonlítsanak dumáló idiótára: "Nem a palota. A nagybátyám ... Ő ... Ez az övé."

Nos, legalábbis nem volt ilyen undorító, korhadt mocsokdarabja, ami még a trolinak sem felel meg a nélkülözőknek. - Értem. Akkor Lord Edrich gyenge mentség a meghatalmazottra. Élesen visszafordult, hogy szembenézzen a Spire-rel: - Freya?

Már a királynője mellett állva mosolygott. "Kegyelmed?"

Mély lélegzetet vetett, és összevonta a vállait, miközben már korábban is számtalanszor figyelte a nagynénjét, amikor egy fontos feladatért szólított meg valakit. Olyan testtartás, amelyet soha nem akart használni Freya megszólításakor. "Kérem, küldjön szót a nagynénémnek. Végül is szükségem lesz a segítségére. Holnap elég hamarosan megérkezik. Kérjük, küldje el a meghívót Blake bácsikámnak is." Nem mintha a férfi nem címkézné meg a meghívottakat, vagy sem, de a lány akár azt is elérheti, hogy őt is kérje. Azonkívül, ha Lord Edrich annyira szamár volt, hogy gyanítja, szüksége lesz a nagybátyjára, hogy foglalkozzon vele. Vagy legalábbis foglalkozzon vele, míg a királysága állapotával.

- Nagyon jól. Lesz egy oldalam, amivel megkeresem. Freya megállt, és visszanézett a Spire-re: "Megfelelő kocsit és Pegasit hoznak körbe. Mindkettő a nagymamádé volt. Kiváló minőségűek."

- Köszönöm, Freya. Elég nagy lesz a személyzet számára is?

- Munkatársaid egy második kocsiban fognak követni. Nem megfelelő, hogy veled üljenek. Kegyelmed.

A francba, ha a címét használta ... nem egyszer, hanem kétszer ... akkor már elegendő jelenetet okozott. - Ó, rendben. Igyekszem nem kezdeni egy nagy botrányt arról, hogy a személyzetem melyik kocsiban ül. A mai napon legalábbis nem. Holnapra vonatkozóan nem ígérek semmit. Az egyetlen válasz az volt, hogy Ethan arca elvesztette a színét, és Freya lesütötte a szemét, amikor visszasietett a Spire-be.

Az edző elég nagy volt ahhoz, hogy legalább tíz embert befogadhasson, és még mindig van bőven helye kinyújtózkodni. A sötétkék bársony ülések arany kárpitozással a nagymamájának nagyszerű, elegáns érzéssel bírtak, ám a magasan született polgárok más edzői között még mindig átlagosnak tűnt. Nos, ez addig volt, amíg elég közel nem ért, hogy meglátja Darke pecsétjét az ajtókba vésve. Akkor és csak akkor nem lenne hiba, aki ezen a hintón közlekedne.

... És most az övé volt.

Ethan sokáig nem szólt. Ha nem nézett volna rá jól, nem tudta volna, hogy még ott is ül. - Szóval, el akarsz mondani arról, amit elhaladunk, vagy új neveket fogok adni a webhelyeknek, és megkövetelem, hogy mindenki emlékezzen rájuk? Nem mintha megtenné, de már csak ez a gondolat is megmosolyogta. Aztán megint mindig egy várost akart elnevezni. Talán tudna létrehozni egyet csak az élmény érdekében? Később részletesebben elgondolkodhatott rajta.

Abszolút borzalom pillantása hullott Ethan arcára, amikor dadogta: - Elnézést, de utasítást kaptam, hogy ne beszéljek.

"Nos, ez a legabszurdabb dolog, amit valaha hallottam. És azt mondom neked, hogy több olyan dolgot is hallottam, amelyek egyszerűen csak utálatosak. Sokkal inkább, miután a szavakat hangosan kimondtam, hogy hallhassam őket."

A félelem visszatért a szemébe, de egyébként sikerült nyugodtnak tűnnie. Rövid lélegzetet vett, és lehajolt, hogy valóban láthassa, hol vannak. - A Spire-től délre vagyunk, a feneketlen tó közelében. Manticora városa nyugatra található. A név ellenére a népes városban jól elegyedik az alacsony születésű és nem sok Manticores. Noha megtalálták a falut, ezért hazájukról nevezték el.

Innen nem látta a falut, de érezte. Lehúzta a szemét egy távoli ponton, és megengedte magának, hogy lássa, amire a szeme nem képes ... A falu lerobbantnak látszott, a házak túlságosan beestek magukba, hogy megmentsék őket ... mások messze meghaladták, hogy valaki hogyan él bennük. ... egy mély lélegzet, amelyet lassan kiengedtek ... Nem olyan helyre, ahová szívesen ellátogatna, hanem valahova, amelyet valamikor nagyon hamar meg kell látnia. - Tudja, melyik alacsony születésű ember lakik ott?

- Ööö ... - Kissé megdörzsölte a fejét szavak veszteségében. "Mivel ilyen közel vagyok a tóhoz, azt hiszem, találna néhány szirénát, esetleg Charont. A Charybdik magukban a tóban laknak. Csúnya fenevad. Már egy ideje túlszárnyalják a vízi utak nagy részét." Kivéve, ha valaki megtalálta a módját, hogy eltávolítsa őket. Ami nagyon valószínűtlen volt. "A Hippocampi hajlamos a víz közelében maradni, ha nem benne." Szünetet tartott. "Az Éjszaka városában elmondhatnám az ott lakó magasszülöttekről. Sokukat ismerem."

Bólintással elmosolyodott, amikor azt mondta: - Kérem. Nem voltam biztos benne, hogy a várost újjáépítették-e vagy sem. A nagynéném nem tudta megtudni, mielőtt ide küldött.

"Ez nem olyan nagyszerű, mint a tűzvész előtt volt. De többnyire újjáépítették. A magas születésűeknek mind a kastély közelében vannak otthonaik. Hajlamosak harcolni azon, hogy kinek lesz a legközelebb az otthona. Elég nevetséges, ha belegondol Mivel a státuszukat az őrzi, hogy jó kegyelmekben maradnak, és semmi közük nincs ahhoz, hogy mennyi pénzük van, vagy milyen hatalommal rendelkeznek. "

Többet motyogott magában, mint neki, és így szólt: "Nem gondoltam erre."

Mindent, amit elhangzott, válaszként igénylő dologként folytatta: "Mint szolga, képes vagyok olyan dolgokat látni, amelyeket a legtöbben úgy tesznek, mintha észre sem vennék."

Páratlan választás azokra a szavakra, amelyek látják, hogy jegyesek vagyunk. "Te cseléd vagy, mégis a nagybátyád a meghatalmazottam? Hogyan lehetséges ez?" A hangja nem a csodálkozástól, hanem az alig kontrollált dühtől remegett.

"A szüleim nagybátyám szerint nincstelenül haltak meg. Fizetem az adósságukat, mivel nem tudják."

Mély levegőt vett, hogy ne kiabáljon vele. Nem az ő hibája volt, hogy hazudtak neki. De átkozott lenne, ha hagyná, hogy a hazugság ma után is folytatódjon. "Látom."

Érezte, hogy valahogy megbántotta, nagyon gyorsan így szólt: "Elnézést kérek, tudni akartál arról, hogy ki lakik a városban." A lány bólintásával lehunyta a szemét: - Van egy Empousa, amely a Magasszülöttek párkereső szolgálatát végzi. Természetesen, ha nem tudsz fizetni neki, megpróbálhatja neked elkészíteni a vacsoráját. "

- Empousa? Tudott róluk. Azonban az, amit mondtak neki, alacsony hordozottságúnak tűnt. Nem olyat, aki üzletet vezet. Hacsak a tulajdonos nem fizet ezért.

"Vámpírhibrid. Hajuk általában vörös, mint a tűz. A lábak bronzszobornak tűnnek, és mindegyiknek szamárlába van. Természetesen mindannyiuknak kedve támad hozzájuk menni."

- Jó tudni. Szóval, akkor nincs valódi képesség?

- Nem, csak a friss húst és vért szeretik.

A szemét forgatva Nisha lassan azt mondta, amikor visszaült a helyére: - Remek.

"Van egy Manticores család. Figyelned kell rájuk. Tüskéket lőnek a farkukból azokra, amelyek mellett elhaladnak. Azt hiszem, ez a szórakoztatás ötlete. Az agy azonban nem sok. Természetesen a Minotaurusz sem . A Telkhine-k működtetik a fémüzleteket. Két Typhon ül a tanácsban. Senki sem mer átkelni rajtuk. Bár nem tudom, miért vannak itt, nem pedig a Mocsári-mocsárban.

- Akkor megvan a Spectre. A legtöbb csak aljas helyett aljas. A Tűztáncosok kőházakban tartózkodnak, és nem érdekli, hogy kit égetnek el, amikor kint vannak. A telepaták tulajdonában vannak a legtöbb üzlet. Akkor megvan a nagybátyám. Ha jól tudom, ő az egyetlen élő Wendigo hibrid. De nem tudom, mi a hibrid. "

Azta. Pislogott, hogy csak néhány perc alatt többet tudhatott meg Ethantól, aztán azt, amit megtanulhatott a nénivel töltött összes éve alatt.

"Olyan sok embernél, aki friss vérrel él, meglepődtem, hogy ugyanabban a városban élhetnek." És csak kevesen gondolnák magasan születettnek. Egy másik furcsaság, amelynek valójában nem volt értelme. Add hozzá ezt a Typhonokhoz, akik több mint száz évvel ezelőtt kitiltották Darke-ból ... Egy másik dolog, amelyet hozzá kell tenni a kérdések listájához, az az alacsony születésű állampolgárok magas száma, akik magas születésűnek pózolnak ... Ó, előbb, mint később beszélnie kell Lillyvel A pokolba, ezen a ponton ajtót nyithat az Under Kingdomhoz, és beszélhet a rég elhunyt királynőkkel, és talán megtudhat néhány választ. Aztán megint várhatta, hogy megnézze, mit mond a nagynénje. nagy különbség.Legalábbis nem neki.

- Igen, hát nem azt mondtam, hogy kijönnek. De biztos vagyok benne, hogy most rájönnek, hogy hazajöttél. A hangjában furcsa reménykeverék keveredett csak egy kis szomorúsággal.

Fejezet 12:

Magmas

Magmas hátradőlve a magas székben, Magmas inkább egy pohár mézes nedűt kavart valami tennivaló érdekében, mint hogy az üveghez csapódó folyadék erőszakát figyelje.

Indulhatott, miután választott királynője elindult a Spire felé. Visszacsúszhatott a Csillagvárosokba, és jelentést tett a Nagy Magnarnak, amiért Nisha hívta a tanácsot, ehelyett azonban leült az immár üres tárgyalóterembe, amely egy olyan egyszerű lakóházban volt elrejtve, amelyet a gyermekkirálynő jobban szeretett.

- Valami zavar, Mags?

Ismerte a hangot. Hogy ne tehette volna? Felemelve a szemét poharáról, meglátta öccsét, amely az ajtóban hajolt. Nem a szobában, de kint sem várakozik.

Magas, ingatag testalkatú Flintet arra az ijesztő feladatra építették, hogy hivatalnok legyen, vagy kitömött, és számtalan órát töltött olvasással. Mégis akadtak olyanok, akik még emlékeztek arra, hogy a külseje nagyon megtévesztheti. Mivel ez egy Fey volt, aki ugyanolyan könyörtelen és halálos tudott lenni, mint bármelyik acélos harcos. Ez egy Fey volt, akinek volt sebessége és ereje elpusztítani bármit, amit kívánt, vagy felépíteni bármit, amiről álmodhatott. Nem, Flint nem volt olyan félelmetes.

Tehát az, hogy az ajtóban áll, nem csupán egyszerű kíváncsiságot jelenthet.

Egy pillanatig csak ült, mielőtt lávavörös szemeit Flint kristálytőrére szegezte, amely lazán lógott az oldalán. Semmi baj azzal, ha egy harcos nyíltan viseli a fegyverét. Semmi, ami sikoltott izgatottságot okozott. Még…

Igen. ott Flint szemében. Aggodalom. Ő is megértette a királynőjüket és a kérdéseket, amelyeket most feltett.

- A lehető legjobban felkészítettük Nishát. Erős, tehetséges, tehetséges, és nem bízik a körülötte élők szavaiban. Mégis, kíváncsi vagyok, kellett volna-e jobban küzdenünk azért, hogy idehozzuk a fiút. Ha gondozásunkban kellett volna nevelni. Vagy legalábbis olyan személy gondozásában, akiben megbízunk.

Flint lassan kiszorult az ajtókeretről, és egyenletes lépést tett a kerek helyiségbe. Nem vette figyelembe az agyagból faragott falakat, amelyek hasonlítanak a csontra. Éppen figyelmen kívül hagyta azt a lávát, amely a padló repedésein keresztül folyt, amely meleget adott ennek a szobának.

Ma nem volt olyan nap, hogy elgondolkodjak Nisha dekorációval kapcsolatos választásán. Nem egy nap volt a szavak pazarlása vagy az érzések keverése az elmúlt években már meghozott döntésekben. De a mai nap jó volt azoknak az igazságoknak a hangoztatására, amelyekhez még Magmas sem volt kíváncsi. - A tűz éjszakáján Vaszilissát a fiúról kérdezték. Bármit is látott. Bármit is tud ... megvan az oka annak, hogy a fiút nagybátyjánál tartsa, és elrugaszkodjon Darke-ban. És azon az éjszakán Magnar beleegyezett.

Több volt ebben a történetben, szinte hallotta Flint egyenletes hangján. Mégsem kérdőjelezhette meg ezt a döntést. De hangot ad aggodalmának. - Vajon valamelyikük figyelembe vette-e, hogy a fiú olyan erőkbe és képességekbe fog lendülni, amelyekben nem képzik ki? Hogy nem lenne tudomása arról, hogy a birtokában lévő erők... amelyekkel tud élni, még léteznek?

Flint öntött magának egy pohár nektárt, és bőségesen kortyolt egyet, mielőtt válaszolt. - Nisha lesz. Jó királynő, és remek vezetője volt.

- Jó királynő, akár nem, nem biztos, hogy készen áll arra, amit Pallas fattyúja tartogat.

Flint csontig dermesztő mosolyt villantott, és előhúzta tőrét, és a bőréhez próbáltatta a penge élességét. - Nem, de vagyunk. És nem egy képzetlen gyerekkel nem a csatatéren, hanem egy ügyes sereggel fog találkozni. Szünetet tartott, és előrehajolt. - És ő maga fog találkozni a nagy sárkánykirálynővel.

Magmas az összes lábán hátradőlt a székben. A szeme kissé összeszűkült: - És végül megkapom a bosszút, ami tartozik nekem.

Fejezet 13:
Ethan

A szíve a mellkasába csapódott. Nem igazán tudta komolyan átnevezni mindent ... ugye? Olyan gyorsan kellett gondolkodnia és csinálnia. Ha beszélne, elnyerheti a bizalmát, és talán a szolgálatában tartja ...

... aztán megint, ha a nagybátyja megtudta ... Nem, nem, ha ... Mikor ...

... Nem, nem merne ezen gondolkodni. Halkan tartotta a hangját ... alig volt egy suttogás fölött, és így válaszolt: "Elnézést, de utasítást kaptam, hogy ne beszéljek."

Csinos arca volt. Szinte kedves, és szinte szórakozottnak tűnt, amikor beszélt. Talán nem hitt neki, nem hitte el, hogy a cseléd. Aztán megint talán szórakoztatta.

Hope dagadt benne.

Annyira elmerült a gondolataiban, hogy szinte észre sem vette, hogy a lány még mindig választ vár. Nagyon gyorsan bekukucskált az ablakon. Még nem voltak itt valahogy, néhány óra alatt két óra távolságot tettek meg? "A Spire-től délre vagyunk, a feneketlen tó közelében. Manticora városa nyugati irányban van. A név ellenére a népes városban jó keveréke van az alacsony születésűeknek és nem sok Manticorának." Vett egy levegőt, ellazult és remélte, hogy ezzel vége lesz a beszélgetésnek. Szívverés közben tudta, hogy nem az lesz.

- Tudja, melyik alacsony születésű ember lakik ott?

"Ööö ..." Ó, szar. Ki lakik itt? Nem tudom. De ezt nem mondhatom. Újabb gyors lehelet, lehunyta a szemét és megdörzsölte a fejét. "Mivel ilyen közel vagyok a tóhoz, azt hiszem, találna néhány szirénát, esetleg Charont. A Charybdis maga a tóban lakik. Csúnya fenevad. Már egy ideje túlszárnyalják a vízi utak nagy részét." Hacsak valaki nem találja a eltávolításuk módját. Ami teljesen lehetséges volt: "Hippocampi hajlamos a víz közelében maradni, ha nem benne." Szünetet tartott: "Az Éjszaka városában elmondhatnám az ott lakó magasszülöttekről . Sokukat ismerem. "Kérem, hadd bizonyítsam, hogy vagyon vagyok. Kérem.

Úgy nézett ki, mint aki gondolkodott. Akkor mérlegelje a lehetőségeit ... - Kérem. Nem voltam biztos benne, hogy a várost újjáépítették-e vagy sem. A nagynéném nem tudta megtudni, mielőtt ide küldött.

Köszönöm, "Nem olyan nagyszerű, mint a tűz előtt." Vagy legalábbis azok szerint, akik emlékeznek rá, nem az volt. "De többnyire újjáépítették. A Magasszülöttek mindannyian a kastély közelében vannak otthonukkal. Hajlamosak küzdeni, hogy ki kerül közelebb az otthonukhoz. Elég nevetséges, ha belegondolunk. Mivel állapotukat az tartja, hogy jól maradnak jó kegyelmed, és semmi közöd ahhoz, hogy mennyi pénzük van vagy milyen hatalmuk van. " Ó, édes sötétség zakatolok.

- Nem gondoltam erre.

- Szolgaként képes vagyok olyan dolgokat látni, amelyeket a legtöbben úgy tesznek, mintha észre sem vennék. Miért mondtam csak ezt? A szolgák mindent látnak és semmit sem tudnak. Mindenki tudja ezt, és be kell vallania az ellenkezőjét ... A francba ... Meg akarom menteni a saját bújócskámat, nem találok bonyolultabb módot a halálra.

"Te cseléd vagy, mégis a nagybátyád a meghatalmazottam? Hogyan lehetséges ez?"

Gyanakvóan hangzott valamivel kapcsolatban. Nem rosszabb, hogy dühösnek hangzott. Meg kell javítanom ... Talán a szüleim ... "A szüleim nagybátyám szerint nincstelenül haltak meg. Fizetem az adósságukat, mivel nem tudják."

"Látom."

Szar.- Elnézést kérek, tudni akartál arról, hogy kik laknak a városban. A lány bólintásával még egyszer lehunyta a szemét. "Van egy Empousa, amely a Magasszülöttek párkeresési szolgáltatását üzemelteti. Természetesen, ha nem tudsz fizetni neki, megpróbálhatja neked elkészíteni a vacsoráját."

- Empousa?

"Vámpírhibrid. Hajuk általában vörös, mint a tűz. A lábak bronzszobornak tűnnek, és mindegyiknek szamárlába van. Természetesen mindannyian kedvet kapnak a csizmához."

- Jó tudni. Szóval, akkor nincs valódi képesség?

- Nem, csak a friss húst és vért szeretik.

"Nagy." A hangja nem hangzott elégedettnek. Mégsem hangzott őrülten. Szinte, mint azon gondolkodott, mit fog kezdeni mindazokkal, akiknek friss vérre van szükségük a túléléshez.

"Van egy Manticores család. Figyelned kell rájuk. Tüskéket lőnek a farkukból azokra, amelyek mellett elhaladnak. Azt hiszem, ez a szórakoztatás ötlete. Az agy azonban nem sok. Természetesen a Minotaurusz sem . A Telkhine-k működtetik a fémüzleteket. Két Typhon ül a tanácsban. Senki sem mer átlépni őket. Bár nem tudom, miért vannak itt, nem pedig a Mocsári-mocsárban.

- Akkor megvan a Spectre. A legtöbb csak aljas helyett aljas. A Tűztáncosok kőházakban tartózkodnak, és nem érdekli, hogy kit égetnek el, amikor kint vannak. A telepatáké az üzletek többsége. Akkor megvan a nagybátyám. Ha jól tudom, ő az egyetlen élő Wendigo hibrid. De nem tudom, mi a hibrid. "

- Olyan sokan friss vérből élnek, hogy meglepődtem, hogy ugyanabban a városban élhetnek. Igen, igaza volt. Csak próbálta kitalálni a dolgokat. Tehát talán mégiscsak hasznos volt számára.

- Igen, hát nem azt mondtam, hogy kijönnek. De biztos vagyok benne, hogy most rájönnek, hogy hazajöttél.

Nézte, ahogy a lány figyelmét az ablakon kívülre fordítja, és elfordul tőle. Vagy legalábbis elég nyugodt, hogy a szíve kissé lerakódjon. Mindent elmondott neki, amit tudott. Minden, amit egy hercegnőnek tudnia kell. Azt azonban nem tudta megmondani neki, hogyan működnek az üzletek. Hogy volt egy olyan polgárcsoport, amely felülmúlta az alacsony születésűeket, de valójában nem is létezett. Nem mondhatta el neki, hogy nem csak szolga ... hanem kevesebb, mint rabszolga. Nem volt társadalmi helyzete. Semmit sem nevezhetett a sajátjának. Se inget, se ágyat. Minden, amit használt, másé volt. Ma estére megtudja, és sokkal rosszabb büntetést kap, mint bármi, amit valaha is tapasztalt, mert egy kutya beszéde vagy akár gondolata a beszédre, mielőtt egy magasszülöttet kínzással büntették, amíg a magasszülött meg nem volt győződve arról, hogy a szabálysértést kijavították.

Bármit megtehetne vele ... vagy bármit is tehetne vele, miközben figyelte ... és a férfi nem lenne képes annyira sikítani. Nem annyira, mint gondolni a sikoltozásra, vagy a büntetés rosszabb lenne. Sokkal rosszabb, mint amire már kitalált.

Fejezet 14:

Nisha

A város szürke kőfalai túl gyorsan kerültek a látókörbe. Meg kellett volna mondania a hintónak, hogy menjen lassabban, amíg az indulata el nem süllyedt annyira, hogy ne mondjon mindent, amit akart. Ó, de hogyan akarta félre venni Lord Edrichet és levetkőzni a húst a csontjairól, hogy megmentse az egész véres rendetlenséget David számára. Nem mintha unokatestvére valaha megenné bármit is, amit nem ölt volna meg, de tenné valamit azért, hogy megmutassa a vétkes szamár megvetését.

Esetleg Dávid a tetemet használta, hogy trollt rajzoljon ki apjának. Igen, David mindenképpen ezt tette. Ha jobban belegondolunk, meg tudta csinálni magát.

Nem, nem tehette. Legalábbis nem, a koronázás után. Végül is legalább jól nevelt hercegnőnek kellett színlelnie magát, még csak egy-két napig is. És ebben az ütemben csak egy-két nap lenne.

Újabb mély lélegzet, és figyelte az elhaladó üzleteket. Semmi szokatlan. Nem igazán keltette fel a figyelmét. Hacsak nem tartják szokatlannak a piszkos járdákat, és nem borítják be a burkolt ablakokat. Aztán szinte minden ablakban apró, kézzel írt táblák voltak. Később meg kell derítenie, mit jelentenek azok a kis jelek, amelyeken a „kutyák vannak hátul" felirat olvasható, de most elég volt gondolkodnia. Több volt, mint amennyi elfoglalta, amíg Lilly megérkezett.

Visszatekintve Ethanre, ijedtebbnek és aggodalmasabbnak látszott, mint a Spire-nél. Aztán a gyomor gödrében olyan érzés támadt, amely baljóslatú figyelmeztetést adott, hogy bármi is fog történni ... Gyorsan és körültekintően kell cselekednie. Természetesen megparancsolhatta harcosainak, hogy foglalják el a várost ... ez időt szán neki a családja érkezésére.

Nisha felsóhajtott magában. Más módszer is kellett. Olyan, amely nem jár azzal, hogy az élőholtak ebbe a városba érkeztek. Olyan időt vásárolt neki, amellyel kezelnie kellett mindazt, amit látott. És olyan, amely nem késztetné rá valódi hatalmának mélységét...

... csak annyit kellett tennie, hogy ma végigcsinálja.

A hatalmas fekete kőkastély előtt felhúzva a szíve a torkához ugrott. Nem csak a vár háromszorosa volt a Nap-könny, a Spire és a Draken téli kastély együtt ... nagy kő lények néztek le rá. Izzó vörös szemek. Annak ellenére, hogy teljesen csiszolt kőből készült, fogadni fog, hogy életében a dolgok élnek ... és egy cseppet sem barátságos ...

.... rendben volt. Biztonságban volt...

... Árnyék vele volt. Semmi sem érhette meg anélkül, hogy először ő ölte volna meg. Semmi egy Draken-t sem. Még a Drakens királya sem.

Amint a kocsi ajtaja kinyílt, Nisha hagyta, hogy a szeme felemelkedjen a nagy lépcsőig és a hatalmas, kőből készült dupla ajtóig, míg végül egy karcsú, magas öltönyös férfira telepedett le, aki a lépcső tetejéről ránézett. Amikor a tekintete végül Ethanre esett, a szeme összeszűkült, de még mindig az alig ellenőrzött dühöt mutatta.

"Hercegnő." A hangja úgy hangzott, ahogy azt sziklákkal teli szájjal mondták.

*Pompás szamár.*Nem tudod ki vagyok? Nem mintha ezt mondaná, legalábbis még nem. Egy köszöntő üdvözlet azonban ... - Lord Edrich, feltételezem.

Nem bólintott, csak figyelmen kívül hagyta és inkább Ethannel beszélt. - Több mint egy órája vártam a kocsimat. Amikor észrevette, hogy a nő megsértődött, hozzátette, miközben csontos kezét a szíve fölé tette. "Aggódtam."

*Pokolian voltál. Jobban tudom, te értéktelen darab trollzsír. A mocskos kocsijával nem lett volna jobb idő, mint a nagymamámé. Valójában kétlem, hogy egyáltalán ide került volna.*Nem mintha ezt mondta volna neki, de a szavak a torkában égtek.A lépcsőn felfelé haladva, és figyelmen kívül hagyva, hogy senki sem ajánlotta fel a kíséretét, folytatta olyan hangon, hogy a nénje megborzongott volna: "A kocsid nem volt megfelelő. A nagymamámé azonban nem. Most bemegyünk várat, vagy vitatni szeretné a döntésemet arról, hogy melyik kocsin szeretnék inkább ülni? "

Egy pillanatig a lányra sandított. Borsos árat fizetett azért, hogy a hercegnő a menet során alkalmatlanná váljon. Többet fizetett azért, hogy vérmintát szerezzen a kígyó hercegért. És most ... biztos volt benne, hogy a bolhás kutyának köze van ehhez. - Bocsánatot kérek, hercegnőm. Kérem, engedjen meg, hogy tegyek egy gyors turnét.

- Erre nem lesz szükség. Mivel ez az otthonom, szabadidőmben felfedezem. Most azt hiszem, hogy elkészítettél egy bankettet ma estére. Amikor nem válaszolt, a lány megcsúszott a fő előcsarnokban.

Egy másik nagy lépcső volt előtte, amelynek tetején hatalmas vörös kettős ajtók voltak. Az íves ajtók balra és jobbra vezetve számos más ajtót és folyosót rontottak. Labirintus. Milyen csodálatos. Ha még nem dühöngött, akkor saját labirintusának felfedezése felizgatta volna. A holnap hamarosan elég lesz felfedezni ... Ami a mai napot illeti ...

- A vacsora hagyomány a király tizennyolcadik születésnapján.

Még nem fordult Edrich felé, összehúzta a szemét, és megpróbálta nem megmutatni a benne dühöngő dühöt. Ha ebben a hangnemben beszélne velem a családom előtt, akkor mára egy Draken vacsorájára készülne. Gondolta, de sikerült azt mondania: "És a lépcső tetején lévő szobában tartják. Igen, Lord Edrich ... tudom." Lélegzetet véve folytatta: "Ethan, elkísér a szobába. Kérem, találjon neki valamit a termete miatt."

- Ethan? Ó, de hercegnő ... nem sokkal inkább ...?

Most élesen megfordult, hogy szembenézzen valódi haragjában és forrongó dühében. - Ez nem vitatható, monsieur. Ez az én akaratom. És mivel tizennyolcadik születésnapom van, már nem vagy a meghatalmazottam. Még egyszer elfordult, és összeszorította a fogát, és felszisszent: - Freya?

"Kegyelmed?"

"Kérem, jöjjön velem. Szeretném megnézni néhány otthonom, mielőtt első nyilvános fellépésem lenne a királyságomban."

Freya nagyon nyugodtan gondoskodott róla, hogy legyen elég mozgástere, ha Nisha hagyja elcsúszni az indulatait. Aztán nagyon udvariasan válaszolt: "Természetesen. Mondjam meg hölgyeinek, hova vigyék a holmiját?"

- Nincs szükség. Hívom őket, ha készen állok.

"Túlsúlyos, pompás szamár. Hogyan lehet valaha a meghatalmazottam? És nézze meg ezt?" Fekete kesztyűs ujjával végigsimította egy kárpit szélét: "Ez majdnem tönkrement. Por, atkák és ki tudja, mit kezdett még enni rajta."

Freya királynője mögött még egy lépést sétálgatni próbált vele érvelni: "Unokaöccse miatt helyezték a helyzetbe, nem azért, mert képesítéssel rendelkezett."

Nisha egy hömpölygéssel megpördült barátja felé, és kiköpte: "Nem képes bírósági bohócnak lenni, nemhogy a meghatalmazottomra".

Freya egyszer bólintott, és megpróbált nem mosolyogni ezen értékelés őszinteségén. "Nagyon igaz, azonban a te kezedben lenne, ha ezt holnap előtt megemlítenéd, amikor megérkezik a családod."

Ez szünetet adott neki. Reggel itt volt a nagynénje, és megkérdezhette tőle, hogy egyik királynő a másiknál, hogyan kell kezelni a szamarat. - Gondolom, igazad van. Sarkon fordulva majdnem átjutott egy ház szellemén. - Bocsánatkérésem ... Egy pillanatra elhallgatott és összehúzta a szemét. Valami nem volt ebben a házszellemben.

- Óvatosabbnak kell lenned, ha lépsz. Egy öreg tünde szelleme felszisszent.

Nem a gúnyos hang, hanem maga a hang árulta el, hogy igaza van abban, hogy ez a házszellem nem az, aminek látszott. - Tudja, hogy nagyon bölcs elrejtőzni egy csillogás varázslat mögé, amikor a koronahercegnővel beszél?

Úgy tűnt, hogy a szellem nem tompítja a figyelmeztetést. - Kétlem, hogy valaha is több leszel, mint egy koronahercegnő.

És ebből elég volt. Egy kis mozdulat az ujjával és a fehér füst megtöltötte a hallot, amely elnyelte vele a szellemet. Miután visszavonta, nem elf, hanem egy tűzjáró állt előtte. Szürke bőr, amely kőrisnek tűnt, izzó parazsával. Szemek inkább lángok voltak, mint szemek. A haja pedig csupán füstcsík volt, amely csak a válla mellett folyt le. Érdekes, hogy a tűzjáró nem képes szellemmé válni. Szilárd polgár, de nem szellem. Hacsak nem voltak az Under Kingdom állampolgárai, akik még mindig Darke állampolgárai voltak. És ezt betiltották, miután az első Fey letelepítette ezt a földet. Szemét apró résekre szűkítve nagyon nyugodtan megkérdezte: "Most szeretnéd elmondani, miért nem koronázom meg?"

- Megtörted a csillogásomat!

Egy unott ásítás kiadása Nisha így válaszolt: "Nyilvánvalóan".

Nekihajolt Nishának és felsikoltott: - Te kurva! Majd ...

Újabb apró gesztus, és ezúttal nem fehér füst, hanem vörös. Amikor eltömítette a termet, Nisha lehunyta a szemét, és azt súgta: "Nyúl". Amikor a füst elszállt, nem tudta, mi az, de tudta, hogy ez nem nyúl.

Egy pillanatig senki sem szólalt meg. Egy pillanattal tovább, és Freya felkapta a lényt a hosszú fülénél fogva, amely a Feyenben élő nyúl egyik formájához tartozott. - Kérdezem, mit próbáltál létrehozni?

- Na jó, David szereti a friss nyulat. A nő vállat vont. - Gondolom, a nyulak itt nem ugyanúgy néznek ki.

A kezében lévő lényre sandítva Freya megvizsgálta. "Nos, annak van egy nyúlának az arca és a füle. Amellett, hogy mérete is ... azonban ... a fogak egy vámpíréi? A szarvak közelebb néznek egy szatíréhoz. És még abban sem vagyok biztos, hogy honnan jött a lábujjak szálkája. "

- Igen, kissé zavartnak tűnik. Remélhetőleg olyan íze van, mint egy nyúl ... talán?

- Valóban ... - Freya a szemébe nézett. "... Mindaddig, amíg nem mondja el a hercegnek, mit eszik, biztos vagyok benne, hogy pontos leírást ad Önnek az étkezéséről."

"Ó, ne legyél nevetséges, tudod én is, én is, hogy David ezt soha nem fogja megenni. Még neki is vannak bizonyos szabályai az ételekkel kapcsolatban. Például nem fog enni semmit, amit nem tud azonosítani. És mivel ennek a dolognak nincs neve meg van mentve az ebédlőasztaltól. " Vett egy mély levegőt, és hagyta, hogy maga körül érezzen. "A nagymama egyszer azt mondta nekem, hogy egyszer volt menzúrja. Úgy gondolom, hogy kell lennie egy kicsi ketrecnek ehhez a házhoz. Megnézné, megtalálja-e? Van némi időm gondolkodni vacsora előtt."

- Természetesen, kegyelmed. Árnyék veled marad? Nem annyira kérdés, mint megerősítés.

A folyosón folytatva Nisha a válla fölött felhívta: "Ó, majdnem elfelejtettem. Az árnyék valójában nem árnyék.   Ő árnyék.   Korlátozott volt abban, hogy mit tudott csinálni a Lite-ben. Várom, hogy többet megtudjak róla. most nincs korlátozva. "

Freya hátrabotlott egy lépést. Árnyékot? És a tényleges árnyék? Szelídíthetetlenek voltak. A légzése megakadt. Shades senkitől sem adott parancsot ... sőt, nem segítettek az élőknek és a halottaknak sem. Ha akkor kedves barátja volt és csak akkor Nisha biztonságban lenne ...

Ha azonban ez más volt. Ha ez volt az, amely nem kötődött hozzá jóval a Nagy Háború előtt ...

Óvatosan, hátrált a folyosón, és figyelt egy árnyékra, amelynek nem szabad ott lennie. Hebegés a levegőben. Bármi, ami azt mondaná, hogy az Árnyék közel van. A szeme soha nem hagyta el Nisha hátsóját, amíg el nem tűnt egy másik teremben.

Csak egy faj lett valaha árnyék a halál után. Voltak vad vadászok és harcosok is. A halála óta tisztán emlékezett rájuk. Világosan emlékezett rá, hogy az életben csak egy királynő irányította őket. Az első királynő.

Akkora veszély volt, hogy az egyik úgy döntött, hogy barátnőjével barátkozik. Feltételezve, hogy csak egy barátkozott meg vele. Ha nem ... ez több mint baj. Ez háborút jelenthet.

Nem, ez azt jelentheti, hogy a hölgy, amelyet királynője régen előre látott, most kezdődik.

Fejezet 15:
Ethan

Ethan majdnem kiesett a kocsiból. Lord Edrich szúrósan nézett rá. Egyedül a vakító fény nem zavarta ... a düh ezekben a sötét szemekben ... ja, igen ... bajban volt ... nem ... több, mint baj. Kérem, ne hagyjon egyedül vele. Kérem. Hiábavaló volt azt kívánni, hogy Nisha hallja őt ... felesleges azt gondolni, hogy megérti azt a veszélyt, amelyet Lord Edrich valóban jelent. Hogy tehette? Végül is éppen megérkezett.

Elveszett a saját gondolatában, alig hallotta a hercegnőt mondani: "A kocsid nem volt megfelelő. A nagymamámé azonban nem."

Szar. Nem szabad ezt neki mondani. Elpusztít. Elkezdődött a pánik. Meg kell ragadnia a lány kezét, és futnia kell. El kellene mondania az őrnek. Nem kellene ... semmit sem tennie. Ha megérintette a hercegnőt, az megölte. Ha elárulná nagybátyját, sokkal rosszabbul járna.

Kényszerítve magát, hogy egyenletes lélegzetet vegyen, lassan feljött a lépcsőn. Meglepve, hogy a nagybátyja nem csapta meg, amikor elment, szinte megállásra késztette. Ha lett volna, akkor biztosan megpofoznak. Vagy ami még rosszabb, lenyomható a meredek lépcsőn, megtörve valamit, ami az esküvő előtt nem javulna, megakadályozva, hogy hasznos legyen a hercegnő számára.

Természetesen nem volt ideje valóban körülnézni a nagyokban, mielőtt meghallotta volna a hercegnő mondását: "Ethan, elkísér a szobába. Kérem, találjon neki valamit a termete miatt."

Ethan? A név keveset jelentett számára, bár egyértelműen jelentett valamit az un ... cle-jének ... Egy emlékrészlet. Egy gyönyörű nő, ragyogó arany tűzcsókkal és finoman hegyes fülekkel ... kezében ... neki kellett lennie ... annak kellett lennie ... csak látta, ahogy kis kezei a nő arcához nyúlnak. - Ó, Ethan, buta, buta fiúm.

- Te ... Mit tettél?!?! Edrich volt rajta a második, amikor a hercegnő eltűnt az egyik folyosón.

- Én ... - A nagybátyja meg sem mozdult, mire a háta nekicsapódott a pálya kőfalának, ami mögötte volt.

- Mindent elrontasz. A nagybátyja lépegetett előtte. Elég közel az orrához, szinte orrához érve Edrich felszisszent: "Megölnélek, ha nem okoznám a kellemetlenséget, ha elmondanám neki a távozásod magasságát ... Azonban ..." Most még egyszer maga elé állt. "... ne gondolja egy pillanatra sem, hogy élvezni fogja a bulit. Vagy ami azt illeti, ne is gondoljon arra, hogy egyetlen lélegzetet is élvezzen, amelyre kényszerül."

Anyja biztosan része volt, Fey. Feyen ...
Tünde? ... Tündér? ... Feyen másik polgára? ... De
ennek kevés értelme volt. Minden magasan született
Fey-t évtizedekkel ezelőtt száműztek. Hát nem?
Hiába volt a válaszok megkeresése. Most nem ... de
hamarosan. Akkor is tudnia kellett az igazságot, ha
az megölte.

Ethan körülnézett a környezetében, és
megpróbálta megtalálni a módját, hogy ne lépjen
tovább egy lépéssel. Nem vette észre, hogy mélyen
elgondolkodott, és nem figyelt arra, ami körülötte
zajlott. Most ... már késő volt.

Mélyen a nagybátyja otthona alatt volt. Nem a pincében, hanem lejjebb. Egy kis szobában, amelyet szárított vére borított. Sikoltása még mindig rezgett a piszokban és az alapkőzetben. Edrich aljas dolgokat tett vele, amikor utoljára itt járt. Ez közel öt évvel ezelőtt történt. Öt év, és a mai napig volt az utolsó alkalom, amikor beszélt. Öt éve, és utoljára eszébe jutott, hogy látta a bőre vagy a haja valódi színét.

Hátulról egy tolással térdre esett. A tűz hangja sistergett a levegőben, de inkább a hideg volt idegesítő.

"A kezét és a válla fölött magára kell hagyni. Légy kreatív, kedvesem, a kutya majdnem tönkretette a terveimet." Nem látta a nagybátyját, de nem számított, hogy elég jól értette a szavakat. Megértette a hideg haragot a férfi mély morgásában.

Nem engedte, hogy felnézzen, hogy lássa a kísértet vigyorát. Nem merte megmutatni az ijedtség jeleit, de ez nem akadályozta meg a borzongást, amikor azt kérdezte: "Szüksége lesz-e a fenségének a vérére vacsora előtt?"

Őfensége, Őfelsége. A Kígyó Trón sorában a harmadik. Az a lény, amelynek feleségül kellett vennie a hercegnőt. Az a férfi, aki az elmúlt három évben néhány éjszakánként vérével lakmározott. Néha közvetlenül a vénából, máskor a színig feltöltött arany serlegből. Ezekben az években megpróbálták szárazon vérezni. Éhezni próbált ... megfullasztani. Élve égesse el. Aljas dolgokat tettek, amelyeket bárcsak elfelejtett volna ... De ma este lesz a legkegyetlenebb.

Ma este megverik, megégetik, ostorozzák ... nem számít ... de felöltöztetve és kíséretre késztetve a hercegnőhöz, aztán étellel töltött asztalokkal ült végig a vacsorán, és nem engedték annyira. mint megérinteni. Nem szabad meginni egy korty bort, amelyről biztos volt, hogy csodálatosabbnál finomabb íze lesz ... Ez mindenen túl a legkegyetlenebb ...

... vagy legalábbis úgy gondolta.

Ethan megpróbált nem lélegezni, becsukta a szemét, és megpróbálta megnyugtatni magát. A talpát megkötözték és megégették, így valakinek a leheletének érzése miatt sikoltani akart. Tehát, itt állni és járni ... minden energiacseppet igénybe vett, aminek nem kellett összeesnie, hogy ne sikítson ... és annál is inkább, hogy ne hulljon a könnye, amelyet vissza kellett pislognia.

Elfogadhatatlan bárkinek elmondani, hogy rosszul van vagy fájdalmai vannak. Nem kíséri a hercegnőt ... sokkal rosszabb. Elrendelte a jelenlétét, így nem volt elfogadható kifogás, hogy ne kísérje el.

Apró leheletek. Lassú, szándékos lépések a lábujja hegyén ... csak arra gondolt, hogy elgondolkodjon azon késztetésen, hogy lehúzza a kötésrétegeket, amelyek elrejtették a vért az ingig való beszivárgástól

... Csak annyit engedett magának, hogy elgondolkodjon, amíg meg nem szabadul ettől a rémálomtól, és egyedül maradhat apró hamvasztó cellájában, amelyet szobájának hívott.

Kinyitva a szemét, lepillantott a lépcsőn, és meglátta ...

... látott egy látomást, amelynek álomnak kellett lennie, mert soha nem látott még szebbet és erősebbet.

Amikor felnézett rá, a fájdalom már nem számított. Az emberek a szobában, akik mögötte voltak, egymillió mérföldnyire lehettek. Nem, most az egyetlen dolog ... az egyetlen ember számított, hogy ez a látomás lépett fel a lépcsőn. Most csak az számított, hogy megtalálta a módját, hogy szolgálatában álljon, amíg csak engedi neki.

Csak a dühépítés számított a szemében. A hideg brutális düh, amelyet égőnek látott ezekben a lankadatlan szemekben.

Fejezet 16:
Nisha

Az első szobába, amely egy hálószoba közelében nézett, Nisha becsapta maga mögött az ajtót. A képességei itt nem működtek.

Nem, ez nem volt igaz. Dolgoztak, de nem úgy, mint a Lite-ben. Az itt elért eredmények félelmetesebbek voltak a finomított verzióhoz képest, amelyet megszokott, miközben unokatestvérével együtt nőtt fel.

Az ajtóból habozó hang hallatszott. "Hiányzik?"

Élesen a most nyitott ajtó felé fordulva meglátta azt a rövid vékony manót, akit évek óta ismert. Lassú mosoly rángatózott az ajkán. "Körömvirág?"

- El kellene kezdened készülni a bulira. Nem akarsz késni.

Késő? Nem indulhattak el nélküle, és jelenleg kevésbé érdekel bárki, aki esetleg jelen van. Aztán megint ideje lenne, hogy Ethannel beszéljen. Talán még az ő szemszögéből is többet megtudhat a város beindulásáról.

És ez volt az egyetlen oka annak, hogy bármilyen funkciót folytatott, amelyet Edrich tervezett.

A barátjára nézve, akinek még nem kellett igazán belépnie a szobába, felvette a ruháját. Mosolya most őszinte. Természetesen barátnője és házvezetőnője megtalálta azt az egy világos színű ruhát, amely magas születésűnek tűnt, és még mindig szolgai ruhának számít. Bár ha valóban cseléd volt, akkor meg kellett szüntetnie a ruha alján lévő arany díszítést. - Jaj, azt hiszem, egy éjszakára lehetek a kegyes vendég.

Teljes lépést tett a szobába. Marigold több onix-csomagot hívott be arany betétekkel. "Van néhány hölgyem, akikre szükségem van a figyelmemre, de néhány pillanat múlva visszatérek, hogy segítsek a felkészülésben. És Nisha, lehet, hogy csak házimanó vagyok, de ez nem jelenti azt, hogy szívesen leválasztok minden ruhadarabot a padlóról. Kérjük, próbáljon legalább néhányat a csomagtartóban tartani, amíg meg nem találjuk a megfelelő helyet nekik. " Megkérheti, hogy hagyja békén a csomagtartókat, de ez kevés hasznát veszi. Az egyetlen reménye az volt, hogy megkérte Nishát, hogy ne csináljon rendetlenséget.

Amikor Marigold már majdnem az ajtónál volt, Nisha utána szólt: "Hmm, és azt hittem, te leszel a szobalányom." Csak ugratta. Együtt nőttek fel. Vagy többnyire együtt, mivel Marigold legalább egy évtizeddel idősebb volt, de nem tűnt egy napnak tizenhat év felett.

"Holnap én leszek a személyes házimanód. Ma arra kérem kedves barátomat, hogy ne vegye ki csalódottságát a szekrényébe."

- Ó, rendben. Találok még egy szamarat, akiből új lény lesz.

Megdöbbent attól a gondolattól, hogy Marigold beszélni kezdett: "Majd ... Nem, nem, ne mondd el. Biztos vagyok benne, hogy nem akarom tudni." Majdnem az ajtón kívül visszafordult: - Néhány percig leszek.

- Menj, jól leszek, amíg vissza nem térsz.

Felnyitva a legközelebbi csomagtartó fedelét, blúzokat és szoknyákat kezdett húzni. - Most mit vegyek fel a bulimba? A felső részén szorosan illeszkedő, alul kitágult blúzt tartva felhúzta az orrát: "Túl sima". Egy borpiros ruhára bukkanva feltörte: "Ó, jaj, miért pakolta ezt Celeste néni?"

- Nisha?!?!

- Ó, Mari ...

Marigold elkapta Nisha kezéből az összetört blúzt, és csak úgy szidta, hogy csak ő merné: "Két percig nem mentem el. Kettő ..."

Nisha vállat vont. - Azt hittem, találok mit viselni ... Végül is az én bulim.

- Ezért készítettem neked valami különlegeset. Felmérte az előtte lévő rendetlenséget, és megrázta a fejét. - Legalább van némi elképzelésem arról, mi lesz a kandallónál, és mit kell felakasztani.

- Látja, jól tudok segíteni.

"Te jól tudsz rendetlenségeket csinálni szövetből. Meg kell kérdeznem Davidet, hogy talál-e neked egy személyeset, bármi is választhatja ki a ruhádat, így soha nem kell hozzányúlnod egy szekrény szekrényéhez. Valójában ragaszkodom hozzá, hogy soha ne nyúlj hozzá. újra, amíg én felügyelem a ház dolgozóit. "

A szemét forgatva Nisha elmosolyodott. - Tudod, hogy nem szabad szidnod, hogy királynő vagyok.

"Igazad van, mint szobalány, nem vagyok. Viszont a barátom vagy, ezért nagyon jól fogom szidni, ha ok nélkül rendet csinálsz. Sokkal inkább, amikor nekem kell lennem annak, hogy kitakarítsam."

Leült az ágyra, és úgy tett, mintha egy pillanatra visszafogta volna magát, mielőtt fanyaran megkérdezte: "Ó, jó ... hát barátom, mit csináltál nekem, hogy viseljek?"

Lila színű szemeit összeszűkítve Marigold felszisszent: - Nem hiszem, hogy megérdemled. Egy hosszú pillanatig bámulták egymást, míg meleg nevetés töltötte meg mindkét szemüket. - De mindenképp megadom neked. Fehér füst és egy ...

Visszaugrva Nisha elvette a ruhát, és örömében megpördült vele. - Tökéletes. Honnan tudtad?

"Igen, amíg a Spire-ben voltunk, megkérdeztem a Seneschaltól, hogy anyád mit visel a pártján. Mint kiderült, ő írt egy naplót arról, hogy mit gondolsz, mit viselnél a nagykorú bulidhoz, és listára állítottál akit ott akart. Mit vegyenek fel. És akkor ott volt ez a rajz ... - Átadta neki.

- Anyám rajzolta ezt? Hitetlenség töltötte el a hangját. Tudott erről Celeste néni?

"Ez nem a legjobb ruhaváltás, ezért némi szabadságot vállaltam. Remélem, nem bánja."

Most nagyon megnézte a rajzot és a ruhát. Ugyanaz az áramló fekete háló az alján, amely finom fekete ködnek tűnik a lábai és a lábai körül. Ugyanaz a bársonyvörös öv a fekete anyag különböző árnyalatainak feldarabolására. Aranybarna a gallér körül a képen látható fehér helyett. Hagyományos fekete selyemszárny, amely megtartja teljesítményének csapjait. A könny eltömítette a torkát: "Olyan ajándékot adtál nekem, ami annyit jelent. Köszönöm."

A barátja köré fonva Mari azt súgta: "Üdvözlöm. Édesanyáddal csak egyszer találkoztam, amire emlékszem, de azt hiszem, hogy örülne, ha úgy döntött, hogy valami olyasmit visel, amit javasolt."

A szemét megtörölve csak bólintani tudott. - Megtudta, hogy hány p tűm kell nekem?

"Az édesanyád és a nagynénéd is hatot viselt. Minden királynő előttük csak négy. Tehát, mi maradtunk, közöljük, mennyire hatalmas vagy, vagy csak egy maroknyit választasz?"

Könnyedén tapogatta a szárnyat, és hagyta, hogy a sötétség indái kiszivárogjanak körülötte. Egy pillanatig csak hallgatta a suttogásokat. Amikor kinyitotta a szemét, és a barátjához fordult, a vállát összeszorította: "Anyám hibát követett el, amikor a körülötte lévőknek megismerte erejét a pártján. Nincs okom arra, hogy ezt a példát kövessem."

- Szóval, mi választunk.

- Nem, én választom.

Hívott egy kis dobozt Marigold a nagy asztal melletti kis asztalra ültette. Lassan kinyitotta a fedelet. Több apró csap. Néhány arany, mások ezüstből vagy drágakövek sorakoztak az alján. Mindegyik más elsajátított képességet és hatalmat képvisel. A legügyesebbeknek még csak tizennyolcadik életévükben is csak egy maroknyi volt. Nagyon ritkán tudnának még három-négynél többet elsajátítani az azt követő években. Nisha már elsajátított húszat, és közel volt még hét elsajátításához. "Királyném."

- Hatalmasnak kell lennem, de még mindig bizonytalan vagyok minden jelentős képességemben.

- Akkor javasolhatom, hogy ne viseljen olyan ruhát, amelyet csak az Under Kingdom alatt élők sajátíthatnak el.

- Igen. Nincs ok arra, hogy Darke polgárai megismerjék másik királyságomat. Legalábbis csak a koronázás után. Vagy amíg meg nem beszélem Lillyvel.

Az egyik kristálycsapra mutatva Marigold azt súgta: "Az édesanyád és az apád is látnok volt; én azonban nem hiszem, hogy okos ezzel dicsekedni."

"Nagyon igaz." Szünetet tartott: "Tudod, hogy még soha nem gondoltam rá, de ... Látnokként anyám vagy apám is tudott volna a támadásról. Anya minden természetes és természetellenes tüzet képes kezelni. tűzben pusztulni? " Egy másik tű, amelyet nem szabad viselni. A tűket természetes és természetellenesen is ábrázolják.

Szavait mérlegelve Marigold végül így válaszolt: "Néha a dolgoknak két jelentése van. Most nekem ... és ez csak én beszélek, nincs bizonyítékom ... de ... mindenki azt mondta, hogy a tűz elvitte a királynőt és még sokan mások. soha nem hallottam senkit mondani arról, hogy a királynő meghalt. Azt sem, hogy holttesteket találtak volna. "

Lökés ment keresztül rajta, amikor élesen beszívta a levegőt. "Mari, te egy zseni vagy. Miért nem gondoltam rá?" Megfordult, majd néhány lépést tett. - Holnap, amikor Lilly megérkezik, felfedezzük a várat. Biztos vagyok benne, hogy van valami nyom, amelyet figyelmen kívül hagytak.

"Ebben az esetben a királyi lakásokkal kezdeném. Amit hallok, onnan indult a tűz. Ez az egyetlen szoba, amelyet még senki nem érinthet meg aznap éjszaka óta."

A nagy tükör előtt állva Nisha elmosolyodott, amikor csodálkozott azon, milyen lenyűgözően néz ki az anyja által tervezett ruhában. Ennek ellenére nem tudta elrejteni a melankóliát a hangja elől, amikor azt kérdezte: - Kísérnem kellene, amíg eljutok a fő előcsarnokig. Apámnak itt kellene lennie, hogy kísérjen.

Az ajtó felől halk szellős köhögés fordult meg. Nem látta őt a tükörben ... de... Ó... hogy kívánta, hogy legyen.

Ő volt a legszebb férfi, akit valaha látott. Nos, ha túljutott azon a tényen, hogy teljesen finom köd alkotja. "Királyném." mélyen meghajolt és megvárta, míg a nő felismeri.

"Árnyék?"

Hangja mély fa, mégis lágy, mint a szél: "Mmm. Az árnyék az én ... amit fajnak hívsz. Alig az én nevem, kedvesem."

Jaj nekem. Már alig várta, hogy megtudja, mi lesz a különbség az árnyék és az árnyék között, de semmi sem készítette fel erre. Láthatta, hogy a ruhája kiváló minőségű tükör. Csak ki tudná találni azt a helyet, ahol egy hímzés lenne. Aztán elmosolyodott, és olyan fehér fogakat tárt fel, hogy csiszolt köveknek tűntek. Egy pillanattal tovább, amíg észrevette a borotvának látszó finom hegyes felsőket. Amikor beszélt, még többet látott ... három sorot látott ezekből a finoman éles fogakból. - Tényleg megkaphattad volna Davidet uzsonnára, ha akartad.

"Véleményem szerint a Drakens, méghozzá a Drakens része, túl csontos ahhoz, hogy tisztességes ételt készítsen. De mégis kellemes ízűek." Látszott, hogy egy lépésnek látszik a szobába. - Ha jobban tetszik, árnyékként maradhatok.

"Mint a pokol, te is vagy. Nézz csak rád. Csak az Árnyék látványának elég figyelmeztetésnek kell lennie ... jóval holnap után. Ha nem bánod." Egy pillanatra figyelte, ahogy néhány lépést tesz feléje. Képtelen szemmel teljes lépést tett, de a nő meglátta az igazságot. Amikor odalépett, a köd eltűnt a háta mögött, és szinte olyan zökkenőmentesen alakult át előtte, hogy a nő szinte észre sem vette. "Ez elképesztő."

Shade szünetet tartott: - Mi az?

A hangja elmosódott rajta. Ha nem lett volna hozzá kötve a vér, akkor tudta, hogy transzba esik ... tudta, hogy azok, akik megteszik, lesz a következő étele. Ragyogóan elmosolyodva így válaszolt: "Ahogy mozogsz. Ez valóban emlékezetes."

- Remélnem kell. Sokkal könnyebbé teszi a következő étkezés megtalálását.

- Szavam van, hogy egyetlen állampolgárból sem fog ételt készíteni, hacsak nem mondok mást.

- Soha nem készítettem ételt a ház vendégeiből. Azonban megfogalmazta a szavam, hogy nem fogok megenni sértő szamarat, hacsak nem kívánja.

Nyilvánvaló, hogy mindketten Lord Edrichre gondoltak. Elég volt mosolyognia.

Shade-vel sétálva olyan dolgokat láthatott, amelyeket Freyával nem vett észre. Nem mintha bármi is számítana most, de olyan dolgokra, amelyekhez szeretne visszatérni, és megragadni ritka szépségüket. - Szóval, mit szeretne hívni? Vagy Shade működik?

Egy hosszú pillanatig nem válaszolt: "Túl régóta használok egy nevet."

- Nem bánja, hogy kérdezem, meddig?

- Közel kétezer év ad vagy vesz el egy évszázadot.

Egy-két évtizedet várt, nem két évezredet. "Hűha."

"Hmmm. Valójában ez nem az én igazi formám. Kivéve a fogakat."

"Megmutatod nekem?"

- Később kedvesem. Ma este sokat kell vállalnia, hogy elterelje a hiúságom figyelmét.

- Te fogaid vagy. Úgy néznek ki, mint a Kígyó ... az ember ... egy ... szakadt képei?

„Hasonló fogaink vannak, de alig egyeznek meg. Talán a nevemmel kellene kezdeni. Egyszer Gwydionnak hívtak. Az embereimet egykor Eostre-nak hívták. "

"Elbűvölő."

Egy pillanatra Gwydion elhallgatott, majd nagyon óvatosan megkérdezte: - Hát?

"Ó, igen. Lilly és én egyszer egyszer vitatkoztunk az Eostre létezéséről. Azt mondta, hogy mesék. Azt mondtam, hogy a meséknek valamilyen igazságnak kell lennie, mert túl részletesek ahhoz, hogy csak pótolni lehessen őket."

"Igen, én is hallottam a történeteket. Sokan nagyon sok mindent elhagynak. Valamikor a múltról fogunk beszélni. Ma nem."

Ismét megnézte, mit választott a férfi. Nagyon halványan látott egy gyűrűt vagy egy gyűrű árnyékát a jobb kezén. - Magasszülött voltál.

Ismét szünetet tartott. - Többet lát, mint a legtöbb.

- Igen, azt hiszem, igen.

Miután majdnem születése óta kötődött hozzá, már megtanulta vagy a választ, vagy valami sokkal kényelmetlenebb dolgot fog találni. Szerencsére eddig soha nem volt ilyen beszélgetés. "Valaha én voltam a király. Népem utolsó királya."

Igazi aggodalom és bánat töltötte el a hangját, amikor azt kérdezte: "Ó. Megkérdezhetem, mi történik az embereivel?"

"Olyan ember árult el, akiben bíztam. Ne aggódjon, kedvesem, az a személy nem élte túl az árulását. Csak az aznap elvesztett ártatlan életeket sajnálom."

"Van valami, amit tehetek? Nagyon jó barátságot ápolok sokakkal az Under Királyságban."

- Nem, kedvesem. Minden megvan, amire szükségünk van. Még egyszer megállt, és a nő felé fordult. "Itt voltam a tűz éjszakáján. Akkor nem tettem semmit, hogy segítsek. Talán megtehettem volna. Bár nem tudom, mit."

- Aznap este jöttél hozzám. Tudta, hogy árnyék érkezett rá aznap este. A nagynénje néhány évvel ezelőtt csak egyszer említette.

"Igen."

"Úgy döntött, hogy hozzám köti magát és megvéd. Engem úgy tettél, hogy bárki kérdezett, és nem is kért valamit cserébe. Tehát ne hibáztasd magad a múltban."

- Ritka ajándék vagy, királynőm. Megpaskolta a kezét. "Van egy dolog, amit tudnod kell. Mint király, még mindig sok vért köt rám. Még a halálban is ez a kötés nem halványul el ... nem teljesen. Lehet, hogy nem fogadnak el tőlem parancsot, sőt nem is gondolnak rám a királyuk ... de veled vannak kötve ... teljesen. Ha valaha is veszélyben vagy, akkor rengeteg Eostre készen áll arra, hogy megvédjen és megsemmisítsen bármit vagy bárkit, ami fenyegethet téged. A mostani vérvágy miattuk nagyon veszélyes azok számára, akik elleneznék önöket. " Egyetlen lépést hátrált, és a fal mentén kúszott árnyékba keveredett.

Nisha megvárta, míg eltűnik a szeme elől, majd azt suttogta: - Köszönöm, Gwydion. Emlékszem.

Nisha több hosszú pillanatig átkozta magát, amiért olyan szobát választott a fő előcsarnoktól. Akkor újító ötletnek tűnt ... Akkoriban messze kellett lennie a bálteremből és Lord Edrichtől. De most ... ilyen messze lenni ... nem volt túl frusztráló. Néhány pillanatig tovább morgott magában, és megfogadta, hogy betűz egy széket, amely a kastély egyik oldaláról a másikra lebeg. Végül meglátta az íves ajtót, amely elvezette a bulijához. Ha ezt a bohózatot vagy összejövetelt még pártnak is nevezheti. Végül is egy olyan parti volt, ahol elvegyülhetett a barátaival, és nem ülhetett, és olyan emberek tekintettek rájuk, akiket igazán nem érdekelt, hogy ki vagy ... függetlenül attól, hogy királynőjük-e vagy sem. Olyan emberek, akik halottnak látják, mielőtt megengedik neki, hogy visszaszolgáltassa a királyságot.

Az újabb boltíves ajtó előtt megállva felpillantott a nagy lépcsőn, ahol Ethan állt, és lenézett rá ... várt. Második pillantás, és nem tetszett neki, amit látott. Mondta Lord Edrichnek, hogy találjon Ethannak megfelelő ruhát. Először pillantása volt. De ez első pillantásra megtörtént.

Óvatosan és megfontoltan tartva a lépéseit, gondosan felment a lépcsőn. Félúton látta az újabb illúzióvarázslat széleit. Még néhány lépést megdermedt, és hagyta, hogy valóban átlássa a varázslatot és meglássa az igazságot. Megengedte magának, hogy láthassa a letépett kabátot, a mocskos ruhainget és a takaróval borított, szinte azonnal ismeretes cipőket, amelyek legalább túl kicsiek. Aztán mélyen belenézett az éjféli kék szemébe, és látta a fájdalmat, amelyet el akart rejteni. Pánikba esett és feldühödve felkapaszkodott a néhány megmaradt lépcsőn. Megragadva megkérdezte: "Jól vagy? Mi történt?" És segítsen, ha Lord Edrichnek bármi köze lenne hozzá.

- Én ... - Szakadt lélegzetet vett Ethan. A hazugság olyan könnyű lenne. Ezerszer mondta, bár soha senkinek, aki segíthet. De hazudni neki? Nem tudta megakadályozni, hogy lélegezzen, nemhogy hazugságot mondjon neki. Csak tudta, hogy nem tud. - Néhány nap múlva jól leszek.

Ez történt már korábban, és nem akarja, hogy tudjam. - Edrich ezt tette. "Nem annyira kérdés, mint megerősítés.

Megrázta a fejét, majd halkan suttogta: "Csak a parancsot adta ki. Úrnője rendkívüli büszkeséggel töltötte el, amit végrehajtott neki."

Élesen megfordulva minden szándékával behatolt a bálterembe, és minden rettentő erőt magával hozott. Felhívás élőhalottakhoz, és szabad mozgásteret engedni számukra egész Darke-ban. A pokolba, meg tudta hívni az égen a villámokat, vagy a kandallókban tomboló tüzet, és minden embert bevihetett abba a szobába, mielőtt még gondolkodtak volna azon, mi fog történni. A könyökén egy meleg, remegő kéz volt az egyetlen, ami megakadályozta ebben. Nagyon nyugodtan, halálosan nyugodt hangon beszélt. Olyan hang, amely bárkit megrémítene a családjában és jó okkal. - Ethan, engedj el.

Igazság szerint majdnem megtette, de valami mélyen magában visszatartotta ettől. - Köszönöm az aggodalmat, hercegnő. De felesleges.

Szükségtelen? A pokolba is az volt. És Edrich, valamint Darke többi része is ilyen gyorsan megtanulná. De talán nem ma este. Talán ma este csak engedni fog Ethan kérésének, akkor, amikor be van zárva valahova biztonságos helyre ... akkor ... és csak akkor gondoskodik azokról, akik bátorságot mertek tenni neki. - Rendben. Nem okozok jelenetet a megjelenésed miatt. Legalábbis ma este nem. Most szembenézett vele. Látta a félelmet a szemében. Nem félt tőle, úgy döntött, hanem attól, hogy mit fog tenni. A kettő teljesen különbözött egymástól. "Azonban már nem vagy a nagybátyád irányítása alatt. A házam tagja vagy. Ha neki vagy bárkinek problémája van ezzel, akkor szívesen megvitatom velük."

"De de..."

Meggyőződve arról, hogy a hangja rendelkezik minden tekintéllyel, amire egy királynőnek rendelkeznie kell, nagyon nyugodtan mondta: - Ez nem vitatható, Ethan. Ez az enyém. És ezt meg kellett volna tennem, mielőtt elhagytuk a Spire-t. "

Semmi mást nem mondhatott, lehajtotta a fejét. Megkönnyebbülés íródott az arcára, olyan világos, mint a nap. "Köszönöm."

Öltözve jött, hogy ne dicsekedjen képességeivel. Csak az esküvő után döntött úgy, hogy megoszt valamit Ethannel ... de ... lassan megérintette az elméjét az övével. Veszélyes volt, ha az ember nem tudta, mit csinálnak. Akkor is ... nagyon kevesen választják a használatát. Még kevésbé használták kommunikációra ahelyett, hogy irányítsák azt a személyt, akivel kapcsolatban álltak. Ennek tudatában engedett magának egy percet, hogy nyugtázza félelmét attól, amit csinál. Tudta, hogy sokkal rosszabb sorsra számít, mint az a verés, amelyet már kapott. Ethan

Csak egy lélegzetet vett, mire válaszolt. Ez olyan dolog volt, aminek sokkal tovább kellett volna tartania, hacsak ő sem dolgozta fel ezt a ritka képességet. Pr-hercegnő?

Nincs okod félni tőlem.

Nem igazán értem, hogy mi történik, vagy hogyan lehet ezt irányítani. Ethan elméje visszatért mindenhez, amit mondtak neki. Visszatérve minden kínzásra, amelyet átélt. Az elméje visszahúzta a fájdalom minden cseppjét, amelyet kénytelen volt elviselni. Képei, a felgyújtás emlékei ... szinte megfulladtak ... olyan időkben, amikor a nagybátyja és mások megpróbálták szárazon vérezni. Minden képével a dühe élesedett, amíg készen állt a kitörésre.

Most megértette a félelmet. Később azokkal foglalkozik, akik bántották őt. És sokkal ... sokkal később hagyta, hogy az eljegyzettjei valóban megértsék ezt a kapcsolatot, amelyet neki készített. De ma nem ... Nagyon halkan, hosszú, keskeny ujját az álla alá tette: "Ethan?"

Csak annyit tett, hogy egyszer nyelt.

Alig egy suttogás fölött halkan megszólalt: - Jól leszel egy pillanatra abban a szobában? Jelezve a dupla ajtót, amely előtt álltak. Ha nemet mondana, nem habozik elvinni valahová biztonságos helyre, majd tönkretegyen minden embert abban a szobában.

A pokolba, még akkor is, ha igent mondott.

Nagyot nyelve kényszerítette: - Igen.

A félelme enni kezdett rajta, de meg kellett győződnie arról, hogy bármit is tett, hogy nem rontotta tovább ezt a félelmet. Valahogy, valahogy meg kellett győződnie arról, hogy a férfi tudja, hogy biztonságban van vele. "Szavad van, csak annyi ideig maradunk, hogy valami apró zavart okozzunk, majd meglátjuk, mit kell javítani ma este, és mi várhat az unokatestvérem megérkezéséig."

Még egyszer megfogta a karját. Ezúttal komolyan: "Ne egyél semmit. Nem bízhatsz az ételekben. Soha ne bízz abban, amit még nem láttál magadnak elkészíteni. Biztosan tudom, hogy egyes ételek meg vannak mérgezve, mások pedig ... a méreg túl kedves lenne . "

Most hagyta, hogy egy mosoly elgörbítse az ajkait. "Kedvesem, nem állt szándékomban enni semmit, amit személyes szakácsom nem készített a saját két kezével. De köszönöm az aggodalmadat." Hiába mondják neki, hogy a méreg nem árt neki, legalábbis nem azóta, hogy az Alsó Királyság királynője lett. Azt sem használták, hogy azt mondták volna neki, hogy más adalékanyagoknak nagyon kevés vagy semmilyen hatása nem lesz rá ... és ez már születése óta volt. Nem, nem lenne haszna ... nem akkor, amikor nem lenne képes megérteni.

- És ... - Ethan vett egy mély levegőt, majd lassan kiengedte: - Itt van a kígyó herceg. Legalább három testvérét megölte. Jelenleg a harmadik a trónban. Kérjük, legyen óvatos, mert nagyon veszélyes. Jobban, mint bárki más az ő királyságából. Ez az, hacsak nem számolja az apját. "

Nos, erről csak látnia kell. Egy pillanat, hogy elgondolkodhasson, mit kezdene a vétkes herceggel. Aztán egy gondolat, amely enyhítette az indulatait ... arra gondolt, vajon tetszik-e a nagybátyjának a kígyó íze.

Amikor a báltermi ajtó kinyílt, Nisha visszatartotta a lélegzetét. A szoba sokkal nagyobb volt, mint feltételezte. Három emelet magas. Minden emelet középen nyílik az alatta lévő szobába. És mindegyik emeleten hatalmas kőoszlopok vannak, amelyek a padlót fent tartják, és valamiféle varázslat, hogy az emberek a levegőben táncolhassanak, mégis kilátást engednek a fő emeletre. Később felfedezi a többi emeletet, de ma este ...

Megfogta Ethan karját. Bocsánat, amíg meg nem érintette az elméjét, élesen lélegzett a fájdalomtól.

Nem válaszolt, csak a hosszú asztalra szegezte tekintetét, amely a hosszú emelvényen ült, amely több mint három lépéssel magasabb volt, mint a fő emelet. A félelmét láncolva Ethan arra kényszerítette magát, hogy maradjon teljesen passzív.

Összekapcsolódva láthatta, hogy merre néz, de mégis megengedte magának, hogy kövesse a tekintetét, bár valójában nem kellett. Lord Edrich egy magas, vékony férfival beszélt, aki még ebből a távolságból is láthatta a tarkóján a mérleget az illúzióvarázslat ellenére. - Senki nem visel csillogásvarázslatot? Minden állampolgárnak, aki a lépcsőn állt, biztosan hallotta a kérdését, mióta egy pillantást vetettek rá, és elsuhantak, mielőtt Ethan válaszolni tudott volna.

"Nem." Szünetet tartott, és lehalkította a hangját, amikor azt mondta: "Mindenki meg van győződve arról, hogy senki sem láthat el mellettük. Természetesen büntetést kap az, aki bármit mond róluk."

- Értem. Nos, úgy tűnik, hogy az én kis zavarom egy kicsit szórakoztatóbb lesz, ha megtöröm őket.

- Szünet? Ó, kérem, vigyázzon, Hercegnő, nagyon veszélyes emberek vannak ebben a szobában, és mindegyikük gyilkos.

Lassan, nehogy Ethan gyorsabban mozogjon, mint amiben jól érezte magát, emberek tengerén haladtak át. A tömegből senki sem hajtotta le a fejét, és nem mutatott egyetlen olyan tiszteletet sem, amelyet meg kellett volna tartania. Ez is reggelig várhatott. Végül is már kitalálta, miben van szüksége segítségre. Természetesen az a ötlete, hogy csak öt gombostűjét viselte, működőképesnek tűnt, mivel hallotta, hogy többen azt suttogják, milyen gyenge, vagy hogy anyja kétszer olyan tehetséges. Bár a megjegyzések arról, hogy mennyire könnyű lenne megölni, nem maradtak észrevétlen.

*Hadd gondolják, mit akarnak.*Nisha karjaitól elszakadva állt meg attól a férfitól, aki a kis rendbontás, "Lord Edrich" első része lesz. Hangja unott és bosszantó volt. Semmi, ami valódi érzéseire utalt volna, nem derült ki ebből a két egyszerű szóból.

Nem Edrich lord köszöntötte, hanem a herceg megfordult: - Ó, hercegnő, jó, hogy találkozunk.

A jó csillogás sokat rejthet, de a legjobbak sem tudják elrejteni a villás nyelvet. - Feltételezem, Ciron herceg.

A mosolya nem volt elbűvölő. - Nem tudtam, hogy tudta, hogy részt vettem.

Elhaladva mellette Nisha azt válaszolta: "Milyen ostoba, hogy azt gondolja, hogy nem kaptam tájékoztatást. Viszont" - fordult vissza hozzá, miután az emelvényre lépett. - Azt hiszem, hogy anyám megtiltotta az összes rokonát Darke-ból, Szóval kíváncsi vagyok, hogy vagy itt? "

A tömeg körbe vonult, hogy meghallgassa és megnézze ezt a kis drámát. Úgy tűnt, senki sem gondolta, hogy ő, a hercegnő lesz a győztes. Ezt látva érezte, hogy Ethan felhívja, és meghallotta a hangjában a figyelmeztetést. Hercegnő.

Bízz bennem.

Ciron nagy kedvvel legyintette a kérdését. - Ó, a tanácsos visszavonta ezt a kis időt.

- Értem. Ebben az esetben szeretnék egy példányt a szerződésről, amelyet reggelre átadnak nekem. Addig is ülhetünk és élvezhetjük az ünnepeket. Szünetet tartott. Szokás volt, hogy a királyi család feje ült a központban. A házastársa jobbra és az örökös balra. Mivel az anyja és az apja elmentek ... Elfogadta anyja helyét, és megveregette az ülést jobbra: "Ethan, kérem, csatlakozzon hozzám."

- Hercegnő, a helyed ...

Nagyon nyugodtan ült egyenesebben. - Lord Edrich, amint azt már elmagyaráztam neked, tizennyolc éves koromban már nem vagy a meghatalmazott, és nincs feladatod ebben a teremben vagy az asztalomnál. Ön, uram, felmentett.

Edrich felcsattant: - Még nem koronáztad meg kedvesem.

"Nagyon igaz, a nagynéném azonban itt lesz holnap, és felügyelni fog mindent, amiről gondoskodni kell a koronázásig."

Ciron herceg áthajolt az asztalon, és mélyen a szemébe nézett. - Azt hiszem, ez ismeretlen lenne.

Bárki más áldozata lett volna ennek a halálos bámulásnak, ő azonban unott ásítást engedett. A bokája köré könnyű toll érintés került. Kedves árnyékbarátja vagy esetleg még mindig kötődött hozzá, így több mint biztonságban volt. "Árnyék, barátom, kérjük, kérje Freyát, hogy kísérje Ciron herceget a börtönbe, amíg nem tudok rendesen foglalkozni vele." Aztán a herceghez, aki zavartnak látszott, hogy a transzja nem érinti. "Nem veszem félvállról azokat az embereket, akik erőszakkal próbálnak arra kényszeríteni, hogy olyasmit tegyek, amit egyébként nem tennék."

Finom köd mászott fel a székre balra, és sötét alak kezdett kialakulni. Nem kedves barátja, hanem egy másik árnyalat. Ez az egy nő. Hosszú tollas haj és éles karmok az ujjak számára: "Az őröd úton van. Van valami segítség, amit felajánlhatok?" Visszaült és merevítette az ujjait, ügyelve arra, hogy a szeme most összeakadjon a kígyóval. Kétségtelen, hogy méretezze fel a következő étkezését.

A szoba kollektív zihálással telt meg. Sem az Árnyak, sem az Árnyak nem jönnek ilyen északra. Valójában a legtöbben a csontromokban maradtak. Ha nem magukban a Mystic Woods-ban. De soha a kastély közelében. Egyik látványa óvatosságra intett. Az a tény, hogy ... ő ... segítséget ajánlott a hercegnőnek ... nagy aggodalomra adott okot. Inkább, ha a kis hercegnő valóban irányítani tudja.

- Te ... neked kellene lenned ... - dadogta Ciron, miközben megpróbált hátrálni a peronról.

- Nem vagyok könnyen becsapva Ciron. Felállva felemelte a hangját, így az összes emeleten mindenki biztosan hallja. "Mindazoknak, akik a Marshland állampolgárai, reggelre ki kell szállniuk Darke-ból. Aki nem veszi figyelembe figyelmeztetésemet, holnap estére meghal." Bárki, akinek bármilyen illúziós bűbája van, azt mondom neked, hogy nem dolgozzon Devros királyi házának munkáin. A mögöttük való bujkálás már nem felel meg Önnek, ezért most már tiltják őket a kastély ajtajainál. Bárki, aki át meri merészkedni a cséplést, viselje az árnyékokat, amelyek most a termeket kísérik. Most már mind elbocsátottak. " Amikor senki sem mozdult, hozzátette: "Drága barátnőm, Shade, kérlek, tedd, amit akarsz, ebben a szobában tartózkodóknak. Ethan, velem." A háta mögött elrejtett ajtó Freyával az ajtóban kinyílt, bárminek tűnt, de nem volt elégedett.

Egyszer egy másik teremben az ajtó becsukódott mögöttük, és Ethan felsóhajtott: - Árnyék?

"Ó, hát nem tudom, hogy hívják, de sokukkal barátok vagyok. Ők valóban érdekes emberek." Legalábbis a király így volt. Idővel talán többet tudhat meg az árnyalatokról. Nem, többet megtudna róluk. A túlélés azt követelte tőle.

Fejezet 17:
Adrianna

Adrianna bejárta börtönének határait. Nem mintha börtönnek tűnt volna, de valami remek lakosztály egy isteni kitaláláshoz ... nos, ha túljutottál a hatszögletű üvegkupolán, így egyetlen varázslata vagy képessége sem működött. És az a tény, hogy a kupola egy kőből álló helyiségben volt, ablaktalanul, még a nappali fénynek sem, csak megbolondította az itt töltött időt. Vett egy mély lélegzetet, és újabb kört tett az ülősarok körül, egy másik kört a pasztell kék kanapé körül, arany díszítéssel. Aztán még egy a hosszúkás szoba körül. Olyan utat, amelyet néha napokig tett. Máskor pedig csak azért, hogy mozogjak. De ma ingerlése ideges energiától származott. Dae néhány napja megtalálta a kiutat. Menekülés módja. Természetesen egérré kellett válnia, hogy megtalálja a kis lyukat ... de megtalálta. Még tizennyolc évébe is beletelt ... Végül megtalálta. Tehát egyelőre csak arra kellett várnia és reménykednie, hogy Dae talált segítséget ... vagy legalábbis nem fogták el.

Ismét nem volt garancia arra, hogy Dae visszaállhat egy hasznos formába, miután megtisztította a kupolát vagy a helyiséget, ahol be voltak tartva. A szíve megállt, amikor a tönkölykupolán túlra vezető kőajtó kinyílt, és elrablója bepillantott. Mint mindig, sötétzöld köntösbe öltöztették, amely elrejtette a pikkelyek nagy részét és a lábait, amelyek látszólag inkább csirkéhez, mint hüllőhöz tartoztak. Csak a lány látványa égette a szavakat a torkán, de csak annyit engedett, hogy kimondja: "Apep".

- Kedvesem, hol van a szobalányod?

Ezer dolog futott át az agyán ... aztán a hálószobából hallotta: "Mondd meg a gazember kígyónak, hogy csak egy csodálatos álmot szakított félbe". Kissé megfordulva figyelte, ahogy barátja olyan rendetlenségben keveri ki a szobából unalmas aranyvörös haját, hogy nehéz nem tudni, hogy nem az alvás okozta.

Vette a barátjától a barátját, és így válaszolt: "Nos, a saját szemeddel látod. Most miért vagy itt? Gyere még egyszer felpompázni? Ó, tudom, azért jöttél, hogy megnézzem, elhatároztam-e, hogy feleségül veszlek." Elfordult tőle és köpött: "Mint valaha, valaha is valakivel lennék, aki csak nézi, rosszul lesz." Nem beszélve arról, hogy már nős volt. Nem számított, hogy a férje él-e vagy sem ... kötődött hozzá ... a szíve az övé volt. Ahogy mindig a halálban is. Ahogy az övé is.

Sárga szeme összeszűkült dühében. "Sssshare newssss-re jöttem.

Mély levegőt vett, és visszafordult felé. Nem lenne értelme vitatkozni vele. Semmi haszna annak, hogy átkozzon és ne esküdjön olyan dolgokra, amelyekre már nincs ereje. Legalábbis addig, amíg nem volt szabad ebből az átkozottan elhagyott börtönből. - Elfelejted Apepet. Anyám és nővérem nevelték fel a lányomat. Aztán elfordult tőle, és már nem volt képes elrejteni az összes érzelmet, amit érzett. A szíve vágyott a lányára. Sokkal inkább most, amikor tudomásul vette, hogy ki nevelte kedves kislányát, majd az összes évet, amelyet csapdában kellett töltenie ebben a börtönben.

"Tudom. A sssspyss-em hosszú évek óta nézi. Nem, kedvesem, mindent tudok, amire szükségem van."

Rohadtul irritáló kígyó, nem kellett ilyen önelégültnek hangoznia. A távolból hallotta, ahogy a kőajtó becsapódik mögötte. Még egyszer egyedül volt ... vagy többnyire egyedül. - csattant fel Adrianna az egyetlen emberre, akinek otthagyta, hogy kiabáljon. - Dae, mondtam, hogy menj el.

Dae teljesen kilépett a hálószobából, de Dae néhány lépésre lépett királynőjétől és barátjától. - Addy tényleg. Ennyi év alatt nem hagytam el, most sem hagylak el. A kandalló fölé függesztett tükörhöz lépve megrázta a fejét. "Nagyon örülök, amikor megszabadulunk ettől a helytől. Ez a hely borzalmas a bőröm számára. És a hajamról nem is beszélve."

- Szabad? Te ... - remélte Hope a hangját, olyan módon, hogy néhány dolog már ritkán.

"Tudom, hol vagyunk. De ez most nem fontos."

- Faerydae? Kérdés és parancs is, hogy mindent elmondjon neki.

"Több dolgot el kell mondanom neked, de először. Néhány jó hír. Először Apep hazug, és nem szabad megbízni benne."

Tudta ezt. A pokolba, tudta ezt, mielőtt fogságba került. Éppen ezért kitiltotta minden fajtáját Darke-ból. Nem mintha bárkinek is mesélt volna a gyanújáról; ó, nem használta valamilyen más információt, amelyet talált ... vagy annál többet, amire kedves férje talált. De ez ma nem volt fontos. Nem, az volt a fontos, amit Dae megtudott. A kanapéhoz simulva megveregette a maga melletti ülést. Ha bármit kérdezett a barátjától, soha nem adott választ. De Fey volt. Hírüket a maguk idejében és a maga módján mesélték el. Soha közvetlenül, és soha, ha egyenesen megkérdezik. Tehát inkább a következő kérdést választotta: "Biztos benne, hogy a gazember nem hall minket?"

Faerydae teljes magasságába hozta magát, és bosszúsan felszisszent: "Én vagy nem egy harmadik generációs Feyen vagyok?"

Ismerte a barátját, és nem arról érdeklődött, hogy hol született, hanem a vérvonaláról. Többféle Fey volt. Feyen közül a tündérek és a tündék a leggyakoribbak. De igaz Feyen azok voltak, akiknek egyik szülője Tündér, a másik pedig Tünde volt. És nemcsak a kisebb képességekkel rendelkező Fey, hanem a többinél erősebbek is. Faerydae esetében nagyszülei mindkét oldalon Feyen voltak. Mindkét szülő a Feyen tanács idősebb tagja volt és nagyon nehéz emberek. Az évek során régóta gondolkodott azon az okokon, amelyek miatt nem fizettek váltságdíjat azért, hogy visszatérjen a lányuk ... azok az okok, amelyek miatt halottnak gondolták. - Sajnálom. Lehet, hogy itt vagyok a királynő, de most te vagy az, akinek hatalma van.

"Nagyon igaz. Még akkor is, ha évekbe telt, mire alkalmazkodtam ehhez az átkozott helyhez. De először is örömteli hírek. Kedves férjeink nem haltak meg, ahogy a gazember javasolta. Nem hiszem azonban, hogy hozzáférnének képességeikhez a ezúttal."

"Ha életben vannak, akkor csak akkor szakítanak el hatalmuktól, ha egyikük vagy mindketten nem találtak meg minket." Ez azt is jelentette, hogy nagyobb bajban vannak és képtelenek megvédeni magukat.

"Igen, hát ... nyugodtan mondhatom, hogy ha hozzáférnek hozzájuk, akkor két nagyon dühös Feyen férfit fogunk tartani, akik ..."

- Nehéz irányítani akkor is, ha nem dühöng valami miatt? Ha eszébe jutott, hogy utoljára feldühítette a férjét, akkor megborzongott. Szerencsére soha nem ismerte igazán a jelenlegi Feyen királynőt, és nem is akarta, miután látta, mi történt.

"Igen, jól. A férje egy jó napon halálos, míg az enyém inkább arról szól, hogy fájdalmat okoz a fenekemben ... még akkor is, ha mindig igaza volt."

Miután egy pillanatra visszaemlékezett a felkelés előtti életükre, Adrianna végül megkérdezte: - Megkérdezhetem, honnan tudta meg?

Dae most elmosolyodott. Egy ilyen eszelős mosoly egy Fey számára, hogy szinte félelmetes volt. Aztán kinyújtotta a kezét. Két egyszerű aranygyűrű. - Emlékszel arra a varázslatra, amelyet az esküvőd előtt tettem?

Lassan bólintott: - Én igen.

"Amíg mindkettő lélegzetet vesz, mindkettő élethez és halálhoz kötődik. Kőbe viselt ember ismeretes." Amikor Adrianna nem vette el a gyűrűt, megfogta a kezét és az ujjára lökte. - Tényleg, Addy, jobban figyelj a szavaimra. Megértéshez viselned kell a gyűrűt.

Lehunyta a szemét, és hagyta, hogy érezze magát. Egy percig nem érzett semmit, majd könnyű zümmögést. Halk pulzus. Egy szívverés, amely időben ver a sajátjával, de nem a sajátjával. - Myrddin. A szeme döbbenten nyílt ki: "Myrddin?"

"Ahogy mondtam ... életben. De valami nincs rendben. Éreztem, amikor megtaláltam a Galeront. Nem tudom, mit jelent ... még. De életben vannak."

Boldog könnyek eldugították a torkát. - Akkor van remény.

Dae egyenesebben felült, és a legtisztább öröm igazi, valódi mosolyára mosolygott. - Ó, kedves barátom, reményeink vannak, mert még egyet biztosan tudok.

- El akarod mondani, vagy tippelnem kéne?

- Rettenetes találgató vagy suttogásod nélkül, ezért elmondom neked. A hercegnő megtalálta Ethant.

Az izgalom elnyomta jobb ítélőképességét, amikor átkarolta barátját. - Akkor több is van, mint remény.

Aztán elmosódott a mosolya. - Igen, de a gyermekeinkre szükség lesz, hogy kiszabadítsanak minket.

Ez nem hangzott reménynek. Ez úgy hangzott, mintha feladnánk. Ez úgy hangzott, mintha örökre itt lennének. - Mit nem mondasz nekem?

"A Mystic Woods-ban vagyunk. A tanult erők itt nem csak természetesek működnek. De ami még rosszabb, az Eostre egykori otthonában vagyunk ketrecben. Attól tartok, hogy az egyetlen dolog, ami életben tart minket, az elrablóink. És ami még rosszabb, én azt hiszem, ez volt az első Fey leszállási helyszíne. Egy hely, ahol erejüket a földbe meríthetik. "

Szar. A Mystic Woods-ot csaknem évezredek óta tiltják. Ennél több ... Közel kettő. Így volt ez a nagy háború óta, és azok, akik azt állították, hogy az erdő, azzal fenyegetőznek, hogy elpusztítják mindazokat, akik bemernek merni. Tehát hogyan vagy miért volt engedélyük a kígyóknak arra, hogy itt legyenek? Most valahogy együtt dolgoztak? Vagy a kígyók olyan hatalmasakká váltak-e, hogy az itt élők most félve éltek tőlük. - Ugye nem menekülhet?

Bosszús pillantást vetve Addy-ra, Dae felszisszent: - Nem hagylak hátra kedves barátom.

Kétségbeesés töltötte el a hangját. Egyiküknek mentesnek kellett lennie ettől a helytől. Egyiküknek figyelmeztetnie kellett a gyerekeket. - Dae nem ezt kértem tőled. Ha megrendeltelek ...

Ujját a királynő ajkára tette. "Szökésünk akkor fog bekövetkezni, ha nem akkor történik meg, amikor te döntesz."

Természetesen. Miért gondolná valaha, hogy Dae hallgat az észre? "Akkor ma estére nem beszélünk többet a mi fáradalmainkról, csak abban a reményben, hogy férjeink élnek."

- Igen, és a remény, hogy a lányod természetesebb képességekkel rendelkezik, mint az anyja.

Fejezet 18:
Ethan

Abban a pillanatban, amikor a szürke kőfal lezárta Ethant, megragadta a falat, hogy ne essen le. Érezte a meleg ragacsos folyadékot, amely megtöltötte a cipőjét, és tudta, hogy semmiképp sem jár sokkal tovább. Valójában, ha a zümmögés a fejében nem szűnik meg, nem lesz elég sokáig tudatos, hogy megpróbálja. Ez volt a nagybátyja terve. Nem csak gyengének tűnik, hanem arról is, hogy nem tehet semmit a tartása megszerzéséért. Nem tehetett semmit, amit a hercegnő hasznosnak találna.

Ha nem fájt annyira, akkor elnevette magát. Nevessen, mert hasznos vagy sem, ő már a hercegnő házának része volt. Edrich most nem tehetett vele semmit, hogy ezen változtasson. Azonban csak azért, mert a ház része volt, még nem jelenti azt, hogy elmehet anélkül, hogy megérdemelné a tartását. Nem tűnt olyan kegyetlennek, mint más magasszülöttek, így talán csak hagyja, hogy a vérzés leállítása után elkezdhesse keresni tartását. Ennek egyik módja. "Hercegnő."

Látta, ahogy a lány felé fordul, de nem látta, hogy megtenne egy maroknyi lépést, amely visszahozta az oldalára. - A fenébe, Ethan, miért nem mondtad, hogy nem tudsz járni? Soha nem mentünk volna be egy parti bohózatába.

- Én ... - Megpróbált normális levegőt venni, és alig volt képes erre, anélkül, hogy sírt volna attól, ahogy a bordái a bőr alatt mozogtak. Adott egy pillanatra, hogy stabilizálja magát, majd halkan megszólalt. "... azt hittem, hogy lehet."

- Rendben, nem szidlak meg, amiért hazudtál nekem; ezt azonban nem teszed meg újra.

Mit? Szidni ... Üvölteni? Ha a falat megragadta volna a nagybátyja láttán, addig vernék, amíg el nem múlik. Aztán elrugaszkodott az elájulásért. Az ordibálás nem tűnt büntetésnek, de aztán megint nem akarta megnyomni a témát. - Megvan a szavam.

"Jó." Nisha egy pillanatra megállt, majd sóhajtott. - Ha segítek a földön, akkor egy pillanatra rendben lesz?

- Én ... azt hiszem.

Fekete köd folyt körülötte, ahogy gyengéden a földre segítették. "Most keresek egy széket, megpróbálok nem menni és túl sokáig tartani, de még nem voltam a kastély ezen oldalán."

- Köszönöm, de ...

Letérdelt maga elé, és még egyszer az álla alá tette az ujját: "Ethan, megsérültél és nincs olyan állapotod, hogy mozogj. Most itt ülhetek és vitatkozhatok, hogy találok egy széket, amihez használhatom eljuthat oda, ahová szeretnék éjszakára. Vagy egyszerűen csak megvitathatja magával, mivel ez kétségtelenül időt takarít meg mindkét részünkön. "

Gondolt a tiltakozásra, de ellene döntött. Hiszen mikor érvelt valaha bármi mellett, és többet nyert, mint az azt követő büntetés? "Köszönöm hercegnőm."

"Ó, ez egy másik dolog volt. A nevem Nisha. Hívhatsz így. A hivatalos címek annyira unalmasak. Nagyon utálom a házamban élőket, akik csak ok-okozati beszélgetésre használják őket."

Egy pillanatig figyelte, ahogy a lány talpra áll, majd lehunyta a szemét: "Nem messze innen kell lennie egy szalonnak. A bútorok nem a legjobbak, de mindenre megfelelnek, amit csak gondolnak." Talán el kellene mondania neki, hogy be szokott lopakodni a palotába, hogy elbújjon a nagybátyja elől. Talán el kellene mondania, hol vannak a legérdekesebb szobák. Talán ... nem, azonnal elmondja neki, amint normális levegőt vehet.

- Most látja, nem volt ez könnyebb, mint vitatkozni?

Fejezet 19:

Nisha

Nisha megvárta, amíg eltűnt Ethan látóteréből, mielőtt azt mondta: "Gwydion?" A köd szinte játékosan kavargott körülötte, mielőtt barátjává formálódott.

"Királyném?"

Egyenesen előre tekintve Nisha összehúzta a szemét. - Kérem, sétáljon velem, nem bízom azokban, akik a termekben leselkednek.

- Nagyon jól. Két emberem őrzi a fiút ... Ethan.

Szünetet tartott. - Figyelted?

Nem fordult felé, hanem valami messzire zárta a szemét. "Árnyékként egyszerre több dolgot is megnézhetek. Mint például a szalon, amely éppen fent van. És a kígyó herceg, aki a palotában van."

"Egy nap többet szeretnék tudni a képességeiről mind a Nagy Háború előtt, mind pedig most. Valahogy úgy gondolom, hogy az ismert tudnivalók többsége nem más, mint spekuláció vagy kevés igazság."

"Ahogy szeretné, de azt javaslom, várjon a koronázás után. Akkor sokkal több ideje lesz beszélgetni. Mert sok mindenről még soha nem beszéltek az erdőn kívül. Többet még nem suttogtak a Nagy Háború óta."

A nő egyetértően bólintott. Az ajtó bejáratánál megállt, és megkérdezte: - A kígyó herceg valahol ott van, ahol nem tud elmenekülni?

"A kígyó herceg túlságosan nagyra értékeli az életét ahhoz, hogy megpróbálja. Kértem egy helyőrséget a legjobb harcosaidtól, hogy megvédjék ezt a palotát. Freya beleegyezett abba, hogy nagyobb veszély fenyegeti őt, mint amire számított."

Nisha megbotlott egy lépést tátva a barátján. Freya ritkán állapodott meg bármiben, ami nem az ő ötlete volt először. Ezt hallva nem tudta elhinni. - Ketten ... beszéltek, és ő valóban beleegyezett?

Gwydion értetlenül nézett a hangnemére, de inkább tényszerű, mint alkalmi hangon válaszolt: "Jelenleg túl elfoglalt vagy ahhoz, hogy figyelembe vegyél mindazokat, akik ártani akarnak neked. Freya és én is szabadok vagyunk. hogy beletörődjön a játékába. " Szünetet tartott, és úgy döntött, hogy megoszt egy kicsit többet nemcsak önmagáról, hanem Freyáról is. - Emellett jóval a halála óta ismerem Freya asszonyt. És ez sok évvel a háború előtt volt.

Ha úgy döntött, hogy nem mond semmit a felvételről arról, hogy mindkét megbízható barátja mennyi ideig ismeri egymást, hagyta, hogy konstruktívabb gondolatokon gondolkodjon. Egyek *arról, hogyan hozhatja létre saját bíróságát. Kíváncsi lennék, hogy árnyékot tudnék-e tenni az őrök kapitányának? Vagy a tanácsomon van? Aztán megint az én tanácsom, és én választom ki szolgál.*De ez egy másik nap gondolata volt. Ma azonban volt mit megbeszélniük. "Értem. Akkor köszönöm, de kérem, a jövőben kérjen tanácsot, mielőtt több olyan állampolgárt hozna ide, akik nem ... hogyan mondjam ezt udvariasan ... teljesen életben az Éjszakába. Még nem döntöttem arról, hogyan mindkét királyságot szolgálja, de kétlem, hogy a Undere Királyság lakosainak szabad barangolása engedélyezné Darke polgárait. "

- Természetesen kijelentette, hogy azok, akik a kígyók királyságához tartoznak, reggelre elhagyják ezt a Darkét, vagy holnapra estére már meghaltak. Nem?

Csalogatták ... érezte: "Igen ..."

"Kiktől várod, hogy beteljesítsd ezt a parancsot? Azok az élők között vannak, és várják, hogy megbukjon. Vagy azok, akik az Alsó Királysághoz tartoznak, és tudják, hogy nem fogod?"

Lehunyta a szemét: - Basszus, te tényleg sokkal jobban figyeltél erre a helyre, mint én.

- Annak lenni, amilyen vagyok, ameddig van, megvannak a maga előnyei, kedvesem.

Megforgatva a szemét, egyetlen lépést tett a szalonba, és röviden megállt. Ethan azt mondta, hogy a bútorok nem voltak a legjobbak, de remélte, hogy félig rendben fog kinézni. A magas háttámlával ellátott, túlzsúfolt szék azonban úgy nézett ki, hogy nem esik szét, ha úszóvarázslatot helyez rá.

Néhány lépéssel közelebb, hogy megvizsgálja, és két sárga szem bámult vissza rá. "Oh wow. Nem tudtam, hogy vannak olyanok, amelyek bútorokká válhatnak." Teljes félelemmel mondta.

Az ajtóban maradva Gwydion meghajolt a hátán, látva azt a lényt, amely felkeltette kis királynője figyelmét. - Kétlem, hogy a lény ezt önmagában tette volna.

"Úgy érted..."

Gwydion lassan lépett a szobába. "Néhány évvel ezelőtt számos lény megbocsájtott nekem, hogy túl sokáig emlékeztem arra, hogy mi volt." Hazugság volt, de nem az a helye, hogy felfedje az igazságot.

- Csak mondd el, mit tudsz ... Kell lennie egy könyvnek vagy valaminek körülötte, ami elmondhatja a többit.

Megértően bólintott, majd folytatta: "Olyanok lettek belőlük, amelyeket általában Fury-nak hívnak. A lényeket olyan közös helyiségekben helyezik el, ahol jelentéktelen vagy problémás találgatások várhatnak. Az egyik felkeresi a Fury-t, látva, hogy ez az egyetlen hely, amely kinéz hívogató ... és ez lesz a következő étkezése. A legtöbben azonban éveket, akár néhány évtizedet is megélhetnek anélkül, hogy étkezésre lenne szükségük. "

- Milyen lenyűgöző. Közelebb érve a székhez ... Fury ... letérdelt előtte. Ujjai a karját simogatják. "Nem eszi meg azokat, akik rátok ülnek. Cserébe megpróbálom megfordítani a varázslatot, amint megtalálom a helyeset, amelyet rátok használtak."

A két sárga szem megértően pislogott. Vagy legalábbis azt gondolta, hogy megértő. - Látja, ez egyszerű volt. Most az úszó varázslatomról ... "A fekete füst és a szék csak egy lélegzetet vett a földtől." Pompás. Most, hogy megszerezzem Ethant, és megtaláljak .... valahol... "

Gwydion a válla fölött bólintott az ajtó közelében lebegő szürke ködre. - A házimanó talált egy megfelelő szobát a kastély ezen oldalán. Kétségkívül gyorsabban elérhető, mint a másik.

Fejezet 20:
Ethan

Ethan lehunyta a szemét, amikor Nisha eltűnt a folyosón. Fájt lélegezni, de ennek nem volt lehetőség. Megpróbált valamire koncentrálni ... bármire, amit az elméje elgondolkodtatott azon emlék töredékéig, amelyre ma reggel emlékezett. Nem volt biztos benne, hogyan, de tudta, hogy Nisha kiváltotta ... csak remélte, hogy most már eléggé emlékszik rá.

Lassan a nő arca került elő. Magas arccsontok. Vékony orr. vérvörös ajkak. Ez volt a természetes szín, vagy tett valamit azért, hogy ilyenek legyenek? Nem olyasmi, amit valaha is képes lenne megtudni. Nem a halottjával ...

Lassan szaggatott lélegzetet vett a tűzvörös hajára és finoman hegyes fülére. Az övé volt egyszer ilyen ... amíg a nagybátyja úgy döntött, hogy azok megcsonkítása jobban megfelel a céljának. Még most is érezte, hogy a tompa kés belevésődik a húsába. Hallotta a sikolyokat, amelyek aznap kibújtak az ajkán, és a könnyeket, amelyek forróan folytak az arcán, miközben meg volt kötve és kénytelen volt elviselni a fájdalmat. Kénytelen nézni a tükör előtt, amely előtte állt. Ethan megpróbálta lerázni az emléket. Legjobb, ha most nem gondol erre. Nem ... csak gondolni akart rá ... az anyjára és az egyetlen emlékére róla.

Egy kis mosoly megrándult az ajkán, amikor meglátta a szemét. Ugyanolyan színű, mint az övé ... hát majdnem ... az övében csillogásnak tűnő fény csillogott bennük, ahol az öv egyszínű volt. Vagy legalábbis azt hitte, hogy azok.

- Ethan?

Ezt a szellős hangot, amelyet ismert. Lágy, mint a nyári szél.

Lágy érintés az arcán. - Ethan. A tiszta bársony érzése a bőrén.

Lassan kinyitotta a szemét a női hang felé ... a hercegnő felé. - Sajnálom ... én ... Az ujja az ajkához szorult, hogy ne beszéljen.

- Találtam egy széket. A barátom pedig talált egy megfelelő szobát nem messze innen.

Szék? Szoba? Az elméje zavaros volt, hogy valóban megértse, mit mond neki. Igen, ez lehet a válasz, mivel biztos volt benne, hogy az az ember, aki most segít neki a székbe, egy pillanatra sem volt ott. Vagy miért látszott, hogy a szék dorombol. Igen, ennek kellett lennie.

Aztán megint eltűnt a férfi a ködben. Árnyékot? Egy árnyék éppen segített egy doromboló székbe? Igen, haldoklónak kellett lennie, mivel semmi értelme nem volt. Vagy talán így vitték el az Under Kingdomhoz méltókat ... egy árnyék kíséretében doromboló székben. Kár, hogy nem tudta elég hosszú ideig nyitva tartani a szemét, hogy megtudja.

Fejezet 21:
Lilly és David

Lilly túl puha ágyán ült, intenzíven olvasta át Darke törvényeit. Törvények, amelyek biztosak voltak benne, hogy kedves unokatestvére soha nem vetette szemét. Olyan könyvek, amelyekről tudta, hogy Nisha soha nem nézi meg, hacsak valaki nem készteti őket elolvasni. Mély sóhajjal beletörődött abba, hogy az unokatestvérét elolvassa ezeket a könyveket.

Még egy oldalt lapozgatva hagyta, hogy az ujjai David puha kőszürke bundáján táncoljanak. Természetesen, ha nem macskás formában lenne, akkor unokatestvére királyságának törvényeit vitatná meg vele, ahelyett, hogy lustán simogatná. Amelyeket szívesebben jegyzetelné, hogy milyen törvényeket kellett kidobni az ablakon, és melyeket kellett módosítani, hogy jobb értelme legyen. Nem mintha sok olyan dolgot talált volna, amelyet meg kell tartani, de mindenesetre nyomon követte őket.

Halk kopogás a halvány színű ajtón arra késztette, hogy felnézzen a jelenlegi kötetéből: "Beléphet."

Az ajtó éppen annyira nyílt, hogy a Spire egyik lakója bepillanthasson a szobába. Sötétkék öltönye elegendő volt ahhoz, hogy tudja a Spire melyik oldaláról jött. A parázsbőr ... nos, aggódni fog, hogy miért választotta később a tűzoltó a gyalogost.

Amikor nem beszélt, azt mondta: "Van egy üzeneted nekem?" Csattanóbb lett, mint általában mondta volna, de valami a testtartásával keveredett mindazzal, amit olvasott .... élén állt ... most, ha csak okot tudna találni. Olyan, amely nem ér véget a hírnök megölésével.

- Nisha hercegnő azonnali jelenlétét kéri.

Az, ahogy a hangja úgy hangzott, mintha a kandallóban ropogna a tűz, zavarta őt ... de az az oka, hogy a támadásra késznek látszott, meghajlította. Egy mozdulat, amely eljegyezte őt, kinyújtotta a macska mancsait, és visszaváltozott az igazi formájába. A félelem visszhangzott a gyalogos szemében, miközben Davidet figyelte. Elég volt attól, hogy már ne féljen ettől a személytől, így visszanyerte önuralmát. - És mondta kedves unokatestvérem, miért kellett neki, hogy a koronázása elé jöjjek?

A szeme soha nem hagyta el a Drakeneket, akik most méretezték el a következő étkezést. - Nem mondták meg II.

David ásított, hagyta, hogy hosszú, pikkelyes farka megpördüljön, figyelmeztetve: "Mivel nincs más utasításod, elhagyhatod."

"ÉN..."

Előrehajolva David mosolyogva feltárta borotvaéles fogait. "Hagyjon vagy vacsorázzon. Hadd biztosítsak arról, hogy a tűzjáróknak valóban kellemes íze van." Lillyhez fordult, és így folytatta: - Gondolod, hogy Nisha lesz a bankett menüjében?

Ó, olyan édesen mosolyogva válaszolt: "Ha megkérdezed, biztos vagyok benne, hogy örömmel találna ilyet, amit Darke nélkülözhetne ... elvégre apád már többféle finomságot kért magának." Ha igaz volt, vagy nem, mindegy. Elhitetni a lakással, hogy igazat mond ... hát ... ez egy teljesen más történet.

Egyikük sem fordított különösebb figyelmet a tűzjáróra, amikor elmenekült a szobájukból és a hosszú folyosón. Mégis, Lilly mindenképp várt néhány percet, hogy megbizonyosodjon róla, valóban elment-e, mielőtt felállt és bezárta az ajtót. - Gondolod, hogy valami nincs rendben ... mármint Nishával ... Tudom, hogy valami nincs rendben a lakájával.

Visszafektetve a nagy puha ágyra, David a halvány rózsaszín lombkoronát bámulta: "Ha valami nem stimmel, Freya maga jött volna ... vagy elküldte kedves unokatestvérünk egyik barátját. Ez azt mondta, szerintem nem bölcs dolog túlságosan sokáig hagyja békén. Apa utálná, ha más ... hm ... személyt kellene találnia? ... aki hajlandó leszorítani a körmeit. "

Hosszú, arany haját visszahúzta egy laza lófarokba, és megkérdezte: "Miért van az, hogy az édesanyád nem hajlandó ... egyszer mondta, de akkor még nem beszéltem a feyen nyelvet."

"Nyilvánvalóan nem érdekli, hogy kiderüljön, ki vagy mi maradt a körmében, mivel apa vadászat után dicsekedni szokott. Ezért is nem vadászik már olyan gyakran, mint szeretné." Egy pillanatra lehunyta lávavörös szemeit: - Csak arra gondoltam ...

"Ó, ne tedd ezt ... minden alkalommal, amikor mama tesz, nem tud inkább nevetni, sírni vagy visszaküldeni a családodhoz. És őszintén szólva én sem."

- Vicces, nagyon vicces. Megvárta, amíg a lány elég közel van, majd átfonta a farkát, és az ágyhoz szorította. Egy lélegzettel később testét használta, hogy a saját ágyához tartsa. - Azt hiszem, még dolgoznom kell a védekező képességeiden.

- Tényleg azt gondolod, hogy nem tudok elmenekülni tőled, ha nagyon akarom? A mosolya nem vigasztalt.

- Nem mersz .... nem, ha valaha anyává szeretnél válni.

Halkan felemelte a kezét, és megsimogatta hosszú ívű szarvát, tudva, hogy inkább mozogni fog, mintsem belemerüljön abba, amit a simogatás vezet, ha már házasok. Abban a pillanatban, amikor a férfi állt és morgott, elmosolyodott. - Látja, nincs szükségem több védekező edzésre. Most mit gondolt, ami kétségtelenül mindkettőnket bajba sodorja?

- Csak, hogy tudd, ez nem fog menni, ha összeházasodunk.

A nő vállat vont: - Gondolok valamire, amikor eljön az idő ... azon kívül, hogy csak félig vagy részeg.

Egy percig járkált a szobájában. Egy nap egy olyan szobában aludt, amely nem volt minden fényes és aranyszínű. Egy nap olyan ágya lesz, amelybe nem süllyedt el ... valahogy nem gondolta, hogy életben lesz, amikor eljön az a nap. - Készen áll arra, hogy meghallgassa, mire gondoltam, vagy váltsak vissza macskává, és simogassák tovább?

Már a gardróbszekrényében turkálva Lilly elmosolyodott: "Ó, folytassad. Beszélhetsz, amíg pakolok."

- Ha becsomagolsz, a hölgyek rád sandítanak.

- Ha nem vagyunk itt, akkor ők sem - vágott vissza Lilly.

Nem volt értelme vitatkozni vele ... nem akkor, amikor úgysem tudott nyerni ... akkor sem, amikor igazán nem érdekelte, hogy mivel kezdik. - Ismered annak történetét, hogy anyám és apám hogyan találkoztak?

"Anya azt mondta, hogy Myrddin bácsinak van valami köze hozzá, de mivel még a nevének említése is a nővérére gondolt, soha nem kértem minden részletet. És tudod, hogy soha nem kérdezném meg az édesanyádat."

Lassan átment az ablakhoz, és átnézett a lány kertjére. Három emeletről felfelé is láthatta a tündérek legapróbb részét, amelyek a virágokat gondozzák. Tudta, hogy a legtöbben méhekként vagy pillangóként tekintenek rájuk ... csak valaki, aki ért a kerti tündérekhez, láthatja valódi formáját ... csak az, aki Feyen vérű, képes lesz beszélni velük ... most, hogy nem nem számít. - Myrddin ... anyám testvére volt.

"Mit?!?" Lilly visszaugrott a szekrény szekrényéből. - És te most mondod nekem!

- Anya nem akarta, hogy tudd, mielőtt Nisha készen állna uralkodni.

Nem fordult felé, és nem volt hajlandó találkozni a nő arcával ... ó, igen, valamit rejtegetett: - Davkren nézz rám.

Ha a valódi nevét használta, akkor bajban volt. Sóhajtott magában. Legalábbis nem a teljes nevét használta, különben macskának kell lennie, csak azért, hogy ne láthassa. - El kell mondanom neked valamit, és nem akarom, hogy túlreagáld.

Szar. Ez nem lehet jó. Egyáltalán nem jó. - Várnod kell, amíg Nisha a közelben van, hogy meghallja?

Most mégis felé fordult. Tíz év alatt még soha nem volt ilyen ideges: "Nem. Azt hiszem ... Azt akarom, hogy először tudd meg, ha úgy gondolod, hogy ez rendben van, akkor elmondjuk neki. Ki tudja, mit fog tenni az információval."

A csípőjére téve a kezét Lilly felhorkant: "Tudod, mit fog tenni ... Megkapja ezt a pillantást ... tudod, aki azt mondja, bajban leszünk. Aztán elmosolyodik. Nem a barátságos mosolya, hanem az a rémisztő, amely azt mondja, hogy kiabálni fognak ... akkor azt fogja mondani, hogy van egy csodálatos ötletem. Akkor mi leszünk a bajban, csak nem tudom kivel. "

- Igen, ettől félek. Ezt és azt, amit Nisha tenne, miután egyedül volt az információval ... egyedül senki sem akadályozta meg abban, hogy oly hihetetlen dolgot tegyen, hogy évekbe telik, mire megérti a döntés teljes következményét.

"Szóval miért nem mondja el nekem útközben, hogy meglátogassam. Aztán ha tudnia kell, elmondhatjuk a kastélyában és mindkét szüleinktől."

David elég hosszú ideig szünetet tartott, hogy szánjon rá időt, mielőtt habozva hozzátette: "Ha most elmegyünk, reggel előtt ott leszünk".

A lány keze közé véve mosolygott: - Drágám, ha most elmegyünk, jóval hajnal előtt ott leszünk.

Óvatosan a magánedzőjében ülve Lilly kedvesen megkérdezte: "Oké, mivel néhány óra múlva elérjük a Spire-t, mi az, amit hallanom kell, és el kell döntenem, hogy az unokatestvérünknek tudnia kell-e?"

David mély lélegzetet vett. - Rendben. Kérem, hadd fejezzem be, mielőtt félbeszakítaná. Amikor bólintott, a férfi újból elkezdte: "Néhány száz évvel ezelőtt, talán hosszabb ideig, mivel a mama nagyon közel van a tényleges életkorához. Anyámat más néven ismerték ... azt hiszem, Tenanye volt. Mindenesetre tanítványként szolgált. a Feyen királynő udvarában. A királynő neve szerintem Elista volt. Körülbelül ekkor a testvére visszatért a Mystic Woods-ból. Anya soha nem mondta, miért van ott, de többek között a sötét művészetek ismeretében jött vissza. Ezt elmondta neki. A legidősebb és mindkét szüleiként feltételezem, hogy már nem élnek, ez joga volt, bár ilyen fiatal kora óta nem volt vele nagyon elégedett. "

Lilly kissé felemelte a kezét, hogy félbeszakítsa, bár megígérte, hogy nem teszi: "Tizennyolcnál idősebb, de két évszázadnál fiatalabb?"

David lávavörös szemeit forgatva így folytatta: "Valami ilyesmi. Anya szerint egy testvére durva testvére a határ felé húzta Darkenért, és lerombolta egy rothadt fatönkön. Biztos vagyok benne, hogy kissé eltúlzott, de nekem van senki mást nem kérdezhet. És apa csak azt mondja, hogy sokszor meg kellett volna ennie Myrddint, amiért bemutatta anyámnak. "

"Apád azt mondja mindenkinek, hogy meg kell ennie őket. Azt hiszem, nagyon dicséret."

- Persze, hogy van. Végül is apa soha nem mondja el az ételeit, ha meg kellene ennie őket ... csak megteszi.

Játékos pofon a karján, és Lilly felszisszent: "Nem igazán akarom tudni a családod étkezési szokásait. Elég rossz, hogy a bátyád felfalta azt a trollt előttem."

David összehúzta a szemét és megvonta a vállát. "Ez megtámadta. Mit tenne még a bátyámmal? Hagyja, hogy megöljön egy látogató hercegnőt?"

- Nos, nem. De nem kellett megennie előttem. Biztos vagyok abban, hogy megölve ugyanezt tette volna.

"Lilly édesem. Soha nem szabad pazarolni az ételt. Különösen a trollok. Oly ritkán lépnek át Drakenbe."

Lilly pislogott, és nem igazán törődött vele, amikor a trollok átmentek Drakenbe, amíg neki nem kellett foglalkoznia a csúnya állatokkal. - A későbbiekben megbeszéljük a trollokat. Kérjük, folytassa a történetét.

"Rendben. Myrddinnek feleségül kellett vennie Larna hercegnőt. Valami történt a családjával. Anya nem közöl részleteket arról, hogy mi történt. De az esküvő napján Larna első királynőként nyilatkozott arról, hogy kijelentette. minden gyermeket, akit Myrddin szedett, nevezzen a feyen korona örökösének. "

David karjához nyúlt. - Bárki? Fey volt ... nem lett volna ...

"Alig kétszáz éves volt. Még mindig gyerek, és nem volt képzett a szójátékra. Anya emiatt születése óta az összes gyermekét szójátékra képezte."

Lilly mentazöld szeme elkerekedett: - Ez azt jelenti, hogy ...

"Nisha Feyen koronahercegnője. De ez nem a legrosszabb."

Lilly nyögve kérdezte: "Mi lehet a legrosszabb akkor ..."

"Az esküvői fogadalmak, amelyeket Larna tett, a hagyomány szerint azt mondják, hogy a szívét Myrddinnek adja. Szó szerint elvette a dobogó szívét a mellkasáról, és bezárta egy tönkölydobozba. Csak ő vagy gyermekei tarthatják meg a szívet, hogy visszaadják nekik Larna. Hacsak nem talál valakit, aki megtarthatja. Vagy legalábbis ez az a feltételezés, hogy az anya úgy dönt, hogy él. "

- Nem akarom ezt hallani.

Pontosan az a válasz, amelyet Lillynek gondolt volna. És annak oka, hogy szerette volna tudni, mielőtt bármit mondott Nishának. "Larna nagymamája azóta nem hivatalosan uralkodik. Húsz évvel ezelőtt egy férfi jött Feyenbe. Érdeklődni kezdett Larna iránt. Most ne feledje, hogy ... nagyrészt héj. Eszik, felöltözik, ennek megfelelően jár el bábnak, de nincsenek érzelmei. Amit tanultam, azóta sem szólt egy szót sem. "

Ez arra gondolt, hogy minden varázslat, amelyről tudott, magában foglalja az ember szívét, holtan vagy majdnem holtan hagyta az illetőt. Valahogy nem gondolta, hogy Nisha apja használta volna ezeket a varázslatokat. Lilly nem akart kérdezni, de mégis. - Mi köze ennek Nishához?

"Két évvel később kizárták Feyenből és megparancsolták neki, hogy soha ne térjen vissza. Darke-ba menekült. Anya szerint Faerydae rokona volt. Vagy legalábbis azt mondta, hogy az volt. De néhány nappal a Darke-ba menekülés után ... a tűz megtörtént Most csak véletlen lehet, de ... - Vállat vont: - Arra gondoltam ...

Lilly hátradőlt az ülésén és felnyögött: - Nagyon szeretném, ha nem tetted volna ... de mire gondolsz?

"Mi lenne, ha ő ... feltételezve, hogy ugyanaz a srác ... megtudta, kit jegyeztek el a koronahercegnővel, és akarta használni Darke és Feyen uralma alatt egyaránt."

- Akkor kétszer hülye. A fenébe, David, elfelejtetted, mit tett Nisha, amikor először jártunk otthonában? Alig voltunk öten, amikor azok a trollok megtámadták. A bátyád, aki már húszéves, megette az elsőt, de Nisha felaprította a másik négy darabokra, csak egy pillantással. Pillantás. Emlékszem, milyen rémisztő volt ezután. Megfordította a fejét és a szemét ... Semmit sem ismertem fel, ami az unokatestvéremre hasonlított az arcán. "

- Lilly ...

"Nem, te jöttél utána. A bátyád vette fel az elismerést, hogy megvédett minket, mert védte őt.

Legközelebb, amikor eljöttünk ... és emberei megpróbálták megtámadni Nishát ....

- Lilly, akkor ott voltam. Tudom. És ez volt az oka annak, hogy nem hagytam el az oldaladat. Egy szívdobbanás erejéig szünetet tartott, majd elmondta neki azt az igazságot, amelyet több éven át tartott, mint nem. "Nem azért voltak ott, hogy megtámadják Nishát, hanem azért, hogy megöljenek."

- Én? De ... miért? Nincsenek problémáim az embereivel. Valójában a legérdekesebbnek találom.

- Te vagy az édesanyád egyetlen gyermeke. Egyesek úgy gondolják, hogy ha nem lennél életben, akkor Nisha uralkodhatna az összes feyen földön.

Tágra nyílt szemmel Lilly zihált: - El kell mondanunk neki.

David megfogta a kezét, hogy megbizonyosodjon róla, hogy teljes figyelmet fordít rá, mielőtt azt mondaná: "Tudom".

- David, nem érted. Nisha az Alsó Királyság királynője. Ha valaki megpróbálja őt uralkodni vele ...

Lélegzetvételével David alig tudta suttogni: "Megszabadítják ..."

"Akik már nem halhatnak meg ... ide tartoznak a már nem létező versenyek, amelyek sokkal halálosabbak, mint Drakens. Nisha már utalt rá, hogy nagyon védik őt."

David visszaült a helyére, és lehunyta a szemét. - Akkor imádkozom, hogy nem késünk.

Fejezet 22:
Nisha

Az őt követő székkel Nisha megállt néhány méterre attól a helytől, ahol Ethant elhagyta. A szeme mostanra szorosan csukva volt ... és a lélegzete ... Trollokat hallott a tüdő fertőzései közül, amelyek jobban hangzottak, mint ő. Ahhoz, hogy egy Fey ... vagy akár részben Fey így hangozzon ... a szíve a torkába ugrott. "Basszus."

- Ilyen nyelv egy fiatal királynő számára.

- Most nem, Gwydion, le kell állítanom a vérzését. Vagy legalább annyira, hogy Lilly azt gondolja, hogy van valami készségem a gyógyításban.

A két lépést Ethan felé lépve Gwydion elmosolyodott. - Kedvesem, nem tehet semmit, hogy még rosszabb legyen.

Élesen elfordította a fejét, hogy szembenézzen vele. - Tudod, mi tartja életben?

"Igen, tudom. Bár nagyon kevesen élnek, akik ismerik ezt az igézetet. Még kevesebben tudnák kitölteni anélkül, hogy ujjlenyomatot hagynának, mintha az identitásuk lenne."

Túl aggódva, hogy érdekelje, mit mond vagy kinek, Nisha felcsattant: "Ó, jó. Megbeszélhetjük a lehetséges embereket, miután rábeszéltem éjszakára."

- Ahogy kívánja királynőm, azonban ...

- Azonban semmi. Azt akarom, hogy érezze jól magát, mielőtt Lilly megérkezik. Visszafordította figyelmét Ethanra, és halkan kiáltotta: - Ethan?

Amikor csak enyhe nyögést hallatott, hagyta, hogy egy puha ködcsík megsimogassa az arcát. - Ethan.

Lassan kinyitotta a szemét a lágy hangjára ... - Sajnálom ... én ... Az ujja az ajkához szorult, hogy ne beszéljen.

- Meglehetősen hamarosan megbeszéljük az éjszakát. Szavad van.

Három boltíves folyosó és egy tucat szoba elhaladása után Nisha csalódott morgást hallatott. - Nincs a hálóterem közelében a nagyterem?

Nevetését visszatartva Gwydion halkan azt mondta, amikor újabb sarkon fordult: - Így a királynőm.

Két folyosón később széllökéssel nyitotta ki a hálószoba ajtaját. - Mari.

Marigold kirohant a szomszéd szobából. - Készen áll a fürdő. Mi kell még?

- A táskám. A kék, amelyet Lilly adott nekem, hogy gyógyító tonikokat tartsak.

Feltartva Mari elmosolyodott. - Csak mondja meg, mit kell tennie. Miss Lilly reggelente itt lesz a többit.

Természetesen Mari tudná, ki a jobb gyógyító. - A kék fiola. Tegyen három kupakot a kádba.

Marigold meggyőződve arról, hogy Nisha ismeri az összes olyan változót, amelyet figyelembe kell vennie, hogy megkezdhesse a gyógyulást vízben, Marigold azt állította: "A kád elég nagy egy Hippocampus számára".

"Ez rendben van. Három sapka elegendő hat Hippocampi és egy rozmár kezelésére ugyanabban a medencében."

Mari dadogta: "A .... rozmár ... sebaj, alázatosan kérem, hogy ne mondják meg nekem."

Nisha lesütötte a szemét, és folytatta: - És három csepp zöld. Nisha még mindig eszméletlen Ethanre nézett: "Jobb, ha megcsinálod ezt a hat cseppet. Azt akarom, hogy boldogan zsibbadjon, amíg Lilly el nem tudja dönteni, mit kell még tennie. Ó, Mari ..."

"Igen?"

- Szükségem van az öltönyömre. Sedna királynő megbízott engem, hogy felkeressem a víz alatti királyságát. Nem akarok elaludni, miközben gondozom.

- Természetesen. Meg tudom javasolni, hogy Edgar segítsen bejutni a fiatalemberbe a kádba, amíg te átöltözöl?

- Köszönöm, Mari. Megfordult, és meglátta, hogy Edgár az ajtóban áll, és várja, hogy észrevegyék. Kíváncsi vagyok, miért nem láttam még előtte ott állni. Nem mintha nehéz lenne elmulasztania. Aztán megint jól beleolvadt egy falba. Most görnyedten nézve még mindig az egész ajtót átvette, és tévedhetett volna ajtóval, ha az egyenruháján kívül másba öltözött. - Edgar, segítenéd Ethant a kádban? Majd foglalkozom a ruházatával, ha már benne van.

- Természetesen kegyelmed. Mély, halk hangja betöltötte a szobát, amikor belépett egy lépést. Teljes magasságában állva mély hangja a legnagyobb tisztelettel töltötte el, amikor azt kérdezte: "A szék nem próbál megenni, ha segítek a fiúnak?"

Nisha a válla fölött vállat vont. "Ari nem eszik meg senkit, aki kötődik hozzám, ha vissza akar térni bármilyen formájába." Nem várva egyetlen feltett kérdést sem, sietett az antikamrába, hogy átöltözzön, és megbízható őrének hagyjon időt Ethan letelepítésére a kádba.

Fejezet 23:
Ethan

Elveszett abban a feltételezésben, hogy álom volt. És ebben egy szép álom.

Egy nő - az anyja - egy patak közelében ülve énekel. Szinte hallotta, ahogy a lágy dallam kicsúszik az ajkáról. Virágok sarjadtak a földből, amikor szavai elhalkultak a szélben. Egy feyeni férfi könnyedén leszáll néhány méterre. Valamiféle sötétkék egyenruha. A derekán nagy arany kard és tiszta fehér kesztyű takarta a kezét. A férfi aranyszárnyai lazán tartották a hátát. Anyja lassan mosolyogva felállt. Arany nap a tűzvörös haját a hátán folyó vörös aranyfolyóvá változtatja, amely áttetsző vörös szárnyait borítja.

Visszafordult feléje, és beszélni kezdett, mire egy hullám lehúzta a folyóba.

Valami meleg és nedves volt a lába köré tekerve, ami lehúzta. Eszeveszetten megpróbált elkarmolni attól, ami tartotta ... Kérem ... Nem vizet ... Bármit, csak a vizet ....

- Ethan?

Pánikba esett, és kinyitotta a szemét a hangra. A hang felismerése után is eltartott egy ideig, mire látta, ki beszél. Még egy lehelet, hogy megértsük, ki ül vele valamiféle fekete gumiruhába öltözve. Ethan zihálva próbálta szavakat alkotni. - Pri- Nisha?

Lassan a kezébe vette a kezét, a szeme megenyhült, amikor a férfiba nézett. - Biztonságban vagy, Ethan. Esküszöm, hogy vagy.

Ebben nem volt biztos. Nyakáig egy vízmedencében volt. A gondolat, hogy nem szólal meg, már nem uralja jobb érzékeit, miközben megpróbálta megnyugtatni magát: "Én ... Én ..." Olyan mélyet lélegzett, amennyit csak tudott, mire a bordái fájtak: "Hol vagyunk?" Valamiféle kőmedence. Sima fekete falak. Semmit sem tudott felismerni ezen túl.

Hosszú haját hátrahúzva és csomóvá téve a feje tetején Nisha elmosolyodott: "Nos, ha kitalálnom kellene, azt mondanám, hogy egy vendégszobában vagyunk, amelyet egy vízben élő polgár kapna. De ez volt a legközelebbi szoba megfelelő káddal és ággyal. Legalábbis éjszakára. "

Vendég szoba? Kád? Ágy? Tudta, hogy be kell fejeznie ezt a gúnyolódást, de lehet, hogy soha többé nem lesz más napja ... egy másik éjszakája, hogy ...

Nem ... Reggelig vagy akár egy órán át várva csak rosszabb sorsra jut. - Van valami, amit el kell mondanom neked.

Sötét fekete köd indák csúsztak a letépett ing alá, Nisha egy levegővételig szünetet tartott. - Szükségem van rád, hogy nagyon csendes legyél. Korábban csak egyszer tettem ezt, és nem akarok nagyobb kárt okozni, mint amire számítok, amire számítok.

- Én - bólintott, és fájdalmat várt. Ehelyett nézte, ahogy az átlátszó fekete köd átvágja a nadrág, az alsónemű és az ing ruháját. Figyeltem, amikor a szakadt ruha lehúzódott a bőréről és lebegett a vízben. Sötétebb köd borította a közepét, amikor a ruhákat elvitték.

- Ott, most megnézhetem a megfelelő pillantást-

A lány a háta mögött ült, de érezte, ahogy a düh lemerül róla. "Meg tudom magyarázni."

Fejezet 24:
Karnack

Mélyen a Csontok várán belül. Magán dolgozószobájának mélyen rejtett oldala Karnack erõsen megfogta a Látó követ. A fiú születése óta eltelt évek során időről időre belenézett. Óvatosan megőrizte a fiú életével és nevelésével kapcsolatos feljegyzéseit. Minden alkalommal, amikor aggodalmát fejezte ki a tanácsadóval, amikor megzavarhatják őket, hogy meghallgassák őt.

Mindegyik alkalommal figyelmeztette őket a fiú által elkövetett bántalmazásra. És most....

Annak ellenére, hogy nem volt ugyanabban a birodalomban az Alsó Királyság királynőjével, annak ellenére, hogy nem volt valódi érzelmi kapcsolata vele ... érezte, ahogy a lány sötét haragja kavarog ... csavarodik a kő mélyén, amelyet most a kezében tartott. Érezte a dühét, amikor ilyen bántalmazást látott a hozzá tartozó személlyel szemben. Látta, ahogy a düh formálódik a sárkányszárnyakban, amelyek most szorosan az oldalához szorultak.

Visszalökve az íróasztaltól, adott egy pillanatra, hogy hagyja nyugodni a félelem remegésétől, amelyet most érzett. Csak egy percet adott magának, hogy eldöntse, hogyan kezelje a legjobban ezt az előre látható problémát.

És a fény mellett Magmas ezzel foglalkozni fog. Vagy legalábbis használja fel a többiek felett fennálló bármely hatalmat, hogy meggyőzze Magnart arról, hogy tévedett. És ez azután történt, hogy a volt feyen király ezt elmagyarázta Appollónak. És akkor ...

És csak akkor ...

El tudná-e kezdeni az elfeledett háború nagy Fey-jének felkészülését a királynőjük dühére, miután megtudta, hogy nemcsak tudtak valamennyien erről a bántalmazásról, de nem is tettek semmit annak befejezése érdekében.

A követ a letépett köntösbe vitte, és megengedte, hogy nehéz csizmája dörögjön a dolgozószobából.

Nem nagyon használta az indulatait. De nem egyedül ezért kellett vállalnia a felelősséget. És NEM foglalkozott a királynővel, amikor képességei elég rémisztőek voltak, anélkül, hogy provokálták volna.

Egy évszázad vagy annál jobb volt, mióta annyira ragaszkodott ehhez a dühhöz, hogy az Under Kingdom állampolgárai elrohanjanak az útjából. Ennél hosszabb, mivel a halottak csontjai zörögtek, amikor elhaladt. De nem az igazi düh tartotta mozgásban.

Ó, nem. Félelem volt. Hideg és halálos. A düh volt, hogy még mindig érezte, hogy lüktet a zsebben tartott kőtől. Így voltak azok, akik teljesen kötődtek a királynőhöz, pengéiket élezték és csatára készültek.

Úgy érezték. Megértették a dühét, és ők lesznek azok, akiket felszabadítanak, amint a királynőjük megparancsolja.

Siess a széles utcán Dabria,Karnack behatolt a kupolás villába, amelyet Nisha néhány évvel ezelőtt készített. Kinyitotta a dupla ajtókat a nagy tárgyalóba, ahol a tanács az ő parancsára gyűlt össze.

A feyen nagy királyát lehunyt szemmel felszisszent: - Figyelmeztettelek. Most átkozottul megjavítja.

Fejezet 25:

Nisha

Lehúzva Ethan húsától a ruharétegeket, tudta, hogy ez rossz lesz. Tudta, hogy vannak olyan sebrétegek, amelyek a gyógyulás különböző szakaszaiban voltak ... de ez ma reggel volt ...

Semmi, amit akkor érzett ehhez képest. Fekete foltok, amelyek mély zúzódások voltak. Vágások, amelyek majdnem csontig mentek. A mély égések, fertőzött források és rengeteg egyéb seb, amelyek már csak rothadásszagúak voltak, annak ellenére, hogy éppen előálltak.

Nem hallotta, hogy Ethan dadogva próbál magyarázkodni ... Bármi is volt az, amit megpróbált mondani. Csak a haragja számított most ... csak a hideg, halálos düh, ami a testén keresztül futott ... Csak ...

Mély levegőt véve lassan kiengedte. Lilly reggel lenne itt ... ami még fontosabb, hogy David itt lenne ... Megtalálhatta a mocsok darabjait, és találhatott valami olyan kreatív dolgot azokkal, akik ezt meg merték tenni családjuk egyik tagjával, hogy a Drakenek az emberek dalt írnának róla. De ez holnap lenne ... most ...

Nisha a hálószoba ajtaja felé fordította a fejét, és felhívta: "Mari".

Amíg az ajtó felé ért, Nis-t kezdett mondani, Marigold levegő után kapkodva látta Ethan hátának állapotát. - A fény mellett ... - A nő a kád oldalához rohant. "Miben segíthetek?"

- Lilly küldött valamit abból a szappanból, amelyet használ?

Egy kis edény sem pillanattal később lebegett a vízen. Folyékony gél ül a kristálytáljában. Egy kis tiszta, puha ruhát nyomtak Nisha kezébe. "Akármi más?"

- Kérjük, ügyeljen arra, hogy rengeteg száraz kötszer van kirakva. És szükségem lesz minden kenőcsre, amelyeket még a Lite elhagyása előtt készítettünk.

- Készen állok neked arra, amikor szükséged lesz rájuk. Marigold szünetet tartott. - Megkérném anyát, hogy készítsen egy teát? Fogadok, hogy van egy, amely nyugtatja az idegeket? Ez nem Ethan, hanem Nisha számára készült. Ő már eldöntötte, hogy Ethannek gyógyító teára és valamire van szüksége, hogy segítsen ellazulni, miközben meggyógyult.

"Igen, kérem." Nisha megvárta, amíg ismét egyedül van az eljegyzéseivel. - Ethan?

"Hercegnő?"

A lány lesütötte a szemét: - Megpróbálom szelídíteni, de még azzal is, amit a víz tisztításával tisztítottak, ezek a sebek fájhatnak.

"Értem."

"Nem, nem hiszem, hogy te csinálod, de ez inkább a szamárhoz köthető, mint ami bármi más. De ez egy másik nap vita." Mielőtt hozzáért volna, hagyta, hogy a puha fekete indák körbetekerjék őt, és befogják, hogy mindkét keze szabadon maradjon, amíg dolgozik.

A víz meleg volt, és szinte elfelejtette a bordák fájdalmát ... majdnem elzsibbadta a bőrét, így nem gondolt a vízre vagy a benne tartózkodásra. Valami hideg érintette meg gyengéd bőrét ... Nisha szerint ez fájhat ... a bántás nem az a szó volt, amelyet az égő, hólyagos fájdalom és bármi, amit tett, az okozta. Ennek ellenére ez nem volt olyan, amit még nem élt át. A térdét a mellkasához húzva átkarolta a térdét, és úgy döntött, hogy beszél, hogy elzárkózzon attól, amit a lány úgy döntött, hogy meg fog tenni ... és reméli, hogy beszélve nem rontja a helyzetet. - Nem sokat tudsz Darke menesztéséről ... szeretnéd, ha mondanék neked valamit?

A nő körülnézett a válla körül, hogy meglátja a fájdalomtól feszes arcát. - Ha a beszélgetés segít abban, hogy elméd ne forduljon elő, amit csinálok ... akkor kérlek, világosíts fel.

Őrültnek, határos dühnek tűnt, de ő nem gondolta, hogy haragszik rá … ami több volt, mint zavaró … "Tudsz arról, hogy a polgárok hogyan oszlanak meg?"

A keze megállt a válla fölött, amikor megszólalt: "Arra gondolsz, hogy miért egyesek magasszülöttek, mások alacsonyszülöttek?"

- Igen-igen … - sziszegte, amikor a lány megérintette az oldalát.

- Sajnálom. Nem vagyok olyan jó ebben, mint az unokatestvérem, Lilly. Sokkal ügyesebb valamilyen dologban.

Ethan megértően bólintott, függetlenül attól, hogy tette-e vagy sem. - A Darke-ban négyféle … hm … állampolgár létezik.

Most szünetet tartott. - Kérem, magyarázza meg. Tudok a magas születésűekről és az alacsony születésűekről, de másokról nem.

"Magasszülöttek a munkaadók. Alacsonyszülöttek a Magasszülöttnél dolgoznak." Szünetet tartott, hogy megértesse … talán ha ezt így mondja neki, ahelyett, hogy valaki más megtudná, megbocsátana neki minden törvényeket, amelyeket megsértett a lány érkezése óta …

… valószínűleg nem. De megérte kockáztatni.

- A rabszolgák felülmúlják az alacsony születésűeket kettő az egynél.

- Rabszolgák? Úgy hangzik, mintha ő tesztelte volna a szót.

"Hmm. A tulajdonos szobát ad nekik. Egységes és elegendő táplálék ahhoz, hogy fenntartsák őket. A legtöbb embernek alig vagy egyáltalán nincs természetes képessége, vagy soha nem kapott jogot fejlesztésére. Nincs mód biztosan tudni, hogy mik lehetnek ezek a képességek Vagy legalábbis nem tudok semmit mondani. "

"Értem. Akkor többet megtudok, amint az unokatestvérem megérkezik. Hajlamos törvényeket olvasni, mielőtt bármelyik országba látogatna. Ez bosszantó lehet, de nagyon jól ismeri a törvényeket."

Szar. Talán vele kell majd foglalkoznom a hercegnő helyett. Megértené, hogy megpróbáltam betartani a törvényeket? Érdekelne?

- Most mi a negyedik csoport?

Nem érintette tovább őt. Az a tény, hogy még mindig a háta mögött állt ... nem vigasztalt. Sokkal félelmetesebb volt a lehetőség arra, hogy mással foglalkozzunk mindenről: "Kutyák".

- Kutyák? Mit kell a kutyáknak ... - elhallgatott - Ohhh ... kíváncsi voltam, mit jelentenek a jelek?

"A kutyák a rabszolga egy formája. A legtöbb túl veszélyes munkahelyen dolgozik, például a bányák mélyebb részein vagy a trollbarlangokban. A legtöbb, de nem minden."

"Tovább."

A szavakra késztetve arra gondolták, hogy a nő elmondása most téves ítélet volt, ezért sietősen azt mondta: "A felső három csoport bármelyikének lehet kutyája. A rabszolgák érméként használják azokat a dolgokat, amelyekre vágynak vagy szükségük van."

- Kereskednek ... - a harag visszhangzott e két szóban.

"Egy korsó vérrel napi egy adag adagot lehet vásárolni. Vékony húsdarabok ... új egyenruha."

"Látom."

Hallotta, ahogy feláll. Aztán nem hallott semmit ezek után. Ne érezze azt a fájdalmat sem, amelyet szerinte megérdemelt.

Fejezet 26:

Magmas

Kinyíltak a dupla ajtók a királynő tanácsának kamrájába, és egy röpke pillanatig azt hitte, hogy Nisha minden sötét dühét behozta az Alsó Királyságba. Egyetlen szívverés miatt aggódott, hogy nem lesz elég erős ahhoz, hogy megbirkózzon ezzel az indulattal. Aztán Karnack lépett be, és a düh és a félelem, ami kibuggyant belőle, inkább figyelmeztetés volt, mint bármi más.

Nem volt lehetősége kérdezni semmit, mire Karnack felszisszent: - Figyelmeztettelek. Most rohadtul megjavítja.

Ez nem magyarázott semmit. - Mi a helyzet?

Zsebébe nyúlva Karnack odadobta az értékes követ. - Mit érzel Magmásnak? Mondd el?"

Ujjait a kő köré csukva le akarta dobni. Eltávolodni a fenyegetést visító tárgytól. De nem a kő okozta az érzést ... hanem... - Nisha?

Most már megértette. Karnack figyelmeztette ... figyelmeztette mindannyiukat, hogy vigyázva bánjanak vele. És most... - Mi történt?

Karnack óvatosan odalépett a kerek asztalhoz, és előrehajolt. - A királynőnk megtalálta Ethant. Tanúja volt annak a bántalmazásnak, amelyre figyelmeztettelek titeket. Ettől a reakciótól féltem. " Elhúzódva az asztaltól, egyetlen keskeny ujjal mutatott Magmasra: - Te foglalkozol vele. Vagy magyarázza el Magnart, miért fogadható el ez a visszaélés. De ezt most elmondom neked. Nem a dühével foglalkozom. És ezt nem simítom el a halottakkal.

Egyetlen Karnack sem találkozhat soha egy felbőszült királynővel. Magnar viszont általában szórakoztatónak találta. - Elmondom, mit döntött a tanács, amikor tájékoztatom őket. Eközben. Emlékeztetlek arra, hogy Vasilissa volt az, aki eldöntötte, hol nevelik a fiút. És mindig a Magnar volt az, aki Vasilissa mellett állt ebben az ügyben, annak ellenére, hogy a megmaradt tanács tagjai ismételten kifogásolták. Ez azonban lehet a reakció arra, hogy Magnar beismerje, hogy tévedett ebben az ügyben.

"Ez a visszaélés már régóta tiltott a Magnar vagy a tanács többi tagjának által irányított Csillagvárosokban."

Magmas egyszer bólintott. - Van... - Szünetet tartott, és talpra állt. Még egy lélegzetet vett és megingott előtte összeesett vissza a székébe - Az istenek által ezért volt szükségük a fiúra ...

Karnack nagyon lassan felé fordult. Nem tetszett neki, amit a nagy király arcán látott, túl gondosan beszélt, - Magmas?

- Nem értené a Pallas által elítélt bántalmazást, hacsak nem valaki, aki hozzá tartozik ... - Összeomlott a helyén, és nem volt biztos benne, hogy meg kell-e rettegni vagy bolondnak nevetni. - Meg fogja ölni őket, amikor megtudja. Nincs kétségem afelől. De mindketten meg fogják érteni, hogy miért éppen ő áll ki azok mellett, akik a Pallas uralma által leginkább érintettek. "

A tanács még egyszer összegyűlt, csak a kiválasztott királynő ezúttal nem hívta meg őket. Ezúttal Feyen első királya volt. Hosszú királykék köntösében csillogó sárkányos címeres mellvértje.

- Uraim, hölgyeim. Biccentett Vasilissa és Alista felé, miközben elfoglalták helyüket a nagy asztalnál. "Van egy helyzetünk, és mindannyiunknak meg kell állapodnunk abban, hogy mi lesz vagy nem fog történni a Primitiva által megállapított törvények szerint."

Elhallgatott mummogás és a félelem árnyalata. Senki sem mondta ki a nevét, mióta elrejtőzött. Senki sem merte elmondani, hogy mi történhet, ha hallja. Mostanáig egyik sem.

Magnar hátradőlt az ülésén, az asztalra támasztott, cuccban csöpögő csizma. Egy darab csontot kiköpve mosolygott. - És miben kell megállapodnunk, fiú?

- A királynő megtapasztalta az eljegyzett bántalmazást. Előrehajolt, szeme soha nem hagyta el Magnar arcát. - És a Lady nem kérem.

- Természetesen nem örül neki - vágta rá Vasilissa. - Ez volt a lényeg.

A követ Vasilissa felé hajítva Magmas elmosolyodott. - Nagyon örülök, hogy így gondolod. Szóval, mondja meg, hogyan bánjunk egy Fey-vel, amikor olyan hideg düh árad belőle? Mert életemben még soha nem éreztem ilyet. Még a nagy háború idején sem.

Kikapta a követ Vaszilissától, Magnar dühösen méregette. "Ez lehetetlen."

Elégedett volt látni, ahogy Magnar ledobja a lépteit. - És mégis ... a bizonyítékot a kezedben tartod.

Fejezet 27:
Ethan

Ethan olyan enyhén mozgott. Nem emlékezett arra, hogy elaludt volna ... sem arról, hogy talált volna valami puhát, amire rá lehetne fektetni ... de arra emlékezett, hogy a hercegnővel a víztömegben volt. Eszébe jutott, hogy érezte a lány állását, és a víz lecsöpögött róla, és visszatért a medencébe. Akkor semmi. Se hang, se villanásnyi fájdalom, és most nem tudta, hálás vagy rémüljön. Valami a lábához simult. Nem bőr. Nem, a bőrre számítana, de az a valami, ami megérintette, egy selymes szövetet is mozgatott, amely a lába köré volt tekerve. Nem az egyszerű érintés ébresztette fel ... nem, ami utána jött ...

És akkor mi van...

Tökéletesen nyugodtan próbálta azonosítani, hol van, ki van a szobában, és bármi mást felhasználhat arra, hogy eldöntse, mennyi bajban lesz, ha ébren találják. Időnként tűz ropogása. Nincs füst, amelyet megérezne, ezért a tűznek egy kandallóban kellett lennie, de nem túl közel. Ekkor érezte ... hallotta, mi a baj azzal, amivel a feje pihen ... valaha olyan enyhén mozgott és szívdobogott. Valami megsimogatta a fejét. Nem fenyegető, de olyan érintés, amely megnyugodott oly módon, amit még soha nem tapasztalt. Olyan érintés, amely mindenkor ebben a pillanatban lebegni akart. De tudta, hogy nem képes ... Felülni próbálva szinte lehetetlennek találta lüktető csontjait, nem mellesleg a mellkasában égő égést. "Aludnod kellene."

Nisha? Nehéz megmondani, mennyire nehéz volt a hangja. "ÉN-"

"Mari hamarosan egy kis teával érkezik. Kiveszi a torlódások egy részét a mellkasából. Segítsen egy kicsit könnyebben lélegezni." A szeme továbbra is csukva maradt, és visszafordult a körülötte lévő lágyságba. - Egy ágyban vagyok?

Lassan megmozdult, óvatosan segített neki a mellkasánál elhelyezkedni, amelyet párnának használt, és a feje alatt felhő-puha pamutra cserélte.

Hosszú pillanatig csak a lány ült mellette, ujjai nyomon követték a füle íveit és a hajának durva tarlóját. Végül felsóhajtott: "Ha parancsot adnék neked, engedelmeskednél?"

Tudott egy csapdát, amikor meghallott egyet, de az ilyen típusú kérdésekre csak egy válasz volt, nem igaz? "Igen."

"Gondoltam."

Nem hangzott túl elégedettnek a válaszával, ezért kényszerítette a szemeit a halkan megvilágított szobára. Lassan befogadta, amit látott. Az ágy elég nagy volt ahhoz, hogy saját szobája legyen. A kandalló, ahol lassan égett a tűz, elég magas volt ahhoz, hogy ott álljon vagy aludjon. És maga a szoba. Szürke falak, nem lehetett biztos abban, hogy festették-e őket, vagy valamiféle csiszolt kőről van-e szó, legalábbis nem azzal a fénnyel, amely alig világítja meg a szobát. Olyan lassan mozdult el csak annyit, hogy a közelében üljön, és észrevételek nélkül figyelte. Bizonytalan abban, hogy mit mondhat vagy mit kellene, úgy döntött, hogy megkérdezi: "Van valami oka, amiért nem kellene?"

"Valójában többen, de azt hiszem, jobb lenne, ha hagynám, hogy David ezt megbeszélje veled. Ő sokkal jobban megérti, hogy mit kezdjen az emberekkel, mint én. Sokkal inkább, amikor az illetőnek még nem találta meg a lábát körülöttem."

David? Lövés? - Nem értem. És nem tette. Szolga volt, rabszolga. Nem, kevesebb, mint egy rabszolga; értéktelen kutya volt. Ha azt mondta neki, hogy tegyen valamit, akkor a büntetéstől való félelem nélkül kérdés nélkül megtenné. Mégis, minél többet volt a közelében, annál kevésbé kezdte azt hinni, hogy a nő valóban árt neki. A forma alja "Amíg aludtál, mindent megtudtam Darke összes polgáráról. Miután megérkezett a nagynéném, a koronázás előtt foglalkozom azzal, amit csak tudok, majd valamikor utána minden mással."

Ismét mozdulatlanul folytatta: - Én - meg tudom magyarázni.

Ujja az ajkához szorult, amit megértett, ami azt jelentette, hogy egy pillanatig sem kellett beszélnie: "Parancsot adok neked, hogy ezt be kell tartani."

Ethan egyszer bólintott.

"Lilly jobb gyógyító, mint én magam, ezért ha egyszer jól megnézi a sérüléseit, arra kell, hogy hallgassa meg az utasításait. Addig arra van szükségem, hogy ebben az ágyban maradjon. Függetlenül attól, hogy mit hall erről a szobáról, te nem szabad elhagyni ezt az ágyat. "

Ennyi volt? - Szóval csak annyit kell tennem, hogy ebben az ágyban kell maradnom, amíg Lilly másképp nem mondja? Trükknek kellett lennie.

- Igen. Őreim megerősítették, hogy a kastély nem annyira biztonságos, mint kellene. Azt sem sikerült megtalálni Mr. Edrichet, amely figyelembe véve, hogy ki keresi őt, nagyon aggasztó.

Edrich? Lord Edrich? - Átkutatta a háza alatt?

Nisha megtorpant, mire elkezdett kimászni az ágyból. - A te házad, Ethan, nem az övé. És igen, átkutatták.

"Én házam?" Ethan felnyögött.

Felhúzta fekete házi köntösét az éjféli kék alvóruhájára, mielőtt azt válaszolta: "Reggelig vártam, hogy mindent elmagyarázzak neked, de most kezdhetem, ha úgy tetszik?"

A hálószoba ajtaja könnyedén kinyílt, amikor az a nő, akiről homályosan emlékezett, látta, hogy korábban a szobába lépett. Hosszú hálóing, amely talpig borította, és harisnya ...

- Ó, istenem, nem vettem észre, hogy még mindig valaki alvókalapot visel.

Az asszony szünetet tartott, egyértelműen döbbenten, hogy a hercegnő oly hétköznapi dolgon beszélt. "Ha reggel bőséges fürtökre vágyom, nagyon jól fogom viselni a sapkámat ma este. És ha még egy megjegyzést teszel, csatolok egyet nászéjszakádra."

- Ha megteszed, megfordítom a varázslatot.

- Kedvesem, lehet, hogy képes vagyok manipulálni sok képességemet, de a varázslataim, amelyeket létrehoztam, még mindig messze meghaladják az Ön elérhetőségét.

Nézte, ahogy Nisha a nőre sandít. - Ó, rendben. Kedves leszek a magam érdekében.

Nisha az ágy hátralévő részében kicsúszva odacsoszogott a kandallóhoz. - Celeste néni nem tréfálkozott, amikor azt mondta, hogy itt az éjszakák ridegebbé válnak.

A magas nő csak nézett szúrósan, majd felpattant: "Annyit, hogy megérint egy rönköt, nem leszek hajlandó levenni a koromról, amit megérint."

"Rendben." Nisha megállt és az ablak felé fordult. "Lilly épp a város falain kívül van. Meglátja, hogy Ethan jól érzi magát, és ne kérdezzen tőle túl sokat. Még nem találta meg a lábát."

- Rendben, magamat fogom viselkedni. Mivel rosszul van. Várakozás, amíg Nisha kijön a szobából, Ethan megkérdezte: - Megengedett, hogy így beszélj vele?

"Természetesen én." Az asszony vékony csontos kezét a szíve fölé tette. - Nisha az én kedves barátom, és megállapodtunk.

- Ó?

"Fey vagyok. Ezért nem kell kedvesnek lennem csak azért, mert valaki egy magas házból származik. Nekem is ki kell váltaniuk a tiszteletemet, mint mindenkinek. Ezenkívül szeretnéd, ha mesélnék neked, amikor először találkoztam Nishával ? "

"Kérem?"

Helyet foglalt az ágy szélén, és kinyújtotta a kezét. "Nem mutattak be minket megfelelően; Egyébként Marigold vagyok, Nisha személyes házimanója."

Megfogta a kezét, és megpróbált mosolyogni: - Öröm, hogy megismerhetlek?

- Kétlem, de majd meglátjuk. A mosolya nem volt barátságos. "Egyébként akkor húszéves voltam. Nish esküszik, hogy fiatalabb voltam, de ki vagyok az, hogy vitatkozjak. Hallottam anyámat, aki szakács volt a Kastély Napkönnyében - ez a kastély áll a legközelebb a feyen-határhoz - - hogy a szegény kis árva hercegnő az utóbbi időben olyan morcos volt, és hogy soha nem lesz egyetlen barátja sem. Persze, hogy én, hát én, látnom kellett, ki a kis árva. "

- Kiabáltál vele, amikor először találkoztál. Honnan tudom ezt Darke neve?

Marigold arcot vágott: "Igen?" Aztán felidézte: "Ó, Nish összeköttetésben van veled. Biztosan állandó kapcsolatot létesített, hogy megoszthasd a dolgokat egymással."

- Én- nem értem.

"Tényleg, én sem, de amit tudok, az az, hogy ha állandó kapcsolatot létesít, akkor tudhatsz róla dolgokat ... mint egy emléket, és ő veled. Szóval, folytatnám a történetet ? "

- Én ... Ööö ... igen? Szóval, ez azt jelenti, hogy mindent tud az életemről? Így tudta meg a rabszolgákról? A lehetőség elegendő volt a borzongás kényszerítésére.

"Nos, magasan találtam a térdét ruhákban, takarókban és más szövetekben, és kiabáltam. Ne hibázzon, minden jogom meg volt rá kiabálni. Olyan rendetlenséget okozott, hogy egy egész órámba telt, míg rájöttem, mi mindehhez. És ez a képességeim felhasználásával történt. "

Ethan mosolygott, de lenézett az ölébe.

"Egyébként azt mondtam neki, hogy csak azért, mert hercegnő volt, nem adta meg neki a jogot, hogy rendetlenséget okozzon, és mindenkit nyomorúságossá tegyen. Van még más is, de ezt bizalmasan mondták, és nem vagyok hajlandó megtörni ezt a bizalmat. Egyébként megígérte, hogy kiérdemli a bizalmamat. Amikor hercegnő vagy királynő vagy bármi vagyok, én vagyok a néma házimanója, aki mindent lát és semmit sem tud. Én is az egész takarítószemélyzetért felelek. "

- És amikor ... egyedül van a lakásában?

Ethan egyszer bólintott.

"Akkor ő Nisha, az én kedves barátom, akit szidok, mert senki más nem merné. Elmondom neki, amit hallok, amiről egyébként soha nem tudna. És mindig őszinték vagyunk egymáshoz. Nincs cukor, amely a tényeket csak a pont beszélgetés. Jobb így. "

Végignézett a szoba közepén most lebegő tálcán. - Ó, jó, megérkezett a teád. Segítenie kell a pihenésben, amíg Lilly rád pillanthat.

"Lilly? Nisha elmondta, hogy az unokatestvére jön, de nem mondott sokat róla."

"Ah, igen. Hadd lássam ... Lilly Aileen Kairavi hercegnőt, Lite koronahercegnőjét. És Nishánk unokatestvérét. Draken fiának jegyezték el. És azt is tudnod kell, hogy Lillynek van egy ügye a bajba kerülésre és a tűzbe húzza kedvence Draken-t. "

Pet Draken? Hogyan tehette ... olyan hatalmas volt, hogy rabszolgává tett egy Draken-t? "Ide jön ?! Meglátogatni ?!"

"Nos, nem mondanám, hogy csak látlak, de nincs jobb ember, Fey, vagy másképp, aki tehetséges gyógyító. Emellett gyanítom, hogy meg akarja találni a lábát, mielőtt Nisha előállna bármilyen haj-agy rendszerrel, amely a legtöbbet kihozza. Darke polgárai vagy leülnek, és sírnak, vagy megunják magukat. Először feltéve, hogy csak nem rejtőzködnek, hogy elkerüljék az ötlet meghallgatását. "

- Tényleg megtenné? Tegyen valamit, hogy minden Darke-i polgár megijedjen?

- Drágám, fogalmad sincs. Láttad a dzsekijét a Spire-ben?

- Igen-igen. Tollból készült.

"Igen. Tucatnyi feketerigótól vette el a tollat, majd mindegyiket pulóverre készítette, amíg a tolluk vissza nem nő. Természetesen a mai napig esküszik arra, hogy a madarak előálltak az ötlettel, és elmagyarázták, hogyan lehet biztonságosan eltávolítani a tollukat. Aztán megvan az a fekete öltöny, amit a kádban viselt. "

Szar. Csak figyelt rá, csak az illett a lány formájához. - Nem emlékszem.

"Uh huh. Sedna királynő készítette neki, és a Végtelen-tengerben él. Gondoljon bele egy pillanatra. Nishának találkoznia kellett volna vele, és a királynő soha nem hagyta el palotáját ... soha."

"Ez lehetetlen ... még soha senki ... nem látott ..." Ne várjon, történetek voltak arról, hogy az emberek a tengerbe mennek ... a kérdés mindig az volt, hogy valaha visszatértek-e. Aztán megint úgy tűnt, hogy érdekli őket a vízben lakó polgárok, amikor beszélnek.

- Pontosan. Szóval, szeretné tudni, hogy Nisha házának része a munkája?

Ethan felnyögött: - Nem. De azt hiszem, mindenképp kellene.

- Meg kell akadályoznia, hogy tegyen valamit, mielőtt átgondolja.

Fejezet 28:

Lilly

Lilly kikandikált a kocsi ablakán, és fájt a szíve. Már jóval elmúlt éjfél, de óráktól még nem volt hajnal, mégis voltak emberek, akik az árnyékban cikáztak. Akár férfi, akár nem nő, nem tudta megmondani, de látta, hogy alig vannak ruhákba öltözve. Ennél is jobban érezte a Fey vér különös érzését. A vérben rejlő erő megnehezíti a levegőt az aggodalomtól és a félelemtől. - David?

Lapozgatta a törvények egyik könyvét, amelyet a lány olvasott, de ő is megpróbálta megtalálni a forrását annak, amit érzett. - Te is érzed. A könyv becsukódott a kezében, amikor megpróbálta meghatározni a szag okát. Vagy a félelem oka.

Az utcára fókuszálva felsóhajtott: "Fey. Sok Fey ... de ..."

"A tanács által biztosított minden szerint Darke-ban sehol sincs Fey vagy akár Fey is." David szünetet tartott. - Szerinted Nisha tudja?

Erre Lilly felhorkant. - Ha most nem megy, akkor hajnalra megteszi.

Túl gyorsan megragadta a karját. - Lehet, hogy van még egy probléma.

- David.

Orrlyukai fellángoltak, miközben szimatolta a levegőt. - Érzem a vér szagát. Friss, forró Fey-vér. Nem csak annak maradványai.

Most aggódónak tűnt. "Biztos vagy ebben?"

"Darken vagyok. Tudom a szag különbségét. Amint megérkezünk, kapcsolatba lépek apámmal."

- B-de. Csatakészen jelenik meg a legjobb harcosainak tucatjaival. Nisha nem örülne.

"Lilly figyeljen rám. Feyent, függetlenül attól, hogy hol lakik, Feyen védi. Ha egyiküket itt bántják, az háborút jelenthet. Ha itt rengeteg ember nincs dokumentálva, és ha bántják, az az egész kontinenst szétszakítja, vagy még rosszabb lesz. . "

Visszanézve az ablakon Lilly elsápadt. - Apád képes lenne ... Megölni mindent, ami árt egy Fey-nek? Ez jó lehetőség volt. Hogy ne törjön ki a háború? Most ez jó kérdés volt. Az elmúlt ezer évben az összes ország vitathatatlan rendőri erői voltak. Azt a feladatot kapták, hogy tartsák fenn a háborút a Fey és a Kígyó-mocsár között. Most, hogy a fenyegetés sokkal közelebb került ...

"Apám és édesanyád között úgy gondolom, hogy meg tudjuk győzni Nishát egy hivatalos vizsgálat megindításáról. Nem mintha kétlem, hogy még nem kezdte el kitalálni, mit kell tennie. Amint megszokta, hogy itt van, meg fogja tudni valami szörnyen rossz volt. Vagy legalábbis Freya vagy az árnyéka kitalálná neki. "

Nagyon nyugodtan Lilly vett egy mély levegőt, mielőtt azt mondta: "Rendben. Szóval, meggyilkoljuk unokatestvérünket, hogy valami ésszerű dolgot tegyünk valami kiütés helyett?"

"Nem, akkor állunk el az útjától, ha már eldöntött valami kiütést, és reméljük, hogy meg tudjuk győzni őt arról, hogy ésszerűt tegyen."

Lilly vett egy mély lélegzetet, és nézte, ahogy a kastély láthatóvá válik. "Rendben, azt hiszem, hogy meg tudjuk csinálni. Azt hiszem, azonban nem szabad, hogy hagyjuk, hogy Darke polgárai lássák, ki vagy több olyan pontig, ami most vagy."

David lesütötte a szemét. - Így a hercegnő is gonosz őrző kutyájával vagy megbízható cicájával utazik.

- Szerintem ... egy elkényeztetett hercegnőnek ugyanolyan elkényeztetett cicája kell.

Természetesen.- Szóval valami bolyhosra vágysz, ami lustának tűnik. És semmi, ami fenyegetésnek tűnik.

Játékos mosolyt mosolygott. - Gondoljon csak arra, ha hosszú aranybundája van, könnyebb megsimogatni.

- Rendben. Átkozott kövér macskává válok.

- Ó, tudod, hogy imádod, ha megsimogatják. Mosolygott, amikor az ölébe ugrott, és már elégedetten játszotta a szerepét.

Az edzőből kilépve még soha nem volt annyira ideges. Nem látta a kastély tetejét, de érezte, hogy szemek - vad szemek - figyelik őt. Egyetlen lámpaoszlop sem világított, és egyetlen ablakból sem érkezett fény. Nem annyira, mint bármelyik helyiség tüzének villogása, amelyet látott. - A személyzet csak reggel érkezik meg. Anya többet hoz Lite-ből. Azt mondta magának, amikor megsimogatta a karjában fészkelődő Dávidot. Egy mély lélegzet. Biztonságban volt. David vele volt. Nem engedte, hogy bármi ártson neki.

Ami azt illeti, Nisha vagy árnyékának légiói sem.

Lassan felfelé tartott a sötét kőlépcsőn, és megvárta, amíg az ajtó kinyílik. Amikor nem tette meg, felemelte az arany kopogtatót, és hagyta, hogy lehulljon. A fémcsengés visszhangzott mind a kastélyban, mind a körülötte levő levegőben.

Az ajtó kinyílt. - Mit akarsz Darke nevében? Egy őrőruhás, nagy férfi morgott. A sötétség lepte el, csak méretén és parázs színű szemén.

Lilly az őr hangjának reccsenésére ugrott, félig várva a tüzet, hogy kövesse a szavait. - Lilly Lite hercegnő vagyok. Nisha koronahercegnő kérésére vagyok itt.

Az őr hosszú pillanatig a lányra nézett, és parázsszemei   villogtak, és figyelmeztették: "Senki sem lép be jóváhagyás nélkül. És nem ... macskák ... megengedettek. Valaha."

Nish, szükségem van rád.

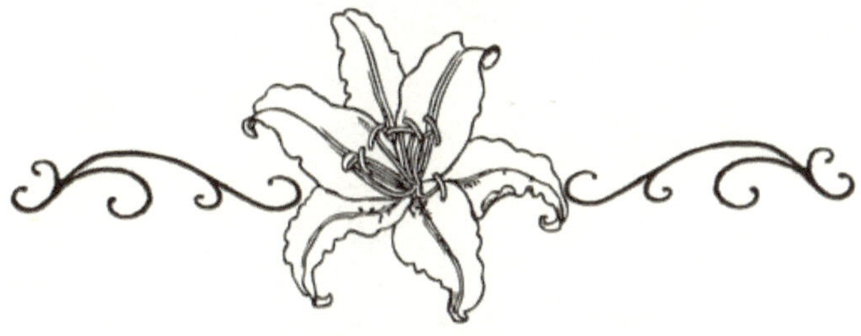

- Hogy érted, hogy a cicám nem léphet be? Lilly az őr elé taposta a lábát. Nagyapja szerette macskává válni ... Tudta, hogy végül is a nagymama többször is elmondta neki a történeteket.

- A palotába nem engedhető macskák. Nincsenek kivételek.

Nyilvánvaló, hogy nem hallotta a királyi család történetét. "Azt mondták, hogy jöjjek, amilyen gyorsan csak tudok, és ön az unokatestvéremmel késlelteti a hallgatóságomat. Most álljon félre." Csalódottan taposta a lábát. Vagy úgy tűnik, hogy most kezd csalódni, amikor látta, hogy az unokatestvére láthatóvá válik.

- Gyere vissza reggel, és hagyd otthon a dolgot.

Fejezet 29:

Nisha

Nisha szünetet tartott, hogy megbizonyosodjon róla, hogy Lilly figyel. Miután még egy pillanatig felsorolta a csöpögést, amelyet az őr fújt, a lány morgott: "Itt az éjszaka közepe. Mi a probléma itt?"

Az őr megfordult, és meglátta Nishát, aki csak néhány méterre állt tőle. Fekete indák szabadon folynak körülötte. Fekete és szürke kavargó köd lélegzetelállító, mégis halálos szárnypárot hoz létre. Nagyot nyelt, amikor látott valamit, amit nem tudott megnevezni a lány szemében mélyen pislákoló. - Háborító felséged.

- Igen, látom, hogy vagy. Most engedje át az unokatestvéremet, mielőtt etetnék egy részeggel.

Az őr hátrabotlott néhány lépést. - B-de ...

Nisha szeme összeszűkült a bosszúságtól. "Dadogtam? És ne gondolkozzon egy percig sem, hogy nem veszem fel a kapcsolatot a nagybátyámmal, és nem mondom meg neki, hogy van egy tűzjáró, amin ebédeljen."

Az őr még egy lépést hátrált. - Nem asszonyom, de a macska ...

- Szívesen látom a házamban. Gyerünk, Lilly, a nagyterem túl hideg, hogy a szegény cicát az ajtóban tartsa.

Dávid csak akkor ugrott le, és teljes alakjába fordult, amikor az őrök látótávolságán kívül voltak. - Szóval, most vacsoráznom kell, vagy udvarias vendégnek kell lennem? Feltéve, hogy tényleg nem akarja azt a szamarat az apámnak.

Nisha bosszús pillantást vetett rá. - Ma este megtisztelt vendég vagy. Holnap több dolgot is választhatok a vacsorád közül.

David megragadta a karját, és az első kuckóba lendítette. "Mi történt?"

- Most nem. Ennek a teremnek olyan fülei vannak, amelyek nem hozzám tartoznak.

- Erre van válaszom.

A földjét fogva Nisha élesen felszisszent: - Most nem, Davkren herceg.

Több sarkon kanyarodva Nisha mélyet lélegzett, és elmosolyodott. "Most tudunk beszélni."

"Biztos vagy ebben?"

- Lil, őszintén, gondolod, azt mondanám, hogy megtehetnénk, ha lenne annyi, mint egy egér, ami nem kötődik hozzám ezen a területen.

- Nos, nem ... de ...

"Gwydionnak minden emeleten vannak emberei ebben a szárnyban. Sem ő, sem Freya nem tudta végigjárni az egész kastélyt, hogy megnézze, kiben lehet megbízni és kiben nem. Úgy gondolom, hogy Celeste néni segíthet ebben, amikor megérkezik."

*Ki az a Gwydion? Nem jobb, ha ezt nem kérdezed meg.*Gondolta Lilly. Ehelyett azt kérdezte: "Olvastad már a törvényeket? David és én elkezdtük és ..."

Nisha felhorkant. - Ha a tanács által meghozott törvényekre gondol, akkor hallottam róluk, és holnap után a legtöbbet megdönti.

- És a Fey?

Most Nisha megdermedt. - Azt hittem, tévedtem - suttogta magában. - A fenébe. Gyerünk, szeretném, ha véleményed lenne, akkor arra van szükségem, hogy te legyél az a tehetséges gyógyító, aki vagy, és kérlek, ne mondd, hogy rendetlenséget csináltam.

Karját Nisha Lillyjéhez kötve mosolyogni próbált. "Kedvesem, mindig rendetlenséget csinálsz, ha megpróbálod meggyógyítani. Azonban nagyon jártas vagy abban, hogy a halottakat visszahozzd a teljes életbe." És ez olyasmi, amit hármukon kívül soha nem mondtak el másnak ... az édesanyjának sem. Nos, kivéve Edgar, akit Nisha egy trollal való találkozás után újra életre hívott.

A csiszolt fekete ajtót kinyitva Nisha megdermedt, és egyedül látta Ethant, aki megpróbált odacsoszogni egy székhez. Még mindig rajta volt a selyem hálóing és hozzá illő alsónemű, amiben a nő segített neki, miközben aludt ... Még mindig az éjszakai ing alatt lévő mérföldes kötést viselte ... és még mindig fájdalmasan nézett ki. Ami ő volt. Egy pillantás az arcára ezt mondta neki. - Azt hittem, azt mondtam, hogy maradjak ágyban.

Odanézett és sóhajtott: - A szobalány ... Körömvirág ... azt mondta, hogy addig nem ad nekem teát, amíg egy székben nem vagyok.

Később beszélni fog Marival. És kérdés nélkül megvannak az egyik nagyon visszafogott érvük, amelynek egyikük emlékezne arra, hogy ki a királynő, és kinek kell engednie a közvetlen parancsoknak. - Rendben. Holnap foglalkozom vele. Teljes lépést tett a szobába. "Ethan, ez az unokatestvérem, Lilly. Lilly, ha nem bánnád ..." Nem fejezte be a mondatot, amikor unokatestvére ellökte magát.

Lilly megállt az ágy előtt. A szeme már a szövetrétegek alatt rejtőzött. Zihálva megkérdezte: "Az istenek által ... mi történt?"

- Én - Ethan egyidejűleg kezdte, Nisha felkiáltott: - Meghatalmazóm úgy döntött, hogy vállal néhány szabadságot.

David becsukta maga mögött az ajtót. Valamikor Nisha kinyitotta az ajtót, és Lilly átlépte a küszöböt, és elrejtette göndör szarvát és hegyes fülét. Most inkább kígyónak látszott a szemében, akár Draken, akár Feyen. - Nish, talán amíg Lilly dolgozik, elmehetünk egy másik szobába, és elmagyarázhat néhány dolgot.

- Lilly?

- Időbe fog telni, amíg mindent jól áttekintek. Segítene, ha te lennél ... - Szünetet tartott Ethan fülének hegyére nézve. "... nem itt, amíg jól megnézek mindent."

A nappaliba vezető ajtóra támaszkodva David felmordult: - Most el akarnád mondani, mi folyik itt, és ki az a fiú?

A szeme összeszűkült. Bárki, aki értelmes volt, figyelmeztetne, hogy ne nyomja. A sötéteket kizártuk.

David azonban megértette mély morgását, és ügyelni fog arra, hogy ne provokálja. "A fiú Ethan, eljegyeztem. Megengedett, hogy a szobámban legyen, hacsak nem akarja megvitatni, hogy az elmúlt években Lilly ágyában van. És Celeste néni még azelőtt megtudta, hogy még a kastélyban is tartózkodik."

David észrevette Nisha hangjának sötét felhangját. Tudomásul vette a szeme összeszűkülését, és tudta, hogy unokatestvére egy lélegzetnyire van attól, hogy mindannyian megrémítse őket. Mosolyogva, amely azt remélte, hogy barátságosnak tűnik, elismerte: - Rendben, nem esem meg.

Természetesen nem fog. Haját habzva Nisha eltávolodott Davidtől és közelebb került az egyik hosszú kanapéhoz. "Most már biztosan tudom, hogy valamikor a tűz után egy nagy embercsoport ... Azokat az embereket, akiket feltételezem, vér kötötte az anyámat, és nagyon zavartak voltak, amikor hirtelen lekötötték ... valahogy felkerekedtek és bezárták, amíg rabszolgaságba nem vetették magukat. Akik gyermekek voltak, mint Ethan; nagyon korán elmondták, hogy kutyák. A hús érme mindenkinek, aki birtokolja őket, és a vérük azoknak, akik támaszkodnak rá. Reméltem, hogy tévedés, hogy ők voltak az eltűnt Fey. "

Hiányzó? Mit jelentett eltűntnek, és miért nem mondták el a Draken embereknek? Vagy Celeste, vagy Alista nem gondolta, hogy annyira hiányoznának, mint másutt élnek. És egyikük vagy mindkettő nagyon csendesen kereste őket. "Szar."

"Tervem van ezzel foglalkozni, amint megérkezik Celeste néni. Bár igazságos vagyok, nem hiszem, hogy egyáltalán elégedett lesz vele. Ezért nem tervezem, hogy mindent elmondok neki, csak utána."

David lesütötte immár arany szemeit és megrázta a fejét. - Kevésbé lesz elégedett, ha a feyen királyság emiatt háborút hirdet.

Nisha a másik hosszú kanapéhoz borult, amelyen karok voltak, és a karjára támaszkodott. "Nagyon igaz. Ezért küldtem Freyát Feyenbe, hogy ne Larnával, hanem Alista nagymamájával beszéljek. A legjobb, ha tudja, hogy már most is kezelik, mivel éppen most tudatosítottam bennem a helyzetet. Szerencsével ez egy hetet ad nekem vagy annál többet, hogy mindent megbirkózzon, mielőtt megtorlást követelne. "

- Ésszerűen hangzik. David ellökte az ajtót, és tornyosan állt fölötte. - Szóval, mit nem mond nekem, ami kétségtelenül oda vezet, hogy azt kívánnám, bárcsak macska lennék?

Ujjával az ajkához tapogatva Nisha egy szívdobbanásig csendben ült, majd mosolygott. - Nos, nem tudom, hogy macska vagyok ... de most használhatnék egy drakent.

Hogy David nem számított rá. Vagy talán miután megízlelte Fey vérét. Akárhogy is, azt kérdezte: "Nos, áll előtted egy, akkor hogyan szolgálhatok?"

Újabb szívverésre szüneteltetve Nisha megerősítette, amit már legalább egyszer hallott az árnyékból, mielőtt megpróbált volna elmagyarázni az egyetlen Draken-nek, aki jelenleg az egész Darke-ban van. "Az a proxy, amely Ethant nevelte, nagy kárt okozott neki ... szükségem van rá ..." a csúszós troll csiga "... megtalálva. Eddig képes volt elrejteni magát Freya és egy árnyalatnyi légkör elől. említsd meg a többieket, akik most vadásznak rá. "

Egy lépést hátráltatva David azt suttogta: "Árnyékok? Itt?" Hogyan? Miért? Legjobb, ha nem ezt kérdezi, különben valóban kaphat választ.

Nisha megnyugtatóan hátát veregetve Nisha elmosolyodott, amikor azt mondta: "Ó, ők a legörömtelibb emberek, akiket vér is hozzám köt. Szóval, ne aggódj, hogy nem árthatnak azoknak, akik az én vérem. Hidd el, hogy biztonságban vagy, de kérlek kérd meg Craykren bácsit, hogy ne nézzen fenyegetően felém. Kétlem, hogy ugyanolyan elnézőek lesznek, mint az árnyék veled. "

Elakadt a lélegzete, David megpróbált mosolyogni. Majdnem sikerült. - Rendben, mindent megteszek az apa érdekében, de tudod, hogy szereti a jó küzdelmet.

- Igen, de nem lenne tisztességes harc, mivel nem árthatott egy árnyéknak ... ködből és mindenből álltak. Nisha hagyta, hogy a keze lazán lógjon az oldalán, majd örvénylő mozdulatot tett az ujjaival. Sötét köd ugratta az ujjainak csúcsait, amelyek úgy tűntek, mintha bármit vagy bármit simogatna.

Mosolyt erőltetve David nem szólt a ködről. - Jó pont. Most mit kell tudnom a zsákmányomról?

- Ő részben Wendigo, részben pedig Fey. Aztán Nisha lezárta a szemét Daviddel, és halk morgással azt mondta: - Életben akarom.

Fejezet 30:

Lilly

Segített Ethannek visszafeküdni az ágyba, Lilly lebegtette a csésze teát. - Tessék, ez egy zsibbadó tonik, keverve valamivel, ami segít a pihenésben.

Még nem ivott egy kortyot, Ethan megkérdezte: "Miért mondaná a szobalány, hogy mozduljak el, ha tudja, hogy ez feldühíti a hercegnőt?"

Ethan lábánál ülve Lilly úgy nézett ki, mintha hosszú ideig fontolgatta volna a választ, mielőtt megvonta a vállát. "Nos, ha sejtenem kellett volna, hogy azt akarja, hogy mondj neki nemet. De Mari az, akit végül megismerhetsz. Talán. Természetesen az egyetlen ember, akivel Mari is kedves, Nisha, de alig. Aztán megint a legtöbb a házimanók ritkán tartózkodnak kellemesen. Tehát meglehetősen lehetséges, hogy megpróbált idegesíteni. "

Ethan ivott egy korty teát és témát váltott. - Ez nagyon jó.

"Természetesen az, hogy Marta csodálatos szakács, és segédgyógyászként is képzett, így tud egy-két dolgot a megfelelő gyógyteák elkészítéséről." Aztán megnyugtatóan megveregette a lábát. "Soha ne kérje Nishát, hogy készítsen egyet. Megpróbálja, de a teák vagy tonikok készítése nem valami jó. Ne mondd el neki, de az utolsó adag megölte a

növényeket a Spire-ben. Zilla, aki a… hm … a Spire
főgyógyítója … nem volt boldog. "

"Rendben."

Mivel kezdett álmosnak tűnni, Lilly
megkérdezte: "Jól vagy, hogy leveszem az inged?"

"Meg tudom csinálni..."

- Nincs Ethan, nem akarom, hogy a kelleténél
többet mozogj.

Csak bólintott.

Lassan kigombolta a tetejét, és hagyta, hogy
lecsússzon a bekötözött válláról, és az ágyhoz
zuhanjon. Óvatosan elkezdte kibontani a sápadt
külső ruharéteget, hogy felfedje egy gézréteget,
amely kezdett átitatni nem vörös vért, amire az ember
számíthat ... vagy akár zöldet is, amely az alacsony
születésű állampolgárok egy részének volt, de egy
mély kék vér, amely olyan ritka volt, hogy nagyon
kevés magasszülött Fey-nek volt ilyen ... és Feyen
kívül még senki sem látott. Egy ezüstfüst és egy
ezüstbetétes arany doboz ült mellette.

- Van egy ilyen doboza a hercegnőnek? Ez
volt az egyetlen elfogadható kérdés, ami eszébe jutott.
Vagy legalábbis az egyetlen kérdés, amelyet feltett,
választ kaphat.

Lilly megvizsgálta a kis üvegek közül a
keresettet, és a lehető legkevésbé válaszolt neki,
hogy ne aggódjon. - Ó, ez? Nishának van egy, de
nincs olyan jól feltöltve, mint az enyém. Ez csak

vészhelyzetekre szolgál. A nagyobbat a Spire-nél hagytam.

- Ó, de ...

A válla körül kémlelve mosolygott. - Ethan, drágám, vérzel; ezt sürgősséginek nevezem.

- A vérzés nagy része megállt.

- Nos, ez minden rendben, de a hús meg fog gyógyulni. Most ... - A lány benyúlt a dobozába, és kihúzott két csövet, mindkettőbe kis gyógyszercseppekkel. - Kérem, nyújtsa ki a nyelvét. Azt hiszem, sokkal boldogabb leszel, ha ezt átaludod. "

"Én ..." Látva a tekintetét, amely vitatni merte, bölcsen kinyitotta a száját, és kérése szerint kinyújtotta a nyelvét. Minden fiolából három cseppet tettek a nyelvére. Mielőtt becsukhatta a száját, látása megingott. - Mérgesnek érezzem magam?

- Csak aludj, Ethan. Reggel sokkal jobban fogod érezni magad.

Lilly becsapta maga mögött a hálószoba nehéz ajtaját, és hagyta, hogy a mély zúgás visszhangozzon a szobába. Puha, fehér köd kavargott a lábain és a hátán, látványos szárnypárokat alkotva, amelyek egy díszes pillangóhoz tartozhattak. - Beszélnünk kell. Most.

Nisha keresztbe tette a karját, nem törődve a kis indulattal. Végül is ez Lilly volt, és ritkán mutatta ki az indulatait, és amikor megtette, olyan hirtelen kipihent, amint jött. Kedves unokatestvére azonban inkább dühösnek tűnt, mint valaha látta. - Nem kellene gondoznia Ethant?

"Lord Ethan boldogan alszik, és így marad valamikor hajnal után. Feltéve, hogy itt van a hajnal. És feltéve, hogy nem harcol a testének szükséges alvás ellen."

David közelebb került az eljegyzettjeihez. - Van egy hajnali drágám, csak úgy néz ki, mintha egy árnyékos fa alatt lévő helyről néznéd.

- Ne kezdd, David. Ne merd. Minden jogom megvan a dühömre. És nem kell, hogy mást mondj nekem.

Nisha mosolygott, amikor megpróbált nem nevetni. Igen, az unokatestvére határozottabban dühöngött, mint valaha. - David, kérlek, tartsd Ethan társaságát, amíg Lilly és én beszélünk?

David egyszer bólintott. Bármikor máskor megcsókolja Lilly arcát, amikor elhagyja a szobát, vagy legalábbis lágyan megérintette a karját. Most nem gondolta, hogy a lány bármelyik mozdulatot örömmel fogadná, ezért barna és szürke csíkokkal rendelkező, vékony cirmos macskává változott, és kiment a szobából.

- Rendben, mit kell haragudnia, amiért még nem gondoltam?

Az unokatestvérére nézve nem látott olyan nőt, aki még egy kissé dühös, de még mélyebben a szemébe nézett, és látta, hogy a jég folyói mögött lobog a láng. És ami még rosszabb, csak a halottak lelkeit tudta kiabálni, hogy kiengedjék őket ... ó, igen, jobb, ha nagyon óvatos. - Ethan Fey.

"Igen. Tudom ezt. Azonban csak akkor tudtam elmondani, amikor megvoltam egy víztömegbe, és a bőrének minden hüvelykét megnéztem. Bármilyen szempontból is felajánlottam Dávidnak, hogy hozzon el a rothadó hús zsákja, amely úgy döntött, hogy többet érnek, mint a házam egyik tagja. És ami a másik Fey-t illeti ... Nekem már van egy tervem rájuk, de nem mondom el, mert azt akarom, hogy az emberek tudják, miért kellene félni kell. "

A körülötte folyó köd túl gyorsan leülepedett a földre. Tudta, hogy unokatestvére és Nisha soha nem akarta, hogy bárki féljen tőle ... soha ... - Nisha ...? Aggodalom töltötte el lágy hangját.

- Tudom, mit csinálok Lillyvel. Nisha hangja még mindig megakadt, és nem akarta beismerni, mit kell tennie. "Mindig nagy gondot fordítottam arra, hogy az emberek ne féljenek tőlem. Senkinek sem tudom meg, hogy milyen hatalmas vagyok valójában, és ez még azelőtt volt, hogy az alattvaló királynője lettem volna. Királyság. De ez megtörtént. Sokkal jobban ismerem a Fey legendáját, mint bármelyik életben van. Tehát tudom, ki és mi fogja megbosszulni azokat, akik valódi feyen vérűek. "

Lilly haragja elszállt, akárcsak az arca színe. "Biztos vagy ebben?"

"Te és én család vagyunk. Barátok. Csakúgy, mint a nővérek. Soha nem akarom, hogy féljenek tőlem, de ... Ha ezt az árat kell fizetnem a családunk biztonságának megőrzése érdekében ... Akkor ez az az ár, amit én örömmel fizet. " Nisha leült egy rövid kanapé karjára, és lehunyta a szemét. "Tudta, hogy apámat féltette a legtöbb magasszülött, de egyik sem az alacsonyan született? És anyám annak ellenére, hogy ez sokkal nagyobb bravúr volt, mint amennyire akkor képes volt, gyanúsították a királyi család megölésével. Feyen? "

- Ó, Nisha ... - Lilly az unokatestvére köré fonta a fegyvert, minél nagyobb vigasztalást nyújtva. - Most ne csináld ezt ...

Egyetlen könnyet letörölve az arcáról Nisha szipogott. "Mit csinálsz? Nem ismertem meg a szüleimet, mert valaki más nem értette őket. Mindkettőjüket elvesztettem, mert egyikük sem vette észre, hogy az embereknek félniük kell tőlük, hogy biztonságban tartsák építésüket. És a fenébe is, mindketten látnokok voltak ... tudniuk kellett volna a támadásról ... tudniuk kellett volna ... "Megtörölte az orrát a házi köntös ujján. "Sajnálom. Itt lenni ... tudván, hányan szenvedtek anyám elvétele óta ... fáj. Nem számítottam rá, hogy ennyire fáj."

- Szeretné, ha felvidítanám?

"Nem hiszem, hogy pillangókká válás és olyan beszélgetések meghallgatása, amelyeket nem kellene hallanunk, jelenleg remek ötlet."

- Ó, rendben. Mi lenne, ha eldöntenénk, hogy megjavítom-e Ethan szárnyait és füleit, vagy hagyom őket megvágva. Nem mintha a szárnyakat levágták volna, inkább letépték a hátáról ... mind a bőrből, mind az izomból, ahová rögzítették.

- Azt hiszem ... - Nisha szünetet tartott, és letörölte a szeméből a megmaradt könnyeket. - Szükségem van rá, hogy képes legyen állni a koronázásért ... miután elindulunk a Spire-be, akkor ha hajlandóságot érez, visszaadhatja neki azt, ami volt elvették tőle. " Épp annyit húzott hátra, hogy az unokatestvérére pillanthasson: - Szeretném látni a szárnyait, ha lehetséges, de jó lehet megvárni, amíg egy kicsit beilleszkedik az új állomására, mielőtt Ön megtenné.

"Egyetért." Mély levegőt véve és eltávolodva unokatestvérétől, Lilly megkérdezte: - Szóval mit fog csinálni David, amíg mindenkit megijeszt?

"Na jó, Ethannak szüksége lesz valamire, amit viselhet. Szóval, gondoltam, mivel annyira szereti a ruhadarabokat bütykölni ..."

Nisha hollójának színes haját hátracsapva Lilly halkan azt mondta: - Ha nem bánja, hogy mondom.

- Lil, mindig értékelem a belátásodat.

"Azt hiszem, ha azt mondod egy szabónak, hogy készítsen valamit az eljegyzetteknek, jobb üzenetet fog küldeni az embereinek."

Bűzlő mosoly rángatózott az ajkán, miközben szipogott. - Igen, azt hiszem, megkérdezem tőlük. Vagy csak feltételezzük.

A szemét forgatva Lilly nevetést erőltetett. - Természetesen. Úgy gondolom azonban, hogy ha hozzáteszi, hogy Draken elrejti a bőrét, ha nem vagy teljesen megelégedve a munkával, csodálatos kiegészítő lenne.

- Ó, kedvesem. Egyszerűen fel kell kérnem Dávidot, hogy érdeklődjön, vajon a testvérei is részt vesznek-e.

*Ez volt Nisha módja a témaváltásra?*Valahogy nem gondolta. Lehunyta a szemét, Lilly szinte utálta megkérdezni: "Miért?"

"Nos, ezen a ponton Davidnek és apjának is több potenciális vacsoraválasztéka lesz, akkor két évre szükségük lenne."

Lehunyta a szemét Lilly azt motyogta: - Miért kérdeztem valaha?

Fejezet 31:
Ethan

Ethan megpróbált nem felnyögni az ízületek fájdalmas fájdalmától ... megpróbált és kudarcot vallott. Legalább egyedül volt... legalábbis...

Valami megmozdult az ágy szélén ... valami ... - Most már könnyű, Lillynek meglesz a rejtekem, ha hagyom, hogy túl sokat mozogj.

Szar. Túl gyorsan kinyitotta a szemét, hogy lélegzetelállítóan jóképű Feyen fiút láthasson... egy férfit ... aki a lába közelében ül és túl nagy érdeklődéssel figyeli. - Nem vettem észre, hogy nem vagyok egyedül.

"Rendben van." A férfi az éjjeliszekrényhez nyúlt, és egy pohár vörös folyadékot töltött egy átlátszó pohárba. - Itt ez segít a merevségen.

- Köszönöm? A folyadék édes volt. Gyümölcsös ... És jobb mindennél, amit valaha megkóstolt. - Ki vagy, ha nem bánod, hogy kérdezek? Az utolsót kissé túl gyorsan mondták, miután azt hitték, hogy megsértette ezt az idegent.

- Dávidnak hívhatsz. Lite királyi családjának többsége igen. És feltételezem, hogy Nisha is.

David? Ez nem Feyen név volt. Vagy legalábbis nem gondolta, hogy az volt. - Ez... hm ... nem mindennapi név.

Öntött magának egy italt, amit David lazán mondott: "Igen, az én igazi nevem túl hosszú az alkalmi beszélgetésekhez, ezért Lilly David mellett döntött. Tíz év után ez rám nőtt."

Ethan sokáig a vörös folyadékot kavargató poharába meredt, mire nagyon halkan megkérdezte: - Rendben van, hogy beszélünk?

David megdöntötte a kérdéses fejét, mielőtt válaszolt: "Miért ne lenne? Holnap ezúttal feleségül veszed kedves unokatestvéremet."

"Házasok? Holnap?" Nem, ez nem lehet helyes. A koronázás két hét múlva történt, nem holnap. És nem ő volt a választott udvarló ... még a választott udvarló közelében sem. Valójában nem is lehetett. Kutya volt, nem valami királyi Fey vagy valamilyen más királyi.

- Természetesen. Ó, de azt mondták, hogy feleségül veszi a kígyó herceget. Helyes?

Helyes válasz volt? Ethan lassan bólintott.

"Igen, ez egyértelműen hazugság volt. És Nisha utálja, amikor az emberek hazudnak neki vagy a házának tagjainak. Nem hinnéd, hogy mekkora gondot okozott ez a kis hazugság. Vagy amit Nisha tervez emiatt. De kérlek, ne "Ne kérdezd meg tőle. Biztos vagyok benne, hogy jobb lesz, ha később mindenki megtudja, nem pedig korábban."

- Ó? Hazugság volt? De miért hazudna a nagybátyja? Akkor megint miért mondaná el neki az igazat?

- Ó, igen. Szeretnéd, ha elmondanám, amit pontosan tudok, vagy hallanád a Fey legendáját?

Még egy korty folyadékot ivott Ethan ásítva: "Amit valaha szívesebben elmondana."

"Ah, nagyon jó. Kezdjük a családjával. Kezdjük az édesanyád családjával. A neve Lady Faerydae volt, bocsásson meg, de nem tudom a nevét. De azt tudom, hogy valahogy rokon volt Feyen királyi házához te gondosan őrzött titok vagy. Amitől kiderülhetett, hogy vérvonalak szerint rokon volt az utolsó királynővel, de nem volt elég szoros kapcsolatban ahhoz, hogy királyinak tekinthető legyen. Mindenesetre még mindig hölgy volt a bíróság.

Amikor Nisha apja és anyja Darke-ba költözött, velük jött. Cserébe több üzlet és édesbolt kapott bevételt, amelyet megszokott. A tűzeset óta a Darke-i összes üzletet neked kellett volna átadni, az életkorod miatt, amikor a nagybátyád átvette az irányítást. Abból, amit elmondhatok, bárkit is alkalmazott, azt jónak látta, és minden jövedelmet magának tartott. " David kissé hátradőlt és megbizonyosodott róla, hogy Ethan osztatlan figyelemmel kíséri, mielőtt hozzátette: „Nisha egyébként nem elégedett ezzel. És kétlem, hogy egyszer Celeste királynő megtudja, hogy kevésbé lesz elégedett azzal, ahogyan nevelték. "

"Nem, ez ... nem lehet ..." Az emlékezet újabb töredéke. Egy boltban volt. A zene halkan szólt hátulról. Nem tudott mást kitalálni. Az anyja vitte magával az üzletekbe? Ha lehetséges, amit David mondott neki.

"Ó, de az van. Látod, hogy a nagybátyádat valamiért kidobták Feyenből. Nem tudom ezeket a nyilvántartásokat. Távozásakor az anyja házába menekült. Egy héten belül felkelés történt, és összezuhanták. pillanatokon belül. Aznap éjjel a tűz megtörtént. Most nincs bizonyítékom, de gyanítom, hogy a nagybátyádnak köze van ehhez. Ha nem, akkor tudja, hogy ki és miért tette. Akárhogy is, Nisha úgy döntött, hogy személyesen felügyeli a kivégzését. "

Igen, most ennek volt értelme. Fajta.- Ciron herceg. Azt hiszem, tudhatja. Az elmúlt években táplálkozott… Ethan megdörzsölte a nyakát, ahol a herceg általában leharapta.

"Nem sokkal a születése után vér voltál Nishához kötve. Remélte, hogy ha a véredből táplálkozik, elég sokáig meg tudja bolondítani, hogy feleségül vegye, és meggyőzze őt, hogy öljön meg, megszüntetve a kötés nyomát. Nem számított az a tény, hogy ha szárazon is véreznék, Nisha tudná, hogy az övé vagy. Van valami a királyi vérben, amely úgy tűnik, hogy a test nagyon sejtjeihez kötődik, így a kötést nem lehet visszavonni még halálban sem. Nagyra értékelném, ha nem tennéd Nem említem ezt Nishának ... vagy hát… bárkinek is. Nem szívesen gondolnék arra, hogy mit csinálna ő vagy Lilly az információval. Nem, tudom, mit tennének. Az egyik hölgy magához kötné a kígyót akkor a másik megpróbálta megölni, hátha meg tudják szakítani a kötést. "

Nem tennék ... ha nem tudnák megtörni a kötelező érvényűeket, miért… "Többször megpróbált megölni ... szerinted ..."

Megsimogatta Ethan lábát, David elmosolyodott. - Ezt a koronázás után megoldjuk. Most szeretnél tudni apádról?

Csak kissé ülve Ethan megkérdezte: - Kérem?

"Nem tudok róla sokat, azon kívül, hogy egykor a feyeni udvar őrzője volt, majd az itteni őrség kapitánya lett. Ezenkívül a tanács első elnökeként szolgált itt, Darke-ban. Azt hiszem, de nem vagyok túl biztos, de a neve valami hasonló volt Gale-hez... Galton vagy valami ehhez hasonló dolog. Bármilyen nyilvántartást, mielőtt Darke-be érkezett, gondosan zárolják. A Fey nagyon szúrós tud lenni, ha információt oszt meg senkivel. az itt tartózkodó feljegyzések megsemmisültek a tűzben. "

- De te Fey vagy.

- Igaz. De nem bíznak bennem az ilyen dokumentumok. Legalábbis most nem. Valamikor talán ... de most? David vállat vont. "Feyenben minden akkor történik, amikor megtörténik. A kívülállók ritkán élnek elég hosszú ideig ahhoz, hogy választ találjanak a régóta feltett kérdésekre. Sokkal inkább, ha ezek a kérdések tényleges választ adhatnak."

Figyelmesen hallgatta Davidet. Minden szót hallgat. És két dolgot tudott először David nem csak egy Fey volt. Nem lehetett - a nyelvtudása közelebb állt Drakenhez vagy egy alacsony születésű Darke-i polgárhoz, mint egy Fey, aki élt rendesen beszélni. Sokkal inkább ... Fey soha nem mondott csak valamit, anélkül, hogy valamit cserébe kapott volna. Másodszor pedig csak két ívelt kürt körvonalát láthatta. Csak vedd ki a mérleget a szeme körül.

Sajnos semmit sem tudott kérdezni, mert a másik szoba ajtaja kinyílt, és Lilly és Nisha is az ajtóban álltak.

- A fenébe, David, mondtam, hogy ne ébressd fel. Nos, nem pontosan, de erre utalt.

Ilyen nyelv Lite hercegnőjétől. De nem akarta megemlíteni. Ó, nem ő volt. - David nem ébresztett fel.

"Uh ha. Biztos vagyok benne. De mivel jelenleg nincs bizonyítékom, megkímélem az előadást arról, hogy miért akartam, hogy még mindig aludj."

Ez nem tűnt nagy fenyegetésnek. Nem akkor, amikor Nisha nagyon igyekezett nem nevetni, vagy amikor David egyáltalán nem tűnt elkeseredettnek.- Van még valami piros folyékony anyagból?

- Piros folyadék ... Piros ... - fordult Lilly David felé, aki megpróbált kifelé csúszni az ajtón, amikor észrevették: - A fenébe is, David, nem szabad neki alkoholt adnia állapotában. Esküszöm, hogy akkor egy rosszabb gyógyító asszisztens Nisha. Megragadva az ágyon fekvő párnát, egy széllökéssel odadobta Dávidnak, aki a hátát ütötte: - Most annyira dühös vagyok rád, hogy a testvéreidet már a megérkezésük pillanatában meg kellene dobnom. " Mély lélegzetet vett. - Nish, kérlek találsz valamit, amit tegyen, mielőtt még nagyobb bajba kerülne?

- Természetesen végül is szeretném látni a királyi lakásokat, mielőtt Celeste néni megérkezik. Nisha olyan kedvesen elmosolyodott, mielőtt olyan kérést tett volna, amely figyelmeztetést jelentett volna mindenkinek, aki már tudott arról, hogy a feyek hogyan telepítették le ezt a földet. "Lilly, mielőtt Ethan elaludna egy nagyon szükséges alvásra, kérem, mondja el neki a Legend of the Fey-t. Ez egy csodálatos lefekvés előtti történet."

- Gondolom, van időm elmondani az első Fey legendáját.

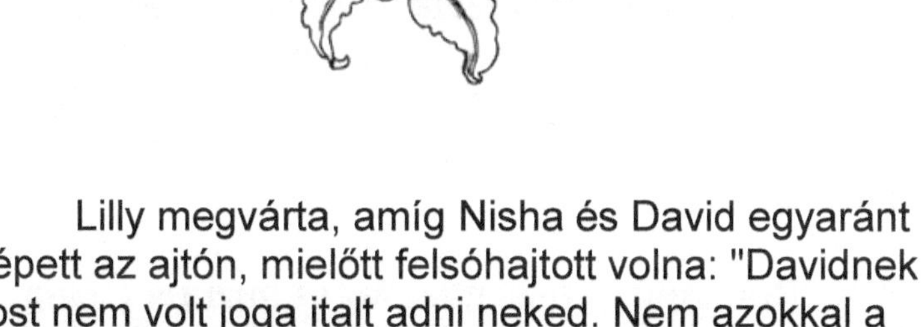

Lilly megvárta, amíg Nisha és David egyaránt kilépett az ajtón, mielőtt felsóhajtott volna: "Davidnek most nem volt joga italt adni neked. Nem azokkal a tonikokkal és teákkal, amelyeket már adtam neked. De van némi színed hátra, úgy gondolom, hogy volt ezúttal nem árt. "

- Azt mondta, ez segít az ízületek merevségén.

"Persze, hogy megtette. Drakens ritkán lát gyógyítókat; ehelyett kábulatba itatják magukat, vagy legalább isznak, amíg bármilyen zúzódásuk vagy fájásuk boldogan zsibbad."

- Ah. Most ennek volt értelme.

- Nem látszol túl meglepettnek.

Ethan lehunyta a szemét. - Láttam a szarvakat. Van értelme, hogy részeg.

- Láttad ... nem, ne mondd tovább. Ezt Nishára fogom róni, mivel kapcsolatban állsz vele. Most mit szólnál, ha elmondanám neked a legendát?

Ez volt a második ember, aki azt mondta, hogy kapcsolatban áll Nishával. Remélhetőleg valaki elmondja neki, hogy ez mit jelent. "Miért fontos?"

"Nos, mert minden gyermeknek elmondják a legenda valamilyen változatát. Értelmezésen múlik, de kellemes történet, amikor elalszik." És azt mondani, hogy megengedhetem, hogy választ találjak a háború elkerülésére. Nem mintha ezt elmondhatta volna neki.

"Rendben." Lassan a vállára húzta a meleg takarót, és lemondott róla, hogy meghallja a történetet.

Fejezet 32:
Nisha

David lassan kinyomta az égett sötét fa ajtót. Hosszú farka pislogott, figyelmeztetve a mérgezett fogat, hogy általában a farokba rejtőzik, és csak alig bök ki. - Óvatos Nish. Olyan szaga van, mintha a tűz olyan sokáig nem lett volna kialudva.

Tudta ezt, mert ugyanolyan élesen érezte a frissen égett fa illatát, mint David.

Egy pillanatig csak állt az ajtóban. Éppen erre a pillanatra minden tiszta és új volt. Akkor…

Nisha összehúzta a szemét. Csak egy újabb illúzió.

Amikor megtette első teljes lépését anyja étkezőjében, megtört a varázslat vagy a varázslat. És először látta teljesen, amit elrejtettek.
Edényeket még mindig az asztalra fektettek. Az anya által elfogyasztott utolsó étkezés maradványai, még mindig a tányérokat takarva. A rovarok már régen felfalták azt, ami megmaradt az élelemben. Aztán a pókok megvacsoráztak rajtuk. A hálók már üresek az élettől. Néhányan mostanra szakadtak és halkan fújnak a friss levegő áramlásától.

A földön négy kristálypoharat fektettek le.

- Nish?

- Ezt a szobát soha nem érte tűz. Füst? Úgy tűnik, hogy az volt. És a korom? Túl friss ahhoz, hogy abból az éjszakából származzon.

A farkával David elkapta a serleget a padlóról. - Méregszagú, de nem olyan, amelyet kézből ismerek.

Nisha nem törődött azzal, amiben vagy amiben ült, kényelmesen a hosszú asztal szélén. - Tehát feltételezem, hogy a szüleimet megmérgezték valamivel, amelyre egyik sem volt immunis. De ez azután történt, hogy a tűz megindult, hogy ide vonzza őket.

"Mit gondolsz? Ez Edrich elvitte az anyád szolgálatába. Kezdte a felkelést, majd leigázta Darke királynőjét és mindazokat, akik hozzá voltak kötve?

"Nem. Természetesen nem."

"Jó"

- Edrich túl hülye ahhoz, hogy ezt lehúzza. Azonban... - Megernyedt a sügérről, és bevitte a szobát. - A közelmúltban itt volt egy tűzoltó. És ez több kérdést felvet.

Egy másik ajtót kinyitva David felszisszent: - Dögök.

- David? Az aggodalom megvilágította a hangját, mielőtt a hideg düh beszivárgott volna a velőjébe: - Mit tett... ó...

Csak néhány méterre tőle ült a bölcső, amelyben be kellett volna emelni. Összetört, majd elégett, így csak a keret maradt. Egy nő csontváza fektetett a földre. A karja kinyúlt. Menekülni próbált, vagy megpróbálta elérni a bölcsőt?

Nisha halkan suttogva így szólt: „Gwydion?"

"Királyném?"

David a hangra pörgött, és megakadályozta, hogy kihívást adjon ki. Megállt attól, hogy bármit megtegyen, amiért ez az ember eldöntheti, hogy ő egy Draken kellemes snack lesz.

- Tudod, ki lehet ez?

Egy pillanatra eloszlott, majd megújult a nő teste közelében. "Egy szobalány. Nem az egyik édesanyádé. A csontjai túl frissek ahhoz, hogy onnan maradjanak.

Éppen úgy gondolta. Akkor miért hagyja őt egyáltalán itt?

"Látom." Teljes magasságába húzva Nisha egyszer bólintott. - Kérem, vigye el, ami van, amelyben megbízhat. Mindent tudni akarok, amire a csontok emlékeznek.

David nem értette. Gwydion tette.

- Ahogy kívánja királynőm. Egyszerre megtörténik. " Szünetet tartott, és közvetlenül Davidre meredt. - Bízom benne, hogy az unokatestvéred veled marad, amíg vissza nem térek.

Ami az óvoda ajtajából megmaradt, hamuvá vált. - Ésszerűtlen lenne, ha bárki velem maradna, amíg Celeste királynő megérkezik.

Nisha egyedül hagyása nem volt a legjobb ötlet, ami valaha volt, de nem tehetett semmit, amit ne tudott volna jobban csinálni. Még...

Gondolatai elmenekültek, amikor egy jeges kéz megragadta a kabátujját. Fejét fordítva, hogy ki merte megérteni még valamit ... Gwydion nem csak egy Árnyék volt. Halál volt, és a halál éppen őt bámulta.

- Lord Gwydion? David nem volt biztos benne, hogy ez a megfelelő cím, de ez volt a legjobb, amire gondolhatott abban a pillanatban.
- Figyelmeztetést ajánlok. A királynőm néhány dologban hozott néhány döntést, a legjobb lenne, ha nem lennél tanúja ezeknek a döntéseknek.

- Én ... - Alaposan a férfi szemébe nézett. Köd, hogy még mindig... félt. A Shade megijedt attól, amit Nisha már eldöntött. Az istenek által... - Köszönöm. Azt hiszem, Lord Ethan-nél maradok, amíg máshol nem lesz szükségem rám.

Fejezet 33: A Fey legendája

Lilly lehunyta a szemét, és a lehető legjobban elkezdte mondani a legendát. Egy mesemondó hangján kezdte, a Legend of the Fey:

Nagyon régen a Fey egy távoli csillagon élt. Aztán egy napon az ember utat talált a világunkba, bár akkoriban az úgynevezett emberek uralkodtak rajta. Olyan lények, akik nagyban hasonlítottak Fey-re, mivel egyenesen jártak és közös teststílusuk volt. De semmi más erő hiányzott belőlük, kivéve a szavakat és azt, amit saját kezűleg készítettek. Érdeklődve, az egyik Fey embert vett lelki társának. Egyesülésük részeként a Fey adott néhány cseppet véréből az embernek, és esküt tett, osztoznak abban, ami mindegyiknek van.

Mivel ezt korábban nem tették meg, nem tudhatta, hogy szavai hatáskört adnak menyasszonyának. Miután kiderült, hogy mi történt, azok, akik a nő családja voltak, elfordultak tőle, hogy boszorkánynak nevezzék. Így lett Fey történetében az első boszorkány.

Visszatérve a csillagra, Fey gondosan figyelte, ahogy ez az unió új életet teremt, és létrehozza a teremtésbe a vegyes tisztességesek első gyermekét. Ez másoknak saját ötleteket adott.

Néhányan úgy látták, hogy az emberek önmaguk gyengébb változatai, és megkeresték az erősebb erőket. Habár nem beszéltek szavakat, a többi lénynek meg volt a saját nyelve. És saját elképzeléseik arról, hogy mi lenne az elfogadható társ. Ezt nem csupán egy játéknak tekintik, amely az egész egészében erősebbé válik. A Fey formálódni kezdett a többi lényen. A farkasok párzás után vérfarkasokká válnak. A halak és más vízi élőlények Bunyip, Kelpie, Kraken, Morgawr, Ogopogo és még sokan mások őseivé válnának.

Míg mások hüllőkkel és más kisebb élőlényekkel párosulva kezdték meg Amphisbaena, Cerastes, Lernaean Hydra versenyeit. Egyszer ők is fejlődnének a mai versenyeinkké.

Mindig azonban csak tiszta Fey volt. Azok, akik úgy döntenek, hogy nem a saját fajtájukkal párzanak. Tündérekként, tündékként és pixiként ismerjük őket. Tőlük van néhány, akik összekapcsolódtak közöttük. Hatalmasabbak, mint bármely más, mert vérvonaluk soha nem volt hígítva. Mindig is a Magasszülöttek voltak. Akik uralkodnak. Akik még akkor sem, ha őket választják, törvények maguknak, mert királyuk vagy királynőjük kivételével senki sem tudja kezelni őket. Akkor sem mindenki választja, hogy bánjon velük, csupán a király vagy a királynő fennhatósága alatt élnek.

A legfrissebb, négy-öt évezreddel ezelőtti fordulóra eljutva a Fey származásúak által elárasztott világ kezdett betörni saját helyeikre. A kígyó vagy hüllő származásúak délre meleg éghajlatra utaztak. Akik inkább a sötét vagy árnyékos helyet választották, létrehozták a ma Darke nevet. Darke első lakói fátylat alkottak a föld felett. Soha senki sem próbálta megérteni, csak ismerje el, hogy ott van a polgárok kényelme miatt.

Mások szakítottak, létrehozva a mai Draken, Manicoria és Lite nevet. Természetesen a Lite fényesebb, mint bármely más ország. Mindig azt feltételezték, hogy mivel a lepel Darke felett van, a fény kénytelen volt máshová menni. A legésszerűbb választás a Lite volt.

Befejezte, amit tudott, Lilly Ethanre nézett, aki túlságosan csendes volt, és látta, hogy végül mélyen elaludt.

Fejezet 34:
Ethan

Ethan meleg irizáló fényre ébredt körülötte. Nem más, mint egy ismerős álom; olyat, amelyet az évek során többször is megélt, de eddig nem volt olyan fényes a fény ... olyan közel vakító. Nem minden más alkalommal olyan volt, mintha árnyékból és fényből álló alagútban sétáltam volna ... ez a fény csak elérhetetlen helyen volt ott. A hosszú alagút vége közelében.

Ma nem ez volt a helyzet. Nem, ma már alig tudta megtenni álmai barátjának alakját. Alig látja, ahogy éjfekete haja kaszkád alá a hátán. Szinte látta a finom kék köd szárnyait. De nem látta, hogy bosszantotta-e vagy elégedett-e vele. Akkor még nem tudta a nevét, soha nem kérdezte. Félénken megpróbált mosolyogni, amikor megkérdezte: - Nem emlékszem, hogy korábban ilyen fényes lett volna.

A nő elmosolyodott, miközben a közelében lobogott. A fény tompul, ahogy tette. "Ma erősebb vagy. Itt az ideje, hogy megtanuld a titkaimat."

Megdöntve a fejét Ethan a homlokát ráncolta, még soha nem beszélt, bár a legszebb hangja volt. A fák között halkan fújó szél és a reggelt köszöntő madár között esett. Aztán eszébe jutott, amit a lány mondott. - Titkok? Ez volt az egyetlen biztonságos kérdés ... nem?

Gyorsan elfordult tőle. - Gyere. Elég erős vagy ahhoz, hogy az embereim között járhass.

Páratlan. Rendesen megtartotta, amikor beszélt a napjáról. Tartotta, amikor sírt a nagybátyja okozta fájdalomtól. És addig tartotta, amíg el nem ébredt. Talpra állva újabb furcsaságot vett észre, a finomra szabott kék ruharuhát és alatta egy fehér inget, amelyet most viselt. Nem selyem, hanem valami olyan puha, amit csak álmában lehetett elkészíteni. - Soha nem mondtad meg nekem a neved.

A nő elhallgatott és összevonta a tekintetét, mire újra elmosolyodott ... bár ezúttal erőltetettnek tűnt. - Estare. Az otthonom Lunaista. Ez egyike azoknak, amelyeket csillagoknak nevezel.

Csillagok? A történet, amit elmeséltek, amikor elaludt. Igen, ennyi volt. Így kellett lennie. Talán jobban kellett volna figyelnie a történetre. Aztán megint az elméje csodálatos álmot látott, szóval valóban számít?

Örökkévalónak tűnő sétája után még egyszer beszélni kezdett. Nem a végtelen alagútról. Vagy azok a lények, akiket most láthat, de életének hétköznapi dolgai láthatók, amint azt korábban mindig tette. - Már nem tartozom a nagybátyám házához.

Estare szünetet tartott, és tényleg ránézett, majd elmosolyodott. - Ez jó. Rosszkedvű lény. Egyetlen lépést tett, és megkérdezte: - Nem vagy elég idős ahhoz, hogy saját házad legyen?

- Ó, Nisha hercegnő bevitt a házába. Ethan ismét a homlokát ráncolta. - Azt mondja, hogy jegyesek vagyunk.

Estare zihált. - Nisha? Nisha Trovos?

Valami nem stimmelt, érezte, de nem tudta, mit. "Úgy gondolom, hogy ez volt az anyja vezetékneve. Úgy gondolom, hogy a hercegnő Devros mellett halad; ez zavaró, mivel egy gyermek a nagyobb képességű szülő vezetéknevét kapja." Ethan elhallgatott, mire tovább folytatta. Egy lélegzettel később megkérdezte: - Tudsz róla? Nem valószínű, de ez egy álom volt, így minden lehetséges volt.

- Azt hiszem ... - bólintott magában Estare -, azt hiszem, elviszlek az otthonomba, majd beszélünk. Majdnem tett egy lépést, majd felszisszent: "Ne mondj többet, amíg otthon nem vagyunk. Veszélyes idők vannak. Veszélyes."

Az otthona nemcsak otthon volt, hanem egy kristályokból és csillogó porból álló palota. A színek, amelyekről csak álmodott, megakadt a mindent visszatükröző fényben. Kék árnyalatok, amelyek emlékezetesek voltak, vörösek, amelyek a szívéhez szóltak, zöldek az anyja szeme színén. Most valahogy tudta a színt, bár soha nem mondták meg neki. - Itt látványos.

"Ez Lunaista palotája. Mindazok, akik itt éltek, hozzáadták a nagyságát. Én még nem ... még nem. El kell döntenem, mit adhatnék egy ilyen helyhez."

Lunaista helye? Talán Nisha szeretne hallani az álmáról. Vajon lenne bátorsága elmondani neki? Nem, elmondaná neki. El kellett mondania neki. Ez az álom túl fontosnak tűnt, hogy ne. - Biztonságos itt beszélgetni?

- Ezek a falak sok titkot rejtenek. Az egyiket megmutatom. Gyere, a Fey térképe ilyen.

Több terem áttetsző falak. Fénylépcsői visszhangoznak lépteiről. És a jéghideg érzés mindennek, amihez hozzáért. - A falak jégek?

"Jég? Nem tudom a szót. A falak a földből készült falak a lábunk alatt." A szilárd ajtónál megállt. Az egyetlen szilárd ajtó, amelyen túlhaladtak. - A falai nem a földről származnak?

Csinálták? - Gondolom, de nem áttetszőek.

"Akkor igazán megáldott, hogy nem élek a világotokban. Anélkül, hogy mindent látnék, sok titkot el lehetne rejteni. És ezek a titkok iszonyatos háborúhoz vezethetnek."

Oké? Mit kellett volna jelentenie?

Enyhén a szilárd ajtón nyomulva azt suttogta: "Itt van a térképek helyisége. Megpróbálom elmagyarázni, mit kell tudnia."

Ethan bólintott. Álma sokkal furcsább volt, mint azt valaha is gondolta volna. Biztosan az agyával kavaró tonikok. Igen, ez egy jó fogadás volt, ezért gondolta ezt az egész éjszaka ma este.

Az ajtó lassan kinyílt, és a térkép ... nemcsak egy darab pergamen volt az asztalon, hanem maga a szoba is. Izzó csapok minden országban. Sárga a Lite-ben. Mélylila a Darke-ban. Zöld a Kígyó-mocsárban. Szürke Drakenben. És kék az úgynevezett Mystic Woods-ban. Aztán izzó fehér csapok tömörödtek Feyenben. Aztán néhányan szétszóródtak mind a Lite-ben, mind a Draken-ben. De még inkább Darke-ban. "Mi ez?"

- A fehéret hívod Feyennek. Igaz Fey.

Ethan újra nézett. - A sötétben sötétek a fények. Szinte teljesen kiégett.

"A Fey haldoklik. Amikor a fények majdnem kialudnak, akkor Darke is."

Volt Feyen Darke-ban? Nem ... keze megérintette a fülét. Az a fül, amelynek egykor a barátjaéhoz hasonló kényes pontja volt. - A nagybátyám tette ezt.

Estare megrázta a fejét. "Nem egyedül. Sötét erők dolgoznak itt. Ezek a Mystic Woods-ból származnak. Ott talál választ. Hacsak a kialszik a fény. Akkor egyáltalán nem lesznek válaszok."

Nincs Darke? Nincs élet? A félelem futott át rajta ... valamit tennie kellett. De mi van? - Mondhatom a hercegnőnek, amit megmutattál nekem?

- Mondhatod Nishának. Győződjön meg róla, hogy a dobozt zárva tartja, és soha nem nyitja ki. Amit tartalmaz, még énnél is veszélyesebb.

Doboz? Milyen doboz?

A tűz épp akkor kezdett alábbhagyni, amikor a szeme kinyílt. Szerette álmait, de nagyon kívánta, hogy ne legyen annyira fáradt utánuk. Egy kis állat mozgása a lábánál hozta ki a lápjából. Pislogva figyelte a ... lényt. macska? ... Azzá az emberré vált, akivel tegnap este találkozott.

- David?

- Ó, jó, eszembe jutott a nevem.

Beszélgető egy Drakenért. A pokolba, egy Fey-hez csevegett. - Nisha a közelben van?

David összerezzent. "Találkozik Celeste királynővel és a tanáccsal. Személy szerint én most nem zavarnám őt ... de ha valóban szüksége van rá ..." A többit elengedte.

- Azt hiszem ... Ethan megpróbált kissé felülni, és nagyon örült, hogy úgy tűnt, most semmi sem fáj. "... Alig várom. Tudod, mit kell tennem ... legalábbis a mai napra." Mi?

David megkönnyebbültnek látszott. "Nishának egy szabója vár téged nem messze innen. Úgy tűnik, hogy ő a legkiválóbb a birodalomban."

Legszebb a birodalomban? - Lord Taliare?

"Azt hiszem, ez a név. Nish nem volt nagyon lenyűgözve a ruhájával, így kétlem, hogy nagyon jó a szakmájában." Vagy azt, hogy át akarta élni a találkozást.

"Ha nagylelkűen fizetik, nagyon tehetséges. Ha azonban a szokásos viteldíjat fizeti, a ruhadarabok ritkán tartanak egy teljes napot."

"Ethan, drágám, a hercegnő azt mondta neki, ha a koronázási szekrényed nem felel meg az elvárásainak, megeszem. Gondolod, hogy nagyon lassú halált választana?"

Na jó, fogalmazz így? "Azt hiszem, kevésbé lesz elégedett azzal, hogy fenyegetik, de nem panaszkodik túl hangosan."

Csak egy hajszállal hátradőlve David összehúzta a szemét. - Nem tűnik meglepettnek, hogy megennék valakit.

- Draken vagy, vagy legalábbis részben Draken. Feltételezem, hogy az ellenség megevése szokásos.

David meleg mosollyal kacsintott. "Igaz. Nagyon igaz. Bár ennek megértése általában a legtöbb időbe telik."

- Nyilvánvaló, hogy nem Darke-ban nőttek fel.

David furcsa pillantást vetett Ethanre, majd elmosolyodott. - Nem, azt hiszem, nem tették meg.

Fejezet 23:
Nisha

Egy perccel hajnal után Nisha a nagyteremben várta a nagynénje érkezését. A királyi lakás tökéletesen érintetlen volt egy olyan hely számára, amelyet a tűznek kellett volna elrontania. Ó, első pillantásra az volt. Egy másik átkozott varázslat, amely így végül több mint egy percet vett igénybe, hogy megtörje, és ez az volt, miután rájött, hogy ott van, kezdje. David ugyanúgy meglepődött a felfedezésen. Jóval azelőtt, hogy elkezdett volna összerakni néhány dolgot. Egyik sem jó. És egyikük sem tette hozzá, hogy szüleit tizennyolc évvel ezelőtt meggyilkolták.

Miért kellene valakinek átvészelnie mindazt a problémát, hogy a város nagy részét leégeti és...?

Nem, soha nem találná meg a válaszokat. Talán meg kellene látogatnia Ciron herceget. Vagy talán visszamegy az emeletre, és egyedül fedezheti fel a lakás minden centiméterét, de egyikük sem vonzotta őt most. Nem, most tenni akart valamit. Valami, ami méltó lenne a dühére és a csalódottságára. Valami, ami megijesztené a preverbális szart minden élőlényben egész Darke-ban és esetleg az egész birodalomban.

Nem, arra vár, hogy megijessze a birodalmat, de ma meg kellett ijesztenie Darke polgárait. Szüksége volt mindnyájukra, hogy megértsék, hogy nem csak az örökös... valami több. Valami, amit a halottak alkotónak neveztek.

Tehát a nagy lépcső alján állt, és várt, amíg a dupla fekete kőajtók kinyíltak, és a nagynénje megtette első teljes lépését a palotájába. - Blake bácsi jött veled?

Celeste királynő hátrált egy lépést, mintha pofon estek volna. Nyugalmát visszanyerve nagyon nyugodtan mondta: "Tudod, hogy megtette. Jelenleg az őrök előtt beszél, hogy miért csontvázak őrzik a bejáratot a te birodalmad polgárai helyett."

Nisha legyintett. - Mivel birodalmam polgárai, ki vagyok én, hogy azzal érveljek, hol választanak őrséget?

Lehunyta a szemét, Celeste elmosolyodott. - Szóval, egy ilyen nap lesz - suttogta magában. - Azt hittem, ebben az órában még aludni fogsz. Végül is tizennyolc év alatt soha nem tudta, hogy unokahúga éjfél előtt ébren van.

Átkarolva Nisha türelmetlenül megütötte a lábát. - Ez sokkal fontosabb, mint az alvás.

Ez nem lehet jó. Nem akkor, amikor Nisha soha nem ébredt fel dél előtt. És akkor sem, amikor a reggeli étkezés előtt már feldúlt és izgatott volt. - Ó? Celeste egy apró lépést tett közelebb Nishához. - Talán magánkézben kellene beszélnünk?

A fejét rázva Nisha nagyon nyugodtan megszólalt: "Lord Edrich már nem az én meghatalmazottam, maga az. És mivel te vagy a meghatalmazottam, beszélnünk kell a tanáccsal. Van valami, amit el kell mondanom, és amit hallanod kell. Akkor kapcsolatba kell lépnie azokkal, akiknek szemtanúja lehet a koronázásomnak, hogy ez ma este megtörténhessen. "

Születése óta nevelte ezt a gyereket. Minden szeretetet megadtam neki, amit csak tudott. És több vitát folytatott Nishával akkor, amikor valaha is a saját lányával volt. De soha nem hallotta a düh, a düh és valami olyasmi keverékét, amit csak hangon lehet halálnak nevezni ... Nisha hangján. "Mivel elég idős vagy ahhoz, hogy uralkodj, engedelmeskedem kérésednek azzal a feltétellel, hogy nem ártasz azoknak, akikkel beszélni szeretnél."

"Ígérem, hogy nem ölök meg senkit, aki nem érdemli meg. David már megerősítette, hogy kit kell megenni vagy aprítani, és ki felelne meg a Végtelen-tengerbe dobás mellett az ott élő polgárok számára."

Jaj nekem. Egy dolog volt Nisha számára meggondolni valakinek meggyilkolását, egészen más volt Dávid, aki egy Draken, azt javasolta, hogy ki és ki számára készítsen kielégítő ételt. - Ebben az esetben visszahívom nagybátyját, hogy jelen lehessen a konferencián.

"A néni, valóban, a bácsi nem lenne alkalmas arra, hogy kapcsolatba lépjen a többi királyi házzal? Végül is kétlem, hogy egyáltalán érdekesnek találná ezt a találkozót."

- Igaz, de ha vért ontanak, akkor inkább tanúskodnék. Arról nem is beszélve, hogy jobb ötlete lenne arról, hogy miért folyik a vér és hogyan lehet megállítani. Talán tudja, hogyan lehet megállítani.

Nisha megfogta nagynénje karját. - Nagyon jó, engedek a kérésednek. Addig szünetelt, amíg meg nem érezte nagynénje vérmérsékletét, és hozzátette: "Ezért választja, hogy Lilly várakozás helyett most uralja a Lite-et."

"Igen, kedvesem. Azzal foglalkozni, mint az egyenrangú ember, nem vagyok olyan, amiben nagyon hatékony lennék. Az unokatestvéred azonban több mint készséges. És ezért igazán hálás vagyok."

Nisha odaért, ahol a tanács összegyűlik. Annak ellenére, hogy soha nem volt itt ... ebben a szobában ... tudta, hogy fog kinézni. Nagy, nyolcszögletű szoba, amelynek két oldala hosszabb, mint a többi. Maga a szoba nem rendelkezik ablakokkal, kivéve a mennyezetként szolgáló üvegkupola ablakát. Az egyetlen bútor a szoba közepén lévő hosszú asztal lenne, két magas hátsó szék két oldalon. Egyszer a tanács minden tagjának levonva a tegnap este száműzött kettőt. Ezután két ülést ... arany trónokat ... az asztal két végén helyeztek el a királyi ház ülőinek. Senki más nem lenne szívesen látva abban a szobában ...

... Nos, kivéve Blake-et. Celeste királynő férjeként és udvarának első elnökeként felhatalmazást kapott arra, hogy bárhová menjen, aminek csak tetszik. És ez magában foglalta a háta mögül állást ezen a találkozón.

A dupla ajtóknál állva Nisha megvárta, amíg kinyílnak. Akkor kettő szívdobbanás után kinyíltak, amikor Blake bejelentette érkezését. - Uraim, kérem, üdvözöljék Nisha Devros koronahercegnőt. - Felajánlotta a karját, hogy elkísérje az asztal végén lévő helyére ... a nagynénje szemközt. - Most, hogy mindenki összegyűlt, folytassuk.

Gyengéden helyet foglalva Celeste királynő elmosolyodott. - Uraim, kérem, üljenek le. Mindegyikre mosolygott, amíg nem tették meg, amit kértek. "Mivel egyikőtök sem szolgált kedves nővéremnél, tekintsék ezt figyelmeztetésnek, ha unokahúgom tanácsának részese kíván maradni, akkor el kell kezdenie hasonlóan viselkedni. Kevesebb, mint negyed napja voltam itt, és nem szeretem azt, ami lett valaha egy nagy ország. Olyan ország, amelyben anyám rendkívül büszke volt. És egy olyan ország, amelyben egyszer anyámnak segítettem uralkodni, mielőtt saját hazámat, Lite-t uralkodtam. Tehát, hadd biztosíthassalak arról, hogy tökéletesen tisztában vagyok azzal, hogy mik voltak a törvények korábban, és kedves nővérem uralkodása alatt. És tudom, mivé váltak azóta. "

Az asztalnál ülő hat ember dühös arca, de egyik sem mondta ki azokat a szavakat, amelyek biztosan megölik őket.

"Most az unokahúgom hallgatóságot kért veled, hogy megvitassák azt a kérdést, amelyről feltételezhetem, hogy kiemelkedő fontosságú kérdés. Megengedtem, hogy a közönség megmentse magát attól, hogy foglalkozzak azzal az üggyel, amellyel már találkozott." Celeste elhallgatott, és Nishára mosolygott. - Kedvesem, lenne olyan kedves, hogy felvilágosítson minket?

Nisha a nagynénjének bólogatva felemelkedett az üléséről, majd tenyerét az asztalhoz csapta, és hagyta, hogy lágy mennydörgés töltse be a szobát, miközben a viharfelhők mindent megtöltenek, kivéve az asztalt és a helyet, amely csak egy célzattal fentebb látható. "Ne tévedjen, uraim, ez nem illúzió. A felhők ugyanúgy valóságosak, mint a bennük lévő villámok."

- Bb, de lehetetlen. - dadogta az egyik férfi.

- Nem volt ilyen képessége ... nem képes ... - fuldokolta egy másik.

Pillanatnyilag figyelmen kívül hagyta foglyait, de észrevette a néni szemében az aggodalmat és a nagybátyja őrzött kifejezését. "Mivel szeretek tisztességes lenni, megadom neked az esélyt, hogy élj. Mire az utolsó harang a nap közepén óráig jár, minden rabszolgának vagy annak, akit kutyának hívsz, a tisztáson kell lennie a palota falai. "

"Összes?" Egy kollektív zihálás töltötte be a szobát.

Nem volt biztos benne, ki mondta, de ez nem számított ... még nem. "Nem dadogtam. Napközépig megválasztom a közönségemet, vagy estig, nem lesz olyan hely a futáshoz, amelyet ne találnék. Sem

Darke-ban, sem más országokban." az asztaltól eltűnt a szürke felhők között.

Mennydörgés vagy talán ez volt az ajtók becsapódása a háta mögött. Aztán a felhők feloldódtak a férfiaknál az asztalokat jelölve.

Sietősen emelvényt készítettek, miután kevés bejelentést tettek arról, hogy kit akart a hercegnő látni. Hordót hordónként hoztak. A várható vendég minden sorához egy. Minden hordóhoz egy merítőkanál.

Mégis senki sem tudta, mi lesz az oka. Senki sem aggódott amiatt, hogy Darke hercegnője bármire képes volt, de mindenki azon csodálkozott, hogyan győzte meg a tanácsot, hogy engedje meg ennek a találkozónak a kezdetét.

És mindannyian aggódtak, hogy mi lesz Darke-val, ha megkoronázzák.

Nisha alig foglalt helyet a peronon, mire egy meglehetősen vaskos férfi állt a lépcső tövében, amelyet az imént sétált fel előtte. Ruhája, bár régi, Magasszülöttként jelölte meg. Hegyes fülei valamiféle Fey voltak, de a megkönnyebbülés pillantása figyelt fel rá. - Közeledhet.

- Anyád külseje van, de édesapád lerakódása.

- Ó? Apró résekre szűkítette a szemét, figyelve ezt az ismeretlen Fey-t, de tudatában volt annak is, mi történik a színpad előtt. Tudatában annak, hogy a rabszolgák sorokba kényszerülnek előtte. Annak tudatában, hogy a kutya címet birtokló személyek több mint kénytelenek sorba állni ... állva ... nem ülnek, mint azok, akik rabszolgák voltak. Egy pillanat múlva foglalkozni fog velük, most megvan az ismeretlen férfi.

A férfi lassan felért a néhány lépésnyi lépéssel, majd letérdelt előtte. - A nevem Garwig. Valaha édesanyád második széke voltam és őrségének kapitánya.

*Valószínűtlen.*De meg kellene kérdeznie a nagynénjét a követeléséről. - Azt mondták, anyám összes tanácsadója elpusztult aznap este.

Nagyon csendesen Garwig sziszegte: - Nem csak az igazság szólt. Nézte, ahogy Nisha kérdéses szemöldökét vonja fel, nagyon tisztelettel: - Édesanyád áldásával meglátogattam Drumenben lévő barátokat. Amikor a tűz híre eljutott hozzám, felszólítottak, hogy maradjak helyben. Döntést hozva hozzátette: "A nagynénéd és a nagybátyád nagyon bölcsek és megtartják a saját tanácsukat."

"Igen, arra kérnek, hogy tegyem ugyanezt. És én is." Nisha elmosolyodott, majd felállt a helyéről. "Szeretnék még veled beszélni, de most nincs itt az ideje. Kérjük, csatlakozzon hozzám a koronázás után, amikor találunk egy helyet, amely alkalmasabb a privátabb beszélgetésekre."

- Megtiszteltetés lenne, hercegnő.

Amikor Nisha az utolsó csengettyű hallatszott, a hangot fokozta a széllel. - Kérem, adjon mindenkinek egy italt a rendelkezésre álló vízből. Pillanatnyi időre elegendő egy teljes merítőkanál. Megfordította a fejét, hogy lássa Garwig arcán a riasztót. Tudva, hogy aggódik amiatt, hogy a nő meg akarja mérgezni mindazokat, akik itták a vizet. Kacsintott és barátságosan elmosolyodott, visszafordult a tömeg felé, és hagyta, hogy érezze magát. Ha valóban része volt az anyja udvarának, tudta, mit jelentett ez a kacsintás ... ha azonban hazudott ... nos, erre is volt válasza.

Lehunyta a szemét, és nem kellett figyelnie, mi történik előtte. Tudta, amikor egy másik személy ivott egy vizet. Víz fűződik a vérével. Érezte a hatalmukat, a vágyat, hogy több legyen, mint amire szabad. Érezte a friss sebek fájdalmát. Érezte az éhség és az éhezés fájdalmait. Perceken belül tudta, kinek kell dicsőséges szárnya és kinek hegyes füle lennie. Néhány perc még, és volt egy rángatás ... szinte ismerős neki. Ethan? Nem, nem Ethan. Felszerelték a koronázásra. Ah ... de a vontató ereje mámorító volt.

A színpadról leugrva a ködöt használta szárnyainak létrehozására. Szárnyak, amelyekre általában nem mutattak túl sokat. Azok feje fölött versenyzett, akik most már kötődtek hozzá, egyre gyorsabban repült, majdnem az utolsó sorig, majd csak néhány centire a fejétől repkedett.

Nem Ethan, hanem egyértelműen a család. Látta az arcán ... az úton annak ellenére, hogy fájt és éhezett ... a férfi megtartotta magát. Magabiztos és kész a bajra.

"Mi a neved?"

A férfi felnézett rá. Röviden, másodpercig zavartnak tűnt, majd mosolyogva lehunyta a szemét. - Csak a királynőm lánya lehetsz.

- Nyilvánvaló, hogy a kötés nem működött volna, ezért mondja el a nevét.

Lassan térdre ereszkedett, megértve, hogy most senki sem mer hozzáérni. "Galeron. A királynő első elnökeAdrianna tanácsa. És egy barátod apádnak. "

Ah ... szóval nem halt meg, ahogy neki mondták. Tehát, ha itt volt ... hol voltak a saját szülei? Nem, most nem volt ideje megkérdezni. Nem vette le a tekintetét Galeronról, és még egyszer felemelte a hangját. - Itt mindannyian most vért kötöttek hozzám. Bármilyen kárt okoz azok, akik az enyémek, tudom. Mindazokat, akik itt vannak, a Spire-be kell kísérni, és megfelelően kell kezelni őket, mint Magasszülötteket. Mind, kivéve ezt. Lehunyta a szemét Galeronnal. - Az éjszaka kastélyába kell vinni. Megfordította a fejét, hogy megnézhesse a távolban várakozó csontvázakat. - Hűséges őrszemek, kérem, segítsék a kastélyba. Lilly hercegnő személyesen hajlamos rá. "

Az összegyűlt tömeg úgy gondolta, hogy a hercegnő megszabadítja őket hazájuk sújtásától. A rabszolgák és kutyák, akik annyi erőforrást vettek igénybe ... az élelmüket és annyi helyet, amelyet mocskos hálórészeikre használtak fel. Most tátongva álltak félelmükben. A hercegnő, aki csak kisebb képességekkel büszkélkedhetett hozzájuk, nem lett volna képes megkötni e rettenetes rabszolgák egyikét...

... Mégis mindet magához kötötte.

Megkötözött felnőtteket kötött, akik édesanyja kedvencei voltak. Olyanokat, amelyeket most sem lehetett megölni. Megkötözött gyerekek, akik többet értek ételként, mint az életben tartott húszsákok. Nem, ezt nem kellett volna megtennie. A félelem elárasztotta a tömeget, amikor rájöttek az igazságra, amely most előttük állt. Az igazság, amelyet senki sem akart elismerni ...

A hercegnő nemcsak erősebb volt, mint mindkét szüle együttvéve, de kedvelte azokat, akik az Under Királyságban éltek. Ez nyilvánvaló volt, amikor a csontvázak kivonultak a cserjék alól, ahol elrejtőztek, és most a rabszolgákat kísérték a Spirebe. Négyen a volt királyné tanácsának utolsó tagját vitték a kastélyba.

Nem, addig nem mozdultak, amíg a kis hercegnő nem volt látható, de mindannyian egyetértettek abban, hogy őt minden áron le kell állítani.

Fejezet 36:
Ethan

Nevetségesnek érezte magát. Lába bolyhos, túl párnázott házi cipőbe volt tömve; cipő, amelyet Lilly ragaszkodott ahhoz, hogy viseljen, mivel a lába közel sem volt annyira meggyógyult, mint amennyit a gyaloglásnak megfelelőnek tartott. Olyan cipők, amelyek miatt a lába úgy érezte, mintha a térdig érő tavacska között próbálna gázolni, miközben a talpához kötött cementtömböket visel. Természetesen a vastag takaró, amely új plüss háziköntösét és az újonnan készített hálózsákot takarta, sem sokat segített. - Legalábbis senki nem fog engem így látni - mondta Ethan, miközben sóhajtott.

David megállt a közepén és elmosolyodott. - Ethan, tényleg szívesebben viselnéd azt, ami jelenleg vagy, vagy ha a szabó látná a hálószobában?

- Inkább nem kellene az ágyra jobban illő takarókat viselnem. Morgás volt, és miután legutóbbi álmából felébredt, úgy döntött, hogy hangosan morgolódik, amíg valaki el nem kezdi nyalni az értelmét. Természetesen terve is felrobbanthatta az arcát, de David mosolyából ítélve nem így gondolta.

David keskeny ujját Ethan mellkasára tette, és elmosolyodott. - Hajlandó ezt elmondani Lillynek?

"Hát nem." Ethan elhallgatott és vett egy mély levegőt. "Nézd, fáradt vagyok. Az én világom ... az életem ... egyetlen nap alatt fejjel lefelé fordítva felszakadt és széttépett. Ez és én férjhez megyek, és alig vagyok tizenkilenc éves. Most találkoztam a menyasszonyommal aki a Darke királynője lesz. A királynő. És a tonikok vagy mi, nem az, amit Lilly folyamatosan ad nekem, kezdik szúrni a bőrömet. Arról nem is beszélve, hogy szerintem Nisha nem áll jóban, mivel te és Lilly is keményen igyekezett távol tartani magát tőle. "

- Igen, jól. Nisha megígéri, hogy legalább egy évtizedig nem fog rajtad tovább dolgozni. Tehát, ha megfogadja a szavát, akkor ma biztonságban vagy.

"Bocsánatodért esedezem?" Mikor vált egy évtizedből nap?

David vállat vont, majd elkezdett visszatérni lassú tempójához a folyosón. "Na jó, ez Nisha. Valójában megpróbálja betartani a szavát, de emlékezned kell arra, hogy királynő. És királynőként nem tudja ellenőrizni minden apróságot, ami történik. Nish megpróbálhat, fenyegetést tehet és megijesztheti a szart akik ellenkeznének vele. De ő nem tudja ellenőrizni őket. " David szünetet tartott, amikor kinyújtotta a kezét egy vörösre festett ajtóhoz. "Nos, megteheti, de csak akkor, ha vért kötnek hozzá. És tényleg nem hiszem, hogy minden élő embert magához kötne, ha nincs rá szüksége." Szünetet tartott, elgondolkodva azon, amit az imént mondott, és átgondolta: - Aztán megint Nisha mindent megtett, ami miatt mind Lite királynője, mind az örök kapitánya valamilyen helyen helyet kapott, nem Nishával ... szinte fogadhatnék, hogy azért tesz valamit, hogy megijessze Darke polgárait. Barátságosan megveregette Ethan vállát, majd Davis felsóhajtott. - A legjobb, ha nem kérdezem meg tőle. Nagyon kétlem, hogy bármi is legyen, hagyná, hogy betartsa az ígéretét.

Ethan nem mozdult, és megpróbálta befogadni David zűrzavarát. Rendkívül beszédes volt egy Drakenért, de David mégis tett néhány jó pontot. Ethan úgy döntött, hogy csak egy rövid másodpercre lehunyja a szemét, és átvilágítja mindazt, amit csak megtanult, és Ethan egy újabb mély hangot hallott a szobából, ahová David vezette. - A rohadt időről szól, hogy megjelenjen. Van egy vállalkozásom, amit kell vezetnem. "

Ethan borzongással nyitotta ki a szemét, és nem akart újabb lépést tenni. Nagyon nem akart bemenni abba a szobába. Nem akarta, hogy Lord Taliare megérintse. Tényleg nem akartam látni. Mindez nem számított, hogy Nisha… fizetett … egy ruháért, és ennek a ruhának meg kellett felelnie a normáinak. Bármi is volt ezek. Lassan betoppant a szobába, miközben Davidet oly halkan magyarázta, amit csak a szabó hallott. - Lord Taliare.

"Ez valamiféle vicc? Én vagyok a legjobb szabó egész Darke-ban … Nem a legkiválóbb viseletet teszem a KUTYÁK számára."

A hátát ívelve David Ethan felé fordult. - Unokatestvérem, érdemes várni kint. Csak egy percig leszek.

Unokatestvér? Nem, a legjobb, ha nem ezt mondom. Nem akkor, amikor látta, hogy hullámok csapódnak David immár szürkés-zöld szemében.

Vörös volt a szem, de néhány pillanattal azelőtt. Nem, a legjobb, ha most nem mondasz semmit. Ehelyett elmosolyodott, majd kihátrált a szobából, és bezárta a sima vörös ajtót, ahogy tette.

Ethan nem tudta, meddig állt ott az ajtót figyelve, de a következő dolog, amit tudott, egy halk hang hallatszott mögötte.

- Ethan?

Lilly? Miért volt itt? - Megkértek, hogy itt várjak. A szeme soha nem hagyta el a vörös ajtót. Vagy az a szoba, amelyből éppen egy pillanattal azelőtt egy szörnyű gargos sikoltást hallott.

- Igen, tudom. Most visszaviszlek az ágyba, és a ruhád készen áll, mielőtt felébredsz.

Kissé megfordult. - Nem kell valakinek elvégeznie a méréseimet?

- Ó. Nos, Davidnek már megvannak. Legjobb, ha nem megy be abba a szobába, amíg van neki egy darab ruha.

Mit?!? - Nem értem. Mi történik Lorddal ...?

Megfogva Ethan karját, Lilly elmosolyodott. "Drágám, David egy részeg. Most ne érts félre, mert David ezt általában nem tenné ... de az idióta megsértette Dávidot azzal, hogy megsértett téged. Az élete elvész."

Botladozva Ethan a válla fölött pillantott megdöbbentve David cselekedeteitől. - A szavak miatt?!?!

- Nem csak szavak. Lilly vett egy mély levegőt. "Nézd. Tudom, hogy ezt most nehéz megérteni. Egy-két év múlva bízz bennem, hogy soha nem emlékszel arra, hogy nem rokonságban vagy egy Draken-szel, de David esetében ő is része Fey-nek. Fey-ként néha képes szerencsére nem gyakran, de amikor mégis ... "

"A gondolat, amelyet szavakkal ötvözött ..." Igen, most már látta. De kik gondolták Davidet?

"Igen, jól. Azt hiszem, két gondolatot vetett fel... a szamarat is, és a tiédet is. Meg kell tanulnod, hogy ne félj mindentől, különösen akkor, ha David közvetlenül melletted van. Nem reagál jól a félelemre. Sokkal inkább, amikor ez a félelem az, akit családnak tekint. Soha nem fordulna feléd a félelem miatt, de bárkit vagy bárkit megszüntet, aki ennek oka. Nisha ugyanígy tenné. Bár nem tartja elrejtve a dühét, mint az én David. "

Ez volt a legjobb figyelmeztetés, amit valaha adott neki, csak nagyon rossz, hogy Lilly nem mondta el neki ezt korábban. - Mindent megteszek, hogy erre emlékezzek.

"Ó, ó, Ethan nem gondolja, hogy valamit rosszul tettél. Meg kell próbálnod most megérteni ... itt ... félelmed jelzi a bajt. Ez azt jelenti, hogy David megtalálhatja az étkezést abban, ami ezt a félelmet okozza. ... Nos, biztonságban vagy. Nish megölné, ha ártana neked. És nem akarok belegondolni, hogy mit tenne, ha ő ennél többet tenne. "

- Köszönöm, Pri- Lilly.

- Jó. Most engedjük, hogy bedugjuk az ágyba, és Nisha hamarosan szólni fog veled.

A francba, már majdnem elfelejtette, hogy megkérte őt. "Köszönöm."

Fejezet 37:
Lilly

Lilly alig bújtatta Ethant abba, amit lazán hívtak az ágyának, amikor érezte, hogy a kastély reszket. Legfeljebb egy szívverésnél később valami sikoltozott ... sikoltott ... hangosan. Úgy hangzott, mintha kívülről érkezett volna, de akkor ismét maga a kastély lehetett segítségért kiáltani. A kőfalak mellett és a fő ajtó felé tekintve szinte hallotta, ahogy a szürke csiszolt kövek rémülten nyögnek. Igen, dacosan a vár sikoltozott. Vagy legalábbis azt remélte, hogy a kastély és nem valami más, ami ehhez a kastélyhoz kötődik, e rémületes hangokat kiadja.

Lehunyta a szemét, Lilly mélyet lélegzett. Valami meghaladta Nishát a szokásos ellenőrzése alatt ... Vagy talán ez volt az ő ötlete, hogy mindent és mindenkit megijesszen engedelmességbe ...

... Lehetséges volt. Az sem volt valószínű. Nem, Nisha soha nem tenne olyat, ami megrémítheti Ethant. Legalábbis addig, amíg nem volt biztos abban, hogy a nő nem árt neki.

Amilyen gyorsan mozog, amennyire biztonságosnak tartja, addig járta a termek labirintusát, míg túl gyorsan állt szemben Nisha királynővel ... Ésszerűtlennek tűnt az előtte álló Feyen királynő hívása. "Kegyelmed." Figyelte, ahogy Nisha több nagyon ellenőrzött lélegzetet vesz ... megvárta, amíg unokatestvére visszanyeri bizonyos mértékű uralmát dühében. Vártam, amíg a halottak elveszett lelkei már nem láthatók a szürke ködben, amely a szeme volt.

"Lilly, kérlek, győződj meg róla, hogy az új barátomról megfelelően gondoskodnak. Szükség lesz rá a koronázáskor. Bár szerintem a legjobb, ha nincs túl közel a családhoz. Legalábbis még nem."

*Oké? Milyen új barát?*Nem jobb, ha ezt nem kérdezed meg ... legalábbis addig, amíg Nisha még mindig nem szivárgott fel a dühtől. - Szabad a tiéddel szembeni szoba? Segítene, ha nem kellene túl messzire elszakadnom Lord Ethantől ... legalábbis a koronázásig. Ez nem volt teljesen igaz, de kényelmesebb lenne, ha a következő néhány órában nem rohanunk a kastély egyik oldaláról a másikra. Nem mintha most ezt meg merte volna mondani. Nem akkor, amikor nem volt teljesen biztos abban, hogy Nisha az unokatestvére vagy Fey dühös válasza lesz-e.

"Rendben van." Nisha visszafordult az út felé, amelyen jött, és felszisszent: "A csontvázak borzalmas orvosokat csinálnak, de mindent megtesznek, ha tőlük kérik."

- Csontvázak? Van ... - Lilly elhallgatott, majd megrázta a fejét. - Sebaj. Nem akarok többet tudni az orvosairól. Van azonban valami hasznos tudnivalóm a barátjáról?

Nisha szeme több pillanatra lehunyta, miközben indákként sötét köd folyt körülötte. Több mély lélegzetvétel után ismét az unokatestvérére nézett, amikor megerősítette, amit már ismert. "Könnyű hordozó és nagyon nehéz. Kiütöttem, mielőtt a segítőim megérkeztek volna." Vagy elhamarkodott visszavonulásra, vagy valaki más megrémítésére Nisha gyorsan hozzátette: "Ó, ha már jól érzi magát, beszélnem kell vele. Kérdéseim vannak, és nagy valószínűséggel megkapja a válaszokat."

"Természetesen." Lilly elhallgatott, mielőtt utána szólított volna: - Ethannak beszélnie kell veled. Szerinte ez nagyon fontos. ”

Lilly kétszer is tízig számolt. Azt kérte, hogy a nagyon sérült fényhordozót tegyék a kádba ... nem azt mondta, hogy dobja el, dobja el vagy bármi mást ... mondta. Oké ... rendben ... talán finoman kellett volna mondania. Természetesen ez lehet a csontváz módja a megvetés megmutatására ... vagy ... talán nem értették, mi maradt kimondatlanul? Ehhez hozzá kell tenni, hogy még soha nem látott olyan élő faj csontvázát, amelyben tüskék voltak tüskékkel, borotvák ujjakkal és agyarakkal párosítva. Talán megkérdezheti Nishát...

...Jobban meggondolva...

Mély lélegzetet vett, és lassan elkezdte eltávolítani a ruhadarabokat, amelyek alig takartak el semmit, csak azt, ami a lába között volt. Figyelmen kívül hagyva mindazt, ami nem seb, gondosan lemosta a komor... szennyeződést ... a mocskot és a szárított vért a válláról, majd őszinte őszinteséggel átkozódott, amikor megvizsgálta, mi rejtőzik alatta. - Mi ... - Egyetlen szívverés később, és sikoltott, David!

Azonnali aggodalom jött vissza rá, Lilly?

Szükségem van rád. Most.

Egy pillanattal később David berontott az ajtón, még mindig nedvesen a saját fürdőjétől. - Mi ... - Szünetet tartott, amikor egy ismeretlen feyen férfit teljesen meztelenül látott a zavaros víz medencéjében. "Ki az?"

Figyelmen kívül hagyva mély morgását, felcsattant: - Nish egyik barátja, akinek szüksége van a tehetségemre.

Mivel ezen nem tudott vitatkozni, és meg sem ölhette a férfit, mert nem tudta azonosítani önmagát, David elmosolyodott. - Ebben az esetben mire van szükséged a segítségemre? Mivel hívtál.

Összeszűkítette a szemét. Nyugodtnak tűnt, de ez nem azt jelentette, hogy ő volt, vagy hogy ebből az emberből nem fog ételt készíteni, ha jónak látja. "Tudnom kell, milyen sebet nézek. Azt hittem, ez valamiféle harapás, de annál inkább nézem ... szerintem égési sérülés? Talán egy harapás. De nem fertőzés."

Odacsúszva David leült a kád szélére, hogy jobban megvizsgálja a kérdéses sebet. A férfi vállához hajolva szimatolt, majd nagyon óvatosan hagyta, hogy karmos körme megsimogassa a fájdalom szélét, hogy megérezze, amit a szeme nem lát. Több feszült csendes pillanat után komor arckifejezéssel hátrált. "Ez egyfajta égés. Van valamiféle méreg."

- Ó, jó, van néhány kenőcsöm, ami akkor segíthet.

Hátrapillantott az ujjára, és örült, hogy mást nem érintett a talonjával. - Lil, kétlem, hogy bármi, ami van veled, segít neki.

- David?

David lehunyta a szemét. Könnyebb volt ezt a beszélgetést folytatni, ha nem látta a lány kifejezését. "Ez egy troll hibrid égési sérülése. Nem az általam ismert típusok egyike, de azt hiszem, hogy apám jobban tudna. Hamarosan itt kellene lennie." Lassan kinyitotta a szemét, és idegesnek látszott. - Lilly, ha ez egy olyan fajta, amely… hm …

- Csak mondja ki. A többivel később foglalkozunk.

David bólintott: "Nem hiszem, hogy ez a troll ismert fajtája. Mindenesetre előfordulhat, hogy találtunk méltó ellenfelet apám vadászatára." Megfordította a kezét, hogy megmutassa neki a most már törékeny és őszülő körmét.

Amint az utolsó takarókat a legújabb páciense köré tekerte, Lilly látta, hogy fáradt tengerkék szeme enyhe kíváncsisággal figyeli őt. - Ó, nem gondoltam, hogy egy ideig ébren leszel.

A férfi pislogott egyet, majd megpróbált megszólalni: - Te...?

Ragyogóan mosolyogva válaszolt Lilly abban a reményben, hogy nyugodtan meg tudja tenni. Mégis óvatos, mivel a fényhordozók ritkán voltak nyugodtak. - Lilly. Nos, Lite Lite hercegnő. De jelenleg én vagyok az a gyógyító, akinek feladata az Ön kényelme. "

Még egyszer könnyedén lehunyt szemmel azt motyogta: - Csodálatos.

Nem úgy tűnt, mintha az lenne az izgalomtól, hogy segít neki, így tovább mosolygott, amikor azt mondta: "Igen, jól vagyok, teljesen képzett vagyok. Valójában felülmúlom minden Feyen gyógyító képességeit."

Csukott szemmel tartva mély lélegzetet vett, miközben az orra alatt motyogott, remélve, hogy a nő csak elmegy. Abban a reményben, hogy épp annyira bosszantja, hogy felnőttet találjon hozzá. - Túl sokat beszélsz, hogy kapcsolatban állj Addyvel.

- Addy? Korábban hallotta ezt a nevet. Ó, igen ... feltűnt neki: „Ó, Adrianna néni? Mivel soha nem találkoztam vele, nem is tudtam volna." Szüneteltetve inkább mérvadó hangot adott: "Most szeretnél enni vagy mesélni arról a lényről, aki megharapta?"

"Manó."

Annyit tudok. - Értem. A troll mit kevert? Mivel több fajt ismerek, és még soha nem találkoztam ilyen harapással. Sem méreg, amely pénzileg károsíthatna egy drakent. Aztán megint árthatott Davidnek, mert csak részese volt Drakennek. Akárhogy is, apjának kell megtalálni ezt a lényt.

"Kígyóval tenyésztett troll. Ők irányítják az alsó aknákat. Vagy azt kell mondanom, hogy az alsó aknák tulajdonában vannak, és hajlamosak megenni bármit, ami belép."

Megnyugtatóan megpaskolva a kezét, Lilly azt súgta: "Most látja, ez nem volt nehéz. De a bányák nem trollok tulajdonában vannak. A bányák mindig a királyi ház tulajdonában voltak. Mindenesetre hamarosan gondoskodni kell róla. "

Még egyszer kinyitotta a szemét, és ránézett, hogy megpróbálja rávenni a tekintetére. "Tudod, hogy ki vagyok?"

- Nem, de Nisha nem volt abban a hangulatban, hogy nagyon sok kérdést tegyen fel neki, vagy bármi mást is elmagyarázott, mint neked ... - Abban a pillanatban, amikor valóban az arcára nézett, hátradőlt. Ugyanaz a lágyan cizellált arc. Aztán csak a szem körül: "Ó, te Ethan apja vagy. Ez annyit megmagyaráz ..." Pausing Lilly elgondolkodva hozzátette: "Ó, nem hiszem, hogy bölcs dolog Nishnek mesélni a trollokról. Inkább elmondom a Drakeneknek. Sokkal ésszerűbbek lesznek, mint Nisha. "

Galeron ülve ülve felsóhajtott: "Ethan? Ismered a fiam?"

- Ó, természetesen. Ma reggel találkoztunk... vagy... tegnap késő este. Ő és Nisha ma este házasok lesznek. Szóval, nagyon szerencsés, hogy ma megtaláltak.

Akkor minden nincs elveszve.- Most szeretnék aludni. Ez volt az egyetlen elfogadható dolog, amit mondhatott, hogy a kis drágát el kell hagynia.

- Természetesen. Ha valamire szüksége van, kérdezze meg, nem leszek messze.

Fejezet 38:
Ethan

Nem az arca puha érintése ébresztette fel, hanem a szoba súlyos vad érzése. A körülötte kavargó levegő érzése volt. Óvatosan engedte kinyitni a szemét, hogy Nisha figyelje őt. Ma reggel megnyugvást talált a tekintetében ... de most semmi sem vigasztalt ... semmi emberi nem volt a sötét vad szemekben. Nagyot nyelve megpróbált beszélni. "Hercegnő?"

- Mi történik, ha Nishának hívnak?

A hangja legalább két árnyalattal sötétebb volt, mint amikor tegnap este a partin beszélt ... és még mindig bosszúsággal töltötte el. - Nem voltam biztos benne, hogy ez most örömmel fogadható-e?

Elfordította a fejét tőle, és mélyet lélegzett. "Dühös vagyok, de nem rád. Szükségem van még egy kicsit a haragomra, de szavad van, biztonságban vagy."

Néhány óra alatt ez volt a második ember, aki ezt mondta, és egyik pillanatban sem hitte el. Mégis megkérdezte: "Van valami, amiben segíthetek?"

- Amíg azt teszi, amit Lilly javasol, addig mindent megtesz, amire szüksége van. Szünetet tartott: "Lilly azt mondta, hogy beszélned kell velem. Valami arról, hogy fontos."

- Én - én ... - Ethan lehunyta a szemét, és megpróbálta szavakba önteni, amire szüksége volt. - Mit gondol az álmokról?

Nisha lehúzta a száját, és vállat vont, nem igazán értve, hová tart ez a beszélgetés. És hogy tudta, amikor nem ismerte magát? "Álmok? Nos, álmokról, jövőképekről vagy előérzetekről beszélünk? A három, bár összefüggenek egymással, nagyon változnak."

Lassan azt mondta: "Én- nem tudom ..." Volt különbség? Természetesen volt. A lány még nem hazudott neki, ezért bíznia kellett abban, amit igaznak mondott.

"Akkor mesélj nekem az álomról, és megpróbálom kitalálni, hogy mi ez. Ne aggódj Lilly miatt, és ezt gyakran egymásért tesszük. Nem hinnéd el, hogy egyikünknek milyen gyakran van olyan álma, amelynek értelmezéséhez másra van szükség. azt."

Meglepődött, hogy a két unokatestvér ennyit fog megosztani egymással. Aztán megint szinte nővérként nőttek fel egymással, szóval tényleg olyan furcsa volt, hogy annyira egymásnak támaszkodtak? "Igazán?"

"*Természetesen*. Mindketten látnokok vagyunk, de egy látomás vagy egy figyelmeztetés alapján nehéz meghatározni az álmot. - Összeszorította az ajkait, és rájött, mit mondott neki.

Nem akarta ezt elmondani nekem. Ennek ellenére nem mondott semmit a képességeiről, mivel nem volt hajlandó megbízni benne abban a tudatában, hogy mennyire tehetséges. Kissé ülve megköszörülte a torkát, és így kezdte: "Évek óta minden este ugyanaz az álom volt. Egy kedves nő. Szerintem tündér. Végtelen szürke alagútban vagyunk. Az egyik végén sötétség, a másikban erős fény - Ethan szünetet tartott, majd gyorsan hozzátette: - Soha nem láttam még ébren.

"Ne aggódj Ethan miatt. Nem hibáztatlak neked sem álmokat, sem mást. Emellett csak az lehet az elméd, hogy keressen valakit, akivel félelem nélkül beszélhet. Vagy éppen ezért valakivel egyáltalán beszélhet."

Sokáig hallgatott, mire azt suttogta: - Soha nem gondoltam erre.

Nisha megnyugtatóan megpaskolta a kezét. - Természetesen nem. A nevelése kevésbé volt ideális. Most kérem, folytassa.

Egyszer bólintott. "A tegnap este más volt. Egy alagútban ébredtem, de vakítóan erős volt. A fény elhalkult, ahogy közelebb húzódott, és először láttam, hogy amit visel ... Nincs nevem a szövetre." Megállt, és lehunyta a szemét, hogy minden részletre emlékezni tudjon. "Jártunk az emberei között, bár utasítást kaptam, hogy ne beszéljek. Miután örökké éreztük magunkat, elértük, amit ő a kastélyának nevezett."

- Hol a vár? Hangja közel sem volt feltett, inkább határolt egy kérdést, mégis közeledett egy olyan hanghoz, amely szerint valami miatt aggódik.

"Loon ... Luna ... Nem, ez Lunaista volt. Igen, ez volt Lunaista csillagváros."

- Lunaista. Megragadta a karját, ezúttal komolyan. - Mi más nem hagy ki semmit.

Igen, gondok voltak, ezt most a lány hangjában hallotta. "A kastély áttetsző falakból készült, kivéve egy szobát. Térkép-szobának nevezte. Minden országban színes fények világítottak. Csak ránézve tudtam, hol vannak az országok, de még soha nem láttam térképet. " Most kinyitotta a szemét, hátha megérti. A szeme azt mondta neki, hogy megtette. "Mindenesetre azt mondta, hogy a Fey in Darke haldoklik. És hogy a válaszok a Mystic Woods-ban vannak. El kell menned, hogy megtaláld őket, mielőtt kialszik az utolsó fény, különben nem lesznek válaszok."

Nisha hátradőlt és lágy levegőt engedett: "Ó, ez jó. Igen, szerintem ez akkor jó."

Hogyan lehetne ezek közül bármelyik jó? "Jó?"

Hosszú pillanatig ült, és hagyta, hogy a szíve a mellkasában telepedjen meg, mielőtt azt válaszolta: "Vannak olyan szavaid, hogy nem fogod megismételni, amit mondani akarok neked?"

Ez nem lehet jó. Nem úgy, hogy aggódna a hangja, vagy valami más, mint aggodalma a szemében. Nem, ez egyáltalán nem volt jó. - Megvan a szavam.

"A Fey, a Darke-i Fey-k mind rabszolgaságba kényszerültek, vagy kutyáknak hívták őket. A fülük hasonlóan levágódott, mint a tiétek, és a szárnyaik is eltávolodtak. Tegnap este, amikor azt mondtad, hogy értelme van, de vártam, amíg Lilly megérkezett, hogy megerősítse amire gyanakodtam. Ma ... délben az összes rabszolgát vagy kutyát a nyugati falakon kívülre hozták. Mindet magamhoz kötöttem. Egy kivételével jelenleg a Spire felé tartanak megfelelő kezelés céljából. behozták őket, de nem bízom az itt lakókban. Nincs olyan személyzetem sem, amely egyszerre ennyi sérült Fey-re hajlamos lehet. "

Nem érdekelte, hogy a Fey-t a Spire-be küldte. Nem bánta, hogy egyiküket itt hagyják, hogy Lilly láthassa. Megtette, hogy a lány mindet magához köti. Nem ... Nem, nem tehette volna meg. A legtöbb királyi vér csak néhány tucat állampolgárt tudott magához kötni, nem több pontszámot ... És természetesen nem ezreket. Mégis ... - Vért kötöttél ... mindet? Ethan nyikorgott.

"Sokan korábban anyámhoz voltak kötve. Mások, mint te kisgyerekek voltál, amikor a tűz megtörtént. Teljesen logikus volt őket lekötni, hogy képességeikbe növekedhessenek ahelyett, hogy beléjük rohannak. Ezenkívül jobb, ha van egy erős Fey kötődik a királynőhöz, mint megkockáztatni, hogy megpróbálja eluralkodni a királyi családon. "

Ez történt tizennyolc évvel ezelőtt? Valaki, akit anyádhoz kellett volna kötni, nem volt és lázadt emiatt. Vagy azért lázadtak, mert nem gondolták, hogy a lány úgy gondolja, hogy méltóak lettek volna kötődni hozzá? Nem mintha ezt megkérdezhette volna, hanem azt, hogy "És az, aki itt van".

"Tehetséges gyógyítóra van szükségük, nem pedig később. Lilly-t arra kérték, nézzen rá, amíg valamikor ma este megérkezünk a Spire-be."

Sérültnek mozogni. Ezt mondta neki. Ennek ellenére tisztáznia kellett egy újabb gyanút. - Szóval ... nem álom volt? Valami más volt?

Egyszer bólintott. "A holnap hamarosan elég lesz ahhoz, hogy ezt elmagyarázzam neked. Ma tudd meg, hogy barátod félelmei igazságosak voltak, és legalább aznapra vigyáztak rájuk. Kicsit el fog tartani, hogy mindent jogokba rendezzek, de találtam néhányat, hajlandó segíteni nekem. Mások megelégedhetnek azzal, hogy visszatérnek Feyenbe. Akárhogy is, biztonságban lesznek. "

Figyelte, ahogy az ágyból feláll, és most már elégedetten távozik. - Azt hiszed, hogy még egyszer találkozni fogok vele? Rendben van, ha megteszem?

Furcsa pillantást vetett rá, mielőtt válaszolt: "Ethan, nem tudom, hogy miért vagy miért jött el hozzád az a barát, de ez még egy napig aggodalomra ad okot. Hajlandó vagyok azonban megbízható barátként számítani rá, és tudom, hogy ő bármikor megkeresi Önt, amikor kedve tartja. " Nisha elhallgatott és elmosolyodott, mire megcsókolta az arcát. - Most pihenjen. Van még néhány óránk a koronázás előtt, és nem akarom, hogy csúcsosnak tűnjön, amikor találkozik a család többi királyával.

Ethan megcsúsztatta a királykék kabátot, amely rajta maradt. Nem volt biztos abban, hogy mi az anyag, de lágyabb volt, mint bármi, amit valaha érzett, nemcsak hogy a könnyű súly miatt könnyen megfeledkezhettek a hátán lévő sebekről, amelyek még mindig túl fájdalmasak voltak hozzáérni. Miközben az ujját gombolta, még egyszer megsimogatta a szövetet. Nem szatén, hanem valamiféle szőrme ... és csak neki készült.

David az ajtókeretre támaszkodott, miközben mosolyogva valami fehér darabot tartottak a fogával. - Ó, jó, azt gondoltam, hogy a szín megfelelő lehet, hogy kihozza a szemed színét. Bár adhattam volna még egy kis aranyat a hajtókára.

Mosolygott Davidre, és úgy döntött, hogy figyelmen kívül hagyja azt a darabot, amelyről most láthatja, hogy nagyon is csontdarab lehet. - Alig hiszem el, hogy ez nekem való. Soha nem éreztem még ennyire puhát, és még olyat sem, ami közel állt volna ehhez a minőséghez. "

Lökve az ajtókeretet David nagyon lassan odajött hozzá, hogy megvizsgálja a munkáját. "Igen, megtaláltam az anyagot a szabók táskáiban.

Megkérdeztem Nishát, hogy szerinte megfelel-e az anyag, miután kiszíneztem. Korábban iszonyatos barnásbarna színű volt. Nem alkalmas esküvőre. Nagyon nem alkalmas semmire... De a különböző színek megtartása jól sikerült. Miután jóváhagyta ezt a színt, megkérdezte valakit, mi lehet az anyag. Mivel senki sem tudja biztosan, szerinte ritka állatfajtának kell lennie. " Vállat vont. - Felajánlottam, hogy találok neki egyet, ha valaha vadászni kellene, amikor meglátogatom.

Állat? "Ebben az esetben vannak olyan kis fajták, amelyek mind a misztikus erdők, mind a mocsár határai közelében élnek. Nem szoktak sem északra, sem nyugatra utazni. És számos más lény csak a tiltott puszták közelében található meg Természetesen nem bennük, hanem a határ közelében. "

- Ah. Akkor találnom kellene egy okot arra, hogy ilyen messzire menjek délre. Általában az időjárás túl nedvesnek tűnik a kedvemre, de kivételt tehetek. A darabka csontot a kandallóba dobva, David folytatta: "Készen állsz az esküvődre indulni, vagy időre van szükséged ahhoz, hogy megszokja a házasság gondolatát?"

"Egy pillanat?" David bólintásával Ethan azt súgta: - Lilly mesélt a szabóról.

David egy pillanatig ott állt, és nem tudta, hogyan olvassa el a hamarosan unokatestvérét, majd végül egy közvetlen út mellett döntött. "Ó? Ne aggódj Ethan miatt, minden oka megvan arra, hogy féljen ettől a szörnyűségtől. Nem akarok belegondolni, mi történhetett volna, ha hagylak titeket egyedül menni ...

Nem mintha valóban egyedül lettél volna. Nish megerősítette, hogy miután megnyugodott a találkozójáról ... De... nem számít, ő már nem zavarhat senkit. Tényleg, még az Alföldön sem zavarhatja. Az étel soha nem ér oda.

Hiába kérdez semmit az Under Kingdom-ról ... felesleges azt kérdeznie, hogy David mit tart ételnek. Semmi értelme semmit sem kérdezni, mert biztos volt benne, hogy nem akar választ semmire, amit esetleg megkérdezhet. Lehunyta a szemét, és elmosolyodott. "Köszönöm."

David nyugodtabban vállat vont. "Nincs nagy baj. Nish azt mondta, hogy bármelyik élő állampolgárból elkészíthetem az ételt. Sajnos nem ismertem fel a faját, hogy a jövőben elkerülhessem."

Kényelmesen érzi magát Arin ... Düh a háziasszony szerint. Bármi is volt a düh ... Ethan megkérdezte: "Ó?"

A másik tönköly széket, amely szerencsére egy időben nem volt másik lény, David viccesen azt mondta: "Túl sok csont az én ízlésemnek és túl sok a zsír. Nem jó keverék. És nem hinnéd el, amit kellett tegye meg, hogy a mocskot kijusson a kocka alól. "

- És itt aggódtam az íz miatt.

David hátradőlve a székén nevetett. - Látjuk, jól fogsz illeszkedni a család Drakenék közé. Engedte, hogy a szék felemelkedjen a padlóról, így folytatta: "Gyere és bemutatom neked a családom." Ezután egy rövid szünet: "Ó, még egy dolog ... ne biztassa apámat. Ő azon a véleményen van, hogy csatát kell folytatni, mielőtt összeházasodnak. Nem örül annak, hogy nem szabad részt vennie ebben a kis mulatságban ... sokkal inkább, mivel egy trollt hozott neked, hogy megöljön. "

*Troll ... megölni?*Hogyan képes valaha megölni egy trollt? A válasz ... nem tudta. - Nem hiszem, hogy ez megfelelne Lillynek és Nishának sem, ha megpróbálom.

"Ethan, nem lenne jó anyámmal, ha annyit emlegetne. Bízz bennem, hogy Lilly és Nisha soha nem fognak szóhoz jutni anyámmal ilyen közel." David közelebb hajolt és suttogta: - Nem mondjuk el anyámnak a trollt. Szerinte a vacsora előtti snackre való.

Néhány percig egyik sem szólalt meg, miközben Ethan megismerte az első Fey-t ábrázoló kárpitokat, amelyek erre a földre érkeztek. Az élet egy csillagvárosban. Mások nem tudták, miből állhatnak, de lélegzetelállítóan nézték őket. Végül megkérdezte: "Tudod, ki fog részt venni? Vagy merre tartunk?"

"Igen, és igen. Először is tudnia kell, hogy mindenki, aki részt vesz, család vagy valamilyen kapcsolatban áll. Ilyen például az apám és az anyám. Anyám Nisha nagynénje az apja oldalán. Akkor van a legidősebb nővérem és egy idősebb testvérem ki a koronaherceg, de csak azért, mert kedves nővérem nem hajlandó a ruhatárán kívül mást uralkodni. "

- Úgy gondolom, hogy sok... hm... dolga van?

"Három ruhásszekrény, és még mindig nem talál semmit, amit felvehetne. Lilly-vel élve azt hiszem, hogy valami egészen nőiesnek kell lennie, mivel egész szobája tele volt dolgokkal, és soha nem volt rajta valami különleges."

- Ez...

"Lehetetlen? Nő. Nisha ugyanazt csinálja, ezért nem érheti meg a szekrényeket. A szobalánya mind felborzolódik. Most, hogy ki lesz még ott ..." David elkezdett számolni kalózos ujjaival. " Celeste lite királyné folytatja a koronázást, mivel jelenleg nincs tanács. "

Nincs tanács? Nem, ez egyszerűen nem lehet igaz. Nos, legalább nem teljesen igaz. De lehetséges, hogy lemondtak, miután Nisha tegnap este eltávolította a kettőt Darke-ból. - Nem félbeszakítani, de mi történik azzal, amelyik a tűz óta uralkodik?

"Ethan, ne tedd fel ezt a kérdést ... soha ... Celeste királynő már maga mellett áll, bármi is történt ma. És nem kérdezek Nishától semmit, amire biztos vagyok, hogy nem akarok választ."

- Nisha? Meg kell említenie, hogy Lilly azt hitte, hogy Darke minden polgárát meg fogja ijeszteni? Davidre nézve ellene döntött.

David lassan bólintott. Ha a témát visszaváltotta az eredetire, megköszörülte a torkát. - Blake, Lilly apja, ott lesz. Azt hiszem, ez az, de Nishával nehéz megmondani. Végül is meghívhatta az egész Under Királyságot mindazokra, akiket tudunk. Nem mintha tudnám, hogy vannak barátai. "

Miért... vagy hogyan ... képes lenne meghívni halottakat. Egy másik kérdés, amelyet a válasz óta nem fog feltenni ... a lehetséges válasz félelmetes volt. - Megtenné?

"Nish? Attól függ, Freya képes volt-e lebeszélni róla, vagy sem."

- Ó. Freya? Egy másik név, amit meg kell tanulnia, mivel olyan volt, mint aki úgy tudott segíteni neki, hogy görbe Nisha megítélését bizonyos dolgokról. "Egyszer azt mondták nekem, hogy felvonulások és bálok lesznek. Nagy ügy korosztályokig."

"Ó, ne érts félre. Lesznek bálok és felvonulások ... valamint sokan jönnek és mennek, akkor valaha is látni fogsz egy helyen ... de ez akkor lesz, ha elérjük a Spire-t. Freya, ez Nisha személyes őr Biztos vagyok benne, hogy már találkoztál vele, de fogalmad sincs, ki is ő valójában. Nos, nem gondolja, hogy ezt a kastélyt megfelelően meg lehet őrizni az ilyen ünnepek alkalmával. Nisha egyetért. Tehát mindenkinek van kedve, aki gratulálni akar az új királynő, aki ezt a Spire-nél teszi. "

"Freya? A Fey, aki a termeket ássa be?"

- Ő az.

Átgondolt szünet. - Tehát az ünnepségre…

- Kevesebb, mint húsz perc az esküvővel együtt. David szünetet tartott, miközben a székek halkan landoltak egy füstszürke ajtó előtt. - Ne gondoljon sokat erre, különben megfázza magát. Az ajtók mögötti fecsegést hallgatva összeráncolta a homlokát: - Mit keres itt Alista királynő?

- Alista királynő? Ez egy másik név volt, amit tanulnia kellett?

"A… hm … Feyen királynője. Soha nem utazik a saját országán kívül … soha. Nem gondoltam, hogy idejön az esküvőre. Inkább Nisha jött volna később hozzá Feyenbe."

Fejezet 39:
Celeste

Celeste hevesen megkötözve visszahúzta a fekete csipke íjakat, mint amennyit a marék szék mindegyikének hátuljához tettek. Miután csak néhány órája volt megtervezni ezt az eseményt, amelynek több ezer embernek kellett volna részt vennie, csak néhány ember volt, és egyikük sem Darke-ból származott. Csalódott sikoltást hallatva megrázta a fejét, és megpróbált nem sírni.

Túl veszélyes volt itt tartani az ünnepeket, de Nisha azt akarta, hogy a koronázást az erkélyen végezzék. Nisha és Freya sem bízott azokban, akik itt dolgoztak a kastélyban, mégis idegeneket hívott meg, akiknek semmi haszna nem volt a szobában, hogy itt lássák, hogyan válik királynővé.

... Ennek semmi értelme. Egyik sem. Aztán Nishának soha nem volt sok értelme. Nagyon hasonlított a nagymamájára. Annyira egyenesen ijesztő volt.

Hallotta, hogy egy ajtó lassan nyikorog, és élesen rátért a támadásra készülő hangra. Aztán meglátta a nőt, akit ismert az elmúlt tizennyolc évben.
- Freya, te megijesztettél.

Semmit sem szólva siklott oda, ahol Celeste állt. Közelebb állt a szoba közepéhez a homlokát ráncolta. - Még nincs meg az asztal a koronákhoz.

Dühösen méregette a tévhitet, akinek nagyobb tisztelettel kellene beszélnie vele ... mégsem beszélt vele soha polgári hangon kívül. - Csak akkor veszem le a koronámat, ha már majdnem eljön az ideje.

Freya egyetlen lépést tett közelebb magához, és felemelte a hangját. "Gyereknek tűnsz. Szükségem van arra, hogy emlékeztesselek, hogy ez nem rólad szól, hanem a szertartásról. Valójában ez a nap fontosabb, mint valaha a koronázás."

Hogy ne legyen kint, hangosabban emelte fel a hangját, mint amit Freya használt ... - És emlékeztetnem kell, hogy én vagyok az egyetlen, aki elnökölhet ezen az ünnepségen.

Akkor Blake a nyitott ajtónak jelzőcsapot adott, mielőtt teljesen belépett: "Kedvesem, van egy vendég, akivel beszélned kell."

Figyelte, ahogy idegesen végighúzza a kezét a szőke haján. Figyelték, mivel férje, akinek ritkán mutatkozott idegességi jele, aggodalmasabbnak tűnt, mint valaha látta őket házasságuk óta. "Valami baj van?"

- Attól függ, kit kérdezel.

Válasz, de nem válasz. - Freya, maradsz?

- Mivel már itt vagyok, nem látok okot arra, hogy csak visszatérjek.

Nisha hogyan bánt vele minden nap? A válasz Freyának tetszett Nisha, ő volt a királynője választása szerint nem azzal, hogy egyszerűen egy olyan országban élt, amely felett Nisha uralkodott. Nem mintha ez bármikor is számított volna Freyának. Ó, nem, bárkivel szólna, bármennyire is jónak látta, és ebben benne volt a Feyen királynő is. - Köszönöm. Blake, kérlek, mutasd meg…

- Nincs rá időm. Fekete köd duzzasztotta a szobába vezető előcsarnokot, míg egy hollószínű hajú, idősebb nő nem állt előtte. Ugyanazok az ibolyaszínű szemek, amikre emlékezett, amikor felnézett. Ugyanaz a parancsolás, amely mindig beárnyékolta a sajátját.

"Anya."

"Lánya." Vasilissa királynő a lánya válla fölött a másik Fey-re, "Freyára" pillantott.

"Kegyelmed." Fray egy apró tisztelettel bólintott ... még mindig nem mutat megfelelő tiszteletet egy királynő iránt.

"Tsk. Nem vagyok itt királynő, és nem voltam több mint kétszáz éve, és nem tervezem, hogy elhagyom ezt az átkozottan elhagyott helyet."

"Anya! Légy kedves, ez egy vidám nap." Vagy legalábbis örömteli nap legyen. Mindenesetre nem hagyta, hogy bármi is csillapítsa unokahúga különleges napját. Még a saját anyja sem.

Vaszilissa dühös pillantást vetett a lánya haragjára, amely szinte fluoreszkáló árnyalatúvá tette a szemét. "Boldog? Ezt boldognak hívod? Egyetlen család néhány tagja egy titkos szobában összebújva nézte, hogy egy királynő, akinek a leghatalmasabbnak kell lennie, elfoglalja méltó helyét a legtehetségesebbek között, mióta az első Fey eljött erre a világra. És hívsz ez a bohózat boldog?!?! "

- Vaszilissa királynő, elfelejted a helyedet.

- sziszegte Vaszilissa bosszúsággal. - Most nem, Freya-

Árnyékok csapkodtak a falak mentén, ahol nem lehetett igazi árnyék. "Ne késztess arra, hogy eltávolítsalak téged ebből a területből. Ezen a napon nem fogod elrontani Nisha örömét."

- Nem tennéd ... - Megrázta a fejét, és uralkodni kezdett indulatában. - Természetesen, megtennéd. Nem vagyok a királynőd, és nem is barátod. Nem habozna eltávolítani.

Az anyja meghátrált? Lehetetlen, mégis csak nézte, ahogy éppen ezt csinálja. - Az Under Királyságból jöttél. Miért?

"Nézni, ahogy unokáimat megkoronázzák. Miért más?"

Celeste félrenézett, miközben azt suttogta: - Lehetséges, hogy csak egy lesz.

Celeste arcát ráncos kezeibe véve Vasilissa elmosolyodott. "Ha elhiszed, bolond vagy. Lehet, hogy Nisha uralkodik mind Lite-en, mind Darke-on? Kérdés nélkül. Végül is ő az unokám. De vajon jobban akar-e uralkodni a kelleténél? Lányom, nézz körül Nisha többet kell itt gondoznia, mint bárki valaha el tudná képzelni. Valójában, ha azt gondoltam volna, hogy ez ilyen rossz, úgy döntöttem volna, hogy meghatalmazottja lesz, hogy ezt jóval régebben helyrehozza, mielőtt hagynám, hogy belépjen ebbe a királyságba. "

- Ön már az Under Kingdom része volt.

- Az én választásom szerint nem azért, mert ott állampolgár voltam vagy vagyok. Kerestem a nővéredet vagy a Fey bármelyikét.

- És talált választ?

Ekkor Lilly rohant be a szobába: "Ó, Grand'Me nem tudtam, hogy megérkeztél?"

- Csak most. Most egy mocskos ruhát viselve rohanok a hercegnőnek öltözködni.

Lilly lenézett a ruhájára és az alapul szolgáló ruhájára, és elmosolyodott: "Ezért vagyok itt. Anya, felhasználhatnám a segítségedet, hogy Nisha egyik barátját felkészítsem. Nagyon nehéz rá hajlamosítani, és kevés állapotban van, hogy akár jelen is legyen. . "

Sóhajt adva Celeste megkérdezte: "És azt hiszem, kizárt, hogy elmondja unokatestvérének, hogy nem csatlakozhat hozzánk?"

Lilly az ajkához húzta az ujját, és megérintette, hogy fontolóra veszi, hogy elmondja unokatestvérének: "Nos, elmondhatnánk neki, de kétlem, hogy ez megingatná a véleményét. Nagyon hajthatatlan volt, hogy ez a vendég itt van."

- Nagyon jól. Anya, kérem, olvassa el a többi előkészületet?

"Menj. Megteszem, amit már meg kellett volna tenni. És hagyd a koronádat. Ez a szertartásról szól, nem pedig az ostoba büszkeségedről, lányom."

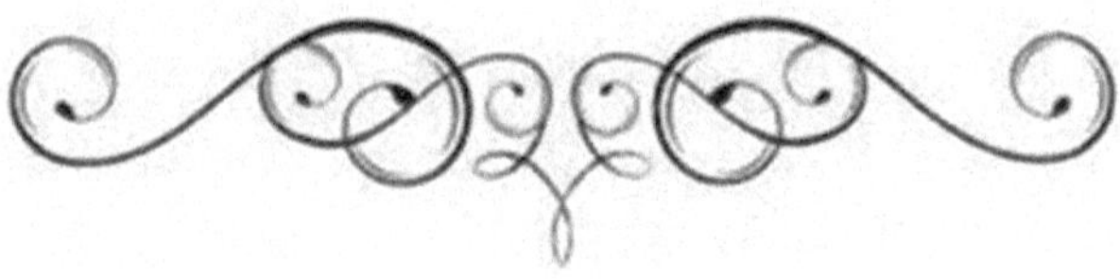

Közel a folyosóra, amely akkor a vendéglakosztályokhoz vezetne, Lilly fájdalmas nevetést engedett: "Grand'Mere ma ritka hangulatban van."

- Tudta, hogy jön?

"Anya, nem kérdezek Nishától dolgokat. Csak azt említette, hogy több polgára érdeklődött a koronás királynője iránt. Nem merem megkérdezni kit. Nem mintha Grand'Mere valóban az Alsó Királyság királysága lenne, de mégis."

Ha szeretett lánya tudott arról, hogy nagymamája nem halt meg, akkor mi más mellett döntött, hogy ne meséljen neki? A gondolat lehűtötte. - Szóval, az erkély…

"Azon állampolgárok száma, akik már nem élnek teljesen. Nisha kijelentette, hogy senki sem léphet be a kastélyba egy csillogás varázslattal. Nos, nem engedheti meg, hogy Darke-ban ne viseljenek egyet, és nem fogja feláldozni őket a halálnál rosszabb sorsra. mert látni akarták a koronáját … -

Lilly mélyet lélegzett. „… Ez volt az egyetlen megoldás, amelynek mindenki örülne. Emellett semmi sem fog bejutni abba a kastélyba, anélkül, hogy a halottak tudnának róla. Gondoljon bele … ez egy extra óvintézkedés arra az esetre, ha Freyának igaza van abban, hogy a kastély nem biztonságos.

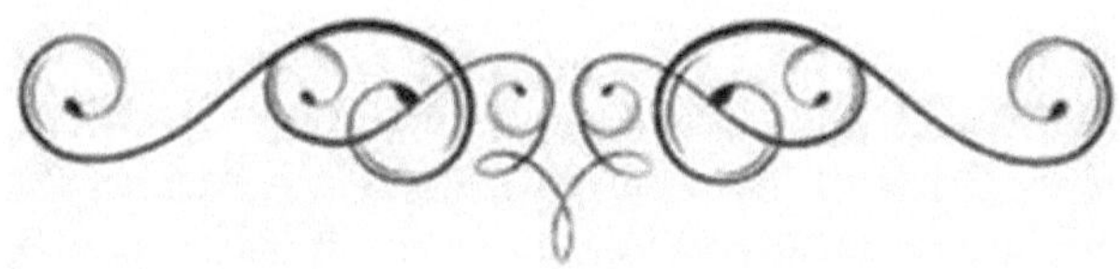

Rengeteg … nem a legjobb, ha nem kérsz … megpróbálta visszatartani az elméjét Nisha legújabb menekülési útjából. Celeste kinyitotta a sima fekete ajtót, amely azon a személyen tartott, akinek a lányának segítségre volt szüksége. Egyetlen lépést tett a szobába, és megdermedt, amikor egy teljesen felnőtt férfit látott könnyű alvásban, és nem volt más, mint egy vékony lepedő.

Lassan, mély lélegzetet vett, siklott oda hozzá, és még a testén is lazán lógó bőrével is elakadt. "Szélvihar?"

A szeme nem nyílt ki, de fájdalmas suttogást hallatott: - Addy? Amikor a nő nem válaszolt, kinyitotta a szemét, látva a hibáját. Ugyanaz a hang, de rossz nővér. - Ennyi idő után még mindig nem tudom megkülönböztetni egyedül hangon.

Celeste nem tudott annyit, hogy soha nem kér bocsánatot, hacsak nem feltétlenül szükséges. Nem mintha bocsánatot kellene kérnie, legalábbis nem arról, hogy összekeverje a lány hangját az ikerével. Gyengéden a közepe közelében ülve inkább egy tompa válasz mellett döntött, nem pedig egy megnyugtató mellett. - Borzalmasan nézel ki.

Még egyszer lehunyta a szemét, Galeron pedig mosolyogva rángatta megrepedt ajkait. - Biztos vagyok abban, hogy rosszabbul érzem magam.

Megcsókolta annak a férfinak a homlokát, akire egyszer testvérként gondolt, és elmosolyodott. - Nos, akkor érezzük magad egy kicsit jobban a fiad esküvője előtt.

Megpróbált felülni, és jobban tudott vitatkozni Galeronnal, és megkérdezte: "Miért tette Nisha azt, amit ma? Még az anyja sem volt ilyen hanyag."

"Úgy érti? Minősítse azokat, akiket nem tartottak állampolgárnak?"

Félelem futott végig az arcán. - Nem hallottad. Visszatérve és nagyon kívánva, hogy ne ő folytassa ezt a beszélgetést, tette hozzá. "Celeste, te vagy a barátom, ezért kérlek, ne ezt tedd rossz irányba, de megértem, miért tette ezt. Valójában hálás vagyok. De amire utaltam, az az volt, hogy miért kötötte össze a vér minden Fey-t vagy annak részét jelenleg Darke-ban van? Nem mintha nem erre a napra készültünk volna. "

"Mit csinált!?!?! Ez ... ez őrület. Nem, több mint őrült, ez…"

A megértés világította meg a szemét. - Nem említette neked?

- *Nem, nem említette nekem.* Az ajtóra és a lányra nézve, aki túl sokáig volt csendben, Celeste felpattant: - Tudtál erről?

A szobába szegődve Lilly megpróbált soványnak tűnni. "Nos, nem pontosan. De inkább megeszek követ, aztán megkérdezem Nishától bármit, ami valójában nem az én dolgom. Úgy értem, hogy miért akarok választ mindenre, amiről éppúgy tehetnék, mintha nem tudna ... Ráadásul, amikor Nish mesélt nekem ... Nos, Lord Galeronról és állapotáról ... a lány túl volt a dühén. Ugye hallotta a vár nyögését?

- Azt hittem, ez a szél. egyidejűleg mondták: "A kastély felnyögött? Amikor Myrddin megpiszkálódott, a vízköpők sikoltozni fognak."

Amikor mindkét hölgy elsápadt, Galeron hátradőlt és fájdalmas nevetést engedett. - Mindketten egerek vagytok. Semmiképpen sem lehet rosszabb, mint mindkét szüle együttvéve.

Celeste lesütötte a tekintetét. - Szeretne erre fogadni?

Fejezet 40:
David

Aggódónak látszó David felállt a székéből. Észrevette, hogy Ethan ugyanezt teszi, és megrázta a fejét. - Nincs Ethan, maradj ülve.

"De..."

Megszorította az orrnyergét és valóban azt kívánta, bárcsak nem ő magyarázná ezt Ethannek, sóhajtott, amikor azt kezdte mondani: "Ön most Nisha házának része. Ez bizonyos jogokat biztosít Önnek."

Ethan összehúzta a szemét: - Jogok?

"Hmm. Csak akkor állsz, amikor Nisha belép egy szobába. Csak akkor tedd másokért, ha hajlamos vagy rá. Nisha nagyon nehéz és nem követi a szokásos udvariasságokat. Gyanítom, hogy sokkal könnyebben találja meg a dolgát mint ma helyesen csinálni őket. Ma maradjon ülve, amíg az ajtók el nem tárják Nishát. Senki sem gondolja át kétszer. Ha mégis megteszik, elmondják neki. Vagy panaszkodnak egymásnak, amikor nincs a közelben, hogy megvitassák. "

Miután még egyszer kényelmesebbé tette magát Ari ölelésében, megkérdezte: "Gondolod, hogy bárki megteszi? Mondd Nishának, úgy értem."

Hajtogatással David felszisszent: "A pokolba. Senki abban a teremben nem beszél semmit Nishával, csak ha szükséges. És panaszkodni azért, mert követed az ő példáját, nem szükséges beszélgetés."

- Az indulata miatt?

"Nem. A lehetséges válaszok miatt. Bízzon bennem. Beszéljen, ha van kedve, de maradjon ülve. Lillynek meglesz a rejtekem, ha túl sokat mozogsz. És Nishának több lesz, mint a rejtekem, ha megnézed az ünnepségen rosszul van. "

Várjon? Mit? - Szóval ... még nem kellett volna járnom, ma reggel sétáltam?

- Zavaró, nem? Csak menjen vele. Ari felé nézve David a homlokát ráncolta. - Nos, ez egyszerűen nem fog megfelelni a feyen királynővel. Hosszú kócos ujjával a düh felé mutat, színe a lila kifakult szürkéből mélyzöldre vált. - Nem. Ez a szín nem felel meg az alkalomnak. Többszöri próbálkozás után végül megelégelte az arany színű királykéket. Olyan szín, amely majdnem megfelel Ethan öltönyének. Aztán fekete utalások Ari szemének körvonalazására ez valóban elővigyázatosság volt, hogy mindenki tudja, hogy ez nemcsak szék, hanem düh. - Ott ennek meg kellene tennie.

Ethan lenézett. David nem csak a színét, hanem az anyagát is megváltoztatta. Ari-t... valamiféle vastag anyagból készítették, amely sima volt, de tapintása durva volt. Most azonban ... puha bársony borította a düh minden centijét. És a tartalom dorombol ... Ah ... Ari-nak is jóvá kell hagynia a változást. "Hogyan csináltad, hogy?"

"Na jó ... anyám Feyen és nagyon nagy erővel rendelkezik. Mindenkinek megtanított bizonyos varázslatokat és varázslatokat. Csak azokat, amelyek megfelelnek a személyiségünknek. Számomra ez bármi köze a ruhához. Most készen állsz? tehát meg akarja tudni, miért van itt a királynő Nisha előtt. "

Egy bólintással Ethan megkérdezte: - Gondolod, hogy rosszul fog reagálni?

Hátat fordítva Ethannek, David lehajtotta a fejét. "Azt hiszem, a mai nap a szükségesnél több szórakozással fog telni."

Kinyitva a magas arany ajtókat, David megállt, és nemcsak Alista királynét, hanem Larnát is látta. Noha a szoba hátsó közelében ült, és az űrbe meredt ... még mindig ott volt ... és még mindig nagyon fenyegetett. Nem volt okos hátat fordítani egy ellenségnek, de Larna nem tudott mit kezdeni ...

legalábbis a közelében lobogó árnyékokkal nem. Megfordult, hogy átnézzen a válla felett, és megbizonyosodott róla, hogy Ethan követi, majd gondosan megtette a néhány szükséges lépést oda, ahol Alista királynő nagyon csendesen megbeszélt valamit... - Vasilissa királynővel?

"Ki?" Ethan most felnézett, aggódva, mióta David zihált. És Drakens soha nem kapkodta el a levegőt ... soha nem mutatott félelmet vagy aggodalmat ... és ezt soha nem tette volna meg egy királyi család előtt.

David soha nem vette le a tekintetét a két királynőről. - Ó, ez nem lehet jó.

Mostantól több mint aggódó Ethan kezdett állni. "David?

- Nem, maradj ülve. Valami nincs rendben. Vasilissa királynő... hm ... közel tizenöt éve halott. Bár ránézett, egyáltalán nem nézett holtra. Nem, nagyon élve és jól nézett ki. Elakadt a lélegzete, David hercegi testtartást vett fel, és Ari hátára tette a kezét. - Maradjon nyugodt, és viselkedjen érdektelenül. Ez volt a legjobb tanács, amit e pillanatban tudott adni. Most csak akkor, ha maga is követni tudja.

- Úgy érted, hogy nem mondasz semmit és hallasz mindent. Igen, értettem.

Nagyszerű, nagyszerű, csak megsértette azt az embert, akit nem akart ... főleg azóta, hogy beszélt Lillyvel, és megtudta, hogy képzetlen Fey volt, akinek a hatalma és képessége még nem ismert. "Alista királynő, Vasilissa királynő, öröm, hogy látlak. Bemutathatom Lord Ethan Leuthart, a vőlegényt."

Alista megfordult, hogy megnézze, ki merészkedett hozzá közeledni anélkül, hogy erre felszólították volna. Nagy tengeri habos szeme összeszűkült, amikor nem Davidre, hanem a dühön ülő fiúra nézett. - Leuthar? Feyenben van egy ilyen nevű család. Ketten ülnek most az idősebb tanácsomban.

Mosolyogni próbált David halkan azt mondta: "Az anyja Lady Faerydae volt, kegyelmed."

Homályos aranyszárnyai felpattantak, majd csalódottsággal becsukódtak. - Értem. Akkor neked, Davkren hercegnek kellett volna utasítania a fiút, hogyan fogadja be rendesen a látogató királynőt.

Ethan kissé előrehajolt a székében. - Ha probléma merül fel azzal kapcsolatban, hogyan fogadtak, akkor beszéljen Nisha hercegnővel. Mi a fenét csináltam most? Jobban tudom, mint megsérteni egy magasszülöttet.

- Igen, látom, hogy te a Leuthar vérvonalú vagy. Most hagyj el. Vasilissa és én sokat megbeszélhetünk az ünnepség előtt.

Egy kis meghajlással David az ujjával elvezette Arit a két királynő elől. Távozásakor hallotta Vaszilissa csattanását: "Elfelejted a helyed, Alista."

Az erkély közelében Ethan azt súgta: - Mi volt ez az egész?

- Nem tudom, de azt mondták, hogy nagyon morcos Fey. Most szeretné látni a koronákat, vagy elfoglalni az állását az erkélyen?

- Amelyik pillanatnyilag biztonságosabb.

"Ezután a koronát tartó asztallal kezdjük, majd kifelé indulunk. Reméljük, hogy nem találunk meglepetést odakinn."

Aggodalom és gyanakvás töltötte be Ethan hangját. - Miféle meglepetések?

- Ó, ne hangozz annyira aggódva. Nisha az, így meglepetése lehet bármi, ami az ezüst sárkánytól szárnyal, és szinte mindenkit megijeszt ...

Ethan zihált. - Sárkányok nem léteznek ... ugye? Szárnyas lovak, bizony. Holt lovak, amelyek az élőket a holtak alagútjába vitték ... nem tudta bizonyítani, de hajlandó volt fogadni a létezésükre. de Sárkányok?

- Nos ... még soha nem tudtuk bebizonyítani, hogy ha illúzió vagy valóságos volt. És Nisha sem hajlandó ezt mondani.

- Nem hiszem, hogy tudni akarom.

- Látod, máris felzárkózol. Most... - David megállt a lépcső közepén, és zihált. - Ez nem helyes.

"Mit?" Ethan csúcsra ért David oldalán, és meglátott egy arany asztalt, három koronával és két oszloppal. Egy aranyból készült korona, valamiféle tiszta gyöngyszemmel mindegyikében mutat. A hozzá illő jogar tőle balra feküdt. Aztán egy ezüst körömet díszítés nélkül, hogy azt mondják, hogy egyáltalán korona. Végül egy fekete csiszolt kőből készült korona. Piros drágakövek csillognak a pontok közelében. Jogar jobbra fektet egy sárkányt a markolat köré, holló karmot, egyetlen fekete drágakövet tartva. - Ismerem Darke koronáját, de a többiek ... miért vannak itt?

David zihálva próbálta megtalálni a szavakat arra, amit látott. "Nem tudom. Az arany a Lite-től származik. Állítólag Lillyé volt, de... "

- De szerinted Nisha ... A többit a levegőben hagyta lógni, amikor a dupla ajtók becsapódva kinyíltak, és egy magas termetes, nagy szarvasmarha szarvú férfi állt az ajtóban, és egy Wendigót húzott a lábánál fogva. - Edrich.

David elmosolyodott, hogy legalább egy dolgot megfelelő rendben gondoztak. Elég volt ahhoz, hogy visszanyerje önuralmát. - Ó, jó, a fenevadat megtalálták. Előbb kellett volna elmondanom, apám kiváló vadász. Elfordult a koronától, és aggódni, hogy mi fog történni néhány perc múlva, elmosolyodott. - Bemutatom az ünnepek előtt. Hajlamos elkapkodni, ha nem mondják el előtte a dolgokat.

Követve Davidet oda, ahol az apja állt, Ethan mélyet lélegzett. Nem azért, mert kivel akarta találkozni, hanem azért, mert kit hurcoltak be a szobába.

- Apám ... - pillantott le David a földre eszméletlen mocsokra. -... látom, hogy megtalálta Lord Edrichet.

"Uram? Ő söpredék. Még ételre sem alkalmas. Ezt a trollok sem fogják megenni." Kalózos ujjai szorosan ketté szorultak a láb körül, és csontokat csattogtak. - Bah. Értéktelen csontzsák. Nem is izmok uzsonnára.

- Craykren, viselkedj magaddal. Egy magas, vékony nő, szénfekete hajjal és rubinszárnyakkal lépett fel a Darken mögé, és elég erősen csapkodta a karját, hogy hozzá fordulhasson. - Nem eszi meg azt a mocskot a jelenlétemben.

"Egyáltalán nem esem meg. Nem méltó ételre. A trollok sem akarják." Edrich fejét a falhoz ütötte inkább a csalódottságtól, mint attól, hogy megpróbálta feltörni a koponyát.

David pislogott. Soha ... egyetlenegyszer sem hallotta, hogy apja becsületes halált tagadna zsákmányától. Valaha. Anyja ugyanolyan meglepődött, mivel a szeme majdnem kétszer akkora volt, mint a szokásos méretű. - Talán az egyik őr eltávolíthatja őt ebből a szobából, amíg el nem döntötte, mit fognak vele kezdeni.

- Igen. Nagyon jó. A szennyet nem szívesen látják az ünnepségen. Talán hizlalja fel. A rejtek hasznos lehet.

Blake, aki a tömegre néző erkélyen állt, közelebb állt a részeg királyhoz: "Cray? Talán az egyik őröm elviheti őt? Nem akarjuk felidegesíteni a hölgyeket."

Craykren a bágyadt testet barátja felé taszította. - Csúszós. Vágja el a torkát, ha megpróbál elmenekülni.

A petyhüdt húsdarabra nézve nem gondolta, hogy a szamár elmenekülhet. Legalábbis ezúttal nem. Nem eltört lábakkal, sem koponya vérzésével. De aztán ismét elkerülte a többieket, akik őt keresték.

"Nem." Nem egy hang a szobában, hanem csak egy kint. Celeste gyorsan berepült a szobába. "Nem, bűncselekményei túl sokak az egyszerű halálhoz. Freya, kérem, vegye figyelembe, hogy addig marad a börtönben, amíg Nisha nem tud megfelelően gondoskodni róla."

- Természetesen. A királyi család megölésére való összeesküvés szörnyű bűn. Kíváncsi vagyok, másokat mit követett el.

Celeste egyszer bólintott, és nézte, ahogy a feyen harcos birtokba veszi a fenevadat, majd visszafordította figyelmét a vendégére. - Craykren király bemutathatom Lord Ethant. Nisha eljegyezte.

A levegőt szimatolva egyszer bólintott. - Megsérültél. Ma nem fogunk harcolni.

- Craykren, esküszöm, ha unokahúgom különleges napja alatt egy zavart okozol, akkor én megint pixiává változtatlak ...

David élesen megfordult, hogy ne engedje, hogy apja mosolyogjon a fenyegetésen. Végül is, amikor látta, hogy az apja élénk színű, szoknyát viselő pixie-vé vált, és csak az egyik hosszú kocsija közül a hatodik ... elég nehéz volt nem nevetni.

Figyelmeztetés volt ez is, mivel apja utoljára csaknem egy hétig maradt ilyen. Ennek egyáltalán nem örült.

Chapter 41:
Myrddin

Myrddin feje oldalra gördült, amikor lassan tudatosulni kezdett a környezetében. Amikor a bőre kezdte felismerni a hátán fellépő fájdalmat, válaszul megrántotta a karját ... a vasláncok, amelyek a barlang mennyezetéhez kötötték, zörögtek és dörömböltek. Lehunyta a szemét, és hagyta, hogy elméje egy pillanatra csodálkozzon...

... Túl sok éve kötötte ide. Elfogóinak elmondása szerint minden képességétől és sötét erejétől megfosztották. Ha csak tudnák az igazságot ... Ha csak tudnák, hogy bármelyik pillanatban elmenekülhet ... hogy egy gondolattal sem pusztíthatja el őket, és ezzel semmi sem marad meg közülük ... se csepp vér, se egy darab csont. Ha tudnák, hogy mindezt megakadályozhatta volna. Minden csepp fájdalom, amelyet ennyi éven át kényszerített magára. Minden kísérlet az életére. Minden fenyegetés, amit elmondtak neki. Évekkel ezelőtt megsemmisíthette volna őket ... de voltak olyan okok, amelyek miatt nem ...

... Nisha...

... Ha lenne, a lánya ... egyetlen oka annak, hogy létezzen, soha nem nőtt volna bele teljes erejébe. Minden képességbe, amellyel mostanáig rendelkeznie kell. Az ajándékok, amelyeket nemcsak otthonának, hanem az övéinek is meg kellene mentenie. Soha nem tanulta volna meg az összes szükséges leckét. Soha nem ismerte volna meg a szerelmet. Soha nem tanultam meg, mikor bízzunk a körülötte élőkben, vagy mikor hagyjuk őket teljesen figyelmen kívül. Nem, bármennyire is fájt neki, itt kellett maradnia.

És élve.

Élő. Valami, amit elrablói meglehetősen gyorsan megtudtak, hogy nem tudják őt előállítani. Nem számított, hogy éheztették-e, és nem gyújtották-e fel. Nem számított, hogy nem töltötték-e meg a tüdejét vízzel, és nem is próbálták-e megfojtani. Nem számított. Még a testének apró darabokra vágása sem ölte meg. És ez még önmagának is meglepetés volt, és nem olyan élmény, amelyet újra át akart élni. Azonban, hogy életben maradt és képtelen meghalni, az őrületes fájdalom árával járt, hogy még akkor is, ha nem voltak látható sebek, érezte a régóta gyógyuló sebeket. Aztán a túl gyakran előforduló hallucinációk kezdték megkérdőjelezni a meggyőződését, hogy ezt átlátja. Kényszerítette, hogy gondolja át áldozatát azokért, akiket szeretett.

- Hagynod kell, hogy meghaljon, Sötét Herceg.

Sötét Herceg, egy olyan név, amelyet elrablója adott neki egy ideje. Jóval a felkelés előtt. Jóval azelőtt, hogy Nisha megszületett volna. Akkor, amikor a kígyó megpróbált barátként megjelenni. Még akkor sem volt hajlandó megelégedést nyújtani a fattyúnak, valódi kilétét ismerve. Olyan igazságot, amelyet még

Adrianna, a felesége sem tudott. Nem tudhatta. - Apep. Tátogva próbálta érdektelennek tűnni, amikor azt mondta: "Kitaláltál valami újat, hogy megpróbálj megölni, vagy gyengéd próbálkozásaiddal untatni?"

Közelebb lépve foglyához Apep annyira elmosolyodott, amennyire feszes gyíkszerű bőre engedte. - Az én sssssonom feleségül veszi drága lányodat. Akkor figyelni fogod, ahogy meghal.

- A hazugságaid kígyót kínoztak.

Négyujjas karmát a szíve fölé helyezve Apep nevetett. "Én? Hazudok? Nincs hasznom a liesssss-ekhez."

Éjfélkék szemeit lehunyta, és Myrddin elmosolyodott, amikor az éjszaka kastélyában látta az eseményeket. - Meglátjuk, ki hazudik és ki uralja a Fey-t. Még egyszer kinyitotta a szemét, és előrehajolt, amennyire a láncok engedték, és azt suttogta: "És meglátjuk, ki nézi, ahogy gyermekei sikoltoznak, amikor meghalnak." Csak egy pillanatig lángok táncoltak a szeme mögött.

Visszafelé lépve Apep átesett hosszú zöld köntösén. - Nincs itt hatalmad. Nem teheted.

- Azt hiszed, nem. Akkor hogyan élek még, kígyó? Hogyan? Semmi többet nem mondtak, amíg egyszer nem volt egyedül a cellájában ... aztán nevetett, amíg a szíve sajgott, amikor nem nézte, ahogy kedves lánya nőtt a gyönyörű nővé, akivé vált.

Egyedül a sötétségbe burkolózva Myrddin hagyta, hogy esküvői zenekara környékéről lehulljon a láthatatlanság. Eddig ez volt az utolsó varázslat, amelyet leadott ... a hideg metalt érezve a bőrén, hagyta, hogy ne csak magát a zenekart érezze, hanem azon túl is. Dae figyelemre méltó módon varázsolta a varázslatát, amellyel mindezekkel az évekkel ezelőtt tudása volt. De nem ezért mosolygott... azért mosolygott, mert szeretett Addy viselte az övét.

Életben volt. Annak ellenére, hogy képtelen volt megtalálni a lányt ... annak ellenére, hogy a kígyó folytatódott, és tudta, hogy halála véget ér, tudta, hogy a nő életben van, és most már bizonyítékot kapott arra, hogy a szívének szüksége van. Egy pillanatig tovább, és könnyek hullottak a szeméből. Nem csak a gyűrűt viselte ... őt kereste. A szívük már időben dobog egymással. Megértené a nő, miért érezte magát ilyen gyengének?

Nem. Soha nem osztotta meg vele a varázslatot, amelyet használt. Azt sem mondta el neki, hogy mit tett azon az éjszakán, amikor Nisha megszületett. Tehát egyelőre meg kell elégednie azzal, hogy életben van, és vigasztalnia kell, tudván, hogy megtalálja.

Bár a valóságban az lehet, hogy ő találta meg először.

Mély levegőt véve lassan kiengedte. Ideje volt. Olyan sokan szeretnék a vérét, amikor ez véget ér, de ez nem számíthat, nem most. Ebben a pillanatban nem. Egyetlen szívdobbanást engedett magának, hogy átgondolja a segítségkérést. Egy szív jobban dobogott, hogy megvitassa, mit fog mondani és mit nem. Még egy lélegzetet vett, és teljes szívéből remélte… egész lényével … hogy nem követ el hibát. Szüksége volt a lány segítségére ennek befejezéséhez, de még ő sem tudta, hogy véget vet-e ennek a rémálomnak és megmenti-e mindkettőjük életét. Nem, nagyon jól hagyhatja ott, és megpecsételheti mindkét házuk és életük sorsát.

- Estare. Tudta, hogy a nő hallgat. A sötétség volt az egyetlen, amire szüksége volt, még olyan messzire is, amilyen messze volt, és tudta, hogy minden igazi Fey szavát hallja. Óráknak tűnő idő után még egyszer felszólított, ezúttal nem rejtette el a dühöt és a frusztrációt a hangjában: „A fenébe, kedves nővér, válaszolj nekem!" Egy pillanattal tovább, és még egy kis harapást és tekintélyt adott durva durvaságához hangot, de nem lendült meggyőződésében, hogy felhívta. "Válaszolj!"

Végül erős irizáló fény vette körül, megolvasztva a rozsdával borított vasakat, amelyek túl sok éve tartották. Amint a fény kifelé világította a szobát, fekete tűz égett, elzárva a kijáratot és annak esélyét, hogy valaki beszaladjon, hogy megszakítsa a találkozót. Tudta, hogy nem tehet semmit, amíg a nő úgy dönt, hogy megismerteti magát, helyet foglalt a vérrel átitatott földön, és várt, amíg...

- Te ... hálátlan ... hátba szúrsz ... gazember. Milyen jogod van ahhoz, hogy meg merj idézni?

Nem látta, ami valóban rémisztő volt, hiszen érezte, hogy minden szava vibrál a csontjairól és cseng a fejében. Hátradőlve, hogy úgy tűnjön, alaptalan, lesütötte a szemét. - Szia neked is, kedves nővér. Beszéljünk nyíltan, vagy meg akarsz szidni, hogy otthagytam Lunaistát?

Átlépve a fény falán, összenyomta csillogó szárnyait, és keskeny arca dühében lángolt, amikor felmordult: "Nem csak otthagytad Lunaistát, hanem elloptad a kishúgunkat, amikor elmenekültél."

- Megmentettem mindkettőtök életét. Vagy még nem jöttél rá mára. Évszázadokon át nem tehetett róla, hogy soha nem beszélt erről ... soha nem tért vissza szembe sem az anyjával, sem a húgával ... elkárhoznák, ha hagyná, hogy ilyen hidegen beszéljen vele. - Nem, látom a szemedben, hogy nem.

- A fenébe. Anya és apa megölték magukat a gyalázatod miatt.

- Áldozatként megölték magukat a többi csillagváros megnyugtatása érdekében. Talpra állva tornyosan állt előtte. - Nem kapott egy csecsebecsés dobozt, amelyben csak néhány húsdarab volt lefektetve?

"Igen, de..."

Hagyta, hogy a nyers energia kitörjön a kezéből, felrobbantotta a barlang hátsó falát, majd ismét a lány elé állt. - A fenébe, Estare, nyisd ki a szemed. A többi gyerek darabjai voltak azok, akik uralkodhattak. A királyi Fey utódai. Ajándék, hogy a többiek tudják, hogy nem fenyegetik őket.

Visszatántorogva a kőfalhoz szorította magát. "Nem az..."

Félelmét figyelembe véve ... folytatta olyan hangon, amelyet senki sem merett megkérdőjelezni, még a felesége, a királynője sem: "Gondolod, hogy megengedném magamnak, hogy bárkinek királyává váljak, ha ez megöléssel járna? Aztán kénytelen vagyok mindkettőtöket feldarabolni, hogy darabokat küldhessetek belőlük? Nem, haragudj rám, ha akarod. Légy vak, ha muszáj, de nem fogok elnézést kérni, amiért helyesen cselekedtem. "

Figyelte, ahogy megfordul, és lépegetni kezd, majd halk suttogással válaszolt könnyekre. - Előbb elmondhatta volna.

Myrddin megrázta a fejét. - Tilos volt. Ahogy annyi más dolog, amit azóta nyilvánosságra hozott.

"Tudod?!"

- Gyere most, mindketten tudjuk, hogy a többi sztár és a királyi Fey között is nincs fele olyan hatalmas, mint én.

Hátat fordított neki, és megpróbálta elrejteni, mit érez. Halk hangon, amelyet ritkán használt, azt mondta: - Tehát vissza akarod kapni a koronádat. Nem annyira kérdés, mint reményteli kijelentés.

- A fenébe, nem, nem akarom azt a koronát. De szükségem van a segítségedre.

Estare mély lélegzetet vett: "Menj kedves testvérem. Mi az, imádkozz, mondd, szükséged van a segítségemre? Mivel mindannyian olyan hatalmasak vagytok."

Nem esett hülyéskedésnek, ehelyett megpróbálta fenntartani a hangját: "Unokahúgod, hozzáértél?" Remélte, de kételkedett abban is. Nem akkor, amikor azt hitte, hogy a férfi otthagyta a hideg holthelyen, amelyet hazahívott.

- Nem, de véletlenül eljegyeztem. Ami először zavarba hozta ... most?

"Ethan? Jó. Faerydae, ez az édesanyja, Magmas lánya. Ide küldte, hogy megmentse az áldozattól. Kétségtelen, hogy elrejti ezeket a vérvonalakat vagy saját képességeit."

- Magmas? De ő ... Ő az összes csillagváros uralkodója.

"Igen, tudom. Lehetetlenül hangzik, hogy egy darab könyörületesség lenne benne. Sőt, még kevésbé ... Vérvonala uralja a Feyen nevet. Ez azonban nem köztudott, legalábbis itt nem."

"Oh wow. Tudtam, hogy embereink a Fey oltalmazói itt a szilárd földön, de a másikkal nem."

"Nincs erre időnk. Miután ennek vége, akkor beszélünk arról, hogy mit kell tenni az otthonunk megmentése érdekében. Most meg kell mentenem a lányomét."

- Nagyon jól. Később megbeszéljük a többieket. Mondja meg, mit kell tenni.

A fekete tűz falához kúszva kikukucskált. "Ha átlépem a tüzet, a feleségemet megölik, mielőtt elérem. El kell mondanod Nishának, hogy a gyógyító folyó torkolata közelében tartják."

"Nem ott mondták az egyik oszlopot? Az ide érkező feyek leszállóhelye?"

"Igen, az Eostre valamikor ott lakott. Valójában ők voltak a hivatalos üdvözlői azoknak, akik erre a földre érkeztek." Szünetet tartott, érezve, hogy haragja ismét növekszik. "És ezért lemészárolták őket. Valaki azt az erőt akarta, amelyet elvéreztek az ott utazóktól. Gyanítom, hogy ugyanazok a gazemberek tartják fogva a feleségemet."

Estare a barlang torkolatához fordult. - Nem, a csirke gyík túl fiatal. Talán egy távoli rokon lehet a felelős.

"Lehetséges." Hideg kezét a kezébe vette: - Segítesz?

"Mert olyan hatalmas, mint te. És olyan dolgok ismerete miatt, amelyeket mások nem tudhatnak ... szerinted hogyan nem segítenék az unokahúgomnak, még akkor sem, ha ő az utódod?"

Halk csókot adott a homlokára, és így suttogta: "Köszönöm. Most menj kis főnixem."

Távolodva tőle, bólintott, és lassan kezdett átalakulni olyan alakzattá, amelyet olyan kevesen tudtak megtartani. És kevesebben tudták, hogy mégis kialakulhat.

Fejezet 42:
Nisha

Nisha egy magas, ezüst hosszúságú tükörben nézett maga elé, amelyet előtte lebegett. Néhány perccel azelőtt, hogy eldöntötte volna, hogyan viselje a haját, és kiválogatta azt a néhány ékszert, amelyet viselni fog ...

... De ez már korábban is volt.

Egy pillanattal ezelőtt érzett valamit. Ez valami elég volt ahhoz, hogy óvatosságra törekedjen, és bármi után nézzen. Megfordulva, hogy megnézze az egész szobát, tudta, mit érez - Valami vagy valaki figyelte. Ki vagy bárki volt távol. Nem Darke-ban ... nem ... még a Misztikus erdők határai is közelebb érezhették magukat, mint az illető. Tehát nem jelentettek veszélyt. Nehogy ma. Az érzést követve azonban tudta, hogy megkönnyebbülnek, amikor meglátják. Olyan érzés volt, mintha azt remélték volna, hogy pontosan azt fogja csinálni, amit... esküvőjére készül. Aminek semmi értelme - egyáltalán nincs? Ha valaki látni akarta a házasságot, csak el kellett jönnie a kastélyba, és figyelnie kellett. Hacsak valami nem akadályozta meg őket abban. - A holnap hamarosan elég lesz ahhoz, hogy megtaláljalak.

Még egyszer sóhajtva vette át a gondolatait, és keményen igyekezett nem gondolkodni. Mindig jól tudta elrejteni azt, amit érzett. A magányt pimasz fanyarság takarta. A túl pezsgő lelkesedéssel eltakart aggódás. Szerelem? Szeretet? Mindig gondozta a nagynénjét és az unokatestvéreit, mind Davidet, mind Lillyt, de attól tartott, ha szereti őket, akkor is elveszik tőle ... ezért soha nem mondta ki ezt a szót. De ma?

Vajon lenne-e bátorsága megengedni magának, hogy beleszeressen Ethanbe? Visszaadná valaha ezt a vonzalmat, ha a nő visszaadná? Lilly olyan könnyűnek tűnt Daviddel. Először, amikor meglátták egymást, senki sem akart másokat ... De Ethan? Úgy tűnt, hogy még egymáshoz kötődve is nagyobb valószínűséggel követ el bármilyen parancsot, mint hogy szeretetet adjon. Aztán megint csak időre lehet szüksége, hogy alkalmazkodjon ahhoz, hogy ne legyen rabszolga.

De ez is aggasztó volt egy napig ... Ma...

Ma engedett néhány pillanatnak, hogy anyja itt legyen, és elmondja neki, mit tehet annak érdekében, hogy a ruha megfelelő legyen esküvőhöz. Engedett annak a sajnálatnak a pillanatában, hogy nem volt olyan szülője, akit ismert, mindennel szerette. Szipogva hátranézett a ruhájára. Nem igazán esküvői ruha, de a legfinomabb ruha, amellyel rendelkezik, és csak annyit tudott kitalálni, hogy megfelelőbbnek tűnjön, egy finom fekete köd, amely összefonódik a pókháló szürke ruhával, amely vékony fátylává fakul, amely eltakarja a lábát. Édesanyja tudná, hogyan lehet teljesen lélegzetelállítóvá tenni, ha egy órával a szülés után biztosan megtervezhet egy ruhát a nagykorúsága ünnepségére, megtervezhet egy esküvői ruhát.

Lehetségesnek kellett volna lennie. Kellett volna.

Mégis ... nem az volt.

Még egyszer szimatolva tartotta könnyeit. Amikor hagyta, hogy hollószínű haja lefelé zuhanjon, egyetlen szálat húzott a vállára, majd kis csontfülbevalóját a fülébe helyezte, lehetővé téve számára, hogy nyomon kövesse a kényes pontot. Nagynénjének nem voltak hegyes fülei, Lillynek sem, így nem örökölték apjától? Nem tudta. Egyetlen kép, hologram és festmény sem volt róla. Legalábbis egyiket sem találta olyan kastélyban, amelyben valaha is volt. Beleértve ezt is. Aztán Alyisope néninek sem voltak olyan fülei, mint neki. De egyszerűen kihagyhatták volna. Még egyszer megérintette a fülét, és szimatolt, csak ez volt az apja.

Nem engedve a könnyeire, csalódottan taposta a lábát. Itt kellene lennie, hogy elkísérje eljegyzett lányához. Talán olyan módon, ahogy volt. Ethant adta neki. Minden más közül választotta.

Lehunyta a szemét, és elméje elé állította szüleit. Mire jó, ha ma síróssá válik? Nem, magabiztosnak kellett lennie. Szüksége volt az Alsó Királyság királynőjére és Darke koronahercegnőjére. Félelemmentesnek és lélegzetelállítónak kellett lennie. Hevesnek kellett lennie.

Szüksége volt a szárnyaira. A szárnyak, amelyek szintén a szüleitől származnak.

Nem a szárnyai, amelyeket oly gyakran létrehozott. Ködből és suttogásból készültek. Nem, szüksége volt a szárnyaira. Szárnyak, amelyeket nagynénje hamis dísznek gondolt. Azok, amelyek megrémítették Lillyt. Lilly végül is megbocsátana neki, ma a látszatról szólt, és nem nyugtatta meg rokonait.

Szorosan csukva tartotta a szemét, és a háta felé ívelt, amikor szárnyai a hátához formálódtak. Egy pillanat, hogy túllépjen a könnyfájáson, amely mindig jött, amikor akár szárnyait levette, akár formálta, majd egy utolsó mély lélegzetet vett, hogy meglássa őket.

Gyönyörű. Lélegzetelállító. És halálos. Tökéletesek voltak.

Nem voltak tündérszárnyak, inkább hasonlítottak a nagy sárkányokéhoz. A feje fölé görbülve szinte összekapcsolódtak egymással ezüstszálukkal. A szeme rájuk nézett, hogy megbizonyosodjon arról, hogy nem sérültek-e meg valahogy, majd megkönnyebbülten lélegzett, amikor látta, hogyan álltak meg egy lélegzettel a padló előtt. Egy pillanatig elgondolkodott rajtuk.

Valamilyen esemény miatt nem bőrből vagy húsból készültek. Nem készült tollal és membránnal, még pikkelyekkel sem. Nem, nem volt biztos benne, miből készültek, de tudta, hogy tiszták. Hagyja el a szürke, kék és fekete színárnyalatok és az ezüst körvonalait. Nem, furcsaságok voltak. A kőnél erősebb, ellentétben az olyan ijesztően finom tündérszárnyakkal. Úgy tűnt, hogy a legkisebb pillangónál is finomabbnak tűnnek. Igen, tökéletesek voltak, és a mai nap után nem kellett volna elrejteni őket.

Vérvörös ajka mosolyra görbült. Tehát kevesen látták a szárnyait. Még a családja körében is csak a nagynénje és Lilly látta őket, és csak Lilly tudta, hogy valódiak. Végül is mindegy volt, hogy nem a vendégeit viselte, hanem azt az egyetlen dolgot, amelyet mindkét szülője kapott. Az egyetlen ajándékot, amelyet adtak neki, mindenki elől rejtegetett, amíg ő már nem volt elég idős ahhoz, hogy maga elrejtse.

Az ajtó kopogása megakadályozta, hogy tovább gondoljon. "Nyitva van." Nem akart pattintani, de kellett neki, hogy ne sírjon.

- Nis - Lilly megállt, és körülnézett a szobában. Ruhák, tunikák, hajdíszek halma szétszórva. - Ó, akkora bajban vagy.

Unokatestvéréhez fordulva olyan édesen mosolygott. - Kétlem. Végül is Mari maga csinálta a legtöbb rendetlenséget.

- Körömvirág? Megtette? Lilly hitetlenkedve hátrált egy lépést: - Biztosan ... Nem. Aztán észrevette a szárnyakat. - Nisha?

- Tudom, hogy kényelmetlenné teszik, de Darke királynőjeként szükségem van rájuk. A szüleim megértették ezt.

Becsukta az ajtót, hogy senki ne hallja, hogy Lilly lehalkította a hangját. - Tudod, hogy olyanok leszel, mint az első Fey.

Halkan suttogta: - Tudom. Végül is látta a kárpitokat a Spire-ben és a vár napszakadásában. És ennél többet látott álmaiban. Az álmok, amelyeket még mindig nem hozott magához, hogy elmondja unokatestvérének.

Húzza magát egyenesen. Lilly lassan, mélyet lélegzett, amikor azt mondta: "Nos, a tiéd, hát ki vagyok én, hogy megítéljem egy másik királynő szárnyait?"

Nisha elmosolyodott, és kitörölte szomorúságának utolsó darabját. - Ezért kedvellek, Lil, engem látsz nekem, és mégsem félsz tőlem.

Lilly viszonozta a mosolyt. - Féljen. Ó, rendszeresen rettegsz, de kötődünk egymáshoz, így tudom, hogy nem árthatsz nekem.

Összekapcsolva a karját unokatestvérével, megkérdezte: - Ugye, nem mondtál erről senkinek?

"Nisha ... tényleg miért mondanám valaha egyetlen léleknek, hogy ötéves korunkban megittuk egymás vérét, és megesküdtünk, hogy soha nem ártunk egymásnak? Úgy nézek ki, hogy előadást akarok hallani a vérkötésről?" Nem is beszélve a másik kötésről tizenhárom éves korukban. Nem volt ok soha senkinek sem mesélni erről.

Mindkét lány egy pillanatig nevetett, mire Nisha felegyenesedett. - Mennünk kellene. A halottak nyugtalanok.

Lilly lassan a hosszú folyosón sétálva hajolt Nishába. "Ethan apja a hátsó sorban ül. Tisztán látja fiát."

Nisha rövid leállással megesküdött: "Sajnálom, el kellett volna mondanom, hogy kit kell meggyógyítani. Csak ... annyira ... zavart voltam ... dühös ... nem tudom. De el kellett volna mondanom."

"Örülök, hogy nem. Őszintén szólva, nem vagyok biztos abban, hogy hihettem volna-e neked, ha megtetted. Úgy értem, valóban… azt mondták nekünk, hogy eltűnt ... halott. Tehát, hogy most itt lehessen és életben legyen ? Nem, nem hittem volna neked, amíg a saját szememmel nem látom.

Még egyszer kifújta a levegőt, Nisha megkérdezte: "Kényelmes?"

"Minél többet. Ennie kell, de erről hamarosan gondoskodnak. És aludjon ... sok alvást. Aztán meg kell találnom valamit, ami segít gyógyítani néhány talált sebet. Még anya sem tudja, hogyan hogy kezelje őket. "

Nagy. Nem, nem rontja el a hangulatot, hanem örömet szerez, hogy ott volt, hogy tanúja legyen ennek az alkalomnak. "A Spire-be megyünk a fogadásra. Freya át akarja menni az egész várat, anélkül, hogy utánam kellene figyelnie."

- És itt azt hittem, hogy az árnyalatok csak néhány pillanat alatt képesek erre.

A szín lemerült Nisha arcáról. "Lilly, ne kérdezd meg őket. Túl sokan szomjaznak a vérre. Szeretném tudni, hogy kiben lehet megbízni, és kinek nem szabad itt lennie ... mielőtt ... hagynám őket vadászni."

Az a tény, hogy Nisha aggódott az árnyalatai miatt ... igen, veszélyesebbek voltak, mint mindenki gondolta. - Igen, ez akkor nagyon jó ötletnek tűnik. Néhány percig többen sem beszéltek, amíg… - Sedna királynő néhány pillanattal ezelőtt megérkezett.

- Ó, jó, reméltem, hogy képes lesz eljönni. Ugye nincs szüksége egy gömbölyű vízre, hogy beülhessen?

Lilly csak bólintott: "Azt hittem, meghívtad. Anya nem hitt nekem." Majd a kérdésre emlékezve hozzátette: "Ó, jól van. Úgy tűnik, a szirénák szilárd talajon tudnak járni több órán át, néha napokig. És ha ennek van értelme, kérlek, mondd meg. Mert nagyon szörnyű vagyok a tengerben lakókkal . "

"Sedna anyja sziréna volt, az apja, amint már tudod, vízi lakos volt. Pontos faját nem tudom. Tudom, hogy nem tudta elhagyni a vizet, és nagyon örült, hogy a lánya képes volt rá. Vagy én is" elmondták. "

"Tehát sziréna részese lehet a földön."

"Igen." Nisha vállat vont: - Bár egy napra a szárazföldre jön felfedezni, nem ugyanaz, mint egy különleges alkalomra.

- Ah, szóval a korallkoronát és a halpikkelyekből készült csillogó ruhát mutatják be.

- Drágám, fogalmad sincs. Legutóbb, amikor meglátogattam, akkor azon tanakodott, milyen színű korall illik a hajához ... és ennyit viselt.

- Kérem, mondja meg, hogy a korall eltakarta.

Ha unokatestvérének oldalra néz, megrázta a fejét, majd felsóhajtott. „Megállapítottuk a szabályokat, amikor meglátogatjuk. Például olyan ruhába fog öltözni, amelyet ruházatnak ismerek el, vagy egyszerűen nem maradok.

Fejezet 31:
Ethan

Ethan mély lélegzetet vett, és lassan kiengedte. Nem tudta, hogy a saját ösztöne volt-e, vagy Nisha azt mondta neki, hogy közel van ... de érezte. Szinte érzi a szagát. Szinte érzem, ahogy simogatja a bőrét ...

- Ethan?

Davidre nézve figyelte, ahogy az ajtó felé biccent. Lehunyta a szemét, és lassan felállt. - Biztos ebben Nisha? Nem az a hely, hanem feleségül veszi.

Ethan felé nézve David új unokatestvére vállára tette a kezét. Mindkettő, hogy stabilizálja őt, de teljes figyelmét is felhívja. "Te vagy az egyetlen ajándék, amelyet a szülei valaha is megadtak neki. Bízzon bennem, akkor is, ha szőrös nyálas trollcsiga lennél, feleségül venné."

Troll csiga? Volt ilyen? Nem számított, hogy mosolyra késztette, valószínűleg David szándéka volt ezzel kezdeni. "Köszönöm."

- Fiúk.

David lehúzta a fejét Celeste szigorú figyelmeztetésére. - Majd viselkedünk ... anya.

A szeme csak még egy kicsit összeszűkült, de mielőtt bármit is mondhatott volna, kinyíltak az ajtók, amikor Lilly bepattant a szobába. Lábai könnyedén lesiklik a padlón, amikor összetört vörös ruhája kialakult körülötte. "Lánya."

- Nish úton van. Ööö ... valakinek szüksége volt a figyelmére, hogy foglalkozzon valamivel? Nem vártam, hogy meglássam vagy halljam, mielőtt tudna.

A kis drámára figyelve Ethan egyenes arcra kényszerítette magát, amikor Lite királynője azt motyogta: - Valaki él, remélem.

Lilly csak az anyjára nézett, és elmosolyodott, és úgy döntött, hogy nem mond tovább semmit arról a személyről, aki a királynőjével beszélgetett: "El kéne keresnem?" Koppintás az ajtón, és látta, hogy apja ott áll. Királykék öltönye tökéletesen megnyomta és annyi éremmel és szalaggal díszítette, hogy kabátja majdnem tele volt. - Azt hiszem,... - Hirtelen megállt, és megrázta a fejét. - David némi segítséget kérlek, Nishának van egy kis problémája.

David elhaladt mellette, és csak egy apró bólintást adott, hogy üljön. "Kegyelmed?" Ez elfogadható kifejezés volt, nem?

- Ethan, drágám, te család vagy. Celeste néni remekül fog csinálni.

Hagyta, hogy magába szívja a szavakat. Nemcsak néni, hanem család. - Van valami oka annak, hogy Lilly és David csak az egyik vendéget lebegtették a folyosóra?

- Valószínűleg. Szerencsével soha nem fogom tudni az okát. Látva, hogy férje heves elszántsággal az arcán jön, tudta, hogy ez nem így lesz. - Blake?

"Ő tudja?" - sandított le Ethanre, aki ismét a székben ült.

"Még nem."

- Tudom mit? Ethan felsikított.

Blake bezárta a szemét Celeste-lel, majd mindketten egyetértően bólogattak: - Nisha meg tudja magyarázni. Aztán látva, hogy a félelem kúszik Ethan szemébe, Blake térdre ereszkedett, hogy Ethannak ne kelljen felnéznie rá: "Szavam van, hogy ami folyik, az nem fog ártani neked. Csak keverd össze. Őszintén szólva összezavar. én, de ez jó dolog. Szavad van. "

- És Nisha...

"Azt mondhatom önnek, hogy a kikísérett férfi az apja közeli barátja volt. Azt akarja, hogy ide kísérje őt helyettem." Sérülnie kellett volna a büszkeségének, de nem. Nem akkor, amikor elárasztotta, hogy valaki átélte az éjszakát. Nem akkor, amikor hiányzott a barátja, és megkönnyebbült, hogy újra láthatta. És nem akkor, amikor reményt adott, hogy minden, amit Nisha már kezdett kibontani, a legjobbra sikeredik.

Túl egyszerű. A fényviselők azonban nem hazudtak. Nem tudott hazudni ... legalábbis az alapján, amit elmondtak róluk. - Ez nem hangzik túl rosszul.

Még egy lélegzetvétel, Lilly és David is visszatértek a szobába. Amikor a tekintete találkozott a lányéval, Lilly ragyogóan rámosolygott: "Most kezdhetjük. Ó, és Grand'Mere kérjük, tartózkodjon attól, hogy szidja Nishát, nem vagyok biztos benne, hogy ma még egy dologgal foglalkozhatna. Az indulata már túl van rajta még a toleranciája is. "

Abban a pillanatban, amikor Nisha és meg nem nevezett kísérője ott állt az ajtóban. Ahonnan állt, nem látta tisztán. Addig nem, amíg majdnem félúton volt hozzá …

… A szépség víziója, amellyel Estare még csak ki sem tudott fejezni.

És feleségül vette. Mindig mellette lenne. Hogy volt olyan szerencsés, hogy a férjévé választották?

Nem kellett neki válasz. Tényleg nem akart egyet. Nem, csak arra vágyott, hogy emlékezzen az esküvő minden pillanatára. Mindig emlékeznie kellett a szürke pókhálókra, amelyek összefonódtak az éjféli fekete köddel. Vékony arany nyaklánc és piros medálja, amely közvetlenül a szív alakú nyakkivágás felett lóg. De a szárnyai voltak sokkal többek, mint lélegzetelállítóak, de neki nem volt szava, hogy megfelelően leírja őket.

Egy emlékrészlet rángatta. Ilyen szárnyakat látott Lunaistában. Nem Estare, de voltak olyan festmények, amelyeken mások is rendelkeztek. Később felfedezhette ezt az emléket ... ma csak azokra gondolt, akik ebben a szobában vannak. Nem, csak arra gondolna, mit jelentene élete most, amikor a legegyedibb és legmerészebb embert vette feleségül, akivel valaha találkozott.

Aztán meglátta az embert, akit alig néhány pillanattal ezelőtt kivittek a szobából. Összeszűkítve a szemét, úgy döntött, hogy túl vékony ahhoz, hogy csak vékony legyen, de... Nem, most nem tudott gondolkodni. Vagy legalábbis arra gondolni, hogy miért volt ilyen vékony, vagy miért tűnt betegnek. Nem, erre biztosan nem tudott gondolni. De Nishára koncentrál, aki hamarosan felesége és királynője lesz. Miután az ünnepség megtörtént, akkor minden más miatt aggódhatott.

Figyelte Nishát, amint utolsó lépést tett az erkélyre, és hunyorgott a szemével, és nem értette az apró bólintást a férfi felé, mire megcsókolta az arcát és helyet foglalt. Ennek ellenére azon a kis barátságos csókon tűnődött, amíg Nisha megkérdezte: "Celeste néni?"

- Utána beszélünk. Aztán Lite királynője a lehető legmagasabban állt, és hagyta, hogy a szél fokozza a hangját: "Kedves polgárok és családtagok, köszönöm, hogy gyülekeztetek erre a dicsőségnapra. Mint Lite királynője, megtiszteltetés számomra Darke koronájának adományozása. jogos királynőjének. "

Az udvaron álló tömeg zúgása meglepte, de Nisha nyugtatóan megveregette a kezét, hogy nyugodt maradjon. Aztán Nisha felé fordult, misztikus szárnyai csak egy hajszálnyira nyíltak.

- Ethan?

Nem tudta tovább elfordítani a tekintetét, és akkor elvehette a saját életét. A hangja elmosódott rajta. Valamit tett vele. Az volt, mert nem láthatta azokat, akik tanúként jöttek ezen a napon. Nem, csak egy szilárd fekete ködfalat látott. "Királyném?"

Figyelmesen megérintette az arcát, és elmosolyodott. Olyan kedves mosolya van. Arra gondolt, mielőtt meghallotta volna, hogy a nő azt mondja: "Nisha jól fog menni."

Ethan bólintott, majd elfordította a fejét, hogy megcsókolja az ujjait. Nem tudta, miért van, de ez jól esett. A mosoly az arcán megerősítette, hogy jól döntött. - Nem tudom a kimondandó szavakat.

"Bízol bennem?"

*Hát igen? Tudna?*Csak bólintott. - Ugye, senki sem láthat minket?

Mosolya boldog mosolyról összeesküvéssé változott: "Lilly képes. Mindenki más? Látnak valamit. Hallanak valamit. Mindenki látja és hallja, amit kíván."

Mély lélegzetet vett, és mélyen a szemébe nézett. Mély szakadékok. Tűz és füst. Jégtüskék. Aztán meglátott valamit. Halál. Látta a lány szemében. Az elveszett lelkek, amelyek nem jutottak el az Under

Királyságba. Azok a lelkek, akiknek már nem volt testük, amibe meg lehet kapaszkodni ... mindannyian szabadon engedésre várnak. - Nisha?

Ujja az ajkához szorult. - Megígéri, hogy megosztja mindazt, amit közösen alkotunk?

Megnyalta az ajkait, amikor az ujja visszahúzódott. - Én igen.

"Majd ezen a napon megosztom veled mindazt, ami vagyok. Te vagy az egyenrangú a szó legvalószínűbb értelmében." Egy kis kés jelent meg a kezében. Az egyetlen ujj hegyét szúró pont. A kék élet vére duzzadt, mielőtt egyetlen cseppet tett az alsó ajkára. "Ezzel meg vagyunk kötve. Az életben és a halálban az enyém az enyém. Ami az enyém, a tied. Megerősítem ezt a köteléket." Aztán megfogta a pengét, és megszúrta az ujját, és az egyetlen csepp vért ajkához vette.

Csak egy pillanatra megingott a látása, és biztos volt benne, hogy a szobán túl ... a kastélyon túl is lát dolgokat. Rengeteg ember próbál behatolni. Valami, amit nem látott, hogy távol tartsa őket. Valamilyen pajzs? - Nisha?

"Ismerem Ethant. Látom őket is. Ebben a birodalomban nincs semmi, amit nem tudnék. Ha úgy döntök." Az ajkát a férfira szorította. Aztán hátralépett, befejezve a varázslatot, amit létrehozott.

Celeste kábultnak tűnt. - Ööö ... Bocsásson meg, úgy tűnik, hogy a szavak vesztesek.

- Talán be kellene fejeznünk a koronázást? Nisha úgy mosolygott, hogy a kérdésből parancs lett.

Megrázta a fejét, majd Celeste felépült. "Természetesen." A hosszú aranyasztalt az erkélyre lebegve Celeste büszkén állt. - Általában csak egy koronát mutatnak be ... ezen a történelmi napon azonban kérem, válassza Nisha Devros koronahercegnő örökségét.

Két korona két országnak és a Fey egyszerű cédulája. Korona, amelyet a Fey első királynőjének készítettek. Nisha hagyta, hogy a keze az asztal fölött lebegjen. Hagyja, hogy Darke indák ostorai megsimogassák az egyes koronákat, hagyva, hogy az erő beszéljen vele. - Lilly gyere ide.

Ethan látta, hogy Lilly zavaros pillantást vet Nishára és az anyjára, de néhány lépést az asztalhoz lépett. - Nisha?

Nagyon óvatosan Nisha felvette az aranykoronát, majd megfordult: "Az Alkotmány Királynőjeként nekem biztosított hatalom által megkoronázlak Titeket Lite királynőjévé".

Nem ennek kellett volna történnie. Nem volt. A szobából a kollektív zihálás annyit mondott neki. Az a tény, hogy a helyiséget ... egy gyertyagyújtott helyiséget most olyan fényerő töltötte meg, amelyhez csak a nap képes. Bármi történt, sokkal félelmetesebb. Mégsem mondhatott semmit.

A fényesség lassan elhalkult, és Lilly, az új Lite királynő bólintott az anyjának, aki félelmetesebben nézett ki, mint kellett volna, ha ezt tervezték volna. Lilly óvatosan megsimogatta Darke koronáját, majd az ezüst körlapra tette. - A Lite királynőjeként nekem

biztosított hatalom révén megkoronázlak titeket Darke
és Feyen egyedüli királynőjének is.

Mielőtt a korona megérintette volna Nishát,
szörnyű sikoly hallatszott a nőtől, aki hátul ült.
"Nooooo !!!! Ez az enyém !!! AZ enyém !!!"

Fejezet 44:
Nisha

Nisha lassan a sikoltozó nő hangjára fordult. A szeme sötét tűzben lángolt. - Szóval, a báb végül is tud beszélni. Néhány lépéssel közelebb lépett a nőhöz, sárkányszárnyai éppen annyira kibontakoztak, hogy a széleken tüskék láthatók legyenek. - Vicces, apám varázsigéje szerint nem szabad uralkodnia a nyelvén, hacsak nem szerzett szívét. De nem a szíved, mivel ez még mindig el van zárva.

Larna megpróbált belemerülni a koronaért, amely most Nisha fején ült ... alig ért talpra, amikor ködből készült kezek megragadták, és a földre húzták. "Ez az enyém! ENYÉM!!! Nem kaphatja meg. Nem engedem!

Mindenki, aki a kis szobában ült, gyorsan talpra állt ... és ugyanolyan gyorsan a falakhoz nyomta magát. Beleértve Craykren királyt is, aki nem bízhatott abban, hogy még Nisha kedve is megcsúszik, még ő is veszekedést él át. Vagy ami azt illeti, ha a köd, amely most Larnát tartotta, valóban az a halálos faj volt, amelyet csak árnyékként ismertek.

Kinyújtotta a kezét, Nisha csak vörös hosszú körmének hegyével simogatta a bukott királynő arcát. - Igen, látom, hogy van szíve. Kár, hogy nem tartozik rád. Te sem kaptad őszintén. " A nő a szemeit Ethanra szegezte, aki mindenki máshoz hasonlóan igyekezett nem mozdulni. - Férjem, szeretnéd tudni, hogy van az, hogy tudom, hogy a szíve nem az övé ... sőt, még egy Fey-től sem.

Honnan tudhatta? Csak egy módja van ennek megismerésére. Ethan egyszer bólintott, de tartózkodott a beszédtől.

"Nagyon jól." Hirtelen egy csontból készült jogar jelent meg Nisha markában. Később egy szívdobbanás, akárcsak Darke jogara. Élénk lila fényt keltve a két sceptor hosszú botrá kovácsolódott. Egy fekete kő sárkány most csontdarabok köré tekeredett. A holló karmának most már nemcsak az Éjszakai köve van, hanem egy tiszta vörös kő, benne kavargó köd. Ez a kő csak a rég elfeledett Látókő lehet. - Felhívom, hogy lássák a rejtetteket. Bonyolult betétekkel ellátott ezüst doboz jelent meg előtte.

- Nisha! Ethan felsikoltott. - Ne nyissa ki a dobozt. Néhány méterre megbotlott, mire mozdulni sem tudott. Valami akadályozta őt ...

... Nem valami ... Nisha.

Egy szívdobbanás erejéig lezárta a szemét. - Senki sem érintheti a tartalmat, csak én. Van szavam, Ethan. Vékony fehér fátyol vette körül, ahogy kinyitotta a fedelet. Bent nem csak a szíve volt, amelyet apja vett, hanem egy másik is. Biztonságosan megérintette a kettő közül a nagyobbat. Képek áradtak hozzá. Nem a gyilkosé, hanem az apjaé. Képek a születéséről. Aztán képek sokkal, de sokkal későbbről.

Megtalálja a választ azokra a kérdésekre, amelyeket a képek mutattak neki, de most nem. Nem, most, de miután foglalkozott Larnával. A feyen királynővel zárva a szemét, megragadta a szívet. Néhány perccel azelőtt kaptak neki egy levelet, hogy megkoronázta volna. Apjától tizennyolcadik életévéig lezárták. Most megértette, miért vette a szívét. Kár, hogy nem tudta megosztani a képeket.

- Régen apám megfogta a szívedet, és mindazok, akik tanúi voltak ennek, kötelesek nem beszélni erről a napról. Felszabadítom őket e kötés alól. " Ujjai éppen annyira szorongatták a még mindig dobogó szívet, hogy ne veszítse el a szorítását. - Kérem, álljon kedves Gwydion elém.

Fekete köd kavargott előtte, lassan átalakulva férfi alakjában. Óvatosan letérdelt előtte. "Királyném?"

- Ismerem az ön embereinek egy részét. Igaz, hogy az ellenség szíve ritka csemege?

Felnézett rá, a szeme már nem pára, hanem folyékony tűz volt. "Ez."

- Akkor kérem, fogadja el egy ellenség szívét, aki ugyanezt tenné az összes feyen-földdel, amit egy áruló tett a tiéddel.

Gwydion egyszer csak bólintott. - Te vagy a legkegyesebb, királynőm. Lassan állt, és elvette tőle a szívet: "Ezzel a szívvel elengedem a lelkét, hogy az örökkévalóságig vándoroljon." A szájához hozva egyszer megharapott, hagyta, hogy fekete ködszerű vére a földre csöpögjön.

Nisha nézte, ahogy Larna teste a földre gyűrődik. A lelke már csapdába esett a jogarában. A szív, amelyet ellopott, vele együtt haldoklik. Lord Edrich szíve. Egy pillanatig vett levegőt, mielőtt megbetegedett volna, a vendégei felé fordult, és a szeme soha nem mutatott mást, csak a bizalmat. Később elgondolkodhatott azon, hogy Larna hogyan kapcsolta ki Edrichet a szívéből. Sokkal, sokkal később eldönti, hogy Larna vagy Edrich pusztította-e el mindazt, amit a családja dolgozott. De most más dolgai voltak, amelyek elsőbbséget élveztek.

Tiszta hangon, amelyet csak egy királynő használhatna, így szólt: „Tisztelt vendégek, a kastély már nem biztonságos, hogy visszatérhessen kocsiihoz. Más módjaim vannak arra, hogy elérje a Spire-t.

A személyzet feneke háromszor koppintott a kőpadlón. - A Holtak kapuja, parancsolom, hogy nyissa ki.

A halottak teste maga alkotta az ajtót. Az ajtó nem más, mint egy vörös köd. „Ha mindenki olyan kedves lenne átmenni. Szavad van, semmi kárt nem okozhat neked.

Lilly volt az utolsó a szobában, kivéve Nishát. - Nish, mi folyik itt?

Unokatestvére felé fordult, szeme könnybe lábadt. - Apám életben van.

"Igazán? Ó, Nisha ... Átfogta unokatestvérét. - Ez csodálatos hír.

"Nem ez nem. Lil, annyira fáj. Érzem." Unokatestvérét megölelve hagyta, hogy a könnyek lehulljanak, amíg levegőt nem tudott kapni. "Gyere, mindenkit el kell vinnünk a Spire-be, aztán dolgunk van."

Lilly lassan elhúzta, és megtörölte Nisha utolsó könnyeit. Nem tudott kérdezni Myrddinről, de megkérdezhette: - Tényleg így mehetünk a Spire-be?

„Az ajtó csak az élők és a holtak közötti világba vezet. Semmi sem árthat a belépőknek. És csak egyszer maradnak életben azok, akik ezen a kapun át utaznak. Nagyon nem akarom az egész családot a birodalmamba, még több évszázadig. Már elég rossz, hogy ott van Grand'Mere, és még csak nem is halott.

- Akkor engedjünk el, és holnapra ekkor már megtudjuk, hol van az apád, és ki tartja őt.

Nisha elég erősen megragadta a karját, hogy zúzódjon. - Lilly, tudom kit. Meg kell találnom a hol. És akkor meg kell találnom, miért.

Nisha szemében sikoltozó halottak lelkét látva nem volt kétséges az unokatestvére mondanivalója felől. És kétségtelen, hogy bármilyen sors is várja őket, a halál csak a kezdet lesz.

Nisha egy nagy üres szobában lépkedett a Spire-nél. A családja mindannyian összebújtak a fogadáson. Mind féltek, fáztak és aggódtak. Az a tény, hogy érezte nyugtalanságukat, aggasztania kellett volna ... kellett volna, de nem. Nem, sokkal sürgetőbb dolgai voltak aggódni.

Az egyik az, hogy hogyan magyarázza el, hová kellett mennie és miért. Másodszor ... az apja. Hogyan akarja valaha megmagyarázni, hogy ő kiszakította saját szívét, hogy megmentse magát? Ezt senki sem teszi. Erre senkinek nem lett volna képes.

Akkor megint talán ő ... az apja lehet az, aki ennyit magyaráz. Igen, rögtön azután, hogy megbizonyosodott róla, hogy kötődik hozzá, így senki sem árthat neki, miután elmagyarázta magát. Igen, ez sokkal jobb ötletnek hangzott.

Halk kopogás az ajtón fél lépésre dermedt. "Ban ben."

Ethan bedugta a fejét a szobába: - Bemehetek?

Mély levegőt véve, egy könnyű széllökéssel felhúzta a szürke panel ajtaját: - Ethan, nem kell engedélyt kérned.

- Nem látta a szemét. Zihált, nyilvánvalóan nem azt akarta mondani. "Értem..."

- Rendben van, tudom, hogy a szemem nem emberi, amikor fellángol az indulatom. Újabb mély lélegzet. - Most már nyugodt vagyok.

Lassan tett egy kis lépést a szobába. - A szárnyaid lélegzetelállítóak.

Félénken elmosolyodott. - Soha senki nem mondta még ilyet. Nem ijesztenek meg?

Odaérve óvatosan megérintette a szárnyak körvonalát. - Miért kellene. Te vagy. Erős. Erős. Egyedi. És teljesen lélegzetelállító. De ezt már mondtam. Szünetet tartott. - Zabálok.

*Igen, az vagy, de nem bánom.*Joy felemelte a szívét. - Lilly azt mondta, hogy sétálhatsz?

Egy vállrándítás. - Nem mondta, hogy nem tudok. Aztán megint más dolgai vannak, amelyek elfoglalják őt egy pillanatra.

Megfogta a kezét, és gyengéden meghúzta: - Gyere, jobb, ha megtalálunk egy ágyat, mielőtt Lilly eszébe jutna, hogy még mindig szüksége van a gondozására.

A fejét rázva nem volt hajlandó mozogni. - Jól vagyok, Nisha. Jobban, mint valaha voltam. Igazán."

A nő arcára tette a kezét, és hagyta, hogy ködcsíkok áramljanak körülötte, majd felsóhajtott. - Nem Ethan, nem vagy az. Az, hogy mit érzel most, az izgalomtól függ. Attól tartok, hogy mi fog történni, amikor a tested emlékszik, még mindig gyógyul. "

"De..."

- Nem, bebújsz egy ágyba, és Lilly mindent megtesz, amit csak ő tud. Reggel aztán lesz néhány válaszom. Megvan a szavam.

A Spire állítólag Feyen összes országának legnagyobb könyvtárának ad otthont, így képesnek kell lennie arra, hogy térképet találjon. Vagy legalábbis olyasmi, amellyel apját megkeresheti. Nem kellett volna azt jelentenie, hogy így lesz. Felpillantott a könyv, pergamen és egyéb dolgok oszlopaira és soraira, amelyeket ősei úgy döntöttek, hogy mindent rögzítsenek a varázslatoktól és a varázsigéktől kezdve az időjárásig és a történelemig ... kételkedett abban, hogy reggel előtt képes lesz-e megtalálni a szükségeseket. Kétséges, hogy képes lesz megtalálni, amire szüksége van a jövő év előtt.

A folyosóról érkező könnyű szellő hangja felkeltette Nisha figyelmét. - Ó, kedvesem, ha itt vagy, akkor gondok vannak. Utál olvasni ... bármit.

A válla fölött átnézve unokatestvérére próbált mosolyogni, miközben az egyik kezében meglehetősen piszkos könyvet, a másikban egy tekercselt pergament tartott. "Segítség?"

Lilly egyetlen lépést tett a szobába, és csendesen becsukta maga mögött az ajtót. - Mielőtt segítek, meg kell beszélnünk, mi történik, mielőtt idejönnénk?

Természetesen megtették. Nisha vett egy mély levegőt. "Hogy van mindenki? Azt hittem, megnyugszanak, ha máshol maradok.

- A Drakenek jól vannak. Ez egy jó teljesítménymutató volt, és büszkék arra, hogy családos vagy. Sedna királynő visszatért királyságába. Nyilvánvalóan nem akarja tudni, miért kellett belépnie az Under Királyságba. Grand Mere, nyugodt vagy többnyire nyugodt. Ismeri őt, jelenleg anyát hibáztatja azért, hogy kinyitja azt a kaput, ahelyett, hogy bármi mással foglalkozna, ami a kastélyba próbál bejutni.

- Trollok. Légiók közülük. Ogrék, akik segítettek a trolloknak. Néhány Menehune, aminek semmi értelme, mivel a mocsaras vidéken és Draken melegebb területein élnek. Aztán volt egy kis Taraque. Taraque, az egyik legendás teremtmény, amelyet az első Fey készített és kihaltnak mondták, de mégis voltak… Darke-ban vannak. Gondoljon csak bele, Lilly, együtt dolgoztak, hogy hozzáférjenek a kastélyhoz. Valaki vagy valami biztosan irányítja őket. És meg kell találnom, mi. Attól tartok, mi lesz, ha nem teszem meg. "

Nagyot nyelve Lilly néhány pillanatig várt, mielőtt megpróbált volna bármit is mondani. - Ó, hú, nos… - Lilly a hisztérika küszöbén látva unokatestvérét tapogatta a szavain. Nem merte megkérdezni Nishát arról, hogy szerinte ki irányíthatja a fenevadat. Legalábbis most nem. Tehát úgy döntött, hogy egy kicsit kiegyenlített humort használ, és reméli, hogy nem rontja a helyzetet. - Legalábbis nem volt egy marhahús.

- Ó, ne hülyéskedj, Drague valójában nem létezik. Vagy legalábbis azóta sem… - Szünetet tartott, és átgondolta mindazt, amit tegnap óta tanult, majd egyetértően bólintott. -… Akkor megint igazad lehet. Igen, nagyon is lehetsz. Újabb mély lélegzetet véve Nisha megkérdezte: - Hogy van Celeste néni?

- Ó, anya maga mellett van. Megtervezte a koronázásomat egészen az ünnepig és a bálokig. Nem örül annak, hogy ma úgy döntött, hogy megkoronáz. A szárnyaidnak sem örül. "

Nisha sértődötten meghajolt, és sötét ködből induló fekete indái kiszivárogtak a szoba minden sarkába, amikor az indulata kezdett érzékelni. - Ők a szárnyaim. Igazi szárnyaim, ha jóváhagyja őket, vagy sem, nem rajta múlik. Ha anyám … a maga húga … azt akarná, hogy ne a testemen legyenek, akkor ne ragaszkodjanak a testemhez.

Kezét megadó testtartásba helyezve Lilly hátrált egy lépést. - Hohó, Nish. Kétlem, hogy anya tudja, hogy ők az igazi szárnyad. Mivel rejtve tartja őket, és gyakrabban viseli a ködöt. Ha megmutatja neki, hogy nem díszek, akkor tudja, hogy érdekelni fogja őket. Ahogy Ethan is. Amit az unokatestvérének már évekkel ezelőtt meg kellett volna tennie, de amíg Nisha nem nyugodott meg, addig ő, mint mindenki más, egy szót sem szólt arról, hogy szerinte Nishának már most jól kellett volna cselekednie.

Mély lélegzetet véve Nisha elfordult unokatestvérétől, és lehunyta a szemét, miközben megpróbálta visszanyerni higgadtságát. - Elrejtem őket, mert mások. Azt akartam, hogy Ethan lássa őket. Kedveli őket, ezért nem rejtegetem őket túl gyakran. Többé nem."

Gyorsan meg kellett fordítania unokatestvérének kedélyét, mert nem törődött azzal, ahogy Nisha haragtól sírva változik, ezért felajánlotta: "Tehát mire van szüksége segítségre?"

Nisha megtörölte a szemét, miközben a lélegzete egyszer csak elakadt. Érzelmei túl nyersek a saját ízléséhez. Túl kiszámíthatatlan. Mindenesetre még mindig volt olyan munkája, amelyet el kellett végezni. - Szükségem van egy térképre. Olyan, amely az összes feyen földet mutatja. És a Mystic Woods. A fenébe, szívesen megtalálnám az Under Kingdom egyikét, de tudom, hogy ez nem létezik.

"Összes?"

- Igen, Lilly. Azt hiszem, Myrddin a Mystic Woods-ban van, de tévedhetek.

Egy nagy kerek faasztal jelent meg a szoba közepén. - Mielőtt behívnám a térképeket, megkérdezhetem, miért gondolná, hogy az erdőben van?

Az ezüstdobozba hívva Nisha az asztalra ültette, majd oly gondosan kinyitotta a fedelet, és felfedte a nagy dobogó szívet. Az apja szíve.

Az asztalhoz szegődve Lilly bekukucskált a dobozba. "Szív? Kék vérrel, még mindig az ereiben?

Egyszer bólintott. - Az apámé. Él, Lilly. Élő. És meg kell találnom. És nem várhatok tovább. Én sem szeretném. Valami nagyon rossz. Érzem, hogy apró villámcsapások táncolnak a bőröm alatt. Úgy éreztem, abban a pillanatban, amikor mind Darke, mind Feyen királynőjévé koronáztak.

Lilly visszafordult az ajtóhoz, hogy megbizonyosodjon arról, hogy az bezárva van-e. - Lehet más módszer is.

- Lil?

Suttogva, mivel nem akarta, hogy bárki is tudja, hogy megvan ez a különleges ajándék, Lilly azt mondta: - Megvan a hatalmunk, Nish. Tudod, hogy mi.

- Igen, de ... minden hülyeségen túl veszélyes.

„Nisha Devros, mindkettőnknek volt már álmait járva. És ne merd elmondani, hogy félsz. En jobban tudom."

Körülnézve a szobában, Nisha elmosolyodott. „Védeni kellene. Kivágnának minden képességemtől, amíg valahol máshol vagyok.

"Tudom." Lilly felemelte a kezét, és aranyszínű fénybe burkolta a szobát. - Bezártam ezt a szobát. Senki sem léphet be beleegyezésem nélkül. Vagy az én tudásom. "

"Biztos vagy ebben?" Nem mintha kételkedett volna abban, hogy Lilly bezárta a szobát, de biztos volt abban, hogy segíthet neki megtalálni az apját.

Egyetlen egyszerű bólintás volt a válasz.

- Rendben, de elfelejtett valamit. Kezét a feje fölé emelve gyorsan lehúzta a földre. Halk dübörgés szakadt át a szobán. "Én, Nisha Devros, az Alsó Királyság királynője megtiltottam bárkinek, hogy élve vagy holtan lépjen be." A könyvtár hevesen megrázkódott, amikor a lila örvények összefonódtak a Lilly által létrehozott fényben. "Jobb. Sokkal jobb"

A szemét forgatva Lilly elmosolyodott. - Ó, igen, nem zavarhatjuk meg.

„Ez az árnyalatokat is távol tartja. Nem hinnéd el, hogy milyen orrúak. Különösen akkor, amikor olyasmit csinálok, amiről nem szólok nekik előre.

- Nish, nem akarom tudni. Felugrott, hogy leülhessen az asztalra, és megkérdezte: - Megvan a gyertya?

Tizenhárom lila gyertya jelent meg a szoba körül. Aztán egyetlen arany kandeláber. Egyetlen fehér gyertya a közepén. Piros balra és fekete jobbra.

- Felébredek, amikor a fehér gyertya elfújja magát. Tizenkét órám kellene. De kevesebb lehet attól függően, hogy milyen messze van. És milyen gyenge.

- Figyelni fogok. És Nish… - Nisha egyetlen szemöldökét felvonta. - Ha megtalálod, légy kedves. Biztos vagyok benne, hogy nem szeretné, ha szidják, amíg nem lesz otthon. Akkor felváltva léphetünk. Te, én és anya. Feltételezem, hogy David anyja és apja, valamint anyját is elrejtik valahol. De hárman biztosan elsők leszünk. ” Lilly szünetet tartott, és összeszorította az ajkait, mielőtt hozzátette: - Gondolom, Grand Mere is meg akarná szidni.

- Ó, ne aggódj, azt tervezem, hogy megvárom, amíg valóban hozzá tudok érni, mielőtt szidom. Végül is a szidás sokkal jobb, ha az ember nyakát kiforgatja. ”

- Igen, azt hiszem, igazad van.

A szantálfa és a jázmin illatát lélegezve lehunyta a szemét. Sage az asztrális síkra viszi a lelkét. A tengeri só tartaná őt az élőktől. Myrddin. Az egyetlen ember, akit magához akart húzni. Tudta a nevét, de semmi mást. Nem, ez nem volt igaz ... a lánya volt, olyan vastag kötelék, mint a vér ... meg fogja találni. Muszáj volt.

Lassan erős irizáló fény vette körül. Harcolj lilák és kékek között. Zöldek és sárgák árnyalatai. Az összes összefonódva együtt kavarogva elképesztő mozaikot készít körülötte. Mégsem más ember.

Behunyta a szemét, miközben ebben az álomvilágban volt, még egyszer felhívta. Myrddin.

Ott egy rángatás. Harcolt vele. Érezte. Lábait a földbe vájva arra törekedett, hogy erősebben húzza. Myrddin. Még egy húzás egy vonalon, amelyet csak ő láthatott, majd a mozaik megváltozott körülötte. Már nem élénk, élénk színek, hanem mély lilák. Éjféli blues. A zöldek szinte feketére, a sárga pedig szürkére változott. Lassan alak alakult ki előtte. Magasszülött fekete köntös, arany a mandzsettán és az elején. Royalty. Igazi jogdíj. Az egyik, amire fogadhatott, nem ebből a területből származott. Lassan kialakult a keze és az arca. Végül a szárnyai... a sajátjától tükröződnek, de fekete, mint az éjszaka, és közel sem áttetsző. - Myrddin?

Lélektelen tekintete lassan a lányra összpontosult. Aztán lassú vonakodó mosoly. "Lánya." Egyetlen lépést tett feléje. - Dolgoznia kell álmai gyaloglásán, de ez megteszi azt, amit meg kell vitatnunk.

A hangja mélyebb volt, mint gondolta. És magasabb volt, mint amilyennek a lány azt hitte. Majdnem két teljes lábbal magasabb, mint ő. Kinézve biztos volt benne, hogy a férfi több mint egy fejjel magasabb, mint a nagynénje. Igen, határozottan nem erről a területről. Egyetlen királyi Fey sem volt ilyen magas, mióta az első Fey leesett a csillagokról. Ezt még csak az Under Kingdome tagjai tudták. És olyasmi, amit soha nem fog megvitatni a Holtak kastélyán kívül. Nisha egyetlen lélegzetet véve gyorsan azt mondta: - Larna meghalt.

- Ah. Tehát megtaláltad a dobozomat. Aztán a szeme összeszűkült. - És kinyitotta annak ellenére, hogy azt mondták neki, hogy ne tegye?

Egyszer bólintott. - Ez vezetett ide. Óvatosan megkérdezte: - Ugye tudtad, mi fog történni aznap este?

Elfordult tőle. - Válaszolok a kérdésére, de itt nem. Nem most. Kevés az idő. ”

Nekik annyi ideje volt, amire most szükségük volt, amikor ő segített neki ahelyett, hogy harcolt volna vele. - Mire? - kérdezte Nisha lassan.

- Ismeri az Eostre történetét?

"Néhány. Gwydionnak és nekem még nem volt időnk részletesen megbeszélni az embereit. Legalábbis még nem.

- Gwydion?

- Az Eostre utolsó királya. Ismered őt?"

Tudta, hogy hatalmas lesz, de soha nem gondolta, hogy képes lesz barátkozni egy Eostre-val. Aztán ismét felhasználhatja őt saját céljaira. - Nisha, figyelj nagyon. Amit igazságként tudsz, az nem az egész. Az Eostre nem halott. Legalábbis nem mindegyiket. A háború előtt többen csúcsra jártak. Nem csak a Fallen Fey gondozói akartak lenni. A Fey ... az igazi Fey a csillagvárosokban vitatkozott erről. Míg a csúcson a csillagvárosok királyaival szörnyű bűncselekmény történt. Az összes Eostre, aki ... itt volt ... ezen a földön ... meghalt. Akik a csúcson voltak, hadat üzentek mindazoknak, akiket állítólag felelősek voltak. E föld és a csillagvárosok összes feyenje.

Után. Amikor meghatározták a határokat, az Eostre, akik meghagyták, a Misztikus Erdőt követelték. Az egész Mystic Woods és ereje a sajátjuk számára, mivel az erdő mindig is az otthonuk volt, és ez meg is marad. Azokat a helyeket, ahol a csillagkolóniákból érkezők pihentek és jól érezték magukat ebben a földben, többnyire elpusztították, megakadályozva, hogy ideutazhassanak. A legtöbb, de nem az összes.

"Várj, mi? Azt mondod..."

- Csak figyelj, kicsi, tudnod kell az egészet. Amikor a nő bólintott, így folytatta: „Valahol a Misztikus Erdőben tartanak fogva. Vagy legalábbis szerintem az vagyok. Aztán ismét a nagy háború romjai közelében lehetek. Akárhogy is, ha először hozzám fordul, akkor az anyja meghal. Ha elmenekülök, meghal. Ha belép az erdőbe, megölhetik.

Csodálatos, éppen amire szüksége volt; újabb puzzle. Ezt meg kellett oldani a családja megmentése érdekében. - Tudod, hol van az anyám?

„A misztikus erdőben. Ez… az erdő egy furcsa hely, ahol elveszik a megtanult képességeket, de javítják a természetes képességeket. Azt hiszem, az oszlopok egyik romja közelében lenne. Az erdőt irányító erők ott a legerősebbek. A legerősebb a gyógyító folyó torkolatánál.

Nisha elfordult tőle. - Rendben, szóval, hogy megtaláljam az anyámat, összevesztem. Mi más?"

- A dobozom. Nem léphet be az erdőbe. Akik ott vannak, elviszik. Túl erős, és attól tartok, hogy nemcsak ezt a birodalmat, hanem a csillagokat is elpusztítja. Nem a tartalma, hanem maga a doboz. Még akkor is, ha eltűnik valahol, hogy hozzád hívják … azok, akik az erdőben élnek, képesek leszedni tőletek.

- Nem hagyhatom a Spire-nél. Nem hiszem, hogy vannak olyanok, amelyek megvédhetnék.

Nem, a Spire nem lenne elég biztonságos. Legalábbis ezt megértette. - Kérdezze meg a nénit. Lehet, hogy van megoldása.

- Celeste néni? Ó, nem tehetem, már zörög. És még azt sem mondtam neki, hogy megtaláltalak.

"Nem kedvesem. Estare. Hívd meg. Nem Álom-Séta, hanem hívd meg. Válaszolni fog. Ne számíts rá, hogy kedves lesz. Valójában vegye fel a harcot, amikor megteszi. Őt nem kell behívni. Tényleg nem olyan, akit ilyen álmokban meg lehetne idézni. Tudd, hogy hatalmas, de nem annyira, mint te. De több éves tapasztalattal rendelkezik a képességeiben, mint te. Számíts rá, hogy a készségek minden unciáját ellened használja.

A köd változni kezdett. Az együtt töltött idő már majdnem lejárt.

- Amikor megtalállak, magyarázatokat akarok ... nem rejtvényeket vagy több kérdést. Minden kérdésre választ szeretnék kapni, amivel elő tudok állni. ”

„Amikor visszatérünk az Éjszakai Várba, minden választ megkapsz, amire vágysz. Így lesz az édesanyád is.

Fejezet 45:
Ethan

Ethan megvárta, amíg meggyőződött róla, hogy Nisha már korábban elhagyta a szobát, de a szoba közelében lévő folyosókat is. Az ágyhuzatot lehúzva úgy döntött, hogy felfedezi a tágas szobát, ahol a lány otthagyta ... Nem, nem egy szobát, hanem szobákat ... egy egész lakosztályt ... - javította ki magát. A hálószobát mélylila színűre festették, amely majdnem feketének tűnt, de kontrasztja fehérszürke komódokkal volt ellátva. Az ágy viszont szürke és fekete márványból készült, és az oszlopokban rendszeresen más színű pelyhek voltak.

Zavarban volt ezen, mivel semmi sem felelt meg. Vagy, vagy ezt a lakosztályt összekészítették azzal a holmival, amelyet már senki sem akart, vagy Nishának nagyon furcsa ízlése volt a dekorációban. Mindkettő lehetőség volt. Lassan nyitva egy ajtót, amely nem az előszobába vezetett, talált egy nappalit, ahová elfér Edrich házának egész földszintjén... otthonában. A távoli sarokban egy kőoroszlán volt, vízesés. Nem, nem oroszlán, döntött közelebbről, hanem egy Merlion vagy egy kiméra. Akárhogy is, a szobor csodálatos volt. Aztán figyelte, ahogy a víz arany és kék színben szikrázik a kristálymedencében. Egy lépéssel közelebb érezve érezte, hogy a folyadék kifolyik, és tisztán látta, hogy ez nem víz. Nem igazán. Persze, tiszta és folyékony volt, de túl selymes, hogy csak közönséges víz legyen. Így kellett lennie.

Az ajtó kopogása ugrásra késztette. Azt hitte, hogy valami elkövetésén fogták el, megtiltotta a válla megereszkedett, amikor bárki felé fordult. Meglepetésére egy fiatal lány volt, szürke szolga ruhában, kezében egy nagy tálcával. - Ööö ... segíthetek?

A lány lassan elmosolyodott. - Lady Nisha és Lady Lilly úgy gondolta, hogy jobb lenne, ha egyedül vacsorázna. Úgy tűnik, hogy a felnőttek túl kócosak ahhoz, hogy velük foglalkozzanak ezen az estén. Még Davkren herceg is kérte, hogy egyedül vacsorázzon ezen az estén. Ami számára nagyon különös.

Kócos? Amit megfigyelt, az egykori királynők valahol megdöbbentek és féltek, mégis határos dühösek voltak. Nem az a kiabálás dühítette, hogy Lilly azt mondta, hogy azok lesznek, hanem az a fajta, ahol valaki a vérével fizetne érte. - Az étkezés önmagában ésszerűnek hangzik.

A tálcát alacsony asztalra helyezve a szobalány ismét elmosolyodott. - A személyzet nem volt biztos benne, mi tetszik, ezért egy kicsit mindent feltettünk a tányérokra. Arcot vágott. - Kivéve, amit a Drakensek esznek. Senki nem eszi meg ezeket a dolgokat, kivéve őket. Kinyújtotta a nyelvét, és így folytatta: - Yuck. Megvetem, hogy én legyek az étkezésük. A vér mindenhova eljut. Adott egy pillanatot arra, hogy összeszedje magát, és ne öklendezzen, így folytatta: "Mindenesetre, ha találsz valami tetsző dolgot, tudasd velünk, és még többet hozunk."

Az első fedelet levéve az edényről, a szeme elkerekedett. Egy halom étel. Minden gondosan fel van címkézve. - Többet kaphatok ... bármiből? Ez több étel volt, mint általában egy év alatt. És bármikor bármije lehet. A szája már öntött a szagoktól, amelyekre felszedett.

- Lady Nisha azt mondta, hogy túl vékony vagy. Ezen kívül Lady Lilly azt mondta, hogy még mindig nagyon gyenge vagy. Mindkét Hölgy azt akarja, hogy megfelelően táplálják. Ha hozzáfűzöm, kezdje az utolsó tányérral, amelyen nagyon finom desszertek vannak. Biztosan segítenek a súly megterhelésében. "

Lenézett a kényelmesen táskán felüli éjszakai ingére és az éjszakai nadrágra, amelyre egy kis ruhát kötött, hogy ne essenek le, Ethan megkérdezte: - Nem értene egyet velük?

- Ó, soha nem értek egyet Nishával, de Lilly? Jó, ha talpán tartja. "

Mivel úgy tűnt, hogy hajlandó beszélgetni, megkérdezte: „Miért ne Nisha? Úgy tűnik, hogy házasok vagyunk, de csak most találkoztam vele.

"Nos, Nishának nagyon folyékony ötletei vannak, és ha kihívást jelent, akkor az egyet nem értő ember végül csak egyetért, így abbahagyja a véleményének kifejtését." Megveregette a kezét. "Biztos vagyok benne, hogy ésszerűbb lesz azt mondani, hogy gondolkodik. Értem a véleményedet, de ... akkor magyarázd el a véleményedet. Ez nem ért egyet, de meghallgathat téged. Aztán megint elmondhatja, hogy a fű lila, bár egyértelműen zöld, majd elmondja, miért lila. Kivéve, ha színére változtatja, hogy igazolja álláspontját.

Ethan hátrabotlott egy lépést. - Megtenné? Változtassa meg valaminek a színét, hogy igazolja? Végül is nem volt olyan Fey, aki képes lenne erre. Vagy legalábbis nem olyat, amiről valaha is hallott volna. Mindenesetre jó volt tudni, hogy nem gyakran vitatta az állítását.

- Ha lenne ... kedvesem, van. A képmások nem voltak nagyon elégedettek Dáviddal, mivel ő volt az, aki kihívta őt. Most mennem kellene, és enned kell.

Egyszer tisztelettel bólintott, de sajnálja, hogy esetleg bajba sodorta. - Ó, sajnálom, hogy időt szánok rá.

- Ne legyen. A Spire-nél dolgozó személyzetet a királyiak köré emelték. Mindannyian szabadon beszélünk, és mindent megteszünk, ami a legnagyobb örömet okozza számunkra. Ez a mi munkánk. Az enyém látja, hogy a vendégeknek, köztük a királyiaknak is minden szükséges. Gyanítom, hogy szüksége van valakire, akivel beszélhet. Természetesen ebbe beletartozik az étel is. Sok-sok étel. De kezdjük a lemezekkel, amelyeket már hoztam. Ez ötletet ad neked, mit szeretsz és mit nem. "

Most ránézett, és nem egy fiatal lányt látott, hanem egy tündért. Hegyes fülek. Kristályzöld szemek. Csak a szárnyai nem voltak láthatók. - Tündér vagy?

- Sprite. A ház tündére. Kérem, ne tévesszen össze egy házimanóval.

Nem tudta, hogyan reagáljon, és csak annyit mondott: „Sajnálom, de nem tudom a különbséget. Úgy tűnik, hogy a feyen-i versenyeken végzettségem hiányzik. "

"Ó, drágám. Nos, egyszerűen oktatnom kell. De ma este nem. Ma este eszel, és amikor a Spire ki lesz takarítva azok közül, akik nagyon szúrósak, akkor oktatni foglak mindenre, amire szükséged van. Ma estére azonban azt mondhatom, hogy mind a spritek, mind a manók ugyanazokat a dolgokat tehetik, de a manók nagyon durvaak, ahol a spritek pezsegnek.

- Köszönöm ... Ööö...

- Eolande. Ibolyavirágot jelent. Látva, hogy nem érti, a nő egy kis virággá változott. Ibolya. Aztán visszafordult. „Első lecke: Fey-t azért nevezik el, hogy mivé válhat."

- Tehát, Lilly...

"Óh ne. Miss Lilly túl erős ahhoz, hogy csak virág legyen. Ő a nap. Fényes és arany. Nem kéred meg, hogy váltson más formájába. Nagyon szorong. Még Lite királynőjének is. És Ethan, kérlek, ne kérd Nishát, hogy mutassa meg az övét. Valaha."

Óvatosan megkérdezte: - Miért?

- Nisha az éjszaka lánya. Nincs olyan formája, amelyből... hát... bármi mesés vagy sem, valódi vagy saját készítésűvé válna. Bármi, amit egyszer mondtak, ütközött az éjszakában.

- Szóval, a sárkány ...

Eolande ismét a közelébe került, majd halk, vidám hangját kissé suttogás fölé eresztette: „Nem mondod el a többieknek, hogy a sárkány Nisha volt. Tilos megvitatni. "

"Értem. Köszönöm, hogy elmondtad." Ennek ellenére egy sárkány látása érdekesnek tűnt. Talán megtalálja a módját, hogy kérdezés nélkül kérdezzen. Igen, ezen gondolkodnia kellene. Aztán megint elég nagy volt a sárkány a lovagláshoz? Vajon lenne-e bátorsága feleségétől kérni az élményt?

Talán miután nyugodtabb volt. Igen, feltétlenül meg kell kérdeznie, ha másért nem, csak a saját kíváncsiságáért.

Ethan harapott egy édes édességet, amelyet Eolande ostobán tett elé. Egy falat, és még többet szeretett volna ... éppen megfelelő mennyiségű édességet és nedvességet, amely megolvadt a szájában. Lehunyta a szemét, és élvezte az ízét. Még egy kis, krémmel borított golyóhoz érve észrevette, hogy Lilly az ajtóban áll, és figyeli őt. Lenyelve az utolsó darabot, ami a szájában volt, elmosolyodott, és kinyújtotta neki a tányért. "Kérsz egy kis?"

Megrázta a fejét, de viszonozta a mosolyt. - Biztos fiú dolog. Tegyen egy tálca édességet maga elé, és elfelejtette először megenni az igazi ételt.

- Igazi ... - Megfordult, látva egy letakart ételt, amely alatt még nem kukucskált. - Ó. Még nem jutottam el ahhoz.

- Uh ha. Nos, hamarosan visszatérhet rá. Nishának látnia kell.

Vállat vont. - Hozhatom ezt?

- Drágám, úgy nézek ki, hogy merném elválasztani az édességedtől? Bár érdemes lassítani. Tényleg nincs kedvem gondoskodni arról, hogy a gyomrod ne kezdjen savanyúvá válni miatta. Bár biztos vagyok benne, hogy David már úgy döntött, hogy nem veszi figyelembe ezt a figyelmeztetést.

Hogyan savanyulna meg a gyomra? Ennek nem volt értelme. Aztán megint, honnan tudhatna Davidről vagy arról, hogy mit eszik, ha előtte áll? Nem olyasmit, amit most megkérdezhetett volna. - Hol van Nisha?

"A könyvtárban. Gyerünk. Megyünk hozzá, akkor eltévedhetsz minden csodálatos könyvben. Szereted a könyveket, nem? Nish azt hitte, hogy lehet.

A szeme elkerekedett. „Könyvek? El tudom olvasni őket?

- Ó, Lite szeretetére. Természetesen elolvashatja őket. Valójában arra biztatom, hogy tegye meg, mivel Nisha nem hajlandó felvenni egyiküket sem. Megfogta a karját, és addig húzta, míg a nő abba az irányba kezdett mozogni, ahova a nőnek szüksége volt.

Miután lefordult több folyosóról és eljutott a Spire központjába, Lilly megállt néhány méterre a sima fa ajtó előtt. Azt mondta, Nishának szüksége van rá, ezért talán nem hívták meg Lillyt erre a találkozóra? Lehetséges, akkor miért piszkálta figyelmeztetően a bőre?

Az ajtót kinyitva látta, hogy hosszú sárkányszárnyai nyugtalanul csapkodnak, miközben a nő a kerek asztalra néz. - Nisha?

- Ó, jó Lilly megtalált. Kissé megfordult. - Volt alkalma enni?

- Ettem valamit. Nem emlékezett az édesség nevére. Később meg kell találnia, mi volt ez.

Egyszer csak nézte, ahogy bólint, mire a lány felsóhajt. "Szükségem van a segítségedre."

"A segítségem?" Feszült a válla. Amikor utoljára valaki a segítségét kérte, addig verték, amíg nem tudott járni, majd több mint egy hétig éhezett.

- Ó, nem, Ethan, ez nem rossz, ígérem. De Estare ismer téged, és beszélnem kell vele. Ez nagyon fontos."

Néhányat ellazítva megpróbált mosolyogni. - Megtalál, amikor alszom. Nem tudom, hogyan lépjek kapcsolatba vele.

A nő elé állt, hogy ne kelljen tovább lépnie a szobába. - Rendben van, mert igen. Csak a segítségedre van szükségem ebben ... Megértem, ha nem tudsz ... ”

Hallotta az idegességet a hangjában, és egy lépéssel közelebb lépett hozzá. "Mit tehetek?"

- Csak fogd meg a kezem.

Hogy megtehette. Valójában megalapozottnak érezte magát, valahányszor hozzáért. "Meg tudom csinálni."

A keze két kis jégtömbnek érződött a kezében. Lehunyta a szemét, és hagyta, hogy saját ösztönei érvényesüljenek. Aztán hallotta, ahogy Nisha beszélni kezd.

- Estare királynő, behívlak. Gyere előlem.

Amikor semmi sem történt, érzett valamit. Erő? Elektromosság? Nem lehetett biztos benne. Kinyitva a szemét, őt és Nishát is fekete lángok vették körül. Mégsem égtek a lángok. Aztán Nisha a szemébe nézett, csak két fekete gömböt. Nem, ez nem volt helyes. Közelebb nézve csillagok ezreit láthatta. Több ezer apró fény. Színek és minták, csak elképzelni tudta. Aztán érezte, hogy megfeszül.

- Estare királynő, tudom, hogy hall engem. Parancsolom, hogy mutassa meg önmagát.

Ó, ez nem lehet jó. Elég jól ismerte Estare-t ahhoz, hogy tudja, hogy nem olyan személy, akitől bármit is parancsolni tudna. Elég tudta, hogy nem reagálna jól ezekre a parancsokra. Figyelmeztetnie kell, de mielőtt bármit is mondhatna ...

Mielőtt bármit is mondhatott volna, Nisha hangja végigdördült a szobában, **"MOST!!!"**

A szoba hevesen megrázkódott. A polcukon fészkelődő könyvek egymásba csapódtak a szobában, majd a padlóra zuhantak. Tűz tört ki a kandallóban, amely ellenőrizhetetlenül égett. Óvatosan megpróbálta megállítani. - Nisha, talán... - A szavai megálltak, amikor az ablakok üvegei széttörtek. Azok a ablakok, amelyek egykor a beltéri udvarok felé nyíltak, most a lábukhoz fektetve.

A törött üvegből készült boltív kialakult, és irizáló kék fény kavargott benne. - Ki mer megidézni?!? Nem igazán kérdés, hanem parancs. Aztán kilépett a ködből, hosszú, fekete haját fújta a szellő, amely egyszerre volt gyönyörű és félelmetes. Szárnyai még mindig az ajtóban rejtőzködtek.

Nisha elengedte a kezét, és a nőhöz fordult, aki most előtte állt. A válla négyzetes lett. "Én csináltam."

Estare körülnézett a szobában és összevonta a szemöldökét. - Te még csak gyerek vagy. Hogy mersz? Tudod egyáltalán, ki vagyok? Hogy mi vagyok?"

A kristály boltozat felrobbant dühében: „Feyen és Darke királynője vagyok. Valamint az Alsó Királyság királynője sem becsül le engem ... néni. "

Néni? A francba. Ez rossz volt. Nagyon-nagyon rossz. Estare ismerte minden titkát. Nisha a felesége és a királynője volt. "Hölgyek?" Mindketten figyelmen kívül hagyták, és késznek látszottak egymásra támadni.

Estare előbb hátralépett. - Beszéltél az áruló testvéremmel. Ő mondta, hogy hívj meg. És ostobán hallgattál. - kiabált.

Visszavett Nisha nagyon óvatosan megkérdezte: „Mit értesz hazaárulón? És miért ne bízhatnék benne?

Lebillentve azt a kérdést, amivel Estare a szobába fordult: „Tehát ez az a lyuk, amelyben élni választott, nem pedig Lunaista uralkodását. Mennyire furcsa. De mindig ő volt a furcsa. Még a Fey-k között is.

Még egy lépést hátráltatva Nisha zavartnak, sőt aggódónak látszott. - Királyi volt, mielőtt feleségül vette anyámat? De hogyan?" Ez annyit magyarázott neki. Elég ahhoz, hogy Ethan tudja, hogy csak azt a kérdést engedte meg, amelyre az imént válaszolt.

- Természetesen, gyermekem, királyi volt. A sztárkirályságok közül a legtehetségesebbek. Igazság szerint mindet meghódíthatta volna, ha úgy akarta. Nem mintha erre gondolt volna megoldásként. Összeszűkítve a szemét, kegyetlen mosoly alakult ki az arcán. - Valójában így tudnál uralkodni a csillagkirályságok felett, mint abszolút uralkodó. Most sem rendelkezik azzal az erővel, mint te. Lassan kutatni kezdte a szobát, ujjaival simogatta a polcokat, ahol valaha könyvek hevertek. "Miért vagyok itt?" Lassan Ethanhez fordult. - Hozzá tehetném, ha Ethan megtalálna, ha kevésbé drámai módon választotta és kellett volna.

Leülve az asztalra, miközben Estare a könyvvel borított padlót bóklászta, Nisha halkan azt mondta: - Szükségem van a segítségedre.

- Ó. És milyen segítségre van szüksége az ó-nagyhatalmú királynőnek?

Ethan hátrált egy lépést. Nem tudta, tudta-e Nisha, vagy sem, de Estare támadásra készült. Kár, hogy nem tudta, honnan tudta ezt.

Unott pillantás esett Nisha arcára. - Ha rám támad, halott leszel. Most beszélnünk kellene polgári úton, vagy meg kellene néznünk, ki uralja kinek a hazáját, amikor ennek vége?

Tudta. Nisha tudta. Csodálkozott, azonban Estare arckifejezése szerint borzasztó volt.

Estare dühösen felhúzta magát teljes magasságába. - Miért vagyok itt, unokahúgom?

Felhívva az ezüstdobozt, amely egyszer Larna szívét tartotta, Nisha kinyújtotta. - Tudod mi ez?

Ezúttal Estare volt az, aki rémülten hátrált néhány lépést. Ethan figyelte, ahogy majdnem megbotlik a most padlót fektető könyvekben. Tudta, hogy Nishának van doboza, de feltételezte, hogy éppen a tartalom volt sokkal erőteljesebb, hogy hülyeség lenne kinyitni ... azt azonban nem tudta, hogy maga a doboz tartalmazza az erőt... Most. - Hogyan szerezted ezt? Tilos elhagyni a csillagokat. Túl veszélyes elhagyni őket. Miért lopta el a bátyja azt a dobozt? A csillagvárosok egyikének első doboza? A doboz, amely a halottak teljes erejét szippantotta. Miért választotta a bátyja, hogy ellopja azt a dobozt? Ha bármelyiket ellopná, miért ne lehetne csak egy egyszerű tisztelegő doboz? A válasz egyszerű volt ... tudott valamit.

Valahogy hallotta Estare gondolatait, de hogyan?

Nisha értetlen pillantása alapján nem a válaszra számított. - Apám ezt itt hagyta nekem a Spire-ben. Valaha egy... mondjuk ... annak a korrupt királynőnek volt a szíve, aki minden feyen földet le akart rabszolgává tenni. Jelenleg azonban ez apám szívét és erejét tartja. " Egy lépéssel közelebb ment Estare-hoz, és így folytatta: "Azt mondta nekem, hogy segítsen megtalálni, hogy ő és édesanyám hol található Mystic Woods-ban."

Estare elkapta magát, és mosolygott. - Ez egy tisztelgő doboz. Egészen a közelmúltig azt hittem, hogy a sztárkirályságok megoszthatják egymással hatalmukat. Valójában küldik ... - Megállt, és úgy döntött, hogy nem részletezi. Nem lenne jó elmagyarázni, hogyan osztották meg a hatalmat. - A doboz nem léphet be a Mystic Woods-ba, és otthon sem tarthatom biztonságban. Sokan keresik ezt az erőt. "

Nisha megértéssel bólintott egyet. "Mit javasolsz?"

Estare lassan talpra állt, ügyelve arra, hogy ne érjen az ezüstdobozhoz. Mindent átgondolva, mindazt átgondolva, amit tudott ... nemcsak a szülőföldjéről, hanem arról is, amit tanítottak neki erről a földről, megkérdezte: „Felfedezted már az egész Alsó Királyságot?"

Páratlan. "Még nem. Miért?"

A könyvek ezúttal is mozgásban voltak, amikor elestek, készítettek egy térképet. Vagy legalábbis egy térkép vázlata határokkal. „Ez az egész alattvaló királyság, ahogyan készült. Lehetséges, hogy most nagyobb. "

"Rendben?" Nisha eltűnt az ezüstdobozból, majd a központ közepén egy pontra mutatott, amely úgy néz ki, mint egy lezárt doboz. "Mi ez?"

"A szem. Csak a királynő léphet be és nem pusztulhat el. Azok ereje, akiknek már nincs testük, ott tárolódik. Ez a doboz számára a legbiztonságosabb hely.

- Miért nem mondta ezt nekem apám?

- Mert nem tudta volna. Ez egy titok, amelyet az egyik uralkodótól a másikig adnak át a tiszteletadás után. Esetemben inkább a szentírásokban találtam rá, mintsem szájon át. "

Ennek semmi értelme nem volt, de bizonyos értelemben Nisha tudta, hogy igazat mond. - Rendben, hát oda kell tennem a dobozt, hogy aztán megtaláljam a családom.

"Nem kedves. Ha a doboz ott van, két napod lesz, legfeljebb három, hogy visszaadd a szíved apádnak. Vagy túllépi még a te felfogásodat is.

Egy hosszú pillanatig Nisha csak állt ott, mielőtt jajgatott: - Két nap? Hogyan találom meg valaha két nap alatt mindkét szüleimet?

Az ajtótól szellős köhögés hárman megfordultak.

- Gwydion?

- Talán segítséget kérek. Egy lépést tett a szobába, és mosolyogni próbált. - Hiszem, hogy édesanyád abban az egykori otthonomban van. Nemrég egy kisegér kért segítséget az ősöktől. Hallottam. Nagyon aggasztó, hogy az egér beszél. Annál inkább, hogy azóta sem sikerült megtalálni. "

Rendben, ez gondoskodna az egyik szülőről. - És apám?

Ezúttal Estare szólalt meg. - Egy barlangban. Talán megtalálhatom és megjelölhetem. De az apád nagyon egyértelmű volt, hogy először az anyádat kell megmenteni.

"Egyetért." Az ajtóhoz lépve Ethan nézte, ahogy Nisha a fejébe böki a fejét. - Most bejöhet.

Fejezet 46:
Nisha

Ethan az ölében pihent fejjel Nisha kibámult az ablakon, miközben a Pegasus átrepült Lite és Darke határán. Szövési mintázatuk időigényes volt, de biztosították, hogy semmi ne kövesse őket. Nem mintha nagyon sok mindent megtehetett volna, de értékelte az extra elővigyázatosságot.

- Mikor szállunk le?

Lenézett Ethanra, aki nyugodtnak tűnt, amíg meg nem látta, hogy az ujjai megragadják a blúzának szegélyét. - Amint elérjük a pusztaságok külső szélét. Most már nem sokáig. Már érzem a különbséget a széláramokban. " Ujjai könnyedén simogatták a fejét. Remélhetőleg a mozdulat megnyugtatta számára.

"Oh jó. Nem hiszem, hogy szeretek a levegőben lenni.

Galeron felemelte a fejét a velük szemben lévő ülésről. Még mindig túl gyenge és fájó ahhoz, hogy sokkal többet tegyen, mint nyugodtan feküdni. - Végül megszokja. Természetesen a saját szárnyakkal repülni sokkal jobb volt, mint repülő lovakkal szállított dobozban repülni. Nem mintha ezt mondaná ... nem a fiának és nem a királynőnek, akit még mindig nem értett. Nem értettem és valószínűleg soha nem is fogja.

Úgy érzi, hogy Ethan feszült a keze alatt, és tudja, hogy nem érzi jól magát a vele szemben fekvő férfival, úgy dönt, megpróbálja elmondani Ethannek, hogy ki ő, és miért kellett velük jönnie, nem pedig Lillyvel és Daviddel. - Nem kérdeztél semmit a vendégünkről.

Lassan felkelt és leült. A szeme szívverésre szűkült, mielőtt azt mondta: "Nem szokás olyan kérdéseket feltenni, amelyekre nem akarok választ."

Köhögés, hogy ne nevessen, Galeron azt motyogta: - Olyan vagy, mint az anyád. Ritkán tett fel kérdéseket sem. Természetesen ez nem akadályozta meg abban, hogy mindent kritizáljon, kivéve, ha ő maga gondolt rá.

Ethan szeme még egy kicsit összeszűkült: - Honnan ismernéd anyámat? A hangja merev morgással gondolta, hogy a férfi hazudik.

Nishára nézve Galeron arca nem mutatott mást, csak egy kis haragot, amikor azt vicsorította: - Nem mondtad meg neki?

Nisha vállat vont. - Nem az volt a helyem, hogy elmondjam neki. Rajtad kívül, Galeron, nem kért tőlem. És soha nem árulnék el valakinek egy titkát, hacsak ez a titok nem sodor veszélybe valakit, akivel törődöm. Aztán megint, ha valakit veszélybe sodor, akkor halott lenne, és már nem lenne titok.

Most Galeron felült, figyelmen kívül hagyva azt a tényt, hogy még mindig gyenge, figyelmen kívül hagyta, hogy teste megremegett az erőfeszítéstől. - Te ... - Több szó is elcsúszott az ajkán ... egyik sem hízelgett a királynénak, ki ő, sem kedves barátjának a lányának. - Apád nem volt ... nem ... ilyen nehéz. Édesanyád sem.

Vállat vont Nisha elmosolyodott. - Megfogadom a szavát. Megértésem szerint sokkal rosszabb volt.

Nisha és a feyen férfi között ide-oda nézve Ethan felszisszent: "Mit nem mondanak nekem?"

Galeron visszafektetése megfelel Ethan sziszegésének. - Kérdezze meg a feleségét. A kis rigónak meg kell tanulnia, mikor nem szabad titkokat őriznie. És mikor ne legyen tüske annak, aki végül segíthet neki.

Hosszú szempilláit ütve Nisha vörös rókává változott, majd túlságosan nyugodtan ült a farkában. Ethan ölében pihenő mancsa bosszantotta mind a két férfit, akivel lovagolt.

Felült Ethan morogta: "Kétlem, hogy választ kaphatnék tőle, miközben ő már nem az igazi alakja."

- Bah. Szalon trükkök. Ha valódi alakváltó lenne, bensőségesebb formát választana.

Nisha visszafordulva elvigyorodott. - Valójában egyszerűen nincs elég hely a sárkányra váltásra, de talán később elviszlek egy kört a kockaimba. Vagy élvezné ezt?

Galeron elutasítva fenyegetését, szárazon azt mondta: - Sárkányok nem léteznek.

- Ki mondja, hogy nem? Az, hogy még soha nem látott egyet, még nem jelenti azt, hogy nem. Meg kellene mutatnom neked Lord Galeront?

A kocsi mártott. Ethan hátradőlt, hogy a gyomra ne jusson a torkához, sóhajtott. - Ó, jó, azt hiszem, leszállunk. És nem hiszem, hogy a talonban való lovaglást élvezetesnek találná. Szünetet tartott, majd fenyegetően azt mondta: - Szánjon rá egy kis időt.

Nisha kiszállt a hintóból, és a csípőjére tette a kezét. "Nos, azt hiszem, a" Wasteland "azt jelenti, hogy a fekete homok sivataga még a száraz szél sem képes fújni."

Galeron ásított, kidugta a fejét a fedett ablakon. - Valójában a homok valaha fehér volt. A nagy háború alatt annyian haltak meg, hogy vérük a földbe ázott, örökre fekete színűvé változtatta a homokot. Vagy legalábbis ezt hallottam.

Visszanézve a homokra, Nisha meglepődött. "Hűha. Meg kell kérdeznem Gwydiont, hátha itt volt a háború előtt. Szeretném tudni, hogy nézett ki korábban. ”

- Ki az a Gwydion?

Ezúttal Ethan a kocsi belsejéből válaszolt: - Ő az árnyék, aki követi Nishát. Vagy legalábbis szerintem árnyék. Csak néhányszor láttam.

- Ó, jó, ketten elgondolkodtok azon, hogy amíg én valamit elintézek, akkor találkozunk veletek a Gyógyító folyó torkolata közelében.

- Azt akarja, hogy egyedül menjünk oda? - hebegte Galeron.

Kinyílt az ajtó az Under Királysághoz. "Természetesen nem. Gwydion veled megy. Mivel onnan származik, biztos lehet benne, hogy semmi sem próbál megenni. Nisha megrázta a fejét: - Miért gondolnád, miért küldök valahova megfelelő kíséret nélkül? Esküszöm, hogy anyám tanácsában voltam, azt hittem, jobban tudod. Úgy látom, látnom kell, hogy megfelelően képzett vagy, ha mindez véget ér, és a dolgok kissé rendeződnek. "

Nézte, ahogy Nisha eltűnik az ajtón, Ethan felpattant: - Szeretné elmondani, miről beszél? Vagy ki vagy Darke nevében?

Nisha körülnézett a csontok falain. Még soha nem járt királyságának ezen részén. Soha nem tudtam, hogy létezik ilyen labirintus. Könnyedén megérintette a falat, és azon tűnődött, milyen fajokból származnak a csontok. Az elsők között voltak? Hol vannak a sztáremberek? Fey? Igaz Fey? Vagy véletlenül jöttek létre, amikor a fey a többieket párnak vette? Aztán megölték, mert nem voltak valódi okaik a létükre.

Ez olyan izgalmas volt! Később vissza kell térnie, és meg kell néznie a hely minden centiméterét ... Most valami fontos tennivalója volt.

Lassan talált egy ajtót, amelyre remélte, hogy szüksége van, miután kinyitott néhányat, amely csak a húsdarabokkal és rothadt izmokkal létrehozott helyiségbe vezetett. Ezt látva nem is azt a szobát kereste, amelyet keresett, még több folyosót lefordított, míg újabb ajtót nem talált. Valójában az egyetlen igazi ajtó, amelyen átjött. Az egyetlen ajtó, amely nem csontból készült, inkább valamiféle sötét fából.

Idegesen a kezét a kristályfogantyúra tette. A nagynénje azt mondta, valami hatalmas dolog lesz bent. Mi lesz az a valami ... Estare nem tudta. Kissé ideges, mélyet lélegzett. Ő volt a királynő, és csak a királynő léphetett be. Ez nem azt jelentette, hogy be kellene lépnie. De nem volt biztonságosabb hely, ahol elrejthette volna a dobozt, és nem kellett két nap, amíg előkerült. Ami azt illeti, idehozta apját, hogy álljon ezen az ajtón kívül, amikor visszaadta neki a szívét.

Újabb lehelet, majd kinyitotta az ajtót. Még egy lépést sem tett a szobába, ámulattal nézett rá, mint a legszebb lényre, akit valaha látott, közvetlenül rá néz. Nehéz megmondani, mi volt vagy mi volt, de az arca egy Fey volt, dicsőséges szárnyakkal, a felénél kisebbek, de pontosan ugyanolyanok. Második pillantásra nem voltak egyformák. Színe fekete volt, egyáltalán nem volt áttetsző. - Ööö. Helló?"

A lény átalakult feyen nővé, csak az arca és a szárnya maradt ugyanaz. - Csak a királynő léphet be ezekbe a termekbe.

Ó, olyan édesen mosolygott. "Tudom."

Aztán az asszony elmosolyodott. Nem egy barátságos mosoly, hanem egy kegyetlen és fenyegető mosoly: „Nincs az Alsó Királyság királynője".

Egy lépést tett a szobába, Nisha elmosolyodott. - Tévedhet, mert közel tíz éve kormányozom.

Nisha felé ugrott, a nő azt kiáltotta: „TE! Gondolod, hogy trónra dobhatsz? Én vagyok a legnagyobb királynő, aki valaha volt! "

Nisha látta, hogy a volt királynő nem képes hozzáérni, ásított. "Untatsz engem. Ha olyan nagyszerű lenne, akkor nem zárna be egy szobába, amelyet azok csontjaiból hoztak létre, akiket vér kötött rád. Nem tudta, honnan jött ez az ötlet, de az egykori királynő arcáról azt mondta, hogy helyes.

Kísértetné átalakulva eszeveszetten repült a szobában. „Ez nem lehet! Miért nem érinthetlek meg? Az életet keresi, nem a halált. Hogy lehet ez?" A nő többször repült a szobában. Minden egyes passznál megpróbálta újra megérinteni a kis királynőt.

Végül Nisha kinyújtotta szárnyait a szoba nagy részében. "ELÉG! Ön az Under Kingdom állampolgára. Már nem vagy a királynő. Hozam."

- Senkinek sem engedek!

A lehető leghangosabb hangot adva még egyszer így szólt: - Mondtam, hogy FÉL! Kinyújtott keze és képzetlen erő inda tekeredett a nő köré ... A kísértet ... csupasz lába a földre rántotta. Saját körmével megdugta az ujját, és egyetlen csepp kék vérnek dagadt. Az inda az asszony fejét fogta, sápadt arcát szorongatta, míg ajkai kényszerítve voltak. A vércsepp az ajkára hullott. Nem akarta ezt megtenni, de nem volt ideje valami másra gondolni. „Véremmel megkötöm. Te és mindazok, akik a tied voltak, most az enyémek. Majd engedsz.

Az erő jobban betöltötte, mint valaha érezte. Vele az első Fey ismerete. Ez volt az első Fey. Először leesett. Nem, ne zuhanj ... a szilárd földre merült. A történetek tévesek voltak. Nem egy férfi jött és szerelmes lett, hanem egy nő, aki elhatározta, hogy nem házasodik meg olyan férfival, aki csak a hatalmát akarja. A halottak hatalma. A hatalom arra, hogy újra életre keltsük a halottat. A teremtés és a pusztítás ereje. A hatalom, hogy meghódítsa mindazt, amit kíván. És az az erő, hogy új életet teremtsen a levegőből.

"Mit csináltál? Elpusztítja alkotásaimat. " Az asszony jajgatott.

Nisha elengedte a nőt indáitól, és hátrált egy lépést. „Nem örülök annak, hogy bármit is elpusztítok. És ha engedtél volna, nem kötöttem volna meg. Azonban most, hogy vagy, megértem, miért veszed körül magad azok csontjaival, akik hűségesek voltak hozzád ... - Szünetet tartott, majd megkérdezte: - Ők a sereged? Téged védenek, így nem találhatsz meg. Védelem, mivel hatalmad miatt képtelen meghalni, és attól tartasz, hogy a csillagvárosok királyi királyai még most is érted jönnek. "

Az asszony magába hajolva azt suttogta: - Igen.

Óvatosan Nisha jött és leült maga elé ... ez az elveszett fey királynő. Feyen első királynője. "Szükségem van az erejükre, hogy megvédjek valamit, amit drágának tartok, hamarosan visszatérek érte."

Döbbenten szokatlan csendbe végül azt mondta: „Bármi, ami él, csak két napig él. Három, ha erős. Most is túl erősek az erőim ahhoz, hogy sokkal tovább életben tartsam a dolgokat. Legalábbis, amíg itt lakom.

"Értem. Csak egynek kellene lennem. Nisha félrebillentette a fejét: „Mi a neved? Általában ismerem mindazok nevét, amelyek hozzám kötődnek, de nem találom a tiedet.

- Primitiva.

Nisha egyszer bólintott. - Akkor Primitiva, a te gondodban hagyom ezt a dobozt. Apja ezüstdoboza materializálódott a kezében. - A fedél csak nekem fog kinyílni.

- Ez egy tisztelegő doboz. Ezek nem tézisekből, hanem csillagok városaiból származnak. Nagyon erősek. Nem kellene ilyen doboza ... nem itt. Nem a Csillag királyságokon kívül.

- bólintott Nisha még egyszer, miközben az ajtó felé fordult. „Egy nap többet szeretnék tudni. De nem ma, most mennem kell. Nincs sok időm helyrehozni a dolgokat. "

A dobozt a kezében szorongatta. Primitív szipogott. - A királynőket nem szabad máshoz kötni.

- Igaz, de engednie kellett volna. A kötést nem lehet visszavonni. " Sajnálta, hogy ezt egy erős királynőnek tette, de nem sok választást hagyott.

Nisha létrehozott egy ajtót, amely oda vezet, hogy a kocsi várjon. Nem lepődött meg túlságosan, amikor látta, hogy csak a látóterébe kerül. Tudta, hogy van egy-két perce, a vízre nézett. Nem egyértelmű, mintha a Végtelen-tenger kék-zöld színére sem számított. Nem, ez egy világos lila volt, mint a finom köd. Megérintve érezte, ahogy az erő felszívja a bőrét, és eltűnik a kis szúrás, amelyet készített.

- Huh. Nagyon érdekes." Behívta a kis gyógyszertartó zacskóját, több üres fiolát kihúzott és megtöltötte, mielőtt még egyszer eltűnt volna, amikor a kocsi leszállt. Észrevette Gwydiont, még mielőtt a kocsi ajtaja kinyílt volna. - Jól vannak?

- Te vagy ... társad ... fodros. Nem túl jó azzal, hogy most megjelennek azok, akik meghaltak neki.

- Igen... nos, nem volt hatékony módja annak elmondására, hogy minden, amit hazugságnak mondtak. De megpróbáltam felkészíteni őt.

Gwydion felé siklott, csak egy hajszállal meghajolt. - Királynőm, semmi sem készíthet fel egy fiút arra, hogy találkozzon az apjával, akiről már nincs emléke. Olyat, amelyet halottnak gondolt. De biztos vagyok benne, hogy mindkét férfi túl lesz ma, hogy olyan jövőt építsen, amelyet mindkettő megérdemel. Inkább, ha megtalálja azokat, amelyeket keres. Véleményem szerint a nő általában békefenntartó a férfi családtagjai között. "

Igaz. Vagy ha mindketten Feyen férfiak, akkor egy-két évszázadot eltölthetnek nem beszélve. Ami teljesen lehetséges volt. Nem mintha most erről vitatkozna. Talán később. Vagy talán hagyta, hogy az anyja vitázzon érte. Igen, ez sokkal jobb lenne. Végül is hallott olyan történeteket, amelyek szerint édesanyja szeretett vitatkozni a dolgokon. Sokkal inkább, ha a vita tárgyát képező ember férfi és Feyen is vérben volt. - Megkéri őket, hogy jöjjenek ide?

A folyóra bámulva Gwydion megkérdezte: - Tervezi a gyógyvizek használatát?

Bristling megkérdezte: - Igen. Ez egy probléma?"

Gwydion félrebillentette a fejét. Sötét szeme apró résekké szűkült: „Nincs meg a gyógyító ereje?"

- Én... - Igen? Végül is Lilly-hez, ahogy Lilly-hez. Nem, várjon, hogy kapcsolatuk nem volt igazi kötés, csak egy másik módja annak, hogy egyikük sem ártson a másiknak, miközben a Primitivával kötődik? "...Megpróbálhatom. Gwydion felteszek egy kérdést?

Zavartan nézett rá: - Királynőm?

- Ha lenne esélye újra élni, vállalná?

Arca egy percig szomorúnak tűnt. Még egy kicsit sajnálom. - Még neked sem, királynőm, nincs ilyen hatalmad. Csak egy valaha volt, és most sem fogja használni. Megkérték.

„Ha ennek vége lesz, szólok a Primitivának. Mint mondta, túl sokan haltak meg ártatlanul.

Ha szilárd lett volna, visszabotorkált volna ... teljesen ködből állt, amelyet szétszórt, mielőtt átformálta volna. „Láttad ?! Hogyan mentél el az őrök mellett ?! Mindennel táplálkoznak, aminek van húsa. Élni vagy sem.

A kocsihoz lépve elmosolyodott. - Én vagy nem vagyok a királynő? Az ajtót kinyitva alaposan szemügyre vette mind a két férfit, akik ha kint lennének a szabadtéren, akkor harcra kelnének, vagy valami ilyen hülyeség. - Biztos vagyok abban, hogy nincs időnk arra, amire kettőtök gondolt.

- sziszegte Galeron, miközben erőtlenül Ethan felé mutatott. - Meg kellett volna mondanod neki.

"Miért, amikor sokkal jobban meg tudja magyarázni mindazt, amire valóban nincs időm, ha meg akarjuk menteni anyámat, és közben nem öljük meg apámat." Villám ívét látva folytatta: „Most meg akarna gyógyulni teljesen ebből a vállalkozásból, vagy maradjon, mint most, és elmagyarázza annak, akinek találjuk, miért nem volt hajlandó meggyógyítani egy királynő, akit most megkötött nak nek?"

Ethan hátradőlt az ülésen, megértette a fenyegetést. „Szeretném újra látni a bőröm igazi színét. Mit szólnál hozzá, fényhordozó? Vagy úgy gondolja, hogy nem képes erre. "

Kissé férje felé fordulva, nagyon csendesen megszidta: - Ethan, légy kedves. Egyikőtöknek sem volt jó két évtizede. "

„Az első két évem rendben volt. Vagy feltételezhetem.

Zavartan nézett rá. - Azt hittem, a születésemtől számított egy éven belül született?

A saját helyére nyomva Galeron felhorkant: - Az volt. A második évben jött létre. Úgy gondolom, hogy ez egy jó év volt számodra, de az anyádat őrületbe hozta. Örülök, hogy ezt csak egyszer kellett átélnem. "

*Jó, szépen játszottak, így a nő megtehette, amire szükség volt, anélkül, hogy harcoltak volna vele.*Lehunyta a szemét, és megpróbálta meglátni, mire van szüksége. Ha hagyta, hogy körülötte érezze magát, szinte észrevette Ethan és Galeron testét is. Már majdnem ki tudta szerezni a harmadát, pedig nem volt tartalma. A csontok az elefántcsont színűek lettek először. Fehér és erősebb, mint kellene. Apró húrok ... idegek ... szürke információk átadásával. Az erek Ethanben kékek, az apjában viszont szinte lilák. Igen, most megértette a harmadik testet, amikor kialakultak az erek, feketék, mint az éjszaka Gwydionban. Nagyon érdekes most, amikor látta a gerinceket és a hosszú hüllőfarkat, amely kezdett kialakulni. Izomvörösek az izmok vonalaival. Tejszínes hús, amely borítja ... Nem kedves barátja, nem, szürkék és zöld keveréke volt. Barnák és feketék. Mindegyik páncélozott skála beolvad a következőbe, nincs két egyforma szín egymás mellett. Fogai mind a három sor élesek, mint a tűk. A karma még élesebb. De az arca ... milyen szép királyi arcra lenne büszke minden ember.

Kinyitotta a szemét, amikor a kék fény elhalványult a kocsi belsejéből, és látta, hogy nemcsak családja teljesen meggyógyult, hanem látta, ahogy Gwydion dermedten ül, és közvetlenül őt bámulja. Sötét ködös vörös szemében félelem és félelem hallatszik. - Az ön emberei mindig képesek voltak átalakulni a köddé, de azt hiszem, itt az ideje, hogy több legyen?

Egy pillanatba telt, mire eszébe jutott, hogy lélegezzen ... Még egy pillanat, hogy megértse, mit lát a saját szemével. "Hogyan?" Hangja fájdalmas suttogás volt. Gwydion kinyújtotta maga elé a kezét, mielőtt a felesége által egyszerûbb simábbá tette. Könnyekkel teli szeme, aminek nem szabad ott lennie. "Ez lehetetlen. Csak az alkotó rendelkezik ezzel az erővel. "

"Ez nem fontos. Azok az emberei, akik szeretnék visszaszerezni az elvetteket, életet adok nekik. Miután megmentettük anyámat.

Gwydion pislogott, majd nagyot nyelt, emlékezve küldetésére. Később lehet, hogy idege van arra, hogy többet kérdezzen arról, amit királynője éppen vissza adott neki. - Népem nagyvárosában kapott helyet. Akik most uralkodnak, azok nem barátok. Táplálják a hatalmát, és gyengeséget tartanak benne. Tudok egy utat, de... - A kezére és az éles karmokra nézett, és még nem emlékezett arra, hogyan nyitott egyszer ajtót. - Már egy ideje, hogy magam nyitottam ki az ajtót. Aztán újra pislogott ... nem tudta, honnan tudja biztosan, amit most mondott neki.

- Kérem, mondja el az embereinek, hogy aki megpróbál megállítani, megteheti, amit akar.

"ÉN..."

- Gwydion, még mindig veled vannak kötve. Az életben megkötött kötés nem állt le a halálban, és most erősebb. Megbizonyosodtam róla. Megvan a hatalma, hogy csak gondolattal beszéljen velük. Nagyjából ugyanúgy, ahogyan évek óta kommunikálsz.

A fényhordozóhoz fordulva Gwydion megkérdezte: - Tudtad, hogy képes erre? Nem tudtam, hogy képes erre. És egy kicsit a születése után vagyok vele. "

Nagyot nyelt, mert annak a férfinak a fajáról, aki most mellette ült, pletykák szerint bárkit vagy ellenséget megöl, és soha nem félt semmitől ... most nemcsak ijedtnek tűnt, hanem rémülten is. Galeron habozva mondta: - Nem. De a mai nap után már alig várom, hogy megnézzem, miben van még megajándékozva. És imádkozom, hogy az anyja megfelelően képezhesse.

Nisha felnézett a nagy kupolára. Úgy tűnt neki, mintha az éjféli égből készítették volna, beleértve a holdfényben táncoló csillagokat is. - Mi volt ez a hely?

- Olyan hely, ahova az elsők jöhetnek, és lemeríthetik erejük egy részét, mielőtt elindulnának, hogy megtalálják a helyüket.

Nisha dadogta.

- A legtöbben túl erősek voltak ahhoz, hogy itt élhessenek, és ne engedjék őket biztonságos helyre. Az első döntött erről a biztosítékról. Több évszázadon keresztül kordában tartotta az egyensúlyt. Gwydion bólintott egy nagy bokor felé, amely most vadul nőtt. „Utálom így látni az otthonomat. Ez egy csodálatos kert volt, ahol a szökőkutak a folyók vizétől csillogtak. Borzalmas hely, amely mára benőtt és gondozás nélküli. És nézd, a szökőkutak nem más, mint törmelék.

Megértően a vállára tette a kezét, és Nisha azt mondta: - Gwydion, újra széppé varázsolod. De kérem az ajtót.

"Igen." Szünetet tartott. - A kupola belsejében csak a természetes képességek működnek.

- Értettem.

A bokor mögötti falhoz csúszva megtalálta az ajtót. - Itt van, de ... bocsásson meg ... túl régóta használom ilyesmit.

Megint megérintette a vállát. - Engedd. Aztán Ethanhez: "Készen állsz?"

Ethan egyszer bólintott. „Mindig is hős akartam lenni. Úgy tűnik, ma ezt kell megcsinálnom. ”

Az emberek bent beszélgettek. Az egyik kígyó a kihúzott S alapján ítélkezik. A másikban nem lehetett biztos. Óvatosan Nisha megpróbálta hallgatni az elhangzottakat. Túl fojtottan hallotta a tényleges szavakat, de a hangnem... igen, a kígyó nem örült valaminek. Alig suttogó hangon megkérdezte: - Gwydion, látsz vagy hallasz?

Egy pillanatig hallgatta, majd elmosolyodott: „A kis kígyó szorongott. A fia nem fejezte be küldetését azzal, hogy feleségül vett téged. A másik dühös, hogy a herceg olyan gyenge volt. Téged akarnak, királynőm. Azt az erőt akarják, amiről azt gondolják, hogy engedni fogják nekik az irányítást. Majdnem nevetett azon, hogy milyen ostobán hangzanak, azt gondolva, hogy ő ... a királynője ... valaha is hagyja, hogy bárki irányítsa.

Na jó, nyilván nem tudták, kit vagy mit kértek. Királynőbb testtartásban mosolygott, amikor azt mondta: - Akkor rendesen megkapom őket.

Ethan megmozdította a karját, de köddé vált, mire a keze megérintette. - Nisha?

„Anyám jól megnevezett. Bízz bennem." Magas fejjel és háttal a vállával lépett a nagy üres szobába, és lassan tapsolt. - Bravó, Apep király. Sikerült szövetséget kötni azokkal, akik mindenkinek halált hoznak. ”

"Te. Nem szabad itt lenned.

- Ó, igen. Nos, mire számítottál? Hogy eljegyzett jegyem helyett kígyót veszek feleségül? Gyere, az agyad nem olyan kicsi, vagy nem?

Szünetet tartott, és meglátott egy férfit, aki hasonló kinézetű volt, mint Gwydion, de kevésbé határozott. Kevésbé fenyegető. Mégis Eostre. "És te. Mivel az Eostre leszármazottja, valóban jobban tudnia kell. Végül is őseitek okozták a nagy háborút. Vagy összeesküvés volt arra, hogy befejezze a megkezdett munkát?

A férfi bizonytalan és őrzött lépést tett felé. Még egy lépés, amikor a lány nem mozdult, és a lány rajta volt, de amikor megpróbált támadni, csupán áthaladt a testén. "Mi ez?"

- Ó, nem tudod? Minden Eostre hozzám kötött. Próbálj megfogni mindent, amit csak akarsz. Hacsak nem akarom, akkor távolról sem közelít meg hozzám. Azonban... - Fekete indák folytak körülötte a tűztől égő hegyek. Egyetlen ostormozgást és mindkét férfit égő szőlőbe tekerték. -... bántani tudlak. Hagyja, hogy az indák meghúzódjanak körülöttük. - Most hol van az anyám?

- Te ... te kurva. Egy másik hang. A harmadik futam nem ismerte a fajtáját. Nem tudtam megmondani, hogy férfi-e vagy sem. De ez olyan szárnyakon repült, amelyekre bármely denevér büszke lehet. Ez a farok ... nos, tudott egy sárkányt, amelyik lenyűgözőbb volt.

- Szóval, játszani akarsz? Rendben ... játék vagyok. A válla fölött átnézett, és azt kiáltotta: - Keresse meg anyámat; Foglalkozom velük! Megvárt, amíg át nem csúsztak egy folyosóra, mielőtt átalakultak. Mielőtt elengedné valódi alakját ... kedvenc formáját ... formát ölt.

Fejezet 47: Primitiva

Primitiva trónteremének határain járkált. Ujjai imádott Shesha csontjait követik. Ő volt az első alkotása. Legnagyobb védője. És hű barátja. De voltak mások is. Az első…

Hamarosan fel kell ébreszteni őket. Vissza kellene térniük az élők birodalmába. Most, hogy megszületett a gyermek. Most, hogy hatalma volt mindazoknak, akik meghaltak. És hatalma volt azoknak, akik még éltek.

Sok csillagciklus telt el azóta, hogy szavakkal beszélt egy másik fey-vel. Sokkal többet, mióta rákényszerült valódi képességeinek bármelyikére. Most … Nem volt más választása.

Nisha megkötözte. Képességei mostantól a gyerekek voltak.

Primitiva visszatért a csontok trónjára. Végül Solace jött át rajta. Hamarosan kiderül az összes hazugság, amiről elhangzott. Az összes szenvedésnek hamarosan vége lesz. A Pallas uralkodójának, a Magmas-szabálynak hamarosan vége lesz.

De milyen áron?

Már elvette a szerelmét és a gyermekét. Elvinné a bajnokait is? Nem… Nem, a réges látásmód gyermeke soha nem engedte meg neki, hogy megszerezze hatalmaikat.

Tehát egyelőre bíznia kell ebben a Fey-ben. Egy fey, akit csak a Sötétség néven ismert.

Fejezet 48:
Ethan

Az épület megremegett, és a mennyezet omladozni kezdett körülöttük. Iszonyatos ragyogó sikolyok hallatszottak abból a szobából, ahonnan éppen kiléptek. - Gwydion, hol tartanák Nisha édesanyját? Ethan felsikoltott a földre zuhanó kő hangján.

- A... Csak egy hely van. Gyere, előrébb van. Az ajtó szikla.

Egy szikla. Természetesen. Egy kőépületben voltak, amely omladozó volt, akkor miért nem egy szikla? Évek telt el azóta, hogy kihasználta erejét. Még hosszabb ideig, mióta pajzsra volt szüksége. A szeme csak egy percre csukódott be, amikor egy arany fény vonta be őket. Galeron zihálva próbálta megfogni a pajzsot: - Sietnünk kell. A pajzs nem fog sokáig tartani. Lehet, hogy a testem meggyógyul, de az erőm még mindig gyenge. "

Versenyeztek a folyosón, és megpróbáltak nem elakadni a törmeléken, és egy falhoz értek. Ethan szeme fürkészte a falat, hogy láthassa-e a nyílás jeleit: - Hol van a szikla?

Gwydion dörömbölt a falon. - A szoba itt van. Érzem az erőt. " Még egyszer dübörgött rajta. - Falazták. Nem akarják, hogy megtalálják a szobát.

Ethan ökölbe szorította az ujjait. Egy feladata volt. Egy. Mentsd meg Nisha édesanyját. Semmiképp sem fog megbukni. EGYIK SEM. Ököllel a falba csapódott, minden indulatával, ami a lyukasztóba áramlott. A fal nagy robbanással tört szét.

Galeron hátrabotlott. Aztán szárazon mondta: - Igen, te vagy az édesanyád fia. Aztán nemcsak a királynőjét, hanem a feleségét is meglátta. Mindketten valamiféle tiszta kupola mögött rekedtek. A tetejére hullanak az épület fekete kövei. Apró repedések kezdtek pókolni a tetejéről. Ha ez összetörne, mindkét nőt megölnék. A düh futott rajta keresztül, és erőt adott neki, hogy megtegye, amit meg kellett tennie. Villám ívelt körbe a szobában, aminek következtében fia és Gwydion is hátralépett. Nem ártott az Eostre-nak, de nem volt ideje elmagyarázni. Faerydae megpróbált mondani neki valamit ... Nem hallotta. Nem akartam hallani. Arra kényszerítve magát, hogy ereje legmélyéig ásson, fénybe ... olvasztott aranyba borította ... Lépései örökre folyékony magmává olvasztják a lábai alatt lévő köveket.

"Szélvihar. Elég, mennünk kell.

Arca a hang felé fordult. Nem a felesége, nem, rosszabb. Addy. Mély lélegzet és az erő enyhült. - Nisha visszatért. Ujjai megtalálták Faerydae kezét. - Mondtam, hogy mindig megtalállak.

- Igen, férj, megtetted. Bár elég sokáig tartott.

Visszatérve az útra, jöttek, és épp időben beékeltek az ajtóba, hogy egy sárkányt áttörjenek az épület tetején. A feje az ég felé pattant, amikor valami az állkapcsa közé esett.

A terület, amely a fő terem volt, tele volt feketeséggel, amellyel egyetlen hold nélküli éjszaka sem tudott versenyezni. A sötétség robbanásokként, ütközésekként öntötte el őket, és a rémületben és a halálban egyaránt sikoltozó emberek hangjai minden irányból hallatszottak. Aztán szörnyű, rettenetes csend következett.

Amikor a sötétség letelepedett a földön, Nisha állt előttük. Az egykori nagyszerű épületből csak annyi maradt, mint a folyosó, amely eltakarta kis csoportjukat, és a kör körvonala. Semmi más ... semmi ... még egy kavics sem maradt.

Mindhárom férfi egy térdre ereszkedett, és nem volt benne biztos, hogy ez a királynő felismeri-e őket, miközben továbbra is haragtól szivárog. Nisha lassan megdöntötte a fejét, mire elmosolyodott. - Mondtam neked, Galeron, sárkányok léteznek. Vagy szeretne még vitatkozni erről?

Adrianna egy kis bizonytalan lépést tett előre. A száját eltakarta a keze, miközben könnyek folytak az arcán. - Nisha?

Nisha pislogott, amikor nem igazán volt kényelmes látni, hogy anyja sír. - Sajnálom, hogy ilyen sokáig tartott megtalálni, de apa nagyon homályos volt a részletekről. Aztán rájött, mit tett. - Ó, ó, Gwydion, nagyon sajnálom. Újjá kellene építenem?

Újjáépíteni? Majdnem megfontolta, de átgondolta. - Nem, királynőm. Ennek az épületnek nem volt célja. Legalábbis már nem. A feyek már nem hullanak le a csillagokról. És nem is mernék.

- Lányom, apád? Aggódás töltötte el Adrianna hangját.

- Ó, Lilly és David valami jelre várnak, hogy biztonságban vagy. Gwydion nem szívesen elmondaná az embereinek? Tényleg el kell engednem az éjszaka előtt, ha csak lehetséges.

Egyszer bólintott. - Természetesen, királynőm. Aztán teste köddé változott, amikor a szél elhordta.

Fejezet 49:
Lilly és David

David ásított, amikor a bejáratot őrző lény csontjával szedte a fogát. - Talán megkérhetem Nishát, hogy megtudja, mi ez.

Lilly pislogott. - David, szerelmem. Ha tudni akarja, mi az, talán hagynia kellett volna belőle az azonosításhoz.

"Én csináltam." Feltartva a csontfoszlányt. - Túl finom volt pazarolni.

Lilly lesütötte a szemét, miközben azt mondta: - Milyen csodálatos neked. Most, hogy tele van a pocakja, van ötlete, hogyan lehet áthaladni egy fekete láng falán? Csak egyszer találkoztam velük ... és Nisha akkor sem volt olyan hangulatban, hogy zavartassa magát. Szóval, nem mertem megpróbálni átjutni.

A barlang nyílásához fordulva David vállat vont. - Mivel nem kell elhaladnunk, mielőtt a Nisha szót küldene. Nem fogom megpróbálni. Emellett... - A lángra tette a kezét. - Sérülés nélkül átmehetek.

Lilly a csípőjére tette a kezét. - Úgy gondolja, hogy egyedül tudja kihozni Myrddint a barlangból?

- Hacsak nem nagyobb a súlya, mint egy kifejlett troll, nem értem, miért ne. David elhallgatott, és tönkretette a mosolyát. - Tudja, hogy Drakens a saját súlyunk sokszorosát képes cipelni?

"Természetesen. Azonban te, szerelmem, része vagy, és még nem tesztelted pontosan, hogy mennyit hordhatsz. De megértem, hogy bizonyítanod kell, milyen erősnek gondolod magad.

Mielőtt Dávid megfelelő választ tudott volna találni, széllökés fújt át a Nagy Háború romjain. Lassan fekete köd kezdett kialakulni, és egy férfi állt előttük.

Megdöbbent Lilly pislogott, és nem tudta, mit lát valódi. Abban a reményben, hogy igaza van abban, aki most áll előtte, óvatosan megkérdezte: - Gwydion? Úgy tűnik, most van húsa?

Lillyhez fordult. - A királynő nagylelkű. Aztán Davidhez. - Most beléphet. Gwydion éppen annyit fordult, hogy átnézzen a sziklán. - Milyen furcsa még egyszer itt állni.

Lilly összekapcsolta a karját Gwydionval. "Hogy hogy?"

Lenézett a karjára, és keményen küzdött, hogy ne csattanjon le a testéről, mert megérintette. Aztán halk sziszegésben, amely bárkit megijesztett volna, csak látszólag a királynő unokatestvére szerint: „Sokan meghaltak, mert hozzám értek."

- Ha megpróbálja, biztos vagyok benne, hogy elég sokáig fog élni ahhoz, hogy a királynője megbánja.

Az az alacsony sziszegés, amely bárkit mást is megijesztett volna, de látva, hogy még csak nem is gyengítette, válaszolt a kérdésére. - Ez volt a Nagy Háború utolsó csatája. Itt haltam meg, míg népem a hazánkban halt meg. A bátyám elárult. A sziklákon túl található kráter ott halt meg, akik mind itt voltak. Mindkét oldal. A Fey vérűek és a nélküliek.

„Itt egyszerre voltak otthonok. Néhány festmény továbbra is egy soha el nem olvadt jégből készült falut mesél.

Gwydion bólintott. - Egy napon elmondom neked a háborút. Nem ma. Vissza kell térnem a királynőhöz. Nem tudja, hol van az apja. Most is kissé hiányzik az érzéke arról, hol vannak az emberek. Ez egy olyan képesség, amire szükségem lesz, hogy segítsek a csiszolásában.

442

Fejezet 50:
Nisha

Türelmesen várakozva Nisha figyelte, ahogy Ethan figyelmesen beszél az anyjával. A sajátjára nézve elmosolyodott. - Emlékszik rá.

- Ahogy kellene. Egészen addig az éjszakáig soha nem engedte el a szemét. Egy percig sem. Sem amikor aludt, sem máskor, amire emlékszem. Mindig túlságosan aggódott, hogy felébred, és nem lesz ott.

Az anyjához fordulva megkérdezte: - Emlékszel, mi történt? Hogy jöttél ide.

Adrianna összevonta a vállát. - Szeretném ezt megvitatni, amikor apja közel van. Sokat kell elmagyaráznia. Elfordult. - Sokkal hatalmasabb vagy, mint képzeltem. Ezt is megbeszélem apáddal. Úgy gondolom, hogy túl sokáig tartja el tőlem a dolgokat.

- Szóval, apa? Úgy értem, hatalmasabb, akkor azt mondta, hogy ő? De ezt megbeszélhetjük, amikor a közelben van. Biztos vagyok benne, hogy meg akarja csavarni a nyakát, mire a beszélgetés véget ér. Tudom, hogy igen.

- Igen, volt, hogy az évek során nagyon sok mindenért meg akartam volna csavarni a nyakát. Az egyik, amiért egyedül maradtam Dae-val.

Lassan Gwydion jelent meg előtte. - Apád a nagy háború romjaiban van. Egynapos út a Pegasus által.

Nisha bólintott. - Ethan?

Abban a pillanatban fordult hozzá, amikor a nevét kimondták. - Nisha?

- Kérem, vigye szüleinket a Spire-be. Vissza kell szereznem a család többi tagját. Egyedül."

"Lánya."

Még akkor is, ha a nő nem nevelte fel, figyelmeztető hangot ismert fel. - Vagy elmehetek egyedül, és találkozhatok veled a Spire-ben apámmal. Vagy elmehet velem idejében megnézni, ahogy meghal. A választás a tiéd, mivel jobban ismernéd őt, mint én.

Lehunyta a szemét. Adrianna összeszedte magát, és habozás nélkül döntött. „Utazz biztonságosan lányom. Előkészítek egy szobát a visszatérésedhez. Biztos vagyok benne, hogy apád pihenni szeretne visszatérése után.

Munkatársa később egy lélegzetvételnyi idővel materializálódott a kezében. Amint a vége megérintette a földet, megjelent az ajtója az Under Királyság felé. "Természetesen. Gwydion, kérlek, kísérd el őket? És ha bármelyik embere szeretne csatlakozni hozzád, találkozzon a Spire-ben. Reggelre visszatérek.

Enyhe meghajlás, amikor azt válaszolta: - Ahogy kívánod királynőmnek.

Lilly visszaugrott, amikor egy ajtó hirtelen nem a földön, hanem egy lábbal a levegőben jelent meg, közvetlenül a kanyon felett, amely a Darke-be vezet. Amikor Nisha megjelent. - Tudja, hogy a levegőben van?

Nisha elmosolyodott. „Kedves unokatestvérem, föld vagy levegő ugyanaz. Alig van különbség, hogy hol nyílik az ajtó. Óvatosan leugrott az ajtóról a földre a barlang előtt. - David még mindig bent van?

- Azt mondta, ki tudja vinni Myrddin bácsit. Ez egy ideje volt.

Nisha bólintott, amikor az eget napról éjszakára váltotta. - Kérem, várjon a hintóban. David hamarosan kijön, hogy visszavigyen a Spire-be.

Aggódó Lilly összehúzta a szemét unokatestvérén. - Nisha?

„Nincs időm elmagyarázni. Ígérem, miután visszatérek, bármit megkérdezhetsz, és megpróbálok nem összetéveszteni a válaszokkal. De mivel a mai nap váratlan meglepetésekkel telt, nem ígérek.

Mosolyogva Lilly szinte motyogva mondta: - Erre foglak.

Nisha néhány percig nem engedte át a fekete lángot, amíg meg nem tudta, hogy Lilly biztonságban van a hintóban. Amint bent volt, azt mondta: "David?"

- Nish ... Nem tudom, mit tegyek. Nem tehetek ... - David hátranézett arra az emberre, aki olyan nagy fájdalommal gyűrődött össze a földön, hogy csak a légzés okozta könnyeit.

Apja állapotát látva bólintott. Primitiva azt mondta, hogy nem fog sokáig kitartani, azonban nem említette a fájdalmat, amelyet érezni fog, amikor sejtenként széttépik. - Kérem, vigye vissza Lillyt a Spire-be. Ne mondj semmit az apámról. Sem az állapotát. Sem neki, sem másnak. Nem akarom riasztani a családot.

David hátranézett a férfira. "De?"

A szeme csak egy pillanatra megváltozott ... megváltozott, hogy láthassa a halottak lelkét, akik végtelen szakadékok felett sikoltoznak. "Megy. Ne késztess engem másodszorra.

Egy kis meghajlás, és visszacsúszott az ajtón. Nem féltette unokatestvérét, inkább attól tartott, hogy mit tenne az Alsó Királyság királynője, ha tovább nyomják.

Apja mellé térdelve suttogta: - Szerencséd van, anya nem döntött úgy, hogy csatlakozik hozzám.

- Biztonságban van? Hangja nem volt olyan mély, mint az álomvilágban. Nem, jelenleg egyáltalán kevés hangja volt.

"Természetesen. Most ... segítesz abban, hogy megmozdítsalak, vagy arra késztetsz, hogy magam végezzem el az összes munkát?

A fájdalom nem ölte meg ... addig, amíg a szíve ... a szíve ... Valahol biztonságos volt. Minden erejét felhasználva sikerült talpra állnia. - Nem hiszem, hogy messzire tudnék járni. Az általa égett tűz úgy ürítette ki, mint még soha. Bizonyos értelemben még most sem kellett volna. Aztán megint valami más okozta a fájdalmat.

Átkarolta, és felszisszent: - Két lépés az ajtómon át, majd még kettő a Spire felé. Tudja ezt kezelni?

Túlságosan elhomályosult az agya ahhoz, hogy igazán érdekelje, mit mond. - Két lépés.

Amikor kinyitotta a szemét az első két lépés elvégzésétől, már nem a barlangban volt, hanem egy csontból készült folyosón. "Lánya?" Ez nem volt lehetséges ... még ... Nem, nem láthatta, mi van előtte. Csak abban a pillanatban nem tudta és nem is hinné el, amikor muszáj volt.

- Ó, számodra teljesen biztonságos itt lenni. Itt nyugodjon meg ennek a falnak. A földre segítette. - Egy perc múlva visszatérek. Csak pihenjen, amíg visszatérek. Az ajtót kinyitva látta, hogy Primitiva még mindig az ezüstdobozt szorongatja. - Mondtam, hogy hamarosan visszatérek.

"Itt. Fogd ezt a nyomorult dolgot. Nisha kezébe nyomta a dobozt. - Ennek soha nem kellett volna elhagynia a csillagok városát. Túl veszélyes itt lenni.

- A csillagok városa? A csillagvárosok?

Primitiva legyintett, mintha korábban már többször kifejtette volna: „Pallas, más néven csillagok városa. A csillagvárosok közül a legnagyobb. Itt található az összes tribute doboz. Használt és fel nem használt, miután a tiszteletet látták. Vagy legalábbis azok, amelyek a Fey erőinek erősebb birtokában vannak.

Érdekes. "Visszajövök, akkor még többet beszélhetünk erről."

- Bah. A beszéd alacsonyabbrendű lényekre vonatkozik. ”

- Lehet, de élvezem. Nisha megfordult. - Mivel nincs kedved elhagyni ezt a helyet, visszatérek, amikor ezt hosszasan megbeszélhetem veled. Aztán kint volt az ajtón. Ahogy az ajtó az erő mögé csapódott, a csontok közül több zörgött, amelyek a környező falakba fészkelődtek. Ekkor az apjára nézett, és eltűnt a doboz. - Azt hiszem, megadjuk a szívedet, ha egészebbnek látszol.

- Az édesanyád meg fog ölni, mert így hagytam magam.

Segítségével Nisha talpra állt, és mosolygott magában, majd neki. - Nincs papa, nem fogja, de gondoskodni fog arról, hogy a következő évtizedben ágyban maradj.

A szeme könnyedén lehunyta. - Nem hiszem, hogy ezt szeretném. Túl sok mindent kell még megtenni.

Mély sóhajjal mondta: - Nagyon jól. Amint bebújtatunk egy ágyba, meglátjuk, mit tudok kijavítani, és mit kell meggyógyítanunk.

Fejezet 38:
Myrddin

Myrddin alig próbálta nyitva hagyni a szemét. Túl sok erőfeszítés. Egyetlen lélegzetvétel, és el akarta ájulni. Csak a légzés nagyon fájdalmas volt, és biztos volt benne, hogy a bőre súlya megtöri a csontjait. Aztán érzett valamit ... Valami ver a mellkasában. A szíve? De... Nem, ez nem lehet helyes. Lehet?

Egy emlék töredéke. Eszébe jutott egy fiatal nő ... Nisha ... aki előtte állt. Szinte eszébe jutott, hogy elvitte valahová ... ami nevetséges volt, mert egyetlen Fey sem tudta volna kedvére szállítani magát ... és egyik sem ... egyáltalán nem tudott portálokat létrehozni egyik helyről a másikra. Nem lehetett megtenni ...

... Mégis ... A barlangból egy csontokkal létrehozott terembe utaztak.

- Könnyű, férjem. Nisha nem elég ügyes ahhoz, hogy teljesen meggyógyítsa a tested. Legalábbis még nem. A nővéreddel azon dolgozik, hogy megtanulja, mit kell. ”

Ismerte ezt a hangot. - Addy?

Kikukucskálva, hogy ne kelljen mozdulnia, a nő mosolyra kényszerített, annak ellenére, hogy a szeme még mindig enyhén csukva volt. - Hmm. Amikor teljesen meggyógyulsz, arról beszélünk, miért tartottál el ennyit tőlem.

Vékony vonalba húzta ajkait, nem volt hajlandó szólni semmit.

Lassan eltávolodott az oldalától. Ismét mellé ülve, beszélni kezdett, miközben a hangja még mindig halvány volt, még nem akarta szorongatni. Legalábbis még nem. - Lilly szerint enni kell, hogy visszanyerhesd az erődet és a húgod. Estare valamit készít neked. Azt hiszem, tonik.

Most ez elgondolkodtatta. Meglepetésében elakadt a lélegzete. - Estare? Itt? Nem lehet.

Figyelmen kívül hagyva, Addy így folytatta: - Ahogy a másik nővéred is. Ki akar magyarázatot arra, hogy van egy nővére, akire nem emlékszik. És még egy sor olyan dolog, amit mond, felhólyagosítja a fülét, mire befejezi kérdéseit. Vagy mire befejezi a kérdések pontos megválaszolását. Egyik sem elégedett veled.

Szar. Ó, ez rossz volt. Rosszabb, ha a két nővér beszélne. - Van esély arra, hogy aludhassak? Vagy öntudatlanná kell tenni. Igen, ez még jobb lenne. Csodálatos még.

Egy hang az ajtóból. - Csak addig, amíg ezt meg nem itt, kedves bátyám.

Estare. Basszus. Nem szabad itt lennie. Az ébrenléti és az álmodozó biztos hídjában ... de itt nem. Miért nem küldte vissza Nisha, miután beszéltek? A pokolba, miért nem vette vissza magát ... miután már egyszer megtette. - Nővér?

- Rosszabbul nézel ki, mint ahogy elhagytalak. Most igyál. Aztán Addy-hoz. - Nem tudom, miért nem halott. Biztosan tud egy varázslatot, hogy megcsalja a halált, és jobban mutat.

Az ajtóra támaszkodva Nisha összekeveredett a szobába: „Valójában az Alsó Királyság királynőjeként néha választanom kell, hogy valaki méltó-e a halálra." Álmosan ásított. - Ebben az esetben inkább itt szeretném őt, mint valahol, ahol senki sem kérdezhetné meg. Ezenkívül szinte értem, hogy működik a fiziológiád. De ha számít, néhány körülménye annak köszönhető, hogy elrejti a dobozt, ahol volt.

Estare Nisha felé fordult, és összehúzta a galaxis kék szemeit. - Tövis leszel az oldalamon.

- Hmm, hát mivel nem kaptál esélyt arra, hogy megismerj engem... mit hívott Celeste néni ... Ó, igen, ijesztő éveim ... Azt hiszem, most megismerhetsz, amikor egyenlőek vagyunk.

Estare ismét Nishának fordított, és öccse fülébe sziszegte: - Ez a te cselekedeted.

A hűvös folyadékot megitatva hagyta, hogy a szeme teljesen kinyíljon, és beszálljon a szobába. Nem olyan helyre emlékezett, amely furcsa volt, mióta az összes feyen ország összes kastélyának minden szobájában tartózkodott. "Hol vagyunk?"

- A Spire-nél. Sokkal kényelmesebb, mint az egyik kastély. Legalábbis, amíg az egész család itt van. Az ágyhoz padlózva Nisha lesett rá: - Most megpróbálnám meggyógyítani?

A Spire? Miért lenne ez kényelmesebb? Bármelyik kastély nagyobb volt, mint a Spire, ami alig volt több, mint Lite és Darke királyi család nyaralója. Mivel nem tette fel ezt a kérdést, eszébe jutott a másik dolog. Nisha mondta, próbálja meg. Mit gondolt arra, hogy megpróbálja? Nem volt próbálkozás; vagy megteheti, vagy nem. Nem volt köztük. Édes sötétség, meg kell-e tanítania neki, hogyan kell felhasználni mindazt a csodálatos ajándékot, amellyel most rendelkezett? - Lányom, kétlem, hogy képes leszel rá.

- Akkor meglátjuk. Nyugodtan lehunyta a szemét, és hagyta, hogy érezze magát. Ismét csonttal kezdte. Bár másként érezte magát ... Másképp nézett ki. Hosszú és ezüst sarkantyú fehér. Ó, egy váltó. De nem akármilyen váltó, amely bármi másra képes átalakulni, mint ő maga. Érdekes. Ezután izomvörös, nem ezüst vagy fehér, hanem fekete orrszálakkal. Tűzjáró vagy Spectre. Szervek. Két tüdőkészlet. Az egyik a levegőért, a másik a vízért. Végül a hús. Nem sok tennivaló, de kinyújtjuk az új izmokon. Elefántcsont ezüsttel keverve. Fekete körmök. Mérgező tapintású, ha úgy dönt, hogy így használja őket. Végül a szárnyai. Igazi szárnyai, nem azok, amelyeket az emberek láttak rajta, hanem egy pár sárkányszárny, amelyek szinte hasonlítottak az övéire. Azonban az övé mély fekete volt, a széle körül parázs árnyalatai világítottak.

Lassan kinyitotta a szemét, és elmosolyodott. - Igen, azt hiszem, hogy sokkal jobban néz ki valódi formájában.

Az ujjaira nézve Myrddin zihált: - Hogyan? Ez lehetetlen. Nem kéne megtörned a varázslatomat.

Nisha félrebillentette a fejét. - Szeretne rendesnek tűnni? A nő vállat vont. „Ha szeretné, több mint képes átalakulni. Miért akarod, meghaladja rajtam. "

Az unokahúgát vállára veregette Estare. "Nem akarja, hogy a Csillagvárosok tudják, hogy él."

- Ó. Nos, ez is nevetséges. Hatalma túl erős ahhoz, hogy elfedje, hacsak nem veszik körül folyamatosan a halottak csontjai. Mindig tudták, hogy itt volt. Valójában Primitiva abban a pillanatban tisztában volt vele, amikor a Misztikus Erdőbe érkezett.

- Primitiva? Egy kollektív zihálás.

A szemeit forgatva Nisha azt mondta: - Igen. Még mindig nagyon él, tudod. Most én védem. Senki sem használhatja hatalmát és képességeit beleegyezésem nélkül. És senki, aki kéri, nem kapja meg ezt a beleegyezést. Túl veszélyes lenne hagyni, hogy valaki, aki nem képzett az ajándékaihoz, cenzúra nélkül használja őket.

Estare keményen landolt az ágyon. „Azt mondják, hogy a Primitiva őseink. Titokban gyermeke volt, mielőtt elmenekült.

- Ó, ezért tudtam lekötni. Már rokonok voltunk. Milyen érdekes. El kellene mondanom neki. Hívjam őt nagy Grand'Mere-nek? Nem ... ez nem hangzik jól. Gondolok valamire. Egyszerűen nem helyes a nevén szólítani, amikor sokkal több.

Myrddin a kezével súrolta az arcát. - Talán arról az éjszakáról kellene beszélnünk. Igen, azt hiszem, ez kevésbé szorongató beszélgetés lehet. Minden kevésbé volt szorongató, mint a Csillagvárosokról beszélni. Aztán megint az ott élőkről való beszélgetés határozottan kevésbé volt szorongató, mint Primitiváról vagy képességeiről beszélni.

Addy keresztbe tette a karját. "Csupa fül vagyok."

Gyömbösen ülve mélyet lélegzett. - Mindketten tudtunk a felkelésről. És többnyire az érkezésünket követő perceken belül gondoskodtak róla. "

Egy széket felhúzva Nisha megkérdezte: - El tudnád mondani, mi történt?

Addy a lányához fordult, és halkan így szólt: - A kastély közelében lakók elkezdték felgyújtani a dolgokat. Természetes és nem is. Akkoriban semmi értelme nem volt.

Egy bólintással Myrddin folytatta: „Edrich akkor a kastélyban dolgozott. Csak néhány nappal azelőtt kezdett. Dae féltestvére lévén odaadtuk neki a munkát, amíg nem talált magának megfelelőbbet. Ez most nem igazán számít, de amikor visszatértünk a kastélyba, a rezidencián várt minket, és hülyeségeket dumált, mint mindig. Amikor felhozták az ételt, egyikünk sem gondolt rá sokat. A méreg nem ölne meg minket. Szóval, ettünk.

Nem igazán vagyok biztos benne, mi lesz ezután. De ... amikor az egész tanácshoz eljutottam, kivéve, ha az egyik az alsó aknákban volt, megrekedt valami olyasmit, ami visszatartott bennünket erőink és képességeink használatától. Azt hiszem, a bilincs a Mystic Woods-ból származott. Galeron akkor mellettem volt.

Kettőnknek volt annyi erőnk, hogy kijussunk a helyzetből, de mivel ön, kedves feleségem nem volt a közelünkben ... én sem találtam meg. Mondtam neki, hogy ne csináljon semmit. Elengedhetetlen volt, hogy megtudjuk, hol vagy Dae. Beleegyezett, és mindketten elrejtettük esküvői zenekarunkat. Az egyetlen módja annak, hogy megtaláljuk, ha viselnéd a társakat. Megvárta, amíg a nő megértette, hogy tud Dae varázslatáról. Amikor a nő bólintott, folytatta?

„Az elkövetkező napokban... hónapokban a tanács tagjait kivitték a bányákból. A trolloknak etették őket. Emlékszem megkínzott sikolyukra, amikor széttépték őket, és később meghaltak. " Szünetet tartott, és igyekezett mindent megjegyezni. - Az egyik alkalommal, amikor csak Gale és én voltam, egy varázsigét tettem fölé, hogy ne lehessen megölni. Fájj igen. De nem hal meg. Tudtam, hogy én sem fogok meghalni, Nisha születése után sem.

Nisha közbeszólt: - Kitépte a szívét a mellkasáról, és nekem hagyta a dobozt. Larna szívével együtt. Szünetet tartott, majd hozzátette: "Nem vagyok biztos abban, hogy engem lenyűgözzön-e, hogy így tettél, mert tudtad, mi következik, vagy attól tart, hogy nem gondoltad, hogy nem csak egy, hanem mindkét szívemet tönkretehettem volna."

Egyetértően bólintott. - Tudtam, hogy nem látom, hogy nőtté válna az előttem álló nővé. Megállíthattam volna. Anyád és én együtt kaphatnánk, de te lányod csak egy héja lennél annak, aki vagy. Úgy döntöttem, hogy mindent megadok, amire szüksége lehet. És senkitől sem fogok bocsánatot kérni, amiért meghozta ezt a döntést. "Biztosítva, hogy felesége és nővére megértsék, mindkettőjükkel harcolni fog e döntés miatt.

Addy megfogta a kezét. - És neked sem szabad. Nem értek egyet a módszerével, de a lányunkat nézve látom az eredményt. És hálás vagyok. Aztán mélyebb hangot vett: - És nem teszed ezt újra.

- Kedvesem, csak egy lányunk van. Kétlem, hogy bármit is el tudnék tartani előle. Valójában biztosan tudta, hogy nem lehet. Tudta, hogy a szemébe nézett, hogy valamikor, mielőtt felébredt volna, vér kötötte magához, hogy megbizonyosodjon róla. Vagy legalábbis megpróbálta őt magához kötni. Mivel a kötés nem volt teljes, de elég lenne, ha nem tudna titkokat tartani előtte. És annak is előnye volt, hogy mások nem voltak képesek manipulálni őt olyasmivel, ami kárt okozhat neki. Nos, ő vagy azok, akik valóban kötődtek hozzá.

- Nagyon jó, mert alig vagyok négyszáz éves, és többet ígértél nekem, mint egy lányt. És már nem vagyok királynő, valamihez közöm kell minden időmhöz.

Nisha elmosolyodott. - És ez az a célom, hogy elmenjek. Ööö, Estare néni? Jössz velem?

- Igen, hiszem, hogy megteszem. Van egy nővérem, akivel beszélni tudok, akinek túl sokáig hiányzott.

Fejezet 51:
Nisha királynő

Csak néhány nap telt el, mire Nisha nemcsak a szüleit, hanem az egész családját is összehívta, hogy csatlakozzanak hozzá egy nagy befogadó helyiségbe, ahol csak egyetlen nagy asztal és több szék állt benne. Helye az asztal élén állt, míg Ethan csendesen ült a lábánál, és bizonytalan volt abban, hogy miért van ott.

Amint a családjuk Nishába nyúlt, mindegyikükre mosolygott. Mosolygott szülein, akiket többször is mély viták folytak olyan dolgokról, amelyekről apja tudta, hogy jóval azelőtt házasodtak meg.

Mosolygott mindhárom nagynénjére. Kettőt, akit születésekor ismert, és egyet, hogy csak most találkozott.

De nem velük zárta le a szemét. Ó, nem, Ethan édesanyjával beszélt először. - Lady Faerydae, mivel már beszéltem apámmal néhányról, amiről tud. Tudomásomra jutott, hogy nem ő volt a Csillagváros egyetlen gyermeke, aki ismét otthagyta csillagát, és itt lakott. Szeretnék magyarázatot kérni.

Dae a királynőjére, a barátjára nézett, és lehunyta a szemét. - Tudom, hogy egyszer eljön ez a nap. De mielőtt beszélnék mindarról, amit tudok. A legjobb az lenne, ha az alkotó Primitiva csatlakozna hozzánk. Mint tudom, sok ismerete van arról, amiről beszélnünk kell.

Miután Primitiva leült az asztalhoz, és közelebb nézett egy igazi feyen nőhöz, nem pedig valamilyen lényhez, amelyhez hasonlítani akart, Nisha ismét bólintott Dae felé. "Most, hogy mindannyian jelen vagyunk és elszámoltattuk ..."

Lassan köd képződött a háta mögött, amikor Gwydion az oldalán állt. - Remélem, nem bánja, királynőm, de szeretném ezt hallani.

- Nagyon jól, de nem kívánom, hogy mások is csatlakozzanak hozzánk.

Gwydion csak egyszer bólintott, és hátrált egy lépést. Még mindig része lesz ennek a beszélgetésnek, de közvetlenül nem vesz részt a mondanivalóban.

Nem Nishára, hanem Primitivára szegezte a tekintetét, és Faerydae így kezdte történetét: „Nem sokkal azelőtt, hogy Myrddin idejött, Lord Magmas apám ide küldött. Nem azért, mert azt hitte, hogy olyan Fey-t fogok keresni, amely valójában tudja az igazságot arról, hogyan jöttünk erre a helyre. Inkább azért, mert nőstényként méltatlan vagyok uralni Pallast a helyette.

- Miután megláttam ennek a helynek legalább a történelmét, elvettem, amit csak tudtam, és felkutattam egyetlen élő rokonomat. Alista királynő. Miután megbizonyosodott róla, hogy nem áll szándékomban átvenni a földjeit, hölgyévé tett az udvarában, pedig az itteni elvárásoknak megfelelően nem voltam több gyermeknél.

Most Myrddinre nézett. - Tudtuk, hogy eljön a nap, amikor megkeresed őt vagy lányát. Tehát akkori viselkedése ellenére tudta, hogy ki vagy és honnan jöttél. Mindketten tudtuk, hogy megérkeztek, amikor elkezdődik a végső háború.

Primitiva kissé felemelte a kezét, hogy felismerjék. - Bízom benne, hogy Magnar már nem él az ismert csillagvárosokban?

„Magnar és menyasszonya több mint háromezer évvel ezelőtt egy lakatlan csillagért távozott. Azóta egyiket sem látták.

Lilly zavartnak látszott, és mellszobor udvariasan megkérdezte: - Ööö, bocsásson meg, de ki az a Magnar? És miért fontos?

Visszaülve a helyére, Primitiva felsóhajtott, és nem volt biztos abban, hogyan magyarázzon el bármit is. „Ő és én egy időben voltunk az egyetlen élő alkotók. Utolsó Fey versenyünk. A menyasszonya a lányom. Mielőtt elmentem, csak egy dolgot kértem tőle: az életben tartását, hacsak nem lett túl zavaró. Mindketten tudtuk, hogy eljön a nap, amikor a Csillagvárosokban a dolgok ismét ingatagokká válnak. Mindketten tudtuk, hogy nagy csend háborúzza és ébreszti fel a csendeseket. Ennek tudatában mindketten régen elhatároztuk, hogy megtesszük, amire szükségünk van, hogy biztosan itt legyünk, amikor megtörtént. ”

Nisha felemelte a fejét. - Bármi megakadályozhatja, hogy a háború valaha elkezdődjön?

- Nem, gyermekem. Az alkotótól látottak soha nem változtathatók meg. Lehet, hogy képesek vagyunk megakadályozni, hogy ez egy napig vagy akár évekig megtörténjen, de képtelenek vagyunk megállítani. De tudd ezt, soha ne bízz azokban, akik a Csillagvárosokat uralják. Semmi, ami nem vér számodra. Mindegyik azt fogja mondani, hogy Ön mellett állnak. Mindegyik harcolni fog, sőt meghal, hogy megmutassa hűségét irántad.

De mindegyikben van egy közös vonás. Mindannyian… vágynak … Pallas erejére. És semmiben sem állnak meg, hogy megszerezzék.

- És Magmas, aki most uralja Pallast? Mi van vele?"

Összeszűkítve a szemét, Primitiva halk dörgést hallatott. - Mielőtt ez megtörténne, holtan fogom látni.

Körülnézve a szobában Nisha bólintott. - Ebben az esetben, Galeron, szeretném, ha a tanácsom második elnökeként ülne és őrei kapitánya lennél. Vagy legalábbis azok, akik élnek. Papa, kérlek, fogadd el az első elnöki tisztséget, és légy az összekötőm Lunaista és magam között.

Mindkét férfi bólintott, megértve, hogy mi következik, sokkal rosszabb lesz, mint a Nagy Háború.

Nisha folytatva lenézett az asztalra. - Gwydion, azt akarom, hogy ülj negyedik székként, és vállald át az Alsó Királyság harcosainak felelősségét. Képességeikre a napokban szükség lesz. "

- Természetesen, királynőm. Azt javasolhatnám Freyának, hogy ismét vegye át az elit őrség kapitányi posztját?

- Tedd, ahogy jónak látod. A férjének. - Ethan, harmadik tanácsként fogsz ülni a tanácson. Amióta emlékszem, azóta hagyomány. "

Primitiva Nishára nézett, és összehúzta a szemét. - Ismerek másokat, akiknek hasznára válhatna a tanácsában. Először ők voltak az én bizalmam. Egy kivételével mindenki még él.

"Nagyon jól. Feladom megtalálni őket, hogy segítsenek nekem megérteni és felkészülni. "
Mereven talpra állva Nisha megkérdezte: "Most, hogy három Star City Fey ül itt az asztalnál, kérem, segítsen valamelyikőtök abban, hogy a dühöt a korábbi önmagává változtassa?"

Csak egy pillanatra Primitiva szeme könnyesre vált. - Ari? Megtalálta az Ari -imat? Ennyi idő után biztonságban van?

"Ő van. És fogadni mernék, hogy szívesen lenne valami más, mint szék. "

Epilógus

Ethan összegömbölyödött Nisha körül. A karja egyre nehezebbé vált a közepén. Legalábbis kezdett megelégedni azzal, hogy nemcsak ágyban, hanem abban az ágyban is aludt, ahol a lány volt. Olyan óvatosan mozdult el a karja alól, amely még nem volt kész alvásra. A késő óra ellenére még nem áll készen aludni.

Kicsúszva az ágyhoz, és megragadta kék selyemházi köntösét, végiggondolta mindazt, ami ilyen rövid idő alatt történt.

Az elmúlt hónapban nemcsak Darke, hanem Feyen törvényeit is megpróbálta megtanulni. Megpróbálja kitalálni, hogy milyen törvények voltak okból, és mit kellett felszámolni. Ennélfogva megpróbálta kitalálni, hogyan lehet megállítani egy háborút, ahol számtalan élet veszít.

Mély lélegzetet vett, és puha takarót húzott Ethan vállára, és elmosolyodott. Legalábbis esetten aludt. Az elmúlt hónapban ő is annyira megváltozott. A haja, amely csak egy ujjnyi volt, amikor először találkoztak, már elég hosszú volt ahhoz, hogy az ujjai átfésülhessék. Bőre, bár tejszerű, halványan kezdett szórványosan csillogni a testében. De éppen a magabiztossága volt a legnágyobb változás. Már nem félt megszólalni ... félt, hogy bármilyen apróság miatt megbüntetik. Ó, nem ... most szinte mindent megtámad, hacsak nem jött elő.

Olyan, mint az anyja. Egy nő, akit szintén kezdett tisztelni és többet megtudni.

Aztán ismét Ethan megtudta, hogy hacsak nem hozott bármilyen döntést, és nem kért tanácsot, az övére nincs szükség, és nem is akarják. Apja azonban bíróságának tagjaként ... valójában a második elnöke ... nemcsak, hogy bármit is megtámadna, hanem az ő feladata volt, és perverz örömet okozott neki. Hármuk között megtanult görbülni, mit akart kezdeni azzal, ami lehetséges, anélkül, hogy mindenkit megijesztett volna. Nem mintha ennek örült volna.

Átkúszott az íróasztalához, és lustán kinyitotta az újabb törvénykönyvet. "Hogyan élhetne egy ország ennyi nevetséges törvény szerint?" - motyogta magában, miközben végigolvasta az oldalt. Félig megkísértette, hogy a legtöbb törvényt archaikusnak nyilvánítsa, bezárta a könyvet, mielőtt tett valamit, amit a tanácsának megvitatnia kellett.

Nem mintha bármi sok vitát folytatna ... akkor sem, amikor apja volt az első elnöke és uralkodott a tanács felett ... amit néha megbánott, mivel ő semmihez sem értő hozzáállást tanúsított. És nem azért, mert most Estare néninek is segítséget nyújtott saját kis királyságának átalakításához, amely csak egyetlen városból állt. Ó, nem, nem fogta őt nyomni, mivel a tanács egyetlen tagja volt, aki nem volt igazán kötve hozzá ... és soha nem is gondolta volna. Részben igen. Elég ahhoz, hogy megbizonyosodjon róla, hogy nem tartja el a dolgokat tőle ... de meggyógyulása után megtudta, hogy nem tud valakit magához kötni, aki annyira szoros kapcsolatban áll vele. Ez volt az oka annak is, hogy a Lillyvel való kötés csak olyan jól működött.

Természetesen elmondhatta volna neki, hogy még mielőtt megpróbálta volna megnézni, milyen ereje van. Vagy megpróbálta megtanulni, milyen erősek lesznek a képességei. Ehelyett morgott rá, hogy megpróbálta. Aztán elment nagynénje csillagvárosába, hogy ne tartson előadást, és biztos volt benne, hogy csak figyelmen kívül hagyja.

És igazából, ha megpróbálta volna, a nő teljesen figyelmen kívül hagyta volna őt ... csak azért, mert tehette.

- Nisha? Fáradt hang szólított meg az ágyról.

Visszatérve hozzá, Nisha a nagy ágy szélén ült, még mindig elég közel ahhoz, hogy megérintse. "Aludnod kellene."

A szeme még nem volt nyitva. "Én voltam. Túl hangosan gondolkodsz.

- Voltam... - Szünetet tartott, és összenyomta az ajkait. Még egy változás, amelyet Ethan átélt; képességei vagy képességei kezdtek megmutatkozni. A születése óta megkövetelt képzés nélkül ezek a képességek egyszerre voltak félelmetesek és érdekesek. - Nem vettem észre, hogy igen.

- Könnyebb nem hallani, amikor ébren vagyok. De most szeretnék aludni.

Lehajolt és megcsókolta a halántékát, amit ő hagyta, hogy megránduljon. - Találhatnék egy varázslattal, hogy kontrollálhasd alvás közben?

Most kinyílt a szeme, miközben tanulmányozta.
- Sokkal inkább szeretném, ha aludnál, amíg én.

"Nagyon sok a tennivaló... és..."

- Nisha, több évszázad áll rendelkezésére arra,
hogy mindent megkapjon, amit csak akar, hogy
megtegyen... olyan legyen, amilyennek szeretné.
Nem kell ma este megtenni. És miután beszélgetést
folytatott apjával, amikor ő nincs itt, hogy rendesen
megbeszélje veletek..., nem segít semmit.

Igaza volt. Tudta ezt, de a többi Csillagváros
átsuhant ... bármi is volt a sörtéjük. Estare néni
háborúra készült, mivel biztos volt benne, hogy
bármelyik percben kitör majd ... és az Eostre azzal
volt elfoglalva, hogy újjáépítse civilizációjukat a
Misztikus Erdőben, miközben még mindig
szolgálatában állt. "Tudom. Azt hiszem, jobban
érezném magam, ha apám nem döntött volna úgy,
hogy most visszatér Lunaistához. Vagy jobban érzi
magát, hogy ha nem úgy döntött, hogy odamegy,
nem pedig megbeszéli vele a dolgokat.

- Itt van az édesanyád. És van Galeron.

- Hívhatod apádnak.

A szeme apró résekre szűkült: „El kellett volna
küldenie, hogy éljek a nagynénédnél, amíg az anyád
érzése szerint gondoskodtak róla."

- Ethan, a választás nem az övé volt. Apámé
volt; amelyet már ismer. "

Lassan felült. Fekete tűz ég a szemében. "Tudom. Még mindig nem hiszem, hogy tudna annyit, amennyit állít.

Finoman az arcára tette a kezét, és azt súgta: - Ezt felveheti apámmal, amint visszatér.

- Miért, mikor fog székré változtatni?

Nehéz ezzel nem érteni egyet, miután megtudta, hogy ő volt az, aki számtalan más furikat fordított. Még nehezebb volt, hogy apja már komóddá változtatta őt, férjét, mert túl sokat beszélt. Nem, nem beszélek, hanem kérdéseket teszek fel. - Nem változtat székré. Már megbeszéltem, hogy ezt nem teheti meg senkivel a családból.

- Meghallgatja?

- Küldeni vagy elküldöm, hogy vitassák meg a dolgokat a Primitivával. És ezt megtehette. Valójában ezt már egyszer megtette. Sem Primitiva, sem apja nem örült a találkozónak. Az apja kevésbé, miután rájött, hogy nem tud elmenni, hacsak nem ő ... az Alsó Királyság királynője ... úgy akarja. Anyja viszont azt gondolta, hogy nagyszerű ötlet ott hagyni, amíg meg nem tanulja, hogy ne titkolja az életet.

- Meg fogja ölni.

- Nem, de arra késztette volna, hogy bárki ne tegye rá a szemét. Saját okai miatt a legtöbb férfit maga alatt találja. De aztán megint, mivel az egyetlen, akit feleségül vehetett a bukás előtt, az volt, aki magának akarta a hatalmát ... Azt hiszem, jó oka van rá.

- Azt hiszem, mindenképpen távol maradok tőle. Hanyatt feküdt, ügyelve arra, hogy a feje az ölében pihenjen. - Most kellene lefeküdnöd.

- Ó?

- Hmmm. Hosszú napod van holnap, ha még mindig meglátogatjuk Manticora városát. És nézze meg, mit jelenthetnek a jogok, és miben lesz szüksége segítségre. ”

- Igen, azt hiszem, igazad van. Szükségem lesz az erőmre, hátha találkozunk a vízlakók bármelyikével, akik megtámadták azokat, akik a földön élnek.

Ethan ásított. - Ne feledje, csak azért támadnak, mert a földlakók szennyezik a tavat.

Mielőtt bármit is mondhatott volna, a szobát élénkpiros fény töltötte meg, amely aranynyalattá keveredett. Aztán a nagynénje ... bár nem szilárd ... közvetlenül az ágy előtt állt. - Estare?

Fényszárnyai kitágultak. Olyan hangon, amelyet vízből készíthettek volna, Estare azt mondta: „Elkezdődött. Népem háborúja. Esetleg a halálod.

A szerzőről

Mivel az első könyvét mind a 2017-es női női szerző, mind a 2017-es nyári indie könyv díjra jelölték, az MLRuscsak folytatta sorozatát a „The Fallen" -nel, és jelenleg a sorozat harmadik könyvén dolgozik.

Az ohiói Richland megyében él, autista lányával él. Ez az írója oázisa.

További információért kérjük, kövesse őt a címen https://www.facebook.com/AuthorMLRuscsak

vagy

Keressen exkluzív információkat a Lite és Darke világáról a címen www.trientPress.com

És keress